QUER
VERLAG

Die Tafeln der Maeve

Fantasy-Roman

Magliane Samasow

Erste Auflage März 1996

Umschlag und grafische Realisierung von Sergio Vitale
Gesamtherstellung: Clausen & Bosse
ISBN 3-89656-001-8
Printed in Germany

Bitte fordern Sie unser Gesamtverzeichnis an:
Querverlag, Akazienstraße 25, D-10823 Berlin

für Monika, Helen und Anna Gyda

Lynkeos

Zum Sehen geboren
Zum Schauen bestellt,
Dem Turme verschworen,
Gefällt mir die Welt.

Ich blick in die Ferne,
Ich seh in der Näh
Den Mond und die Sterne,
Den Wald und das Reh.

So seh ich in allem
Die ewige Zier,
Und wie mirs gefallen,
Gefall ich auch mir.

Ihr glücklichen Augen,
Was je ihr gesehn,
Es sei, wie es wolle,
Es war doch so schön!

J. W. von Goethe

Die alte Dame hatte die Hände über dem Stapel Bücher gefaltet, den ihr die Kinder aufgeregt in den Schoß gelegt hatten. Nachdenklich schaute sie aus dem Fenster über das weite Hofgelände. Ein feuerroter Hahn stolzierte angeberisch über das Pflaster, ein junges Mädchen führte ein Pferd durch eines der Stalltore – der Friede eines Sonntagnachmittages lag über den Mauern.

Die Kinder saßen erwartungsvoll um sie herum, einige auf dem Fußboden, zwei lungerten auf ihrem Sofa in der Ecke, ein größeres Mädchen, vielleicht sechzehn oder siebzehn Jahre, lehnte am Türrahmen.

Helen lächelte ihr zu. „Kinder, das sind meine alten Tagebücher. Wo habt ihr sie gefunden? Ach, in der dunklen Kiste, natürlich, ganz hinten." Sie nickte zerstreut, als fiele ihr erst jetzt der Aufbewahrungsort der alten Kladden wieder ein.

„Wir haben inzwischen den ganzen Speicher entrümpelt. Was da noch so alles lag!" Ein Junge auf dem Fußboden reckte stolz den Kopf.

„Habt ja auch ganz schön abgesahnt." Helen lächelte. „Und nun noch eine Geschichte: die Geschichte überhaupt."

„Ja, bitte erzähl! Wir konnten dieses Krikelkrakel gar nicht entziffern!"

Helen schüttelte leicht drohend den Zeigefinger. „Ihr kleinen Schnüffelnasen! Was hättet ihr denn gemacht, wenn ihr das hättet alleine lesen können? Großtante Helens Intimitäten ausgeplaudert?"

„Ach Tantchen, nicht schimpfen, das ist doch alles schon so lange her, mindestens hundert Jahre!" Die Kinder lachten, auch Helen lächelte.

„Na, danke für das Kompliment. Ich bin zwar sehr alt, doch, doch, die älteste Frau auf dem Gut. Aber noch längst nicht so alt, mein Kind. Gut, es ist wirklich sehr lange her, und vielleicht habt ihr Kinder heute sogar ein Recht darauf, diese Geschichte zu erfahren."

Helen lehnte sich in ihrem weichen, großen Sessel zurück, die Fingerkuppen ihrer schmalen Hände fuhren über die Rücken und die Ränder der zerlesenen, vom vielen Umblättern, von Staub und anderen Spuren der Zeit nachgedunkelten Blätter.

„Doch ehe ich zu der eigentlichen Geschichte komme, ihr Lieben, muß ich euch wohl erzählen, wie das alles überhaupt angefangen hat, wie ich dazu kam, diese Büchlein vollzuschreiben, und vielleicht auch, wie es dazu kam, daß ich sie dann irgendwann wegpackte, so gut versteckte, daß ich sie beinahe selbst vergessen hätte. Beinahe."

„Merkwürdig, Kinder, als ihr mit diesen alten Tagebüchern vom Dachboden heruntergekommen seid, da öffnete sich mein Leben noch einmal neu. Ja, doch, so könnte ich es ausdrücken. Durch dieses Leben hindurch sah ich wie durch einen Kamin noch einmal soviel Leben, als es Zeiten überhaupt gibt. Ich sah die Vergangenheit, die zu entschlüsseln ja meine Lebensaufgabe war, und gleichzeitig sah ich in euren Augen, Mädchen, die Zukunft. Die kommenden Jahre und Jahrhunderte, deren Tore neu zu öffnen, deren Inhalte neu mitzubestimmen ich zusammen mit vielen anderen Forscherinnen meiner Zeit die Möglichkeit hatte. Vielleicht hätte ich euch schon längst einmal erzählen sollen, wie es dazu kam, daß ich mein Leben, meine Forschungsarbeit, ja meine ganze jugendliche Begeisterung einem Thema zuwandte, das damals noch ziemlich abwegig war und entweder nur einige Archäologen fernab jeglicher Realität interessierte oder ein paar ausgeflippte Frauen und Männer der sogenannten „New-Age-Bewegung“, die im Vollmondschein begeistert auf alten Kultplätzen herumtanzten.

Das Interesse für alte Steinanlagen, vorgeschichtliche Tanzplätze, Höhlen und Felsmalereien, der Wunsch, gewissermaßen fächerübergreifend die Vorgeschichte – nicht einfach die der Menschheit und schon gar nicht die des Patriarchats – für uns Frauen wieder aufzublättern, ein solch wissenschaftliches interdisziplinäres Anliegen war auch zu meiner Zeit äußerst rar. Ungewöhnlich sogar für die Matriarchatsforscherinnen selbst, die lieber mittels ihrer Intuition versuchten, den Sachen auf den Grund zu gehen als durch mühseliges Scherbenzählen, in den Bibliotheken zu hocken oder durch gefährliche Exkursionen.

Nun, damals war ich selbst noch weit entfernt von jeglichem frauenbezogenen Interesse. Ich war so richtig das, was meine Großmütter einen Blaustrumpf nannten. Aber ein Blaustrumpf mit Computer, vielen schlauen Theorien im Kopf und abgeschlossenem Hochschulstudium. Wollt ihr wissen, wie ich dazu wurde? Interessiert euch eine kleine Abschweifung in Tante Helens Kindheit?“

Die Kinder nickten neugierig und erwartungsvoll.

„Gut. Ich finde sie auch wichtig, damit ihr später verstehen könnt, was mir da, in den grünen Feenhügeln Irlands, eigentlich geschehen ist. Ich muß weit, weit zurückgehen: Denkt euch, auch ich war einmal zehn, zwölf, vierzehn Jahre alt. Ich wurde eine Generation nach dem letzten großen Weltkrieg im vorigen Jahrhundert geboren. Ich saß, so wie ihr heute vor mir sitzt, träumend oder staunend, und hörte mit offenem Munde den Erzählungen der Erwachsenen zu. In meiner Familie spielte die Musik eine große Rolle, und ich habe Stunden bei Hausmusikabenden zugebracht, meine Bücher vor der Nase oder in meine Träume vertieft. Meine Träume, die Musik, die freie

Natur interessierten mich viel mehr als das ewige Stillsitzen in der Schule.

Tagelang trieb ich mich mit dem Pferd meiner älteren Schwester, die bereits studierte, in den dichten Wäldern um unser Anwesen herum oder half den Lehrlingen in den Ställen. Besonders Urs, ein rothaariger Student, der fortwährend lachte und von der Universität durchgebrannt war, um *„the real realistic life"* kennenzulernen, wie er sich auszudrücken pflegte, hatte es mir angetan. Gegen Mathematik-Nachhilfestunden und das Lösen meiner Rechenaufgaben ging ich ihm bei der Arbeit zur Hand. Er war der erste, der mich auf unseren großen Traktor setzte und sagte: „Nun fahr mal schön!"

Urs brachte damals jene Saite in mir zum Klingen, die wir Liebe zum Leben nennen – zu Tieren und zu Menschen. Liebe, die das Kind lehrt, sich selbst zu lieben, den dicklichen Körper nicht dicklich zu nennen, sondern kräftig, das schlechte Zahlengedächtnis nicht Rechenschwäche, sondern schlichtweg die Fähigkeit, unterscheiden zu können, was man selbst wichtig findet.

Gut, wie ich bereits sagte: Die Musik spielte in unserer Familie eine große Rolle. Unser Vater spielte am Sonntag die Orgel im nächsten Dorf, und meine Mutter spielte leidlich Cello, und meine Großmutter war eine geachtete Klavierlehrerin in der oberrheinischen Kleinstadt, aus der die Familie stammte. Zu ihrem Leidwesen hatte niemand die Musik zum Hauptberuf gemacht. Niemand ihrer Töchter und Söhne, keiner der vielen Enkel … außer … ja … außer Tante Maeve, die aber eigentlich gar nicht richtig zur Familie zählte. Denn sie lebte so weit weg von uns, daß wir kaum Erinnerungen an ihre seltenen Besuche hatten.

Tante Maeve war Großmutters erste Tochter, ein voreheliches Kriegskind, rotblond wie der irische Soldat, der ihr Vater gewesen war, eigenwillig und bereits mit siebzehn – lange vor meiner Geburt – aus Deutschland fortgezogen, um ihre Ausbildung in den USA und in England abzuschließen. Sie war für uns geheimnisvoll, genau die Gestalt, um Kinderherzen höher schlagen zu lassen und romantische Mädchenträumereien zu erfüllen.

Tante Maeve hatte tatsächlich Musik studiert. Sie lebte zu dem Zeitpunkt, von dem ich gerade erzähle, in der irischen Heimat ihres Vaters, spielte im Orchester Harfe, gab Unterricht, und manchmal erhielten wir Schallplatten mit Folklore, gespielt auf einer irischen Harfe. Tante Maeve hatte auch noch einen anderen Beruf – und das begeisterte uns Landkinder damals vielleicht mehr als die reinen Töne des großen Instrumentes: Tante Maeve führte Fremde durch die Landschaften Irlands und die Hochmoore Schottlands. Sie begleitete Trecks durch schwierige Gebiete und skurrile Forscher oder mystische Tanzgruppen zu den abgelegenen Steinplätzen und Feentanzkreisen ihrer Heimat.

Alle paar Jahre besuchte sie unser Gut: Eine hochgewachsene Frau mit herbem Gesicht, die niemandem von uns ähnlich sah, nicht einmal ihrer Mutter mit ihren bis ins Alter hinein pechschwarzen Haaren und rabendunklen Augenbrauen.

Die Begegnung mit Tante Maeve weckte etwas anderes in mir, eine Einstellung, die sich inzwischen in unserer Kultur in jener Sitte niederschlägt, jedem Mädchen auch eine „geistige Patin“ mit auf den Lebensweg zu geben, deren Aufgabe es ja nicht ist, Geschenke zu machen oder euch die Eltern zu ersetzen, falls denen etwas Schlimmes zustößt, sondern eure seelische Entwicklung zu behüten.

Ich hatte Tante Maeve erst ein- oder zweimal in meinem Leben gesehen und nur vage Erinnerungen an sie. Doch das Exotische lag für mich in meiner Kindheit hoch im Norden, weit über dem Meer, in einem Land voller Sagen und Feenmärchen.

In jenem Jahr, da für mich alles anfing, was ab dann mein Leben ausmachen sollte, wollten Großmutter und Großvater ihre Goldene Hochzeit feiern. Das Fest sollte auf unserem Gut stattfinden, da es sogar eine eigene Kapelle hatte. Ausnahmsweise waren sich sogar unsere Eltern mit uns Kindern darüber einig, daß das wohl eine bürgerliche, langweilige Angelegenheit werden würde, mit vielen fremden Leuten, Bergen von Essen und viel, viel Musik. Nur wer während des Gottesdienstes in der Kapelle spielen sollte, war noch nicht ausgemacht.

„Es gibt einen Lichtblick", sagte unsere Mutter eines Morgens am Frühstückstisch, zwei Wochen vor dem großen Fest. „Tante Maeve hat gestern abend angerufen, als ihr schon im Bett wart. Sie wird anreisen. Die Großeltern haben sogar eine Harfe organisiert, und nun ist also auch das Problem gelöst, wer in der Kirche spielen soll."

Unsere Gedanken und Träume schlugen ab diesem Morgen Purzelbaum. Wir blätterten in alten Familienalben, riefen uns ihre wenigen Besuche ins Gedächtnis zurück und versuchten uns an den merkwürdigen Zauber zu erinnern, der mit ihrer Person verbunden war.

Endlich brach der große Festtag an, den wohl nicht nur ich im stillen längst in „Tante Maeves Besuch" anstelle von „Omas goldene Hochzeit" umgetauft hatte. Auch unsere Mutter freute sich sehr auf ihre Halbschwester: „Endlich ist wieder einmal eine vernünftige Frau im Lande zum Reden und Spazierengehen." Unser Vater lächelte versonnen und brummte etwas von ihrer „ausgezeichneten Musikalität", und meine älteste Schwester rief durchs Telefon: „Klasse! Dann komm ich auch! Sonst hätte ich eine Prüfung vorgeschoben. Vielleicht reitet sie ja mit mir aus!"

„Es ist schon seltsam", meinte unsere Mutter am Vorabend. „Obwohl Maeve doch so früh verschwunden ist und eigentlich in unserer Familie eine Art Außenseiterin war – ich fürchte, sie ist dennoch die beliebteste Person weit und breit."

„Das kommt, weil sie nie da ist!" lachte einer meiner größeren Brüder, doch Mutter verneinte. „Nein, nein, das war schon in unserer Kindheit so: Wir die Schwarzköpfe, sie der Goldkopf. Wir jüngeren Trampel, die immer alles falsch machten, und sie die große Schwester, die schweigend unsere Streiche vertuschte! Sie war das Sonnenkind, wir die Rabauken! Sogar unser Vater – es ist erstaunlich – war vernarrt in sie, als sei sie seine eigene Tochter."

Als der Konvoi mit Großeltern, Verwandten und Bekannten in das Anwesen einfuhr, befand ich mich noch mit Urs und einer Praktikantin in der Gutsküche. Urs verzierte die letzten Brötchen, die Praktikantin schmeckte die Begrüßungsbowle ab, und ich hatte die wichtige Aufgabe übernommen, Mayonnaise zu rühren, weil ich das angeblich von allen am besten konnte.

Tante Maeve mußte schnurstracks in die Küche gelaufen sein auf der Suche nach ihrer Schwester, ihrem Schwager, nach uns Kindern, ziemlich gleichgültig allen anderen Leuten gegenüber, den Begrüßungskonventionen und Höflichkeitsfloskeln.

Und da stand ich – das kleine pummelige Mädchen, die Finger voller Mayonnaise, den Mixer wie eine Waffe in der Hand! Während sie alle der Reihe nach umarmte und küßte, meine Geschwister, die Praktikantin, selbst Urs, stand ich dümmlich dabei und verfluchte mein Schicksal, noch so klein zu sein und ausgerechnet jetzt beide Hände ganz mit Mayonnaise verschmiert zu haben.

Dann schaute sie zu mir herüber ... und ich merkte, welches Glück ich eigentlich gehabt hatte: Eine Umarmung von ihr hätte mich einfach in den Erdboden versinken lassen, ein Begrüßungskuß gar mein Gesicht in tausend Flammen der Verlegenheit gesetzt!

Urs nahm mir sachte von hinten die Schüssel aus der Hand, denn ich war allein unter dem Blick dieser merkwürdig graugrünen Augen bereits flammend rot geworden. Tante Maeve faßte mich am Ellenbogen. „Sieh da, du auch in der Küche? Wer hätte das gedacht?"

Doch der Donnerschlag blieb aus, die anderen verließen die Küche, sie folgte ihnen hinaus in den Garten, wo wir das Buffet aufgebaut hatten. Ich seufzte erleichtert.

Urs lachte mich freundlich an, als er meine Verwirrung bemerkte, und für die nächsten Minuten durfte ich mich wieder an sicheren Dingen festhalten: an Küchengeräten, Handtüchern und Brötchenplatten.

Während der Feierlichkeiten saßen alle Tanten und Onkel und unsere Mutter in der vordersten Kirchenbank, während wir Enkel in der zweiten Bank Platz nahmen. Dahinter die weitere Verwandtschaft und Bekanntschaft, die Lehrlinge und alle anderen bunt gemischt.

Nur Tante Maeve saß alleine vorne neben dem Altar.

Sie trug ein Kleid von einem dunkleren Blau als der Sommerhimmel, wenn die Junihitze mittags über den gelben Kornfeldern liegt. Vom Boden bis über ihren Kopf hinweg ragte eine goldene Harfe auf. Ich kann euch heute beim besten Willen nicht mehr sagen, was mich damals mehr faszinierte: Tante Maeve in ihren Lieblingsfarben oder dieses riesige Instrument, das ich das erste Mal in meinem Leben sah und hörte und dessen seltsamer Wasserklang auf mich einen ebenso überwältigenden Eindruck machte wie vielleicht einst Feenspiele auf elegante Rokokodamen in dunkelschattigen Laublabyrinthen.

„Das klingt wie ein Wasserfall in einer großen Grotte!“ flüsterte Urs ehrfürchtig, der sich auf meine inständige Bitte hin treu neben mich in die zweite Bank geschmuggelt hatte.

Ich weiß nicht, ob es ein seltsamer Zufall war, daß mich ihr Blick genau in jenem Moment traf, als sich Großmutter und Großvater erneut ihr Versprechen gaben: „Bis daß der Tod uns scheide!“

Vielleicht mußten sich unsere Blicke auch zwangsläufig begegnen, da ich sie ja sowieso während der ganzen Zeremonie ununterbrochen anstarrte. So lange und fest, bis Urs mich in die Seite stubste.

„He, Helen, wach auf! Mund zu! Schau! Deine Oma in ihrem goldbestickten Festdirndl ist doch auch nicht schlecht!“

Da schreckte ich hoch, aber Tante Maeves seltsamer Blick hatte sich bereits tief in meine Seele gebrannt, und mir war, als erstreckten sich hinter ihrem Kopf die weiten grünen Hügel Irlands mit ihren grauen Steinmäuerchen und Monumenten, braungrünen Hochmooren, grauen Meeresküsten, als blickte ich durch ihre Augen hindurch in die fremde Landschaft einer anderen Welt.

Zwei Tage später saß Tante Maeve, die noch einige Zeit auf unserem Gut bleiben wollte, auf der holzgeschnitzten Bank vor dem Haus.

„Hallo, Helen! Willst du mich auf einem Spaziergang begleiten?“ Sie schaute mich an, Zufall in den prüfenden Augen, ein grüner Zufall oder ein graues Prüfen, als hätte es auch jedes andere meiner Geschwister sein können, das gerade aus der Haustür trat, um ihr Gesellschaft zu leisten.

Mein Fuß hing über der Schwelle in der Luft; die Stufe hinaus ging plötzlich wie ins Nichts, aber der Boden kam mir nicht entgegen, um mir die Entscheidung abzunehmen. Mein Fuß hätte sich genausogut hinter die Schwelle zurückziehen, der kleine Schritt unter irgendeinem Vorwand ungetan bleiben können. Geblieben wäre die Sicherheit des Üblichen, die weniger als durchschnittliche Schülerinnen-Biographie.

Tante Maeve schaute mir ungerührt zu, wie ich verwirrt errötete in meiner kindlichen Ahnung, daß es mehr gab, mehr zwischen den Frauen, zwischen Mädchen und Frauen, als sich die Schulweisheit damals träumen ließ – daß ich selbst in jenem Augenblick drauf und dran war, mich auf den langen Weg zu begeben, eine Frau zu werden, eine erwachsene Person, die denken und lieben wollte jenseits der beschränkten gültigen Vorstellungen unserer heilen Lehrerwelt.

„Aus meinen Kindertagen", fuhr Tante Maeve fort, „erinnere ich mich noch an eine Stelle im Wald. An einen riesigen Stein."

„Ach, die alte Schildkröte!" lachte ich erleichtert und sprang über die Schwelle die Stufen hinunter.

„Ja, eigentlich heißt der Stein wohl „Steinernes Kirchlein". Siehst du, bei uns in Irland gibt es „Feenkirchen", Plätze, an denen – so erzählen sich die alten Leute – die Unterirdischen leben und tanzen. Ich denke, das Steinerne Kirchlein, also eure alte Schildkröte, ist auch ein solcher Platz, und ich würde mir das gerne noch einmal anschauen."

Tante Maeve erhob sich, und ich ging mit. Unterwegs erzählte sie mir:

„Bei uns in Irland tragen manche Leute ihre Harfen auf solche Steine hinauf. Na, nicht die große Konzertharfe! Eine kleine, die man im Arm halten kann. Und dann lassen sie den Wind auf den Saiten singen."

Wir folgten einem Waldweg, der an gigantischen Steinformationen vorbeiführte, die vermutlich die Eiszeit hier aufgetürmt hatte. Nachdenklich musterte Tante Maeve die Felsen, die aufgetürmten Wände und Steinbrocken. Dann gelangten wir an die Stelle, wo ein schmaler Trampelpfad vom Hauptweg abzweigte und zwischen zwei hohen viereckigen Steinen hindurch, die wie ein altes Tor dalagen, auf den großen Stein zuführte. Nachdem wir abermals ein großes Tor aus zwei mächtigen, glattgewaschenen Felspfeilern durchschritten hatten, bei dem wir über eine hohe Schwelle klettern mußten, standen wir unterhalb des riesigen, mehr als drei Bauernhäuser schweren Schildkrötenpanzers.

Die obersten Baumwipfel ragten knapp bis an die Kuppel hinauf, und ein graues Schweigen lag über den verschiedenen Grüntönen aus Laub- und Tannenwald, wie es wohl seit Urzeiten gewesen war. Tante Maeve nickte.

„Ja, so habe ich sie noch in Erinnerung. Komm, wir gehen einmal herum, dann klettern wir hinauf."

Sie führte mich um den Brocken, und hin und wieder wies sie im Unterholz auf Ansammlungen von Felsen.

„Schau, Helen, das kann man doch gut erkennen. Das muß so etwas wie ein alter Kulturplatz gewesen sein. Siehst du die vier Tore, die hinaufführen? Eines in jeder Himmelsrichtung. Kannst du sie erkennen?“

Ich schüttelte den Kopf, bis sie auf die jeweiligen Torsteine wies, die Schwellen und Stufen genau wie jene, die wir im Westen durchschritten hatten. Keuchend folgte ich der langen, klettergewohnten Gestalt auf den Felsen hinauf. Oben hockte sich Tante Maeve auf ein steinernes Bänkchen, das fast wie ein Thron aussah, und meinte lächelnd:

„Da wir keine Musik dabeihaben, müssen wir dem Stein etwas anderes darbringen. Zumindest macht man das so bei uns in Irland. Was meinst du, hast du etwas?“

Ich schaute mich suchend auf der kahlen Steinfläche um, dann zuckte ich mit den Achseln.

„Wenn das alle Leute täten, Tante Maeve, gäbe das hier bald ein Warenlager.“

„Na, dann denk dir etwas anderes aus.“

Tante Maeve hatte einen hellblauen Pullover übergezogen, da es im Wald kühler war als draußen auf unseren schattenlosen Feldern. Forschend schaute sie mich an.

Ein Rätsel! schoß es mir plötzlich durch den Kopf, das wäre das Richtige!

Aber ehe ich etwas sagen konnte, fuhr sie langsam fort: „Bei uns in Irland liegen die Feenkirchen manchmal an alten Kreuzwegen. Die Leute stellen sich Rätsel. Na, oder die Elfen stellen sie den Leuten, und je nach der Lösung wählen sie die Himmelsrichtung für ihre weitere Wanderschaft.“

Ich nickte eifrig, und gleich fiel mir das Rätsel ein, das ich stellen wollte.

„Nun“, lächelte sie mich an, „was bringst du unserer alten Schildkröte mit?“

„Eine goldene Leiter!“ Ich mußte verlegen grinsen, unsicher, wie weit ich gehen durfte. „Eine goldene Leiter in die andere Welt. Wenn es die Leiter hinauf und hinunter läuft, lachen die Himmel, und alle dicken Steine erzählen ihre Geheimnisse.“

„Na gut.“ Sie runzelte die Stirn und tat, als dächte sie angestrengt nach. „Da du nichts bei dir hast außer mich selbst, meinst du wohl mich und meine Harfe. Richtig?“

„Genau! Und was bringst du der alten Schildkröte mit?“

Tante Maeve schaute einen Augenblick nachdenklich in den Himmel, schüttelte dann den Kopf und runzelte die Stirn.

„Ich bringe ein Tor mit.“ Sie lächelte mich an. „Nein, warte, noch besser, einen Kreuzweg.“ Nun war es an mir, so zu tun, als dächte ich angestrengt nach. Ich spielte an meinen Sandalen herum, aber dann konnte ich es nicht länger aushalten.

„Das ist doch das gleiche Prinzip wie bei mir! Das kann auch nur ich sein! Du hast mich mitgebracht. Aber ich kapier's nicht ganz.“

„Nun, ein Kind ist doch so etwas wie eine Straßenkreuzung. Die verschiedensten Straßen in die Zukunft stehen euch offen.“

„Aber ich werde bald vierzehn!“

„Oho, entschuldige, dann bist du kein Kind mehr, sondern eine Jugendliche. Dann gilt das noch viel mehr.“

„Hast du keine Kinder, Tante Maeve?“ Sie schüttelte den Kopf. „Bisher nicht.“

„Hättest du gerne welche?“

„Ich weiß es nicht so genau, aber als es einmal um diese Entscheidung ging, da bin ich eben in eine andere Straße eingebogen. Ich wollte Musik machen, und ich wollte vor allen Dingen von der Kunst leben, das heißt viel üben, viel Arbeit ...“ Sie kratzte versonnen einige graue Flechten von einem Stein.

„Und jetzt tut es dir leid?“

Tante Maeve schaute mich ernst an.

„Manchmal schon. Schau diese alten Steine an, Helen. Wenn ich eine Tochter hätte, würde ich ihr all die Steinkreise und Gräber meiner Heimat zeigen und sie dazu anregen, ihre Geheimnisse zu erforschen."

„Geheimnisse? Warum?"

„Nun, bei uns in Irland sind darauf oft seltsame Zeichen eingeritzt: Kreise, Räder, Kreuze, Symbole wie Tannenbäumchen und Zickzacklinien. Die Archäologie beschäftigt sich damit, aber viel ist noch nicht dabei herausgekommen. Viele Leute spekulieren auch herum. Ich mag das nicht so."

„Was meinst du damit?"

„Viele Leute, die ich in meinem Land zu den alten Anlagen führe, sehen in ihnen irgendwie Abbilder ihrer eigenen Machtgelüste. Sie fressen sich gewissermaßen fett an den Überresten alter Zeiten, von denen sie keine Ahnung haben."

„He, Tante Maeve!" Ich stand verwundert auf. „Wie meinst du denn das? Was fressen sie? Steine kann man doch nicht fressen!"

„Ihre Seele frißt die Kraft der alten Orte. Ich merke schon, du verstehst mich nicht so ganz!"

„Nicht ganz. Urs sagt aber auch manchmal Sachen, das ist mir dann echt zu hoch."

„Obwohl du bald vierzehn wirst?" Sie lachte. „Bei uns in Irland glaubt man, daß solchen Plätzen eine Kraft innewohnt, eine Kraft, die vielleicht von den Feen ausgeht oder von geheimnisvollen Strömungen im Boden."

„Elektrowellen?"

„Ja, so sagt man auch. Elektromagnetische Wellen, Erdmagnetismus. Die Steine sammeln und verstärken die Kraft. Aber vielleicht ist auch an allem gar nichts dran, und die Plätze sind einfach schön gelegen. Das haben die Leute vor vielen tausend Jahren genauso erkannt wie wir heute."

Ich schaute verwundert auf meine Füße, als spürte ich schon das Kribbeln der Kräfte unter meinen Schuhsohlen. Hastig setzte ich mich wieder hin und zog die Knie bis unters Kinn hoch. „Und was weiter? Wie ist das mit dem Kräftefressen?"

„Als unsere Eltern jung waren, gab es in Deutschland die Faschisten, das hast du sicher schon in der Schule gehabt?“

„Noch nicht! Aber Urs hat mir davon erzählt. Es gab eine Diktatur, und sie brachten alle um, die nicht ihrer Meinung waren.“

„Genau, Helen. Sie feierten auch manchmal an solchen Felsanlagen wie hier, zündeten Fackeln an und schwangen markige Reden. Dabei sind diese Anlagen aus viel, viel älteren Zeiten. Und damals in den dreißiger Jahren konnte überhaupt niemand genau sagen, wie alt sie wirklich sind.“

„Na, das war doch praktisch. Wenn niemand etwas genaues weiß, kann man auch alles darüber behaupten, was man will, und den anderen Leuten bleibt gar nichts anderes übrig, als daran zu glauben. Aber es gibt doch solche Faschisten gar nicht mehr?“

„Ach, da kommen andere. Das erlebe ich fast jeden Sommer, wenn zum Beispiel vollgefressene Spießbürger sich in weiße Roben hüllen und als Druiden verkleidet durch die Steinkreise kaspern. Natürlich nur Männer, Frauen sind bei denen gar nicht zugelassen.“

„So was gibt's?“

„Na, die sind harmlos. Aber das sind eben die, welche ihre Seele mit dem Zauber der alten Steine vollsaugen.“

„Machen wir jetzt so was nicht auch?“

„Natürlich. Aber ich habe vorhin versucht, dir nur das zu erklären, was ich ganz sicher weiß. Hier ist mein Kompaß. Wenn du mich allerdings fragst: Wer hat das gebaut? Warum? Wozu?, dann halte ich lieber meinen Mund oder erzähle eine Geschichte. Verstehst du den Unterschied?“

„Du behauptest nicht, du hättest die Wahrheit gepachtet, und deshalb willst du auch, daß wir der Schildkröte etwas mitbringen, quasi zum Ausgleich.“

„Ja, so ungefähr.“

„Und weil du ja keine Forscherin, sondern eine Musikerin bist, hättest du gerne eine Tochter, die das dann lernt?“

„Ja, dazu muß man nämlich allerlei studieren, Archäologie oder Ur- und Frühgeschichte." Sie hockte leicht vornübergeneigt da, die großen Hände flach auf dem Stein ausgebreitet, als wolle sie diese ganze große Schildkröte zwischen ihren Fingern bergen.

„Aber wenn man seine Gabe den Feen gebracht hat, Helen, darf man sich auch etwas von ihnen wünschen. Jedenfalls ist das so in den Märchen, die man bei uns in Irland erzählt. Na, was wünschst du dir denn?"

Ich machte es meiner Tante nach und legte meine Hände flach auf den Stein. Es fiel mir plötzlich schwer auszusprechen, was ich mir so sehnlichst wünschte: Daß es immer so sein sollte wie in diesem Augenblick, daß Tante Maeve immer bei uns bliebe oder daß sie mich mitnähme auf ihre wunderbare grüne Insel voller Feenhügel, Steinkreise und verrückter Männer in weißen Bettüchern. Doch das alles wagte ich nicht zu sagen, nur zu träumen. Ich schaute etwas hilflos hoch und traf ihren Blick, der wieder von diesem merkwürdigen Schimmer erfüllt war und nachdenklich auf mir ruhte.

„Man darf seine Wünsche nicht laut aussprechen, Helen. Diese Schildkröte ist alt genug, dich auch so zu verstehen. In Ordnung?"

Ich hatte einen Kloß im Hals und nickte nur verlegen. Was, wenn sie es gemerkt hatte? Was mußte sie von mir denken? Dickes, aufdringliches Kind? Doch Tante Maeve hatte ihr Gesicht schon wieder gesenkt, als höre sie ihre eigene Bitte von weither kommen, weit hinter ihrem Kopf aus dem dunklen Wald heraus klingen oder aus dem mächtigen Stein selbst. Dann lachte sie plötzlich, hob den Kopf und blickte mich an, ein kleines Lächeln in den Augenfalten, ein Lächeln über den Ernst des Augenblickes, über unser beider Ernsthaftigkeit.

„Ich wünsche mir Forscherinnen." Sie stockte kurz, als müsse sie über die weibliche Endung nachsinnen, dann nickte sie entschieden. „Ja, Forscherinnen, die alle Geheimnisse ehrlich ergründen, ohne an ihren eigenen Nutzen zu denken. Ich wünsche mir eine Forscherin, die durch die Zeit reist und die Sprache der Megalith-Leute lernt, ihre Zeichen versteht und herausfindet, wie diese Menschen damals lebten, fühlten, dachten."

„Geht das denn?" Die Frage rutschte mir einfach so heraus, doch es schien ihr nichts auszumachen.

„Warum denn nicht? Von den Feen und von der Erde können wir uns alles wünschen. Vorausgesetzt, die Forscherin liebt sie genug. Komm, Helen! Wir gehen zurück. Ich glaube, für heute haben wir genügend gearbeitet."

Die Großtante hob den Kopf und sah in der fast vollkommenen Dunkelheit der Dachstube über die schweigenden Kinder hinweg. Nur hinter ihrem Kopf gab die Abenddämmerung noch einen kleinen Schimmer frei und beleuchtete die weißen Haare der alten Frau.

Drunten im Hof hörte man das geschäftige abendliche Treiben: Traktoren, die das Grünfutter heranbrachten, das rhythmische Klacken der großen Melkanlage, die Zurufe der Beschäftigten.

Die Kinder wurden unruhig, schauten fragend hoch, erhoben sich langsam und streckten die steif gewordenen Beine.

„Morgen um dieselbe Zeit." Helen lächelte. „Und ich schwöre es euch bei meinem alten Schaukelstuhl: Morgen fange ich sofort an vorzulesen!"

Als alle fort waren, wollte Helen sich ebenfalls erheben und hinausgehen, um ihren abendlichen Gang durch den Stall zu machen – das „Segnen", wie die Lehrlinge hinter ihrem Rücken diese Angewohnheit der alten Dame nannten.

„Sie segnet sie, und – ob man es glaubt oder nicht – das Viehzeug ist gesünder als in Zeiten, in denen sie irgendwo in der Welt unterwegs ist."

„Laß nur, Tante, ich mach schon Licht." Das siebzehnjährige Mädchen erhob sich leise vor dem Türrahmen, an dem sie die letzte Stunde gesessen hatte. Still hatte sie alle Kinder über ihre Beine hinwegsteigen lassen, als sei sie selber eine Schwelle zu einem anderen Bereich. Das Deckenlicht flammte auf, und Tante Helen ließ sich in ihren großen Sessel am Fenster zurücksinken.

„Nun, hast du noch eine Frage? Ich hätte es mir denken können."

„Ach Tante, nur eine." Sie kam näher und setzte sich auf den Fußschemel ihrer Großtante. „Du meinst oft, heute sei alles so ideal – heile Welt oder so, ja …?" Sie schaute fragend hoch.

„Nicht unbedingt, mein Liebes. In meiner Studienzeit hatte ich einen Freund, einen Iren, der Gedichte schrieb. Und so, wie wir Frauen eine heile matriarchalische Welt erträumten in unseren Geschichten und Utopien, schrieb er traurige Gedichte, zerrissene Klagen, und Nachts hatte er Angstträume vom Weltuntergang. Fionn aus Sligo sagte, die Poesie sei ein Fenster in die Zukunft, und wir entscheiden, ob wir das fröhliche oder das traurige öffnen. Du findest seine Gedichte in meinem Tagebuch, und ich werde sie euch vorlesen, damit ihr eine Ahnung davon bekommt, was ohne die Liebe der Frauen meiner Zeit hätte geschehen können."

„Tante Helen, bist du denn wirklich sicher, daß wir heute eure Träume leben können?"

„Nein, ganz und gar nicht." Sie strich ihr über den Kopf. „Vorgestern abend mußte ich dem blonden Rüpel im Stall eine scheuern. Er trat die alte Kuh, weißt du, die nicht mehr aufnimmt. Sie hatte keine Lust, aufzustehen und sich melken zu lassen. Danach hab ich ihm auf die Hände geschaut … Na, bei den Pranken wäre ich auch nicht aufgestanden!" Die Alte lachte leise. „Auch wenn er nur anmelkt – ich habe ihn schon ein paarmal beobachtet –, der Lümmel hat kein Gefühl in seinen Pfoten. Nun, jetzt hat er es zumindest hinter den Ohren. Siehst du, Kleine, solange Rüpel treten – aber auch alte Damen die Beherrschung verlieren und Rüpel verhauen –, solange ist mitnichten alles in Ordnung, wird es vermutlich auch nie sein."

„Dieser Augenblick, der nie vergehen soll und der dich ruft, das zu tun, was du mußt …" Das Mädchen nahm die kühle, feinädrige Hand der alten Frau und legte sie an ihre Wange.

„Magst du erzählen?" Die Großtante schaute sie neugierig an.

„Ach, da war gar nicht so viel – nichts Großartiges …"

„Das ist es nie. Glaubst du, irgendwer außer ein paar unmündigen Kindern und einer alten, verschrobenen Lady hält diese Begegnung auf dem alten Stein dafür? Und trotzdem: Sie war's." Sie nickte energisch.

„Ja, Tante, es war vor zwei Jahren – meine Eltern schickten mich, weil ich krank war, für einige Zeit ans Meer. Du weißt, meine Lungen sind nicht ganz in Ordnung, weil ich zu früh auf die Welt kam. Dann das blöde Asthma, das ich hatte, als ich klein war … Ist ja jetzt alles weg, seit … Ach, wie sollst du das verstehen?"

„Oh, ich verstehe sehr gut, und ich erinnere mich gut an die Sorgen meiner Nichte. Erzähl weiter."

„Gut, ich war am Meer in diesem Privatheim. Und da – na, da gab es auch so eine wie deine Tante. Dunkelhaarig war sie, und es war ihr Gang, der mir zuallererst auffiel. So gerade – so wie Schweben zwischen den Holzsäulen der großen Halle. Na gut, ich gehörte ja, weil ich länger da sein sollte, zu den Schulkindern. Und diese Frau, sie hieß Tordis, war für uns zuständig, wenn wir länger aufbleiben durften. Eines Tages spielten wir draußen, und so eine dämliche Tussi warf meinen Ball, den ich von Tordis bei einer Tombola gewonnen, *persönlich* gewonnen hatte, so ungeschickt gegen die Hauswand, daß er mitten in ein tiefes Dornengestrüpp fiel. Keine von uns konnte den da herausfischen. Oh Tante Helen, ich war so wütend! Ich habe gebrüllt und geschrien und ihr eine geklebt."

Trotzdem lachte das Mädchen, als habe sie eigentlich etwas sehr Geschicktes und keine jähzornige Dummheit angestellt.

„Na, die sauste zu Tordis ins Büro, und postwendend wurde ich zu ihr bestellt."

„Da hast du aber einen Schreck gekriegt, was?" Die Großtante beugte sich erwartungsvoll vor.

„Natürlich! Ich konnte kaum reden, als ich in dem kleinen Holzzimmer vor ihr stand. „Warum hast du das gemacht?" fragte sie mich, aber ich konnte nicht antworten."

Helen nickte verständnisvoll.

„Da schaute Tordis mich nur eine Zeitlang an, sagte nichts – und dann, stell dir vor! – griff sie in die Kiste und holte mir einen neuen Ball heraus. „Jetzt geh!" sagte sie.

Ich habe den Ball versteckt gehalten und keinem Kind auch nur gezeigt. Später kam Tordis aus der Haustür und schaute sich um, welches Kind sie beim Milchholen begleiten wollte. Das war eine sehr beliebte Sache bei uns, denn manchmal hatte die Frau im Milchgeschäft einen alten Krapfen oder sonst etwas Süßes für uns. Dann sah sie mich, wie ich am Rande stand, und ich durfte mitgehen! Ich glaube, das Gewicht der Kanne, die ich am liebsten ganz allein getragen hätte, und den Geruch ihres karierten Hemdes ... Tante, das vergesse ich mein Leben lang nicht."

„Dunkelrote Baumwolle – kariert", murmelte die alte Dame, die für einen Moment ausgesehen hatte, als schliefe sie.

„Was hast du gesagt?"

„Dunkelrot kariert war das Hemd, Baumwolle, so wie in Kanada, stimmt's?"

„Oh, woher weißt du das?"

„Ach, laß nur. Du hast doch inzwischen ein eigenes Zimmer, nehme ich an?"

Das Mädchen nickte.

„Na bitte. Und außerdem sehe ich da – laß mich raten – einen grünen Ball liegen, glänzend, dunkelgrün, nie benutzt, er liegt irgendwo in der Nähe deines Bettes, und daneben eine Kerze, andere Kleinigkeiten?" Sie schaute das Mädchen belustigt an, mit fragend hochgezogenen Augenbrauen.

„Genau! Woher weißt du das?“ Die Siebzehnjährige schaute ihre Großtante verlegen an, dann verstand sie und lachte plötzlich los. „Okay, Tante. Ich verstehe. Du hast ja auch solche Erlebnisse gehabt. Sonst wärst du nicht die, die du bist. Allerdings“, sie lächelte verschmitzt, „war der Ball dunkelrot! Ich danke dir, daß ich es erzählen durfte. Jetzt kann ich's besser ertragen.“

„Oh nein.“ Die Großtante schüttelte energisch den Kopf. „Ich muß dir danken, daß du soviel Vertrauen in deine alte, verschrobene Tante aus dem Alterselfenbeinturm gesetzt hast. Welchen Beruf willst du eigentlich später mal ergreifen?“

„Erzieherin!“ Das Mädchen antwortete wie aus der Pistole geschossen auf diese scheinbar zusammenhanglose Frage. „Irgend etwas mit Pädagogik. Heimerziehung, na, du weißt, für Kinder, die weder Eltern noch Paten haben.“ Sie ging zur Tür. „Soll ich dir deine Gummistiefel bringen?“

„Gerne.“ Helen stand auf. „Kommst du mit mir in den Stall?“ Und leise lachend stieg sie am Arm des jungen Mädchens die Treppe herab.

Der Sänger von Sligo

Die Erde

Siehe, so beklage ich mein Geschlecht,
Das weiße, aufrechtgehende,
Das Geschmeiß dieser Welt.

Krebsgeschwür, wahnsinniges, an der Mutter Brust.
Ich stimme meine Harfe mit dem Blick weit auf das Meer,
Auf dem Hügel sitzend, dem Grab der Königin, klage ich,
Letzter meines Geschlechts, einsames Menschenkind,
Enkel der Zerstörer und Erbe der verlorenen Welt.

Nichts ist mehr zu hoffen, nichts mehr zu suchen,
Kahl liegt die Erde im letzten Atemzug.
Zugemauert wurden die sanften Moore,
Verkleistert die grünen Wiesen vom grauen Asphalt,
Abgesprengt die lebendigen Felsen, Städte und Trümmer daraus,
Durch deren hohle Löcher die Stürme der Verzweiflung wehen.

Und die Menschen darin, grinsende Schädel,
Die einander an den Gurgeln zerren,
Winselnde Knochen, zerschmetterte Leichen,
Verschüttet im gegenseitigen Haß,
Ausgerottet die Scharen lachender Frauen und Kinder,
Ausgerottet in den unendlichen Kriegen meiner Zeit.

Siehe, so beklage ich mein Geschlecht,
Das weiße, aufrechtgehende,
Das Geschmeiß dieser Welt,
Krebsgeschwür, wahnsinniges, an der Mutter Brust.

Eigentlich hatte ich anfangs nicht die Absicht, während dieser Exkursion ein Tagebuch zu verfassen. Denn ich wollte mich intensiv meinen Forschungen widmen und, wann immer möglich, meine Notizen so weit sichten und auswerten, daß ich, zurück in Deutschland, nur noch wenig Mühe haben würde, die gesamte Arbeit fertigzustellen.

Die Bedingungen für diese Expedition waren nahezu ideal. Dank der Empfehlungen meines Doktorvaters hatte die sonst eher konservative Universität, die weiblichen Doktoranden oft mißtrauisch gegenüberstand, mir erstens ein Semesterstipendium gewährt und zweitens einen tragbaren Personalcomputer zur Verfügung gestellt. Eine exzellente Film- und Fotoausrüstung sowie einen tragbaren Recorder hatte mir eine feministische Privatorganisation überlassen, deren Ziel es war, junge Forscherinnen zu fördern. Das größte Wunder geschah jedoch, als mir eine etwas exzentrische Erbtante ihren Caravan für ein halbes Jahr überließ, in dem sie über Land zu reisen pflegte, um mit ihren alternden Freundinnen tribadische Kaffeekränzchen abzuhalten. Sie lieh ihn mir wohl in einem plötzlichen Anflug von Seßhaftigkeit, der wohl mit dem unvermittelten Auftauchen ihrer ehemaligen Englischlehrerin zusammenhing.

So konnte ich mein Gepäck, meine Bücher und Skripten darin verstauen und, nachdem der Computer an die verstärkte Autobatterie angeschlossen worden war, Anfang Juni, dem günstigsten Zeitpunkt, um Irland zu bereisen, aufbrechen.

Nach einem kurzen Abstecher zu einigen frühgeschichtlichen Anlagen an der Nordsee und einem neu errichteten Holzlabyrinth in der Nähe der holländischen Grenze setzte ich an einem windigen Tag auf die Britischen Inseln über, fuhr gemächlich durch Südengland und Cornwall mit seinen prähistorischen Sternwarten und Steinkreisen und gelangte – der Juni war schon weit fortgeschritten – endlich in Irland an.

Ich besuchte in Dublin eine Kollegin am dortigen Museum, machte einen Ausflug nach Tara, ließ im geschäftigen Mulingar, der Hauptstadt des County Westmeath, die Autobatterie nachladen und näherte mich langsam der Anlage von Lough Crew, einer sich über mehrere Quadratkilometer hinziehenden Totenstadt, die Gegenstand meiner Dissertation war. Ich hatte das Gefühl, Zeit, sehr viel Zeit zu haben, um das zu finden, was ich in diesen geschenkten Sommermonaten suchen wollte.

Ich hoffte, auf diesen „Feenhügeln“, wie die Einheimischen sie nannten, genauere Aufschlüsse über meine bisherigen Hypothesen zu neolithischen Schriftzeichen zu finden sowie den Beweis, daß meine Methode, von der jeweiligen Lage einer Tafel innerhalb der gesamten Kalenderanlage auf die Bedeutung der Zeichen zu schließen, sich als brauchbar erwies. Zu diesem Zweck hatte mir ein Kommilitone aus der Astrophysik sämtliche Daten und Konstellationen der Gestirne von der Jungsteinzeit bis heute so raffiniert in den Computer eingespeist, daß ich auf Abruf des jeweiligen Datums eine genaue Himmelskarte auf den Bildschirm sowie die wichtigsten Informationen dazu ausgedruckt bekam, was Zivilisation und Siedlungsbewegungen betraf.

Ungefähr sieben Kilometer vom Ziel meiner Reise entfernt, machte ich in einer Kleinstadt halt – nach kontinentalen

Begriffen eher ein Dorf mit einem großen viereckigen Platz in der Mitte. Ich wollte noch einige Kleinigkeiten, Proviant und besonders einen Hund erstehen, der mich und meine teuren Apparate während der Feldforschungen im Gebiet des weitläufigen Lough Crew bewachen sollte.

Der Dorfplatz war wenig befahren, und da mein Caravan aufgrund integrierter Sanitäranlagen überall parken durfte, beschloß ich kurzerhand, über Nacht hierzubleiben, um eventuell im Pub zu erfahren, wo ich ein passendes Tier finden könnte.

Man muß einige Dinge ausgesprochen gern haben, um sich in einem solchen Landpub wohlzufühlen. Denn der Sinn für nostalgische Situationen allein reicht nicht aus, um ohrenbetäubendes Stimmengewirr, Tabaksqualm und die hutzeligen Physiognomien der Einheimischen interessant zu finden. Um die kritischen Altmännerblicke besonders auf eine Ausländerin auszuhalten, bedarf es vor allem der wahren Liebe zu jenem honigfarbenen Getränk, gemeinhin als Whiskey bezeichnet, der Hingabe an das torfschwarze Ale und der Hoffnung, irgendwann ein einziges irisches Wort mit seiner konsonantischen, kehligen Aussprache zu verstehen oder gar nachzusprechen. Es bedarf der Geduld, um solange auszuharren, bis endlich zum Kneipenschluß der Fernsehapparat über dem Tresen die irische Nationalhymne spielt, die selbst den letzten Säufer vom Stuhl reißt.

Die Kneipe war tatsächlich zum Brechen voll, als hätten sich alle Bauern der Umgebung, Kleinhändler, Arbeiter und Rentner dort eingefunden, um ihren Wellblechhöfen, kläglichen Lädchen und schmierigen Häusern voller Kindergeplärr und ihren bedrückten Frauen zu entkommen.

Vermutlich gab es irgendwo im Dorf auch noch ein kleines sauberes Restaurant der protestantischen Mittelschicht mit englisch inspirierter Speisekarte und einem Bild der Queen über dem Tresen der kühlen leeren Lounge.

Als ich suchend an der Türe stehenblieb, überkam mich ein peinliches Gefühl wegen meines mäßigen Schulenglisch, das hier ja auch noch die Sprache der Eroberer Irlands war, die in den vorigen Jahrhunderten durch rücksichtslose Ausbeutung diese Insel bis an den Rand des Ruins gebracht hatten, wovon sich Irland noch immer nicht erholt hatte.

Ich murmelte also eher schüchtern am Tresen einen höflichen Gruß sowie meine Bestellung und machte mich dann auf, irgendwo in diesem verräucherten Gedränge einen Stuhl zu erwischen. Die deutsche Sitte, sich prinzipiell einen freien Tisch zur Wahrung der Individualität auszusuchen, hatte ich aufgegeben. Im hinteren Teil des Pubs fand sich auch tatsächlich ein großer runder Tisch, an dem noch ein Stuhl frei war, der ganz an der Wand stand und einen guten Überblick über das Lokal bot.

Die meisten Männer an diesem Tisch waren älter als ich. Fast alle hatten diese leicht spitze irische Physiognomie. Halb lächelnd nahmen sie ihre Zigarren aus dem Mund und gaben mir die Möglichkeit, mich hinter ihren Stuhllehnen durchzukämpfen. Kaum saß ich, machten sie mir in einem schwer verständlichen Englisch geduldig klar, daß der Wirt hin und wieder in dieser Ecke vorbeisah und daß ich mir also über weitere Kletterpartien keine Sorgen zu machen bräuchte. Dann verfielen sie wieder in ihre lebhafte gälische Sprache, und ich hatte Muße, über den Rand meines schwarzen Bieres hinweg meine Umgebung zu mustern.

Männer jeden Alters füllten den Pub, doch am Tresen sah ich auch einige ältere Frauen, und in meiner Nähe entdeckte ich an einem kleinen Tisch einen Mann in Begleitung einer gutgekleideten Frau, die durch ihr Äußeres genausowenig herpaßten wie ich. Mir fiel ein, daß ich beim Hereinkommen einige deutsche Worte aufgeschnappt hatte.

Einer der Männer hatte wohlwollend meinen Rundblick verfolgt. Als er meine Aufmerksamkeit für das Paar bemerkte, nahm er die kurze Pfeife aus dem Mund und beugte sich zu mir.

„Deutsche Touristen“, nuschelte er. „Und woher kommen Sie, wenn ich fragen darf?“

„Auch aus Deutschland“, antwortete ich, und ein kräftiger Typ am Tisch mit speckiger Sherlock-Holmes-Kappe lachte vergnügt.

„Die Lady mit dem Wohnmobil, stimmt's?“ Als ich nickte, zischte der einzig Jüngere am Tisch, der etwa in meinem Alter war, neidisch:

„Westdeutschland, was? Die sind doch reicher als die Amis!“

Durch das Chauffieren des Wohnmobils hatte ich mir schon öfter diesen Vorwurf gefallen lassen müssen, und so antwortete ich entschuldigend: „Da liegst du fehl. Der ist von meiner Tante geliehen. Ich bin bloß Studentin.“

Die anderen Iren nickten, als hätten sie sich so etwas gedacht, aber der Jüngere, der die sprichwörtlichen roten Haare hatte, fragte weiter: „Was studierst du denn?“

Der Ältere mit den Pausbacken und der kräftigen Statur stieß ihn in die Seite. „Flegel! Entschuldigen Sie die Aufdringlichkeit.“

„Ach, das macht doch nichts. Ich studiere nordeuropäische Ur- und Frühgeschichte. Mein Spezialgebiet sind die Megalithanlagen der Britischen Inseln und Nordfrankreichs.“

Die Männer nickten, als käme in ihrem Dorf jede Woche eine Altertumsforscherin vorbei.

„Also, dann geht es morgen wohl zum Feenhügel“, schmunzelte der mit der Kappe. „Die Elfen werden sich aber freuen! Sicher das erste Wohnmobil in ihrem langen Leben. Das will viel heißen.“ Er lachte laut und bedeutete dem Wirt, uns allen eine Runde Whiskey zu bringen.

„Was heißt denn „Leben“?“ schimpfte der Junge. „Elfen gibt's nich'.“

„Aber klar doch!“ Der Alte mit der Pfeife grinste mich an. „Nachdem sie in den Untergrund gegangen und die Schlangen vertrieben worden waren, nicht wahr, Miß Wissenschaft?“

Ich nickte und sog den Duft der spendierten harzigen Flüssigkeit ein.

„Wieso Schlangen?“ rief der junge Mann.

„Na!“ Der Kräftiggebaute plusterte die Pausbacken vergnügt noch mehr auf.

„Wieso nicht?“

Ich spürte, daß eine jener Gelegenheiten nahte, welche die Iren so sehr lieben: der rechte Moment, eine Geschichte zu erzählen. Bereits des öfteren hatte ich erlebt, daß selbst eine Frage nach der richtigen Straße in eine weitschweifige Geschichte ausarten konnte. Ich lehnte mich erwartungsvoll über den Tisch, um dem mir so schwer verständlichen Englisch der Iren, die wohl nur aus Rücksicht auf mich die eigene Sprache hatten fallen lassen, folgen zu können.

„Patrick, du Grünspan! Ist dir nie aufgefallen, daß wir keine Schlangen in Irland haben, hä?“

Patrick schaute den anderen, einen Landwirt mit schwer verarbeiteten Händen, verdutzt an. „Was soll das heißen, „keine Schlangen“?“

„Also“, nun übernahm der hagere Alte wieder das Wort, nachdem er sich umständlich eine neue Pfeife gestopft hatte, „als die Pfaffen das erste Mal vom Kontinent rüberkamen, lebten wir Iren in Eintracht mit den Schlangen. Sie waren heilig, verstehst du? Das mochten die dicken Priester wohl nicht so gerne. Sie vertrieben die Schlangen mit irgendeinem Zauber von unserer Insel und meinten, jetzt erst wäre Irland richtig heilig! Aber heilig war Irland schon lange vorher. Und die Leute, die ihre Schlangen und ihren Glauben an irgend so eine alte Göttin behalten wollten, die gingen damals in den Untergrund, mein Junge. Sie zogen sich in all diese Hügel, Höhlen und Cairns zurück, die wir im Land haben. Da sitzen sie bis heute und warten auf bessere Zeiten. Und die klugen Leute kommen aus der ganzen Welt angereist, das „kleine Volk“, wie wir Iren sie nennen, die Elfen, zu erforschen.

Stimmt's nicht so?" Er grinste mich an, und ich bestätigte es ihm lachend.

„Na und du, Feenbauer?" Der Hagere klopfte seine Pfeife aus, die während der langen Rede erkaltet war, und wandte sich an den kräftigen Landwirt mit der Detektivkappe.

„Die da am Lough Crew glauben nämlich noch an die Feen, wie sich das für echte Iren gebührt!" Er kratzte sich mit seinem Pfeifenstiel unter der Nase und richtete ihn dann fast anklagend auf den Bauern: „Gib's zu! Du setzt jede Nacht ein Schälchen Milch vor die Stalltür. Entweder, um die Schlangen wieder anzulocken, oder damit das kleine Volk dein Vieh behütet."

„Emily tut's!" bestätigte der Landwirt.

Patrick setzte erbost sein leeres Glas auf den Tisch. „So 'n Quatsch! Vielleicht gibt es sogar Elfen drüben bei der IRA? Das ist doch die Realität, nicht eure alten Sprüche." Er schaute höhnisch in die Runde.

„Vielleicht", nickte der Dicke gleichmütig. „Schließlich hat sie noch kein Mensch gesehen."

Patrick stand auf und drängte sich zum Tresen vor. Die alten Männer lachten glucksend, pafften vergnügt dichte Rauchwolken über den Tisch und zwinkerten und prosteten sich mit ihren Whiskeygläsern zu.

„Der lernt's schon noch", murmelte der Feenbauer genannte Landwirt eher in sein Glas als über den Tisch, und ein dritter, der bisher noch nichts gesagt hatte, mischte sich ein.

„Wenn ich jung wäre, mit nichts als meinem Moped, Fernsehen, Popmusik und Mädchen im Kopf, täte mich euer Gerede vielleicht auch nervös machen. Wir Älteren haben uns längst daran gewöhnt, in diesem schlauen Jahrhundert die einzigen zu sein, die auf heiligem Boden stehen und Elfen sehen."

Nach dieser langen Rede sank er wieder schweigsam in sich zusammen; der Landwirt, der uns alle am Tisch etwas überragte, klopfte ihm anerkennend auf die Schulter.

„Na, junge Frau vom Kontinent, was denken Sie? Paßt so etwas eigentlich in die Europäische Gemeinschaft?"

„Wenn Sie Feen in der IRA vermuten, warum nicht auch in den Hochhäusern von Brüssel?" erwiderte ich.

Wir lachten zusammen, als Patrick mit einem Tablett gefüllter Gläser zurückkam.

„Der Wirt gibt eine Runde aus, wegen der Lady da. Meint wohl, das hebt den Fremdenverkehr allgemein."

Der Wirt winkte über das Gewimmel zu uns her. „Nur zu!"

Das deutsche Touristenpaar schaute etwas neidisch herüber. Auf diese Weise hatte ich schon des öfteren die schönsten Märchen oder Sagen zu den alten Steinanlagen erzählt bekommen, die sonst nirgendwo aufgeschrieben waren, denn angeblich handelte es sich immer um wahre Geschichten, die gerade erst am Tag zuvor geschehen waren!

„Ihr habt ja alle noch nie eine gesehen", fing nun der rothaarige Patrick erneut an. Der Hagere blinzelte dem Pausbäckigen verschmitzt zu.

„Doch, doch, hier, unser Feenbauer könnte da allerlei erzählen." Er beugte sich zu mir herüber: „Sein Hof liegt direkt am Lough Crew. Bei den Heights gehen die Geister ein und aus wie bei unsereinem die Verwandtschaft." Er stieß den Landwirt an. „Na, was ist, Bronte? Jetzt bist du dran mit erzählen."

Der Landwirt zuckte die schweren Schultern. „Was soll ich schon groß erzählen? Ihr kennt doch alle Geschichten."

„Aber die junge Lady hier aus Deutschland und unser Grünschnabel mit der großen Klappe müssen doch auch lernen, wie das Leben in den grünen Hügeln Eires so verläuft."

Auch der Schweigsame nickte dazu.

„Also gut. Sogar ein Reporter vom *Mulingar Observer* wollte seinen Senf dazu schreiben, wissen Sie." Er beugte sich zu mir herüber. „Seit einiger Zeit treibt sich bei uns so 'n Köter herum. Der gehört niemandem, läßt sich nicht vertreiben, kommt immer wieder. Ein Riesenviech! Er frißt doppelt, ach was, dreimal so viel wie meiner! Und was wohl? Er wildert! Er reißt meine Schafe am Berg. Neulich kam ich also mit der Flinte daher. Sehen Sie, ich bin sonst nicht so. Aber der Kerl läßt sich von keinem anfassen. Der ist gerissen wie sieben alte Kater! Verstehen Sie, junge Frau, ich habe die Herde. Davon lebe ich. Ich habe 'nen kleinen Jungen, unseren Roby. Der ist knapp drei und rennt schon überall herum. Wer weiß, was passiert, wenn dieser Köter ihn schnappt! Aber wie der mich mit der Flinte sieht, ruckzuck ist er weg. Das geht ein paarmal so, gerade als würde er sich 'nen Spaß mit mir machen. Vielleicht hat er auch schon anderswo böse Erfahrungen gemacht und eins auf den Pelz gekriegt."

Ich hatte mich aufmerksam vorgebeugt. Plötzlich interessierte mich diese Geschichte brennend.

„Läuft der Hund immer noch herum?" fragte ich aufgeregt, und der Bauer lachte.

„Leider. Ich habe 'nen Hund mehr und bisher drei Lämmer weniger. Dieser verfluchte Bastard! Man könnte meinen, seine Großmutter sei des Teufels Wolf persönlich." Der Hagere bekreuzigte sich, und Patrick lachte laut auf.

„Ich möchte ihn haben, ich meine, ich suche nämlich noch einen Hund, der mein Wohnmobil bewacht."

„Das braucht es auch, wenn so 'ne junge Frau alleine reist." Der Schweigsame guckte besorgt über den Tisch.

Der Feenbauer schüttelte den Kopf. „Du unterschätzt die emanzipierten Damen unserer Zeit. So was kann Karate und hat ein Schießeisen unter dem Kopfkissen." Er schaute mich eigenartig an.

„Aber ob dieser Hund das Richtige für Sie ist? Hören Sie erst einmal, wie's weiterging, und wenn Sie dann immer noch auf dem Fangen des Tieres bestehen, gebe ich Ihnen noch zehn Pfund dazu und eine Flasche Selbstgebrannten, wenn Sie mit dem fertigwerden." Er schaute mich zweifelnd an. „Ich beschloß, 'nen Köder auszulegen drüben auf dem Mittelhügel von Lough Crew, um mich direkt davor hinter dem Gitter der großen Cairn zu verstecken. Da sitze ich also: ein halbes Lamm in Sichtweite auf der Weide vor mir; meine anderen Schafe habe ich beim Hof eingepfercht. Es ist eine klare Mondnacht. Die Steine werfen Schatten, und ich kann weit hinuntersehen – also, eine Nacht wie geschaffen zum Jagen! Nun, und tatsächlich, das Biest tut mir den Gefallen und kommt dahergeschlendert. Schnüffelt herum, riecht mich anscheinend da in meinem Loch nicht, dafür sieht er das Fleisch, macht sich drüber her. Ich heb die Büchse, ziele, hab ihn so wie Sie jetzt, beinahe direkt vor mir. Kein Problem bei der Sicht, den ins Blatt zu treffen – also, ich heb die Büchse, ziele, der merkt immer noch nichts, und da ..."

„... stand ein Geist neben dir, ganz in Weiß, und fing die Kugel auf, ist's nicht so?" Patrick lachte auf. „Das hast du heutzutage auf jedem Video besser, Bronte!"

Der Bauer schüttelte ruhig den Kopf und blickte den jungen Mann seltsam an.

„Nein. Ich will grade durchziehen, freu mich schon auf das Hundefell, das mir ein Freund gerben will – da schlägt mir etwas auf den Arm. Der Schuß geht los, prallt irgendwo gegen die Steine, das Biest schreckt auf und läuft davon."

„Ein Stein im Cairn hatte sich wohl gelöst", wagte ich einzuwenden.

„Dachte ich auch. Beleuchte alles genau mit meiner Taschenlampe und hock mich in der nächsten Nacht noch einmal hin. Die zweite Hälfte vom Schaf liegt diesmal da, klare Nacht, alles wie gehabt, ich heb' die Flinte ..."

„... da haut dir wieder ein Geist auf den Arm!" fiel der Rothaarige ungeduldig ein.

„Oh, nicht nur das. Es hätte ja wirklich ein Stein sein können, wie unsere Lady ganz richtig bemerkt hat. Aber irgendwer sagte in ganz altem Gälisch zu mir – ich hab's selber kaum verstanden: „Laß ihn in Ruhe!" Na, ich heimgerannt wie ein besoffener Teufel, dem seine eigene Großmutter auf den Fersen ist! Vorgestern habe ich mich noch ein drittes Mal auf die Lauer gelegt. Zusammen mit dem Kumpel, der mir das Hundefell gerben wollte. Zwei Augenpaare sehen mehr, zwei Flinten treffen besser! Wieder scheint alles ganz in Ordnung zu sein. Es nieselt nur ein bißchen, von unten her zieht Nebel auf, aber wir können die Stelle mit dem Köder immer noch gut erkennen. Der Hund kommt tatsächlich wieder, wir heben beide die Gewehre, und da …" Er machte eine Pause, trank einen Schluck Ale, wischte sich über den Mund und sah den jungen Mann nachdenklich an, „... da stand dieses Mal tatsächlich eine Gestalt! Nicht draußen bei dem Köder, sondern direkt vor uns und verdeckte die Sicht. Sie hatte die Hände auf unsere Gewehrläufe gelegt und schnauzte uns wieder auf Gälisch an: „Laßt ihn in Ruh! Wir brauchen ihn noch." Dann war sie weg, einfach verschwunden, als sei sie durch die Steinwand gegangen. Der verdammte Hund aber fraß gemütlich den dritten Köder. Wir rannten den Berg hinunter, so schnell wir konnten."

„Da hat sich aber jemand einen guten Witz mit euch erlaubt." Patrick grinste schadenfroh.

„Solche Leute pflegen nicht lautlos zu kommen und zu gehen, als bestünden sie aus Luft." Der Feenbauer schob die Kappe ins Genick.

„Wie sah die Gestalt aus?" mischte ich mich ein.

Der Bauer warf noch einen ärgerlichen Blick auf Patrick. „Nun, natürlich war sie nicht in Weiß gekleidet, das ist ja Quatsch! War ja kein Kommunionskind! War eine alte Frau mit langen, silbrigen Haaren, also bei Nacht silbrig, sicher grau am Tag. Ansonsten … hm … hab sie noch nie zuvor gesehen, mein Freund auch nicht. War eigentlich angezogen wie eine Indianerin, hätte nur noch die Feder im Stirnband gefehlt. Und im Gürtel steckte ein Kriegsbeil! Ehrenwort!"

„Na, wollen Sie das Vieh immer noch zähmen?" warf der Schweigsame ein.

„Mehr denn je!" antwortete ich.

Der Landwirt erhob sich schwerfällig zu seiner vollen Größe. „Okay. Ich geb Ihnen wirklich zehn Pfund, wenn er bei Ihnen bleibt und Sie ihn vom Wildern abhalten. Beeilen Sie sich aber. Inzwischen haben wir nämlich die Polizei um Hilfe gebeten, die kommen sicherlich bald zur Treibjagd. Eigentlich wäre es wirklich schade um das schöne Tier."

Wir schüttelten uns die Hände, und ich versprach ihm, gleich am nächsten Vormittag vorbeizuschauen, wenn ich den Schlüssel für die Hauptcairn abholen käme, den eine Nachbarin aufbewahrte.

Der Feenbauer zog sich die Kappe wieder tief über die Augen und stand auf. Es war mir unbegreiflich, wie er so überhaupt seinen Weg durch die Leute finden wollte. Auch der hagere Alte mit der Pfeife wandte sich zum Gehen.

„Junge Frau, viel Glück mit Ihrem Geisterhund. Und daß Sie mir nicht in ein Loch fallen! Auch das passiert hier alle naselang. Besonders den Touristen vom Kontinent." Er blinzelte mir verschwörerisch zu, deutete rasch mit dem Kopf hinüber zu dem Touristenpaar und bahnte sich dann laut lachend einen Weg zur Tür.

„Was meint der denn jetzt schon wieder damit?" grummelte der Rothaarige.

„Ach, Zeitlöcher, Pat. Diese Geschichte gibt es überall, auch auf dem Kontinent, nicht wahr?" Der Alte schaute mich fragend an, und ich nickte erleichtert, denn ich hatte zunächst geglaubt, daß die Anlage unbekannte Gewölbe enthielte, in denen ich mir leicht die Beine hätte brechen können – keine angenehme Aussicht, wenn man so in der Einsamkeit einer quadratkilometergroßen Totenstadt herumforschen wollte.

„Ja, das ist eine überall bekannte Sage: Hier, bei Ihnen in Irland sind es oft Poeten oder junge Sänger, die in der Anderwelt verschwinden. Bei uns in Deutschland kennen wir die Geschichte vom Mönch, der für zwei, drei Tage oder gar Jahre in der anderen Welt lebt, sich in die Feenkönigin verliebt und dann wieder auftaucht. Aber die Welt hat sich Jahrhunderte weitergedreht, und er fällt zu Staub zusammen."

Der junge Patrick sah mich erstaunt an. „Und? Glauben Sie auch an solche Märchen?"

Ich lächelte. „Wäre es nicht schön, sich in eine Feenkönigin zu verlieben?"

„Eine merkwürdige Art, Selbstmord zu begehen." Er schüttelte den Kopf. „Okay, ich hätte nicht gedacht, daß Sie als Wissenschaftlerin auch so verrückt sind." Er stand auf. „Weibergeschwätz!" warf er in die Runde und verschwand in der Menge.

Nur der Alte war noch geblieben und blinzelte mir zu. „Das werden oft die treuesten Anhänger der Feen – die, die sich so vehement wehren." Wir prosteten uns zu.

„Nun, junge Frau in dem schlauen Wohnmobil, passen Sie trotzdem gut auf sich auf. Es wäre doch schade, wenn Sie erst als altes Weiblein wieder auftauchten und ich dann schon schon längst tot wäre."

„Keine Angst! Ich bin ja weder Poet noch Mönch. Ich bin nur eine ungläubige Wissenschaftlerin mit einem Wagen voller Technik und Computer."

„Zum Glück – vielleicht!" grinste er, drückte seine Zigarre aus und verließ ebenfalls den Tisch.

Die Worte der verschwundenen Männer im Ohr ließ ich meinen Blick nachlässig durch die Kneipe schweifen. Irgendwie hatte auch Patrick recht. Was war die Realität: Feen, Anderweltgeschichten? Während nur wenige Kilometer weiter nördlich der blutige Bürgerkrieg tobte?

Ich hatte das Gefühl, daß es Zeit sei, aufzubrechen. Das deutsche Paar, kühl, nüchtern, war bereits während der irischen Geschichte über Geisterhunde und gefallene Mönche gegangen.

Bis auf die drei Weiber am Tresen hatte sich der Pub nun geleert. Ich wankte einigermaßen benommen nach vorne, um meine trotz spendierter Runden nicht kleine Rechnung zu begleichen und durch einen Blick auf den dahinflimmernden Fernseher die noch fehlende Zeit bis zur Mitternachtshymne festzustellen. Eins der drei Weiber, hochrot im Gesicht und in jenem Alter, da die Kinder aus dem Gröbsten heraus sind und sich kein Mann mehr durch bequem auseinandergestellte Knie in Gefahr gebracht sieht, lachte grell auf.

„Ich versteh überhaupt nicht, warum all diese Touristen so verdammt scharf auf unsere Hymne sind!"

„Zu Haus' kennen sie nicht mal die eigene – würden sich auch schön beschweren, da drüben", nuschelte eine bläßliche, etwas jüngere Frau, deren Aussehen den Verdacht nährte, Tuberkulose könne in diesem Landstrich eine gar nicht so seltene Krankheit sein.

Beide hingen auf ihren Barhockern: breitbeinig die Fette und mit ineinandergeschlagenen Beinen die Blasse, während die dritte auf den Ellenbogen gestützt in ihr schwarzes Aleglas starrte. Sie schielte mich von unten an und lachte heiser. Dann grapschte sie nach meinem Arm und zog mich zu sich heran. Unsicher auf den Beinen, glaubte ich in ihr von tausend Fältchen durchzogenes Gesicht zu stürzen.

Plötzlich riß sie die großen, dunklen Augen weit auf, kniff sie dann rasch wieder zusammen und starrte mich kritisch an. Dann stieß sie mich wieder von sich und schaute weiter in ihren Krug mit der schwarzen Flüssigkeit.

Hinter mir fielen ein paar Stühle krachend von den Tischen, auf die sie der Wirt gestellt hatte. Er sah nun unwillig von seinem Waschbecken herüber.

„He! Welche Hymne magst du hören, schöne Frau?" krähte die Dicke vergnügt und schlug sich auf die breiten Schenkel.

Wie ihr Echo krächzte die andere: „Ach was! Hymne? Allein ist sie in ihrem Zigeunerwagen und braucht 'ne Bettflasche! Was, Pumpenschwengel?" Sie blinzelte, unterbrochen von Hustenanfällen, dem beleidigten Wirt zu.

„Der hat ja auch schon drei Whiskey und zwei Ale investiert!“ grölte die Dicke.

„Kommt schon, kommt schon!“ begütigte sie der Wirt, „Schluß für heute, Mädchen. Die Hymne ist längst vorbei! Feierabend! Gute Nacht!“ murmelte er und schob mich eilig zur Tür hinaus.

Hinter mir lärmten die Weiber weiter.

„'ne Hymne sucht sie! 'ne Hymne! Das Fräulein vom Kontinent! Hat keine eigene und meint nun, die Feen tanzen so einfach nach ihrer Pfeife!“

Ihr dröhnendes Gelächter und die beruhigende Stimme des Wirtes klangen mir nach, als ich quer über die Straße meinen Caravan mühsam ansteuerte.

ERSTE TAFEL

Ich – MAEVE – ritze unsere Erinnerungen in Stein auf die großen Tafeln, die wir unten an der Hafeneinfahrt aufstellen werden, damit jene, die hierbleiben, Töchter und Enkelinnen, sich unserer erinnern und den großen Aufbruch nicht vergessen, den wir, auf der Suche nach neuen Orten, wagten. Fruchtbar ist diese Niederung an dem breiten Fluß. Lange hatten unsere Mütter und Vormütter daran gearbeitet, die Ufer zu befestigen, Gräben zu ziehen und Sümpfe trockenzulegen. Später bauten sie dort, wo der Blick frei von Horizont zu Horizont schweift, die Sternenhöhlen aus, die Gräber für die Verstorbenen, die Orte der Wiederkehr und der Verehrung.

Das Wissen ist immer das gleiche: Gleichgültig, ob wir einer geraden Linie entlang durch das Meer segeln, eine Straße bauen, einen Holzdamm durch unübersehbare Sümpfe oder eine Furche ziehen und ordentlich dazu den Ackerrand im rechten Winkel. Es ist das gleiche Wissen, das uns die richtigen Zeiten lehrt, gleichgültig, ob wir zum Fischen ausfahren, die Saatzeiten und die Erntezeiten einhalten, ob wir jagen oder uns aufmachen, neue Küsten zu entdecken und neue Städte zu gründen, wenn der Boden nicht mehr alle ernähren kann, die dort geboren werden.

In den Sternenhöhlen auf den Mondhügeln lernen unsere Töchter, Sonnenläufe und Mondumgänge zu errechnen. Sie lernen, die Sternbilder zu erkennen, sie messen den Raum, die Zeit, und sie konstruieren die Tempelgewölbe.

Dort in den Höhlen entschlüsseln wir die Sprache der Sterne, die Gesetze der Erde, den Tanz der großen Göttin selbst.

Wir feiern dieses Gleichgewicht aus Zeit, Raum und Sippen, Säen, Ernten und Weiterfahren, Leben und Tod.

Nun ist es also wieder an der Zeit, daß einige von uns aufbrechen, damit das Gleichgewicht gewahrt bleibe zwischen Stadt und Land, Anzahl der Bewohnerinnen und Anzahl der Äcker im Delta, damit keine Hunger leide und die Krume nicht ausgemergelt davonwehe.

Wir wollen die Schiffe stromaufwärts lenken, denn, wie unsere Kundschafterinnen herausfanden, die Küsten auf der anderen Seite des Meeres sind trocken und karg. Kein Tier lebt dort, keine Pflanze grünt.

Wir werden es also wagen, die große Wasserscheide im Norden zu kreuzen. Es wird noch viele Monde dauern, bis wir das letzte der befreundeten Dörfer am Oberlauf des Flusses hinter uns gelassen haben. Erst die Kälber der Lastkühe, die uns flußaufwärts folgen und unsere Boote treideln, werden das Land hinter den Bergen erleben, neues Gras dort finden und im Schatten fremder Bäume ruhen.

So stelle ich unseren Aufbruch in den Schutz der Göttin, die allein überall ist und sich gleich in ihrer Macht über Zeit und Raum.

Der Sänger von Sligo

Die Luft

Siehe, so beklage ich mein Geschlecht,
Das weiße, aufrechtgehende,
Das Geschmeiß dieser Welt,
Krebsgeschwür an der Mutter Brust.

Alleine singt meine Harfe im Wind,
Einsam weint mein Haupt in den Wolken,
Nicht zum Zittern mehr bringt diese Luft meine Saiten,
Dieser Gestank aus den Ebenen herauf,
Dieser giftschwere Atem aus Abfall und Tod.

Verloren streift die Luft über das karge Feld,
Kein Baum, den sie streichelt,
Kein Wiesenduft folgt ihr von Kräutern schwer,
Kein Halm atmet im Wind, kein Busch rauscht nachts,
Keine Hecke flüstert den Giften Einhalt zu.

Hemmungslos ausgebreitet diese Gedanken!
Die Erde überziehend wie fahler Hauch.
Giftgedanken, Machtträume, ungebändigte Sucht
zu forschen, zu zerschneiden, zu herrschen.
Wo einzig das Haupt hätte sich neigen sollen vor Dir,
Sonne und Licht und Natur!
Kein Stein, der auf dem andern blieb,
Keine Luft den Kreaturen zu atmen,
Zerlöchert der göttliche Schutz vor dem All über uns,
Beschmutzt der Himmel durch unsere Gier!

Siehe, so beklage ich mein Geschlecht,
Das weiße, aufrechtgehende,
Das Geschmeiß dieser Welt,
Krebsgeschwür an der Mutter Brust.

Begreiflicherweise fand ich mich am nächsten Morgen nicht mit allerklarstem Kopf in meiner Koje liegend. Ich war zu einem Zeitpunkt aufgewacht, der mich schon längst intensiv in meine Studien am Mittelhügel hätte vertieft sehen müssen.

Zehn Minuten ließ ich das heiße Duschwasser über meine verknoteten Muskeln laufen; viel Schaum spülte sämtliche Rauchschwaden aus meinem Haar.

Danach zauberte ich mir in der kleinen Kochnische des Caravans, die alles enthielt, was eine Küche einer berufstätigen Single-Hausfrau heutzutage zu bieten hat, den schwärzesten, heißesten und süßesten Kaffee, neben dem ein Glas Dunkelbier ausgesehen hätte wie durchsichtiges Spülwasser mit Magermilch verdünnt.

Nachdem ich sogleich meinen Vorsatz gebrochen hatte, ganz der Landessitte angepaßt nur noch schwarzen Tee zu trinken, hellte sich das Leben wieder auf. Begleitet von den versteckten Blicken der Einwohner hinter ihren Gardinen sowie der neugierigen Dorfjugend, die mir hinterherradelte, brauste ich mit meinem stolzen Schneckenhaus zur Stadt hinaus in Richtung Lough Crew, dessen höchste, in der Mitte gelegene Erhebung nun hinter den grünen Weiden auftauchte wie eine große Frauenbrust.

Wie manche dieser Busenberge entpuppte sich auch der Lough Crew beim Näherkommen als eine Kette aus drei Hügeln, an die sich südlich noch ein kleinerer Vorhügel anlehnte. Die „Brüste“ eines solchen Berges verliefen immer von Ost nach West, und der „Bauch“ war in Richtung Süden vorgelagert. Eine Wasserstelle – ein Teich, ein Flußlauf oder ein sumpfiger Landstrich – bildete am Fuß des Bauches wiederum den „Schoß“, so daß das gesamte Landschaftsensemble die Gestalt einer großen hingebreiteten Frau oder „Göttin“ darstellte.

In einem kleinen Weiler wies mir ein Pfeil die Straße zum Mittelhügel, vor dem ein kleiner Parkplatz ausgebaut war. Diese schlaglochreiche schmale Straße führte beinahe senkrecht, eingezwängt zwischen Hecken, hinauf. Gleich zu Beginn deutete ein zweiter Holzpfeil auf ein rosa verputztes Haus, wo man den Schlüssel zu den erhaltenen Cairns bekam, die mit Eisengittern verschlossen waren.

Ich mußte den breiten Wohnwagen mitten auf der Straße stehenlassen und ging durch ein kniehohes Gartentor, an dem ein Schild vor dem Betreten des Grundstückes warnte: *„Keep care!“* Ein geifernder Hundekopf mit aufgerissenem Rachen versinnbildlichte diese Warnung. Kopfschüttelnd näherte ich mich langsam der Haustür. Gerade hatte ich die zwei flachen Stufen erreicht, als ein hellgelber Collie um die Ecke gefegt kam, dem eine ungute Laune des Schicksals die Rute koupiert hatte.

Ich hastete die Treppen hinauf und läutete Sturm. Das Tier blieb stehen und äugte zu mir hoch. Ob es mangels Schwanz nicht wedeln konnte oder einfach nicht wollte, war nicht ersichtlich. Ich eilte mich, das gar nicht erst herauszufinden, sondern klingelte wesentlich drängender als beim ersten Mal. Nichts regte sich im Inneren des Hauses. Der Hund hatte vergnügt die Vorderpfoten auf die unterste Stufe gesetzt und fletschte knurrend die Zähne. Ich klingelte ein drittes Mal hemmungslos, hob schon den Fuß und überlegte, wohin ein bissiger Hund am wirkungsvollsten zu treten sei, als aus einem Schuppen neben dem Haus das Geräusch einer quietschenden Tür drang und gemächlich Schritte über den Kies um die Hausecke knirschten.

Eine nicht sehr große, ältere Frau mit grauen Löckchen, die sich unter einem Kopftuch hervorkringelten, blinzelte erstaunt auf die seltsame Szene, setzte dann ihren Metallkorb voller Holzscheite ab und keifte die Colliehündin auf Gälisch an, die nun schwanzwedelnd, soweit man das feststellen konnte, auf sie zulief.

„Entschuldigen Sie!" rief die Frau. Ich ging ihr entgegen und faßte den Holzkorb mit an.

„Oh danke. Die Hündin tut nichts. Kommen Sie nur mit herein. Ja ja, es ist nicht einfach, wenn man als Frau alles alleine verrichten muß." Sie schloß die Haustür auf, und wir setzten in der kleinen, sauber gekachelten Diele den Korb ab.

„Sie möchten sicher den Schlüssel zum Lough Crew?"

„Ja. Warum haben Sie denn das Schild am Gartentor? Wegen Ihrer Hündin?"

„Ach, das hängt erst seit kurzer Zeit dort. Das ist wegen dem anderen Hund, dem großen grauen, der sich hier herumtreibt. An manchen Tagen läßt er keinen Fremden an mein Haus heran."

„Das verstehe ich nicht recht. Die Leute erzählten mir, daß er wildert und erschossen werden soll. Sie zu beschützen ist doch sehr artig von ihm."

Die Frau nahm ihr Kopftuch ab und lachte mich an.

„Sie sind die Dame, die ihn zähmen will? Habe schon von ihnen gehört. Bei uns verbreiten sich Nachrichten sehr schnell. Was denken Sie denn, warum fremde Leute wie Sie bei mir klingeln?" Ihre tausend Fältchen blinzelten, und ihre Löckchen kicherten, als sie sich zu einem Brett neben der Haustür umwandte. „Wegen der Schlüssel natürlich. Macht einen Silber pro Schlüssel, Reisegruppen die Hälfte, Schulklassen sind frei. Verstehen Sie jetzt, was mich an meinem Beschützer stört?"

„Wollen Sie damit behaupten, daß der Hund Sie daran hindert, durch den Schlüsselverleih Geld zu verdienen?"

Die alte Dame nickte mürrisch. „Das könnte man fast meinen. Sie sind jedenfalls seit drei Wochen die erste fremde Person, die wieder einen Schlüssel ausleihen kommt. Aber passen

Sie bloß auf. Nachher fällt das Tier Sie oben am Berg an. Wenn Sie nicht gestern in Pub gewesen wären, gäbe es hier heute zwanzig Scharfschützen. Aber alle sind neugierig, wie Sie ihn zähmen wollen." Sie nestelte einen Schlüssel vom Brett und begleitete mich fürsorglich über den Rasen bis an das Törchen. „Das Seltsame ist allerdings, eigentlich täte es uns im Weiler leid, wenn ihm etwas passieren würde. Wie finden Sie das? So ein gefährliches Biest – aber wenn er erschossen würde, das wäre, na, das wäre ..." Sie stockte, als suche sie nach einem passenden Ausdruck. „Das wäre, als wenn die Hügel selbst sterben würden. Können Sie das verstehen? Typisch altirische Spinnerei." Sie lächelte mich verlegen an und schloß die Gartentür hinter mir.

Ich bedankte mich, ging zu meinem Wagen zurück, legte den Schlüssel ins Handschuhfach und fuhr die Straße einige Meter bergauf zum Feenbauer, um mein Versprechen einzulösen und das seltsame Hundetier in Augenschein zu nehmen. Das Biest hatte mir anscheinend bereits einen gewissen Ruhm hier in der Gegend eingebracht.

Wieder mußte ich mein Wohnmobil mitten auf der schmalen Straße stehenlassen, denn der Weg zum Landwirt bog oberhalb des rosa Häuschens zwischen zwei Hecken in einem so scharfen Winkel von der Straße ab, daß ich nur schwer hätte hineinmanövrieren können. Also sprang ich aus der Fahrerkabine und ging fröhlich pfeifend den Heckenweg hinunter. Irgendwie schien es mir, als erwarte mich genau an dieser Stelle der Beginn einer langen Reihe von Ereignissen, die Erfüllung eines jener Träume, die wir als Wünsche schon seit Kindertagen mit uns herumgetragen haben und an deren Bilder wir uns vielleicht schon immer, selbst im Mutterleib, voller Sehnsucht erinnerten.

Vielleicht war es aber auch nur die schiere Euphorie, wieder einen klaren Kopf zu haben, denn der Adrenalinstoß, den die freche Colliehündin in meinen Adern ausgelöst hatte, hatte die letzten trüben Alkoholreste verscheucht.

Lässig schlendernd, die Hände in den Hosentaschen, die milde Sonnenluft genießend, bog ich um die Ecke des Weges. Vor mir ragten schon die runden Wellblechscheunen über die Hecke – da erstarb mir das Pfeifen auf den Lippen, und meine Knie sackten unter mir weg: Quer über den Weg gestreckt lag der riesigste Hund, den ich je gesehen hatte, und blinzelte mich aus wolfsgelben Augen an. Der breite Brustkorb und die großen Flanken ließen ihn wie eine Löwengöttin aussehen, und ich tippte auf eine Art Schäferhund mit Wolfseinschlag. Einmal hatte ich bei einem Züchter, der hin und wieder zur Blutauffrischung Wölfe einkreuzte, solche Tiere gesehen. Im Vergleich zu diesem mächtigen Hund hätten sie wie harmlose Pinscher gewirkt!

Ich hockte mich in sicherem Abstand hin. Das prächtige Tier wandte mir die Ohren zu.

„Also", fing ich mit zittriger Stimme an. „Hör mal. Die Leute hier in der Gegend sind begreiflicherweise ziemlich sauer auf dich, ja? Ohne mich würden dich heute zwanzig Scharfschützen über den Lough Crew hetzen!" Beim Wort „Lough Crew" spitzte der massige Hund die Ohren und äugte dann über mich hinweg auf irgendeinen Punkt. „Nun", fuhr ich möglichst beruhigend fort, „ich hätte da einen besseren Job für dich, der deinen Fähigkeiten mehr entspricht und dich auch aus dieser miesen Rolle, die doch deiner gar nicht würdig ist, rausholt."

Er schlug sanft mit der großen, buschigen Rute auf den Boden, als plötzlich eine Stimme hinter mir sagte:

„Er wartet seit drei Wochen auf dich. Wieso hast du so lange gebraucht?" Ich fuhr herum. Im hellsten Mittagslicht stand eine Gestalt. Die Sonne hinter ihrem Kopf ließ das lange weiße Haar aufschimmern. Sie war etwas kleiner als ich und trug Lederhose und -hemd, die mich entfernt an ein Indianerkostüm erinnerten, zumal die weißhaarige Person ein kleines zweischneidiges Beil in ihrer Linken wie zum Gruß erhoben hielt und mir nun mit der Rechten ein schön gearbeitetes, grünlich funkelndes Halsband hinhielt.

„Nimm es! Und sei seiner würdig!"

Sie warf es mir zu und war schon halb hinter den Hecken verschwunden, ehe ich rufen konnte: „Der Hund! Wie heißt er denn?"

„Nenn ihn in deiner Sprache „Hügel", „Feenhügel", denn aus den Hügeln unserer Zeit stammt er!" rief sie über die Schulter zurück und verschwand. Zu verdutzt, um ihr nachzulaufen, wandte ich mich mit dem funkelnden Halsband in der Hand dem Tier zu.

„Hast du verstanden, was sie gesagt hat? Merkwürdige Sitten herrschen bei euch." Ich näherte mich vorsichtig, das Tier erhob sich und kam wedelnd auf mich zu. „Gut. Ich nenne dich ganz einfach „Harras". So hieß zur Zeit meiner Großeltern ein Aussichtspunkt, ein Hügel über dem Fluß. Später war es der Name einer U-Bahnstation nicht weit von meiner Wohnung."

Der Widerrist des Tieres berührte tatsächlich meine Hüfte, und Harras leckte mir gutmütig die Hand, während ich ihm das grüne Band umlegte, dessen Verschluß die Form eines Schlangenkopfes hatte. In geschlossenem Zustand nahm die Schlange ihr Schwanzende ins Maul.

Wir machten kehrt, und ich führte Harras den Weg hinab zum Wohnmobil, während mich die Frau aus ihrem rosa Häuschen staunend aus einem Fenster beobachtete. Schließlich kam sie die Straße heraufgehastet, einen halbvollen Papiersack hinter sich her zerrend, der mich stark an die auch bei uns üblichen Hundefuttersäcke der landwirtschaftlichen Genossenschaft erinnerte.

„Da, nehmen Sie!" keuchte sie, und gemeinsam hievten wir den Sack, der tatsächlich einen halben Zentner Hundetrockenfutter enthielt, in den Gang.

„So ein Riesenvieh frißt ja eine Menge! Wie haben Sie das nur fertiggebracht, daß er jetzt so ruhig dasteht? Und wie er guckt! Als verstünde er jedes Wort." Harras schaute uns von unten herauf an, den schweren Kopf schiefgehalten, so daß die weichen Ohrspitzen herunterhingen.

„Eine alte Frau hat ihn mir übergeben, die sehr seltsam angezogen war: in Lederkleidung mit einer kleinen Doppelaxt in der Hand."

Die alte Dame war ganz in den Caravan geklettert und setzte sich nun auf die Bank neben dem Tisch und schaute mich ebenso verdutzt an wie der Hund vor dem Wagen.

„Eine alte Frau …?“ Sie schüttelte den Kopf. „Hm, ja, Fräulein, wenn noch etwas ist, also … wenn …“ Sie stockte etwas verunsichert, als käme ich ihr plötzlich nicht mehr ganz so normal vor wie kurz zuvor in ihrer Diele. „Ja, wenn Sie sich vielleicht alleine fühlen da oben in Ihrem Wohnmobil, Sie können immer bei uns vorbeikommen. Ein Tee steht dauernd auf dem Ofen! Na, und was meine Hündin angeht …“ Sie deutete auf die Colliehündin, die ihr die Straße herauf nachgelaufen war und nun neugierig das große Tier umkreiste wie ein Chihuahua eine Deutsche Dogge.

„Die wirkt ja direkt harmlos gegen Ihr Monster! Der ist ja wie aus einer anderen Welt.“

Sie stand auf, schaute mich noch einmal, alle Löckchen schüttelnd, an und stieg aus dem Wagen. Harras sprang hierin, und dann fuhr ich, mein Wundertier im Gang zusammengerollt, vor Freude hupend die steile Straße zum Parkplatz hinauf. Dort stellte ich meinen Wohnwagen so, daß mich die Morgensonne jeden Tag von Osten her durch die leicht getönten Fensterscheiben wachkitzeln konnte.

In den nächsten Tagen, die leider nicht mehr so sonnig waren, machte ich einige Stippvisiten auf dem mittleren und dem westlichen Hügel, um auszuprobieren, wie zuverlässig Harras beim Wagen bliebe. Bei meinen Ausflügen kroch er unter das Wohnmobil, wo er vor Regen oder Nebel geschützt war, legte seine Schnauze melancholisch auf die dort aufgereihten Gummistiefel und verschmolz so mit dem Erdboden, daß näherkommende Personen ihn tatsächlich erst in dem Augenblick erschrocken wahrnahmen, wenn er aus der Deckung hervorschoß und, bedrohlich bellend, mit hoch aufgestellter Rückenbürste zwischen ihnen und meinem Wagen hin und her sprang. Sein tiefes, kehliges Bellen war in der Tat meilenweit zu hören, und ich kehrte jedesmal unverzüglich zurück.

Meistens waren es Nachbarn wie Bronte Heights, der die mir versprochenen zehn Pfund für die Zähmung des Untiers und eine Flasche Selbstgebrannten ablieferte, oder Kinder auf einem Schulausflug, die ihre Nasen an den getönten Panoramascheiben meines Caravans plattdrückten. Nach einem solchen Tag bekam Harras von mir ordentlich Streicheleinheiten, und jeden Abend flüsterte ich ihm denselben Gute-Nacht-Spruch ins Ohr, während ich ihm beruhigend durch das dichte graue Fell strich.

Der Lough-Crew-Komplex, mitten im County Meath gelegen, bot dem bloßen Auge bei klarer Luft ein einmalig weites Panorama, das das besterhaltene Beispiel einer neolithischen Landschaftsanordnung darstellte. Charakteristisch waren ihre Sichtachsen zu anderen spirituellen Zentren jener Zeit, deren kilometerweites Netzwerk sich stets an den Sternen orientierte.

So schweifte das geübte Auge von den Bergen bei Sligo an der Westküste bis Carlingsford an der Ostküste. Die anderen wichtigsten Megalithanlagen Irlands wie Fort Knox und Tara lagen ebenfalls im Einzugsbereich dieser Sichtachsen, und von jenen Anlagen wiederum schweifte der Blick weiter bis zu den nächsten Kulturlandschaften.

Vermutlich im vierten Jahrtausend vor unserer Zeitrechnung entstanden, lagen fast hundert Cairns über die drei größten Hügel von Lough Crew verteilt, deren wohlberechnete Anordnung ein Beispiel für jene erstaunlichen Kalenderanlagen bot, wie sie uns in allen megalithischen Anlagen von Kleinasien bis in den Norden begegnen. Nur sieben dieser überdimensionalen Steinkammern waren noch so gut erhalten, daß man an ihnen das Prinzip des einfallenden Lichtstrahls erkunden konnte.

Sein Auftreffen auf eine der mit Schriftzeichen versehenen Tafeln an der Rückseite oder im Gang der Cairn ermöglichete die genaue Definition einer bestimmten astronomischen Konstellation – letzter Triumph einer verdrängten Kultur, welcher der Stolz auf die Fähigkeiten der Frauen und auf die Schönheiten der Erde sicherlich näher lag als auf die phallischen Kirchtürme und Raketengeschütze des heutigen Patriarchats.

Die Anlagen des Osthügels, die „Patrickstown“ genannt wurden, waren leider weitgehend zerstört. Trotzdem erhoffte ich mir von ihrem Besuch perspektivische und landschaftsbezogene Erkenntnisse, die bisher in der einschlägigen Fachliteratur kaum erwähnt worden waren.

Nachdem ich also West- und Mittelhügel einer ersten Besichtigung unterzogen hatte und mit Hilfe meiner Messungen und Computersimulationen die astronomischen Verhältnisse vor annähernd 6000 Jahren verifizieren konnte, beschloß ich an einem nebligen Morgen, mich erstmals in Richtung Patrickstown-Hügel aufzumachen, welcher von meinem Standort am weitesten entfernt lag. Wie am Tag zuvor mit Bronte Heights abgemacht, fuhr ich meinen Caravan in seinen Hof, damit Harras an diesem feuchtkalten Tag nicht gezwungen wäre, treu unter dem Wagen auszuharren. Ich hatte vor, mehrere Stunden fortzubleiben, und sein Bellen hätte ich dann auf diese weite Entfernung nicht gehört. Von Brontes Frau Emily mit einer Flasche Milch versorgt und einem Lunchpaket, Kompaß, Meßband und Taschenlampe im Rucksack, machte ich mich auf zu meiner ersten größeren Expedition, von meinem Riesenhund vergnügt umsprungen. Allerdings warf er mich bei seinen Freudenausbrüchen beinahe um.

„Benimmt sich wie ein junger Hund, das Riesenviech!“ murmelte der Landwirt bewundernd, als wir loszogen. „Die Heilige Jungfrau mag wissen, wie alt der wirklich ist.“

Leider hatte sich der Nebel noch weiter verdichtet, als ich den schmalen Schafpfad zum mittleren Hügel hinaufstieg, der in einem weiten Halbkreis zu jener Cairn führte, für die ich einige Tage zuvor den Schlüssel bei Mrs. Dean abgeholt hatte. Mittlerweile wurde das Gelände extensiv als Schafweide genutzt und hatte eine Umzäunung mit Drehkreuz. Die unmittelbare Umgebung der Cairn mit zum größten Teil eingestürzten Ganggräbern war so vor ihrer weiteren Zerstörung durch Tiere geschützt.

Der ungefähr zwei Kilometer lange Weg führte direkt am Zaun entlang und folgte dann einem der kilometerlangen Erdwälle, die von der Hauptcairn aus in alle vier Himmelsrichtungen verliefen, so daß die drei Hügel genau in Ost-West-Richtung miteinander verbunden waren, während die nach Norden und Süden verlaufenden Mäuerchen sich allmählich in den Ebenen zwischen Feldern und kleinen Ortschaften verloren. Ursprung und Funktion dieser Erdwerke waren damals unbekannt, über die Entstehungszeit stritten sich die Gelehrten.

Während es für die einen Prähistoriker eher Grenzmarkierungen aus dem Mittelalter waren, sahen andere in ihnen einen direkten Bezug zu der astronomischen Ausrichtung der Gesamtanlage und datierten die Erbauung in die Zeit des Neolithikums. Wahrscheinlich aber war man, wie so häufig in diesem Fachgebiet, gezwungen, mehrere Hypothesen gleichzeitig als gegeben anzunehmen, denn ein Charakteristikum jungsteinzeitlicher Kulturen besteht ja gerade darin, daß solche Anlagen meist mehrere Funktionen in sich vereinten, die sowohl dem sakralen als auch dem ökonomischen Bereich zuzuordnen waren.

Darüber und über Parallelen zu anderen Anlagen in Europa sinnierend, war ich dem Zaun eine ganze Zeitlang in Richtung Norden gefolgt, ohne auf das Mäuerchen zu stoßen, das ich einige Tage zuvor noch sehr deutlich im Tageslicht gesehen hatte. Ich schüttelte irritiert den Kopf und schimpfte auf mich, in diesem Nebel nicht genauer auf die Zeit geachtet zu haben. Ich blieb stehen und kramte meinen Kompaß aus dem Rucksack, um mich zu vergewissern, ob ich auch in die richtige Richtung lief. Doch der Stacheldrahtzaun verlief immer noch nach Norden. Entweder war ich noch nicht auf die Stelle gestoßen, wo er das Erdwerk kreuzte, oder ich hatte mich während meines Sinnierens verschätzt und war an der Stelle vorbeigelaufen. Allerdings hatte ich am Tag zuvor von weitem eher den Eindruck gehabt, daß der Zaun über das Mäuerchen hinüberführte und keine Lücke aussparte, die ich im Nebel hätte übersehen können. Ich setzte also meinen Weg, nun immer mit dem Blick auf den Kompaß, noch eine Weile nach

Norden fort, ohne aber auf den Wall zu stoßen. Allmählich verlief der Zaun nach Westen, da er ja die Kuppel des Mittelhügels einfaßte. Somit war ich mir sicher, daß ich den Wall übersehen hatte, und machte mich auf den Rückweg. Harras fand es vermutlich langweilig, so dicht an mich gedrückt durch die grauen Schwaden dahinzustolpern und blickte mich einige Male fragend an. Ich tätschelte ihm beruhigend das nasse Fell.

Doch auch auf dem Rückweg fand ich seltsamerweise das Mäuerchen nicht, von dem ich doch fest überzeugt war, daß es irgendwo hier verlaufen mußte. Der Nebel hatte meine Kleidung durchnäßt, und sogar Harras zitterte leicht, als ich nun laut schimpfend an der Zaunecke stand und überlegte, wie ich in dieser verdammten Nebelsuppe das Mäuerchen finden könnte, das mich in wenigen Minuten nach Patrickstown geführt hätte.

„So ganz ohne Orientierungshilfe trau ich mich nicht, weiterzusuchen, Kompaß hin oder her, lieber Harras“, brummelte ich, da der Hund Anstalten machte, einfach nach Osten zu ziehen. „Sei nicht ungeduldig. Ja, ich weiß, wäre ich nicht so ein blödes, schnauzenloses Menschentier, könnten wir schon längst wieder zurück sein und gemütlich im Caravan heiße Milch schlürfen.“

Ich tastete mich zum Drehkreuz zurück. Ich hatte beschlossen, erst einmal in der trockenen Cairn Rast zu machen. Wie eine urzeitliche Riesenschildkröte trat der gewaltige Steinhügel vor mir aus der Nebelwand, Warnung und Schutz zugleich. Harras war vorausgelaufen, nachdem er es anscheinend aufgegeben hatte, mich partout durch den Nebel ziehen zu wollen, und wartete nun wedelnd vor dem Gittertörchen darauf, daß ich aufschlösse und uns in den trockenen Schutz des Ganges hineinließe. Dort legte er sich mit einem fast menschlichen Seufzer auf den windgeschützten Boden, und ich tat es ihm nach. Im Schein meiner Stablampe teilten wir Wurstbrote und Milch, und bald hatte ich mich soweit erholt, um neue Pläne für das Erklimmen des Osthügels zu schmieden. Spielerisch ließ ich den Strahl meiner Stablampe, wie so oft in den letzten

Tagen, über die noch immer von niemandem entzifferten Zeichen auf den Tafeln ringsherum an den Wänden der Kammer wandern: Zackenlinien, Feuerräder, Ritzungen, die aussahen wie die Rücken von Kellerasseln; Halbkreise und Labyrinthe tauchten kurz aus dem Dunkeln auf und verloschen wieder. Harras folgte scheinbar interessiert meiner neolithischen Diashow. Eine der seltsamsten Tatsachen war, daß sich viele dieser Zeichnungen auch an Stellen im Gang oder in der Kammer befanden, wohin nie und nimmer ein Lichtstrahl fallen konnte, so daß es schwer verständlich schien, wie auch diese in immerwährendes Dunkel getauchten Zeichen Abbilder oder Symbole astronomischer Konstellationen sein konnten.

Ich begann meine Sachen zusammenzupacken, da ich mich von der Kälte erholt hatte. Es war aber nicht nur der Schutz vor der Witterung, der solchen Grabkammern ihren Reiz verlieh, sondern es war, als sei auch das Herz wärmer als zuvor und von einem ruhigen Frieden erfüllt. Auch Harras schien den wohltuenden Einfluß des Ortes gespürt zu haben, denn als er merkte, wie ich meinen nicht mehr ganz so klammen Pullover überstreifte, sprang er schweifwedelnd auf und lief ungeduldig ein Stück in den Gang. Ich hatte meine Stablampe mit dem Strahl nach oben auf den Boden gestellt, um zu überprüfen, daß ich keinen Abfall hinterließ, als er sie mit einem kräftigen Schlag seiner Rute umstieß, so daß sie nur noch gedämpft leuchtend am Boden hin und her rollte.

Ich erstarrte. Täuschten mich plötzlich meine nicht an das Halbdunkel gewöhnten Augen? Spielten mir unsere Schatten einen Streich? Harras' großer Körper verdeckte nun auch einen Teil des hereinflutenden diffusen Tageslichts. Oberhalb des Lampenstrahles, ungefähr in Brusthöhe, tauchte ein seltsamer Schemen auf: eine Hand, die mit einem harten Gegenstand nachdrücklich gegen die Bildzeichen klopfte und mit leisem Schabegeräusch eine liegende Acht dazwischenkratzte. Den Schatten hätte ich ja noch für eine optische Täuschung halten können, hervorgerufen durch das sachte auslaufende Rollen der Lampe. Aber das leise Kratzen und Pochen, gedämpft durch den Nebel, fremder, als ich mir jemals hätte vorstellen können, ließen mir die Haare zu Berge stehen. Erschrocken griff ich mit der einen Hand nach der Lampe, mit der anderen packte ich meine Sachen und stürzte hinaus ins Freie, wo ich vor lauter Eile beinahe vergessen hätte, das Eisentürchen hinter mir zu verriegeln.

ZWEITE TAFEL

Ich – MAEVE, MAEVES TOCHTER – ritze unsere Erinnerungen in Stein auf die großen Tafeln, die wir am Westtor aufstellen, damit jene, die nach uns kommen, Töchter und Enkelinnen, sich unserer erinnern und unserer Flucht in den Sonnenuntergang hinein.

Lange hatten unsere Mütter in der fruchtbaren Ebene hinter der großen Wasserscheide gebaut, damit Generation auf Generation friedlich darin lebe und stürbe, bis es wieder an der Zeit sei für eine Sippe, weiterzuziehen und neue Städte zu gründen. In jedem Haus stand der Altar der Göttin; wir begruben die Toten unter unseren Schlafstätten, damit das Oben und Unten im Gleichgewicht bliebe, und die Wiederkehr ginge durch den Körper der Frau.

Doch dann geschah das Neue, Unbekannte, niemals von den Alten erzählt, in keine Tafel geritzt und in keinem Lied erinnert.

Vor der Stadt tauchten Fremde auf, die in Zelten lebten und magere Ziegenherden von den Bergen herabtrieben. Wir gaben ihnen Getreide und Gemüse, tauschten unsere Reichtümer gegen die süßen runden Kuchen aus vergorener Milch, die sie gelb und fett mit sich führten, denn die Erde ist groß genug für alle Menschen. So wie eine Frau auch der Nachbarin Kind nährt, wenn es hungrig über ihre Schwelle stolpert, so gaben wir jenen von unseren Früchten, wir handelten mit ihnen, wir tauschten uns aus.

Merkwürdigerweise beugten sie an den Markttagen niemals das Knie vor der Statue der Frau, und nur ihre Männer kamen in die Stadt, ihre Frauen sahen wir nie, bis diese nachts heimlich an unsere Tore klopften und um Versteck und Schutz baten.

Erst so erfuhren wir von den merkwürdigen Sitten der Fremden, deren Männer sich zu Häuptlingen aufschwangen über Leben und Tod. Sie traten ihre Frauen mit Füßen, hielten sie schlechter als das Vieh. Einige Mutige hatten sich – als Männer verkleidet – mit den Händlern in unsere Stadt geschlichen. In die Berge zurückgekehrt, erzählten sie ihren Schwestern von unserer Stadt. Wir lernten, daß unsere Art nicht selbstverständlich auf der Erde war. Es gab Völker, deren Frauen unweigerlich und ohne Wahl an einen Herrn gebunden waren wie bei uns das Vieh an eine Sippe. Sie durfen ihre Geliebten nicht frei wählen und ihre Kinder trugen Männernamen.

Aber ehe die Versammlung der ältesten Frauen einen Beschluß fassen konnte, wie wir weiterhin den Ziegenvölkern begegnen sollten, stürmten diese – oben in den Bergen war ein karger Winter ausgebrochen – unsere wehrlose Stadt, plünderten die Speicher, verbrannten die Häuser, zerrten zahllose junge Frauen mit sich in die Nacht, erschlugen die Alten und schmetterten unsere Kinder an die Wand.

So sahen wir das erste Mal den Tod in Menschengestalt, mit Asche beschmiert, rauhbärtig, Äxte und Bogen in der Hand.

Am Morgen sammelten wir die Überlebenden unseres Volkes, die sich rechtzeitig in den unterirdischen Vorratskammern des Tempels versteckt hatten. Einige wollten ausharren und sich nicht vertreiben lassen. Sie übten sich im Bogenschießen und begannen Mauern um die Stadt zu errichten. Wir anderen flohen, denn wie sollten wir eingreifen in der Göttin Rat, töten lernen, was allein Ihrer Weisheit ansteht, dem ewigen Lauf der Zeit? Wir wollten der Göttin rein entgegentreten, der allein es vorbehalten ist, über der Menschen Lebenslos zu entscheiden. Niemand sollte uns zwingen, das Töten zu lernen. Also zogen wir aus, ließen weinend die Städte der Mütter hinter uns, so reich und verletzlich in der Ebene gelegen. Wir zogen zum Sonnenuntergang an das große Meer, hinter uns das Ende der Zeit, von den Bergen herab, den Tod.

Der Sänger von Sligo

Das Feuer

Siehe, so beklage ich mein Geschlecht,
Das weiße, aufrechtgehende,
Das Geschmeiß dieser Welt,
Krebsgeschwür an der Mutter Brust.

Kaum wollten die Tränen den Tönen Raum geben,
Tränen aus den gräßlichen Feuern im Tal,
Die sich selbst wiedergebären noch und noch,
Unsichtbar uns verändernd im innersten Kern.

Steppenbrände tobten, Wälder gingen auf in Rauch,
Ringsum brannten die Horizonte,
Kein Loch tief genug, diese Feuer zu fliehen,
Kein Berg hoch genug, kein Wasser zu weit.
Hingemordet die Schwestern im Fell,
Unsere singenden Brüder in der Luft,
Die stillen Freunde im Meer verkocht,
Zu Staub zermahlen die glatten Bekannten,
Die Schuppengeliebten am Boden, die Schlangen im Stein.
Dahin alle Liebe zwischen den Menschen,
Niemals wieder wird ein Hund mir vertrauensvoll
Seinen Kopf legen zwischen die Hände,
Niemals wieder eine Katze meine Schultern wärmen,
Kein Schmetterling wird mich umgaukeln,
Es küßt mich kein Mann mehr, schon gar keine Frau!

Siehe, so beklage ich mein Geschlecht,
Das weiße, aufrechtgehende,
Das Geschmeiß dieser Welt,
Krebsgeschwür an der Mutter Brust.

Ein großer Hund mochte einen guten Schutz gegen alle übelwollenden Menschen auf dieser Welt darstellen, gegen ungreifbare Geistererscheinungen aber war selbst ein ausgewachsener Tiger nicht beruhigender als der schwache Lichtschein einer umgefallenen Lampe.

Ich floh den Mittelhügel hinunter, trotzdem verirrte ich mich nicht, sondern fand den Hof zu meinem großen Erstaunen sofort wieder. An der Tür des Caravans hing ein Zettelchen von Mrs. Dean, die mich für den folgenden Mittwoch zu sich in ihr rosa Häuschen zum Tee einlud, und der Bauer rief fröhlich aus einer Stalltür heraus, ob ich ihm und seiner Frau zum Abendessen Gesellschaft leisten wolle.

„Sie sehen ganz naß aus! Emily soll Ihre Klamotten am Ofen aufhängen!"

Ich nickte, getröstet von diesen herzlichen Aufmerksamkeiten, die mir sonst gar nicht so wichtig gewesen wären. Doch die Wanderung im Nebel, das Gefühl, in dieser feuchten Weite vollkommen verloren zu sein, wenn ich nicht ... Was eigentlich? Wenn ich nicht das fände, weshalb ich hergekommen war? Aber ich fand es doch jeden Tag bei meinen Studien: die alte Anlage, die Ganggräber, die Einritzungen in den grauen, halb vermoosten Steinhaufen. Doch hatte ich erst durch diese Erscheinung in der dunklen Cairn gespürt, daß ich noch nichts gefunden hatte – ja, daß es etwas zu finden gab, was sich wirklich lohnte, ohne das meine Seele eines tieferen Wissens beraubt wäre!

Vielleicht machte mir dieser Gedanke mehr Angst als die Geisterhand, das Klirren der umgestürzten Lampe oder Harras' seltsames Verhalten, von dem ich immer mehr den Verdacht hatte, daß er in etwas eingeweiht war – daß er am Morgen schon gewußt hatte, was uns geschehen würde. Nun lag er da im schmalen Gang zwischen Regal, Computer und Sitzecke, während ich, über ihn hin und her steigend, trockene Sachen und Handtücher für eine heiße, ausgiebige Dusche zusammensuchte. Er lag da und blinzelte mich – oder bildete ich mir das auch schon ein? – ein wenig schadenfroh aus seinen gelben, weisen Wolfsaugen an.

Während ich lange unter der Dusche hockte und meinen Gedanken nachhing, verbrauchte ich meinen gesamten Wasservorrat und mußte am Abend dreihundert Liter bei meinen Gastgebern nachfüllen.

Emily Heights, die in blauen Überhosen und Stallstiefeln durch den Hausflur lief, bemerkte gleich, daß ich immer noch etwas blaß um die Nasenspitze war. Sie führte mich in die nach Torfrauch duftende Küche und hing mit Schwung ihre Stalljacke über die Stangen am Ofen.

„Verwirrt – verirrt, was?" Sie nahm meinen Pullover und meine Jeans entgegen, hängte sie ebenfalls dazu und stellte einen undefinierbaren Eintopf, heißen Tee und die Whiskeyflasche auf den Holztisch in der Mitte der großen Küche.

Als Bronte durch die Tür hereinkam, mußte er sich bücken; Emily strich ihm über die kurzen roten Haarstoppeln.

„Setzen Sie sich und greifen Sie zu." Jede ihrer kleinen honighellen Sommersprossen lächelte mich ermutigend an, und wir ließen uns nieder.

„Roby?" Bronte sah sich suchend um.

„Schon im Bett, mein Lieber, was denkst du denn?"

Sie sprachen ein kurzes Gebet auf Gälisch, bekreuzigten sich, und wir begannen zu essen.

„Reich sind wir ja nicht gerade", murmelte Emily mit vollem Mund, so daß ich ihr stark irisch gefärbtes Englisch kaum noch verstand. „Ich habe gelesen, Höfe von der Landfläche wie der unsrige gelten in Deutschland bereits als Großbetriebe?" Ich nickte. „Bei uns bringt der Boden nichts, wir können kaum Getreide anbauen, zu rauh hier oben."

Bronte löffelte ruhig vor sich hin. Während er, was ich in der Kneipe nicht so bemerkt hatte, im Stehen beinahe bis zur Decke reichte, war Emily kaum so groß wie ich, mit der hellen Haut, die viele rothaarige Menschen haben. Sanft gefärbte Sommersprossen waren über das ganze Gesicht verteilt, aus dessen leichter Aufgedunsenheit, was vielleicht von ihrer kleinen Vorliebe für die Flasche auf der Mitte des Tisches herrührte, ein paar dunkelbraune Augen schauten, deren Freundlichkeit mich tief berührte.

Bronte blinzelte mir zu und wandte sich an seine Frau:

„Die Miß Wissenschaft hat sich heute im Nebel verirrt! Was sagst du dazu? Trotz Kompaß und all den Geräten!" Er wischte seinen Teller mit einem Stück Brot sorgfältig aus.

„Aber das ist doch klar!" Sie lachte mich aus ihrem vom Wind geröteten Gesicht an, und die dunklen Augen funkelten verschmitzt. „Es kommen Leute hier herauf, die finden Patrickstown nicht einmal im hellsten Sonnenlicht - man sollte es nicht meinen, wo der Hügel doch so eindeutig in der Landschaft herumliegt."

„Dabei ist doch gar nicht Vollmond!" ergänzte Bronte und prostete mir zu.

Ich schüttelte innerlich den Kopf. Die beiden trugen wohl zu Recht hier in der Gegend den Spitznamen Fairy Farmer. Doch nun schauten mich beide plötzlich ganz aufmerksam an, als fiele ihnen erst jetzt etwas an meinem Gesicht auf.

„Na, kommen Sie! Das hat Sie aber nicht so blaß um die Nase herum gemacht! Was war denn noch da oben am Berg?"

Emily schob mir auffordernd die Teekanne zu und ein weiteres Glas Whiskey.

Ich zögerte und versuchte, meine Antwort durch umständliches Kauen auf den ausgekochten Fleischstückchen hinauszuziehen, doch die Blicke der beiden Leute forderten mich nachdrücklich auf, und so zuckte ich mit den Schultern:

„Wahrscheinlich bilde ich mir alles nur ein: Ich glaube, ich habe etwas ähnliches erlebt wie Sie neulich bei der Jagd auf Harras. Ich meinte, eine Art Hand an der Wand der Cairn zu sehen." Emily und Bronte wechselten bedeutungsvolle Blicke. „Aber sicher habe ich mich in den Schatten getäuscht – wahrscheinlich hat mich Ihre Geschichte neulich abend dazu gebracht."

Ich lachte etwas gekünstelt. Wie sollte ich auch diesen fremden Menschen, noch dazu in einer Sprache, die wir alle drei nicht besonders gut sprachen, dieses unsagbare Gefühl beschreiben, das mich in der Cairn überkommen hatte.

„Sie haben wirklich an jenem Abend so lebendig erzählt ..." Ich schwieg verlegen, während Bronte Height grinsend nickte.

„Aber sicher doch. Jetzt bin ich schuld!"

„Slieve na Calliagh, Lough Crew, der Feenberg." Emily spielte nachdenklich an dem Verschluß der Whiskeyflasche. Schließlich stellte sie sie mit einem Ruck wieder hin.

„Na ja – hat doch keinen Zweck", faßte sie zusammen, und ich schaute sie fragend an.

„Was hat keinen Zweck?"

„Alles." Sie deutete vage in der Küche herum. Bronte legte ihr begütigend die Hand auf den Arm. „Wir wollen sie lieber mit anderen Geschichten unterhalten als mit unserer eigenen."

„Warum denn nicht?"protestierte ich.

„Ja, sehen Sie, um den Lough Crew gehen eben viele Geschichten, und sie sind wahr, und das wird Ihnen hier jeder im Weiler bestätigen. Da ist nicht nur die Sache mit der Hand, nein ..." Bronte machte eine nachdenkliche Pause, in die hinein sich leise die Küchentür öffnete. Ein verschlafener kleiner Junge steckte seinen Kopf herein.

„Roby! Du sollst doch längst schlafen!“ Emily stand auf, Roby schüttelte den Kopf und sah mich mit großen dunklen Augen an.

Ich hatte noch nie so ein hübsches Kind gesehen. Sein Alter war schwer zu schätzen. Von der Größe her mußte er drei oder vier Jahre alt sein. Er war schlank und hatte zarte Gliedmaßen. Mit Erstaunen nahm ich die außergewöhnlich zarte und liebevolle Reaktion der Eltern wahr, das Kind anzufassen und mit ihm zu sprechen.

„Willst du schnell unseren Gast begrüßen, Neugiersnase?“ Emily nahm Roby bei der Hand und führte ihn zu mir. Ich drehte mich auf dem Stuhl herum und schaute in solche nachtdunklen Augen, daß ich, ehe ich auch nur ein erläuterndes Wort von den Eltern vernahm, sofort begriff, daß dieses Kind stumm oder sprachbehindert war. Doch seine Augen sprachen mit mir, seine schmalen, länglichen Finger nahmen meine Hand und zogen mich dann sacht vom Stuhl.

„Hallo, ich heiße Helen“, sagte ich in möglichst langsamem, deutlichem Englisch. Das Kind lächelte, als verstünde es sehr wohl, daß auch ich nicht allzu gut Englisch reden konnte.

„Er versteht alles.“ Bronte neigte sich liebevoll über den Tisch. „Manchmal sagt er auch ein Wort oder einen Namen – aber wir glauben, daß er das eigentlich gar nicht braucht.“

„Hel-En“, sagte das Kind. „Hel-En, Ro-By ...“ Er führte mich zur Tür und machte sie auf. „Har-Ras!“ Der Junge ging mit mir in die Diele und klopfte dem riesigen Hund, der ihn freundlich anwedelte, auf den Widerrist.

„Sehen Sie? Das hat er schon aufgeschnappt.“ Bronte war uns gefolgt.

„Das liegt an Ihrem Tonfall.“ Emily nahm das Kind auf den Arm. „Wenn Sie Ihren Hund rufen, klingt das so lustig durch die Landschaft: Haa-ras, Haa-ras!“ Sie machte mich leise nach und neckte das Kind freundschaftlich. „Na, ist es nicht so?" Roby nickt und lachte mich an, dann deutete er unbestimmt ins Dunkel hinter der Haustür:

„Ma-Eve, Ma-Eve."

„Was sagst du?" Bronte beugte sich zu ihm herab. „Das ist ein neues Wort. Woher hat er das?"

„Wir waren heute morgen einkaufen. Vielleicht hat er das in Milbrooke aufgeschnappt?"

„Da sehen Sie es! Er ist wirklich nicht dumm."

„Aber jetzt mein Prinz, ins Bett." Emily trug den Kleinen hinaus, und Bronte und ich setzten uns wieder an den Küchentisch.

„Ja, sehen Sie", begann der schwerfällig wirkende große Mann, dem ich niemals eine so zarte Art, mit seinem Kind umzugehen, zugetraut hätte. „Das war die Geschichte, die Emily Ihnen erzählen wollte."

„Ich habe bei Eltern so ein Verhalten, mit einem Kind umzugehen, noch niemals erlebt", fing ich an.

„Ach, ja?" Er lächelte mich an. „Ist Ihnen nicht aufgefallen, daß er keinem von uns beiden ähnlich sieht?"

„Ach, ich weiß nicht. Er ist doch recht groß gewachsen wie Sie."

„Nein, das ist er nicht. Ich war in seinem Alter schon größer. Und keiner von uns hat so kohlrabenschwarzes Haar. Ich erzähle es Ihnen besser, solange Emily draußen ist. Es schmerzt sie nämlich immer noch, obwohl eigentlich ich … na ja … ich dran schuld bin." Er strich sich über den Kopf. „Sehen Sie, wir konnten keine Kinder bekommen. Besser gesagt: Ich kann keine Kinder zeugen. Wie nennt man diese Krankheit mit der dicken Backe doch gleich – Ziegenpeter? Das habe ich gehabt. Emily wollte sehr gerne Kinder, trotzdem nahm sie mich. Vielleicht bin ich halt unwiderstehlich?" Ein wenig von seinem Geschichtenhumor blitzte auf. „Nun, nichts nutzte. Kein Arzt, Nichts. Irgendwann war sie dann so traurig hier draußen in der

Einsamkeit, daß ich meinte, sie solle doch bei einem anderen liegen. Falls Sie verstehen, was ich meine."

Ich nickte betroffen. „Und ein Kind adoptieren?"

„Ja, natürlich, das hatten wir auch vor. Aber diese Formalitäten, und jedes Mal nach Mulingar mit neuen Papieren, und das neben der Landwirtschaft. Es war nicht gut, das Ganze. Nun – aber behalten Sie es für sich – eines Tages kam Emily wieder ganz verzweifelt aus der Stadt. Da saß so ein Kerl im Gericht oder ich weiß nicht wo, der wollte schauen, ob sie auch seelisch in Ordnung ist. Na, ich glaube, eigentlich wollte er nur wissen, ob sie Englisch spricht. Emily ist nicht so gut mit Schreiben, wissen Sie? Ich auch nicht. Wir sind nicht so viel zur Schule gegangen. Also, sie kam sehr verstört wieder und erzählte von diesen Untersuchungen. Auch der meinte ganz gehässig, warum sie nicht ... na, Sie verstehen?" Ich nickte; ich konnte mir lebhaft vorstellen, wie so ein Kleinstadtintellektueller mit den beiden einfachen Leuten umgesprungen war.

„Als ginge es jedem Kind nicht tausendmal besser hier draußen bei uns auf dem Land als in einer dreckigen Stadt! Also, sie kommt zurück, heult erst mal herum, und abends, wir waren gerade beim Melken, kommt sie zum Melkstand, klopft meiner Lieblingskuh auf den Widerrist und sagt: „Ich geh auf den Feenhügel. Ich geh träumen heut' nacht!" Bronte schwieg und schaute mich an. „Kennen Sie solche Sagen auch in Deutschland?"

„Ja. Sie meinen, eine Frau wünscht sich ein Kind oder einen Mann, dann geht sie auf einen bestimmten Berg, zu einer Quelle oder zu einem alten Baum, legt eine Gabe nieder, berührt das Heiligtum, sagt ihren Wunsch, schläft dort, und im Märchen geht er natürlich in Erfüllung."

„Nicht nur im Märchen." Wieder strich sich Bronte über den Kopf, als suche er die Kappe, die er in der Kneipe getragen hatte. „Sie ging tatsächlich. Ich wollte sie ja abhalten! Sie holte sich drüben bei Mrs. Dean den Schlüssel, kaufte sich extra einen Schlafsack, nahm eine Kerze mit und ging hinauf. Ja, zum Westhügel. Da, wo die Cairn mit dem Menhir ist." Bronte lachte verlegen. „Sie verstehen schon, dieser Menhir sollte wohl ich sein! Nun, ich weiß nicht, was sie dort gemacht hat. Am Morgen kommt sie wieder, ich sehe sie im Stall das erste Mal. Sie lacht und strahlt und behauptet bloß: „Er wird Roby heißen." „Robert?" frage ich erstaunt zurück. „Nein", sagt sie, „Roby. Ganz ausdrücklich so."

„Und dann? Woher kam das Kind? Lag es vor der Tür?"

„Nein, nein, so schlimm auch wieder nicht. Eigentlich ging alles mit rechten Dingen zu. Eine Cousine von uns rief am gleichen Tag an: Da sei ein Säugling, nur ein paar Tage alt, in ihrer Sozialstation abgegeben worden. Die Mutter war drogensüchtig und minderjährig, das Kind schrie Tag und Nacht, trank nicht. Die Heime waren überfüllt. Na ja, sie wußte ja, daß wir eins suchen, und am Abend stand sie mit ihm auf der Matte. „Wie heißt er denn?" fragte ich meine Cousine. „Roby", antwortete sie, „Roby." Und dann, als wir ihn erst einmal im Haus hatten, ging alles ganz einfach mit der Adoption. Inzwischen sind sie heilfroh, daß wir ihn haben. Wer nimmt schon ein behindertes Kind auf?"

„Er ist nicht behindert! Was erzählst du wieder!" Emily kam herein. „Er versteht ja alles, was wir sagen. Muß man auch so viel quatschen wie du?" Sie knuffte Bronte liebevoll in die Seite und blinzelte mir zu. „Er ist ein alter Geschichtenerzähler. Am liebsten hätte er wahrscheinlich selber da oben geschlafen! Aber untersteh dich, du!" Sie drohte ihm mit dem Finger, griff dann nach der Flasche und schenkte uns allen ein. „So, der letzte. Ja, untersteh dich!" Sie grinste.

„Aber warum denn?" Er verdrehte unschuldig die Augen. „Was soll denn da oben Schlimmes passieren?"

„Na, hören Sie sich das an." Emily stemmte in gespieltem Erstaunen die Arme in die Seite. „Jetzt tut er so, als würde ausgerechnet er all diese Geschichten nicht kennen! Die von den schönen jungen Männern, die auf Jahrhunderte in den Feenhügeln verschwanden und ein lustiges Lotterleben mit der Elfenkönigin führten! Ah, die hast du wohl vergessen, mein Lieber! Meinst du, ich will hier ewig warten? Und dann kommst du als grauer alter Tattergreis wieder heraus, wenn ich längst das Zeitliche gesegnet habe!"

„Jedenfalls", Bronte erhob sich, „uns erscheint nichts seltsam, was dort am Slieve na Calliagh passiert. Aber behalten Sie alles für sich. Das ist nichts für die Wissenschaft. Ich gehe nun hoch und hole Ihnen noch ein schönes Buch voller Sagen und Märchen. Sicher ist auch für Sie die richtige darin!"

Es war eine Sammlung über die Feenkönigin Irlands: Die schöne, hochgewachsene, blonde oder rothaarige Königin der Anderwelt, die mit Vorliebe zu Vollmond, an Halloween oder während der Sommersonnenwende die Hügel öffnete und sich den Sterblichen zeigte, grüngewandet wie Irland selbst. Wer nicht willens war, sich verführen zu lassen, tat gut daran, die heiligen Hügel zu meiden oder diesem Wesen mit der großen Hakennase weit aus dem Weg zu gehen, denn wen sie einmal in ihren Armen gehalten hatte, den ließ sie nie mehr los. Wer einmal die Süße ihres Körpers und ihrer Küsse gespürt hatte, verzehrte sich vor Sehnsucht bis an sein Lebensende. Das geschah oft schneller, als es der Sänger oder Mönch wollte, der dort hineingeraten war, denn von keinem Helden oder Prinzen war überliefert, daß er nach der Liebe zur Elfenkönigin noch eine andere Geliebte auf Erden fand. Manch einer wanderte von da an in ruheloser, unendlicher Sehnsucht durch die Welt, verzehrt von seiner Liebe, verfolgt von christlichen Priestern, die in diesem starken Elfenglauben eine solche Bedrohung für ihre eigene Religion sahen, daß der Papst im fernen Rom nicht umhin konnte, alles, was damit in Zusammenhang stand, mit Acht und Bann zu belegen.

Diese Geschichten erweckten in mir wieder dieselbe Sehnsucht nach etwas, das ich glaubte verloren zu haben, die mich am Morgen so bewegt hatte: War es der Verlust des Paradieses, das jene fahrenden Sänger einst in den Augen ihrer Feenkönigin an den grün hingebreiteten Brüsten Eires fanden?

„Passen Sie nur gut auf, wenn Sie morgen im Nebel wieder dort herumstapfen!" verabschiedeten mich die beiden an der Haustür, nachdem sie mir noch den Außenanschluß für den Wasserschlauch gezeigt hatten.

„Ach was, Bronte!" Emily schlug ihm auf den Rücken und zog ihm die Kappe, die er aufgesetzt hatte, um mir im Dunkeln beim Wasserabfüllen behilflich zu sein, über die Nase. „Dir fehlt der Durchblick. Hast du jemals gelesen, daß Frauen so etwas passiert ist? Das passiert nur euch, mein Lieber, nicht wahr? Wir Frauen bleiben unverführt – leider!" Und lachend zogen sie sich ins Haus zurück, während ich müde und halb getröstet in den Wohnwagen stieg.

Gleich am nächsten Morgen machte ich mich wieder auf den Weg, denn mein Ehrgeiz nagte in mir, dieses Patrickstown zu erreichen. Vielleicht war er durch die Bemerkung Emilys geschürt, daß manche Touristen den Hügel nicht einmal im Sonnenlicht fanden. Ich hatte verabredet, den Wagen einen weiteren Tag auf dem Hof stehenzulassen, und gut gerüstet lief ich los, Patrickstown einer näheren Erforschung zu unterziehen.

Dieser Sonntagmorgen war nicht ganz so neblig und undurchdringlich trübe wie der Tag zuvor. Die große Cairn war vom Drehkreuz aus gut zu erkennen, und es bereitete mir viel geringere Mühe als am Vortag, neben oder sogar auf dem Mäuerchen balancierend, die Ostrichtung von der Hauptcairn aus anzupeilen. Nach kurzer Zeit stieß ich auf den kreuzenden Stacheldrahtzaun – jene Stelle, die ich tags zuvor vergeblich gesucht hatte –, stieg mühelos darüber, und nun bereitete es weiter keine großen Schwierigkeiten, dem Erdwall in östlicher Richtung zu folgen. Nach einiger Zeit stieg das Gelände leicht an.

Auf Patrickstown waren nur wenige, kaum erkennbare Hügelchen erhalten. Drei lagen gleich nebeneinander, und etwas dahinter war die Zentralcairn schwach zu erkennen. Deshalb wunderte ich mich nicht, daß ich im Nebel diese drei kleinen Cairns offensichtlich verfehlt hatte.

Ich zog meinen Kompaß und den Lageplan zu Rate und achtete darauf, mich nicht allzuweit von dem Erdwerk zu entfernen, das mir eine sichere Rückkehr nach Hause zu garantieren schien.

Ich stutzte, als plötzlich im dichter gewordenen Nebel dunkle Schemen vor mir auftauchten. Beim näheren Herangehen schien es sich um Holzscheunen oder ähnliche Gebäude zu handeln. Trotz meiner Vorsicht mußte ich in irgendeine Senke geraten sein, denn ich konnte mich nicht erinnern, jemals von weitem her Dächer auf dem Patrickstownhügel gesehen zu haben. Langsam näherte ich mich diesen Holzscheunen, die mir in ihrer Bauart gar nicht typisch erschienen für irische Höfe, die meistens Wellblechgebäude mit hohen, halbrunden Dächern um ihre einfachen Wohnhäuser herum versammelten. Noch mehr staunte ich, als die Gebäude sich aus der Nähe als ganz aus Holz errichtete Wohnhäuser entpuppten, deren Dächer mit Reet oder Schilf gedeckt waren und über deren First kleine Rauchwolken standen.

Die Fenster waren merkwürdig dunkel, und als ich so nahe an die Wände getreten war, daß ich sie berühren konnte, sah ich, daß sie nicht durch Glasscheiben oder Fensterläden geschützt waren, sondern daß offensichtlich von innen her gespannte Tücher oder dünnes Leder die Öffnungen verdeckten.

Die Häuser waren verschieden lang und standen in einem nach Südosten hin offenen Halbkreis um einen kleinen Platz herum. Alle Eingänge waren an den Schmalseiten durch einen Windfang geschützt. Es waren keine Straßen oder Wege zwischen den Häusern zu erkennen, obwohl es eine relativ große

Ansiedlung zu sein schien. Ich wunderte mich, daß ich bisher von den gegenüberliegenden Hügeln nichts von diesem Dorf gesehen hatte. Die eigenartige Bauweise gab mir ebenfalls Rätsel auf, denn ich hatte nirgendwo gelesen oder gehört, daß in Irland so alte Siedlungen aus Holz existierten, waren doch die Wälder weitgehend der extensiven Weidewirtschaft dieses armen Landes zum Opfer gefallen.

Ich schätzte die Häuser auf mehrere hundert Jahre und staunte, wie unbekannt dieses Museumsdorf sein mußte, da es in keinem Reiseführer oder Prospekt erwähnt wurde. Nun, vielleicht war das auch nicht weiter verwunderlich. In Irland richtete sich das Hauptaugenmerk sowohl der Wissenschaftler als auch der Touristen vornehmlich auf keltische Modelldörfer, die sich aber mit ihren Rundhütten deutlich von diesen langgestreckten Häusern unterschieden. Es mutete überhaupt seltsam an, in diesem Land, das ja kaum die Gelder aufbrachte, Steinanlagen aus vorkeltischer Zeit zu kaufen und zu restaurieren, ein so gepflegtes Museumsdorf zu finden.

Harras durchschnüffelte interessiert Ecken und Winkel, hob begeistert an einer Häuserkante sein Bein, entdeckte gar einen Misthaufen und direkt an einer Hauswand eine Grube voller Abfall, der wie ein Komposthaufen aussah. In dem Haus daneben knarrte dann eine Tür durch die Nebelstille, und hinter dem Windschutz trat eine weibliche Gestalt hervor, die prüfend zu mir herüberblickte. Ähnlich wie die alte Frau, die mir Harras übergeben hatte, war sie ganz in Leder gekleidet. Ein breites, besticktes Stirnband hielt die dichte schwarze Haarmähne zusammen. Die Gestalt äugte einige Momente schweigend zu mir herüber. Dann sah sie Harras und rief ihm ein kurzes Wort zu. Der Hund hob seinen Kopf von der Abfallgrube und lief schwanzwedelnd auf sie zu. Sie drehte sich um und rief nun etwas in das Haus hinein. Dann verschwand sie wieder, und ich stand alleine zwischen den langen Häusern, um deren Ecken der nun aufkommende Wind strich und die Nebelschwaden vertrieb. Dann vernahm ich auch Stimmen aus den einzelnen Gebäuden, und dann stolzierte ein feuerroter Hahn um eine der Häuserecken, wandte seine Aufmerksamkeit einer kleinen Pfütze auf dem Platz zu, und sein Harem, bestehend aus einer mir unbekannten, kleinwüchsigen Hühnerrasse, kam gackernd und flügelschlagend angerannt.

Ich schüttelte verwundert den Kopf. Zwar war mir bekannt, daß im Rahmen der experimentellen Archäologie oder der Museumspädagogik Dörfer aus verschiedenen historischen Epochen aufgebaut und von Wissenschaftlerinnen und Wissenschaftlern bewohnt wurden, aber nie hatte ich von einem solchen Experiment innerhalb Irlands gehört, geschweige denn ausgerechnet an den Hängen von Lough Crew. Ich war gespannt, welche Zeitepoche hier wohl restauriert würde, denn es fiel mir schwer, die Kleidung der Frau einzuordnen. Allerdings wunderte ich mich, daß mein sonst so erzählfreudiger Nachbar oder auch Mrs. Dean bisher nichts davon berichtet hatten.

In dem Moment wurde die Holztür heftig nach außen aufgestoßen, und dieselbe weißhaarige Frau, die mir den Hund übergeben hatte, stand vor mir und musterte mich kritisch. Aus der Nähe wirkte sie älter als auf dem Heckenweg. Und als sie anfing zu reden, bemerkte ich, daß ihr Englisch ziemlich ungeschickt klang, beinahe noch unbeholfener als meines. Das deutete auf eine internationale Arbeitsgemeinschaft hin. Ich hielt ihr grüßend die Hand entgegen. Die alte Frau musterte mich weiter und übersah meine Hand, doch nicht verächtlich, sondern eher so, als bemerke sie diese Geste gar nicht, weil sie ihr unbekannt war.

„Schön, da bist du endlich." Ich starrte sie verwundert an.

„Ich bin aber doch schon einige Tage hier im Gelände!" stotterte ich etwas verlegen, als müßte ich mich für mein Zuspätkommen entschuldigen.

„Die Zeit reicht nie!" antwortete sie kurz. Diese Art der Begrüßung war schon etwas ungewöhnlich, besonders für

Fachkollegen meiner kleinen Disziplin. Ich schaute sie verwundert an.

„Komm herein. Es zieht", sagte sie nur kurz, griff an mir vorbei nach dem Türriegel und schob mich in den Vorraum des langgestreckten Hauses. Auch Harras drückte sich zwischen uns hindurch in die Wärme, und die Alte tätschelte das riesige Tier, als kenne sie es schon lange.

Der Vorraum war niedrig und durch einen schweren Vorhang vom Inneren des Hauses abgetrennt. Die weißhaarige Frau schob den Vorhang beiseite, und vor mir lag ein niedriger Gang. Rechts und links gingen einige Türen ab. Sie waren niedrig und ebenfalls mit schweren Teppichen oder Fellen verhängt. Neugierige Gesichter schauten heraus und lächelten. Die weißhaarige Alte rief ihnen etwas in ihrer Sprache zu und gab mir über die Schulter flüchtig Erklärungen wie „Älteste Tochter", „Schwestertocher" und „Mutterschwestertochter". Dann öffnete sich der niedrige Gang in einen Raum, der offensichtlich die gesamte Höhe und Breite des Hauses einnahm. In seiner Mitte loderte ein kräftiges Feuer in einem Kreis aus hohen glattpolierten Steinen, dessen Rauch in die Balken hinaufstieg und dort abzog. Das andere Ende des Raumes war in diesem Dämmerlicht kaum zu erkennen.

Die Alte bot mir einen Sitz nahe der Feuerstelle an, und allmählich kamen von allen Seiten die anderen Bewohner herbei, lächelten mich neugierig an und hockten sich ebenfalls ans Feuer. Eine erwartungsvolle Stille trat ein. Alle blickten auf die weißhaarige Alte, die sich neben mich gestellt hatte. Die meisten von ihnen trugen ähnliche Lederkleidung wie sie, besonders kleinere Kinder aber auch weichere gewebte Stoffe. Viele von ihnen trugen Stirnbänder.

So wie diese fremden Menschen dahockten, erinnerten sie mich stark an Abbildungen aus Fotobänden oder Filmen über die Ureinwohner Polynesiens, die Minankabau oder andere exotische Kulturen im Pazifik.

Dabei fiel mir auf, daß diese Bewohner des Langhauses in mir ein tiefes Wohlbefinden und ein spontanes, gegenüber einer fremden Menschengruppe eher unbegründetes Vertrauen, hervorriefen. Hier, in diesem durch das Feuer erhellten Raum saßen, soweit ich das erkennen konnte, nur Frauen. Frauen und Mädchen aller Altersstufen! Nur ein sehr kleines Kind, das zum Ergötzen aller gerade laufen lernte und fürsorglich immer wieder von liebevollen Händen davor bewahrt wurde, ins Feuer zu stolpern, war offensichtlich ein Junge. Ich zog meinen dicken Pullover über den Kopf, was von Harras mit einem sanften Schwanzklopfen und von der Alten mit einem befriedigten Kopfnicken registriert wurde. Das mußte ein Begrüßungszeichen sein, das ihr nun den Anlaß zu einer kurzen Rede gab.

Die Alte schaute sich im Kreise um, sagte ein paar Worte in der fremden Sprache, was die Frauen mit leisem Lachen aufnahmen, und wandte sich mir zu.

„Die hier versammelten Frauen sind die Sippe von Maeve. Das Dorf gehört zum Clan der Schildkröte. Wir heißen dich willkommen, Fremde aus der Gegenwart deiner Zeit. Wir haben lange auf dich gewartet, so verlangt es das Zeichen unseres Clans."

Ich lächelte der Alten höflich zu und nickte freundlich in die Runde. Dabei überlegte ich fieberhaft, wie ich ihr nun angemessen antworten könnte, ohne gegen die hier herrschenden Spielregeln zu verstoßen. Ich nannte meinen Namen, stockte aber bei dem Gedanken, wie ich eine Sippe benennen sollte, die es nicht gab, oder meinen Wohnort des zwanzigsten Jahrhunderts in diese altertümliche Ausdrucksweise übersetzen. Die Bezeichnung „Clan der Schildkröte" erstaunte mich ein bißchen, da ich ziemlich sicher zu wissen glaubte, daß es in Irland seit der letzten Eiszeit keine Schildkröten mehr gab. Ehe ich weitersprechen konnte, fuhr die Alte fort:

„Frage nicht. Unser Clan ist der älteste. Als wir, weit im Süden von hier, aufbrachen, lebten die Schildkröten zuhauf an den Ufern des Flusses. Schäme dich nicht deiner Zeit. Sie hat dich geboren, sie hat dich hinausgeworfen in eine seltsame Unterwelt, die weder den liebevollen Schutz der Muttersippe kennt noch die alte Vertrautheit der Clanheimat, die uns mit Himmel und Erde verbindet."

Sie machte eine weit ausholende Bewegung, die alles zu umfassen schien, und die anderen Frauen schauten mich so mitleidig an, als käme ich tatsächlich aus den grausigen Slums einer verdreckten Millionenmetropole. Eine jüngere Frau sprang nun auf, schöpfte aus einem großen Tonkrug, der nahe ans Feuer gerückt war, eine Schale dampfendes Getränk und brachte sie zu der Alten hinüber. Diese nahm die Schale, trank und reichte sie mir.

„Trinke, Hel-En aus der Neuzeit. Die Begegnung soll Glück bringen, uns im Niedergang und euch in der Hoffnung."

Ich kostete von dem süßen Getränk, das mir wie Glühwein heiß in den Kopf fuhr, und reichte dann die Schale auf ein Zeichen der Maeve weiter. Die Frauen tranken eine nach der anderen, und wir warteten schweigend, bis alle von diesem Begrüßungstrank genommen hatten. Die letzte stellte die Schale wieder neben den Krug, Maeve setzte sich hin und klopfte mir vertraulich auf den Rücken, als sei der offizielle Teil der Begrüßung nun pflichtgemäß erledigt. Fast ein wenig schadenfroh grinste sie mich an.

„Schlaue Gelehrte, die ihr Wissen aus den flachen Flatterdingern mit den kleinen schwarzen Zeichen holt. Sie denkt, wir sind wie sie Frauen, die ebenfalls in diesen Flatterdingern lesen, die krumme Rücken haben. Nun leben wir in dieser kalten Gegend wie unsere Vormüttern, die das schwarze Metall noch nicht kannten und das Rad noch nicht unter ihre Lasten legten."

Sie übersetzte ihre Rede in die andere Sprache; die jungen Frauen schlugen sich lachend auf die Schenkel, als habe sie einen tollen Witz gemacht. Ich schaute sie verdutzt an, nickte aber bestätigend, insgeheim bewundernd, wie sie sich die Redeweise einer anderen Kultur angewöhnt hatte, die also – soviel konnte ich ihren Worten entnehmen – vor der Buchdruckerkunst existiert haben mußte, ja, anscheinend sogar vor der Eisenzeit und dem praktischen Gebrauch des Rades.

„Aber Hel-En täuscht sich." Mit diesen Worten richtete sie sich auf und warf mir wieder einen dieser strengen, abweisenden Blicke zu. „Waren jene dumm, die diese großen Anlagen errichteten, die euch so viele Rätsel aufgeben? Waren jene dumm, die auf kleinen harten Steinen ein Abbild des Himmels zeichneten? In deinem Haus auf Rädern stehen kleine Kästen. Sie blinken und blitzen, sie können schreiben und rechnen. Waren jene dumm, die das alles bauten ohne diese Kästen? Sind jene dumm, die mehr als tausend Jahre lang den Frieden wahrten, während es deine Zeit nicht einmal eine Sekunde lang schafft, die Waffen schweigen zu lassen? Waren deine Vormütter tatsächlich so dumm?" Sie blitzte mich unter ihren weißen Haaren wie ein alter zorniger Indianerhäuptling an, und ich beeilte mich, den Kopf zu schütteln und meine große Achtung auszudrücken, die ich den jungsteinzeitlichen Erbauern und Erbauerinnen der Megalithanlagen entgegenbrachte. Die Alte nickte zufrieden, und als sie ihre Rede wieder für die anderen übersetzt hatte, nahm sie die kleine Axt, die an ihrer Hüfte hing, in die Hand, und rief mit lauter Stimme in die Versammlung hinein:

„Wir haben diese Anlagen gebaut. Wir waren die friedfertigen Kinder der Zeit. Wir wissen, welches Unglück aus Krieg und Streit über die Erde und ihre Menschen kommt. Wir sind die Träumenden, wir sind die Fliehenden. Wir sind die Letzten aus dem Clan der Göttin, der einst überall auf der ganzen Erde lebte." Die Alte redete mit erhobener Stimme weiter und wandte mir nun ihr Gesicht zu.

„Manche Frauen aus dem Clan der Schildkröte sehen durch die Zeiten. Wir haben dich heute gerufen, Hel-En, um eine

Botschaft zu senden. Wir wollen dir eine Nachricht mitgeben an deine Leben vernichtende Zeit, ehe unsere Träume endgültig versiegen, ehe alle Völker untergehen."

Die Wucht ihrer Rede erschlug mich. Ich war zu verdattert, um auch nur ein Wort sagen zu können. Ihr Auftritt, ja, die ganze Stimmung in diesem Raum unter den Frauen beeindruckte mich stark. Ich verstand nur soviel, daß hier offensichtlich auf eine „Traumzeit" rekuriert wurde, wie man sie auch aus Studien über die australischen Ureinwohner kannte. Natürlich wunderte mich ihr sehr detailreiches Wissen, das sie in diesem Auftritt umgesetzt hatte, da mir keine Abhandlungen bekannt waren, die es wagten, genauere Hypothesen über die kultischen und sozialen Strukturen der neolithischen Ackerbauern aufzustellen. Die Theorien der feministischen Matriarchatsforscherinnen gingen in dieser Hinsicht am weitesten, wurden aber vielerorts als müßige, archäologisch kaum zu belegende Spekulationen abgetan.

Diese Initiative gab mir immer mehr Rätsel auf. Vor lauter Verlegenheit brachte ich nur ein „Warum gerade ich?" heraus. Die Alte übersetzte meine Frage, und am anderen Ende des Raumes erhob sich eine kräftige Frau, die darauf in ihrer Sprache zu antworten schien. Nachdem sie sich wieder gesetzt hatte, dankte die Alte ihr und sagte zu mir gewandt:

„Das ist Chada, die älteste Tochter. Chada sagt: In deiner Zeit sind viele Frauen unzufrieden. Sie befreien sich aus den Klauen der Männerbünde, die in deiner Zeit so stark sind. Sie suchen das Wissen in der Zeit ihrer Vormütter. Die Vormütter leben freier und so, wie sie wollen. Die Erde ist in Frieden mit den Menschen. Die Frauen deiner Zeit suchen und sehnen sich danach. Auch Hel-En ist eine von ihnen, obwohl sie im Moment glaubt, Schliwechaelliag sei ein Museumsdorf." Dieses letzte Wort sprach sie langsam und mit einer verschobenen Betonung aus, als hätte sie es eben zum ersten Mal gehört, so daß ihr die Aussprache noch unklar war.

„Wir freuen uns, dir morgen unsere Felder zu zeigen, die Ställe, die heiligen Anlagen und das Dorf der Wanderer." Die Frauen nickten bestätigend, dann trampelten sie leise mit den Füßen auf dem gestampften Boden, was anscheinend den Abschluß des seltsamen Gesprächs bedeutete.

Der kleine Junge, der immer noch im Kreis herumstolperte, versuchte, das Stampfen der sitzenden Frauen nachzuahmen, purzelte prompt wieder auf den Boden, und alle lachten. Der Kleine weinte, denn er spürte wohl, daß dies seiner Unbeholfenheit galt. Da nahm ihn eine Frau auf den Schoß und wiegte ihn zu jener uralten Silbe, die wahrscheinlich überall als Wiegenlied gebraucht wird: „Ajaha-Ajaha-Ajaha ..."

Die anderen Frauen fielen nun in die einfache Melodie mit ein, gingen allmählich zu schnelleren Liedern über, einige sprangen auf, faßten sich an den Händen und begannen zu tanzen. Die Alte zog mich empor, und ehe ich noch etwas erwidern konnte, war ich in den Begrüßungstanz mit aufgenommen. Meine unbeholfenen Tanzschritte bereiteten den Frauen anscheinend ebensoviel Vergnügen wie die tapsigen Torkeleien des Kindes, der kurz bevor die Tanzerei ihren Höhepunkt erreichte, hinausgetragen wurde.

Irgendwann lösten sich ein paar Frauen aus dem tanzenden Kreis. Sie rückten näher an das Feuer heran, zogen glühende Steine heraus, auf die sie gewürztes Fleisch und Rindenstücke legten, die sie vorher mit einem hellen, süßlich duftenden Teig bestrichen hatten. War dieser Teig gebraten, zogen sie ihn rasch von der warmen Borke, drehten ihn geschickt wie eine Biskuitrolle zusammen und legten diese zum Nachgaren zwischen die Wärmesteine, auf denen der Tonkrug mit dem Begrüßungspunsch gestanden hatte. Der Teig war fein und dünn wie bei der exquisitesten österreichischen Patisserie und schmeckte ein wenig wie Lebkuchen. Ich murmelte anerkennend „Mmm, gut!" und leckte mir die Finger zum Zeichen meines Wohlbehagens.

Aus flachen Schalen nahmen andere Frauen kleine marinierte Fleischstückchen und spießten sie zusammen mit mir unbekannten, runden Früchten auf lange Holzspieße, die sie dann pyramidenförmig um das Feuer steckten: Schaschlik à la Megalithikum.

Begeistert ging ich von einer Gruppe zur anderen, und alle bedeuteten mir freundlich, zu naschen, was mir Spaß machte. Die Schaschlikmarinade war so scharf, daß mir sofort die Tränen in die Augen stiegen und ich erschrocken zurückfuhr. Das gab Gelächter; doch eine mitleidige Seele reichte mir einen kleinen Tonkrug, aus dessen Tülle ein kühles, joghurtartiges Getränk floß, das meine geschundene Kehle beruhigte.

In einer anderen Ecke des großen Raumes knieten zwei Frauen vor Mahlsteinen und zerrieben Körner zu Mehl, das in kochendes Wasser gerührt wurde, so daß ein fester Brei entstand. Daneben brodelten Gemüseeintöpfe, in die Wurzeln, knollenartiges Gemüse, Blattkohlarten und Früchte hineingeworfen wurden.

Als alles fertig war, setzten sich die anderen noch tanzenden Frauen auf einen getrillerten Ruf hin um das Feuer, und schnell wurden Schalen und hölzerne Kellen oder Löffel weitergereicht. Kaum hatte eine Frau ihr Eßbesteck zusammen, begann sie damit in der leeren Schale zu rühren oder zu schaben, bis ein dunkles Geräusch entstand, das sich im Kreis fortsetzte. Ich überließ mich eine Zeitlang ganz diesem dunklen Summen, ließ mich mit einschwingen in den Ton, um in dieser Form allen, die das Essen zubereitet hatten, allen Kräften, die es hatten wachsen lassen, zu danken.

Das Schwatzen, Lachen und Rufen in der Runde war nach und nach leiser geworden, ein warmer Mantel des Schweigens lag über dem ganzen Kreis, während die Frauen eine nach der anderen an das Feuer gingen, um sich aus den Schalen und Krügen zu nehmen, was sie wünschten, und so viele Fleischstücke, wie sie brauchten, von den Spießen zu holen. Alles ging ohne Hast vor sich, keine drängelte, denn es war für alle genug da.

Auch ich war aufgestanden und hatte mich, von der Alten mit freundlichem Nicken ermuntert, bedient. Neugierig hatte ich mich gerade über meine Schale gebeugt, um die unbekannten Speisen zu kosten, als plötzlich ein sirrender Ton erklang, der sich wie ein goldener Vogel unter den geschwärzten Balken aufschwang, gefolgt von weiteren Silbertropfentönen. Ich schaute erstaunt durch den dunklen Raum über die schweigend löffelnden Frauen hinweg – und da schien meine alte Tante Maeve in einem weiten, blau schimmernden Umhang zu sitzen, ein kleines Saiteninstrument auf den Knien. Sie ließ die Finger versonnen über die Saiten streichen ohne aufzublicken, und ihr Haar fiel im Feuerschein dunkelrotblond herab, genauso wie sie sich in meinen Kindheitserinnerungen für immer eingeprägt hatte.

Doch diese Frau mit der Harfe war nicht älter als ich selbst, während meine Tante sicherlich schon um die fünfzig Jahre alt sein mußte. Ich hatte sie in den letzten Jahren aus den Augen verloren, so wie wir vielleicht einen großen Teil unserer Kinderträume aus den Augen, aus dem Gedächtnis, ja, sogar aus dem Herzen verlieren. In diesem Augenblick sah die junge Frau von ihrer Harfe hoch, mit einem Blick, der mich durchdrang wie ein Schwert, und alte Kinderträume in mir schrien auf. Meine Schale polterte zu Boden, und ein Teil der Suppe ergoß sich über meine Füße. Harras schlabberte das verlaufene Essen vergnügt auf.

„Ist die Suppe zu heiß?" murmelte die Alte begütigend.

„Wer ist das?" stotterte ich und wies zu der Harfenspielerin hinüber, die augenscheinlich dazu da war, unser Essen musikalisch zu begleiten.

„Die jüngste Tochter!" flüsterte Maeve vor Stolz etwas lauter als gewünscht. „Wir lieben es, im Schweigen zu speisen; wir denken dabei an die große Ernährerin. Die Spielerin spielt unseren

Dank. Sie wird einst den Clan weiterführen. Höre. Jetzt spielt sie deinen Schreck. Nimm die Schüssel; wir schweigen wieder."

Maeves jüngste Tochter strich nun mit erstaunlicher Geschwindigkeit über die wenigen Saiten des alten Instrumentes, das mich an irische Folkloreharfen erinnerte. Ein Klirren kündete von meinem erschreckten Ruf, ein kollerndes Poltern in den unteren Lagen vom Rollen der Holzschale über den Boden, dann imitierte sie mit kleinen Sekunden, einem Glissando oder Cluster Harras' vergnügtes Schlabbern der Suppe. Ich wußte nicht, ob die irritierenden Flammen, die zwischen uns tanzten, mir ein ironisches Lächeln vorgaukelten, ob sie über meine Ungeschicklichkeit lachen mußte oder ob sie eigentlich gar nichts dachte. Ich jedoch fühlte mich wie damals, als ich mit mayonnaisebeschmierten Händen schüchtern in der Gutsküche vor der von mir so bewunderten Tante Maeve stand.

Das Essen war vorüber. Die Holznäpfe wanderten wieder durch viele Hände an eine Stelle jenseits des Feuers, wo zwischen Holzwänden ein Haufen gelber, feinkörniger Sand lagerte, mit dem nun einige der jüngeren Mädchen die Schalen ausscheuerten. Maeve winkte der Harfenspielerin, die ihr Instrument hinter sich angelehnt hatte, nun selbst zu essen. Die alte Maeve rief ihr einige Worte hinüber und wandte sich dann zu mir.

„Ihr Name ist Anachytha. Sie wird Maeve heißen, wenn sie erwachsen ist und die Mutter in die Anderwelt geht." Die Alte senkte versonnen den Kopf, und ein Schatten huschte über ihr Gesicht. Ich sah sie erstaunt an. Erwachsen – was meinten sie damit? Maeve hatte dieses Wort ähnlich betont wie vorhin das Wort „Museumsdorf", und deshalb fragte ich sie, während sich ihre jüngste Tochter zu uns herüberdrängte:

„Was bedeutet bei euch erwachsen?"

Maeve schüttelte den Kopf. „Es ist schwer, in deiner Sprache zu reden, Tochter aus der anderen Zeit. Du bist ja selbst noch nicht erwachsen."

„Na, hör mal!“ rief ich ein bißchen beleidigt und fühlte mich veranlaßt, mit meinem Alter zu protzen wie eine zuckertütentragende Schulanfängerin. Maeve winkte nur ungeduldig ab.

„Die Jahre unter der Sonne sind doch nicht so wichtig!“ unterbrach sie mich kurz. „Kannst du lieben?“ Dabei zog sie ihre jüngste Tochter an der Hand näher, und es schien mir so, als stelle sie ihr die gleiche Frage in ihrer Sprache. Anachytha schüttelte den Kopf, und Maeve fiel wieder in meine Sprache zurück.

„Dieser Hund ist erwachsener als ihr jungen Frauen zusammen. Er liebt.“ Sie tätschelte versonnen den Kopf des großen Tieres, das sachte die Rute am Boden bewegte.

„Er kann ja auch nicht anders. Er ist ein Hund.“ Anachytha hockte sich vor uns auf den Boden und schaute ihre Mutter stirnrunzelnd an.

„Aber manche von uns sind aus der Liebe gefallen; weiß die Göttin, ob sie uns jemals Eintritt gewährt.“ Sie schaute düster ins Feuer.

„Verstehst du, Tochter der Zeit, warum wir dich gerufen haben?“ Die Alte schaute mich herausfordernd an, aber ich mußte den Kopf schütteln.

Mir war, als sei ich in einen Traum geraten, als wanderte ich durch ein seltsames Land, gewoben aus meinen eigenen Erinnerungen und meinem Wissen. Vielleicht war es auch immer noch die Wirkung des Begrüßungstrunkes, der mich die Dinge aus einer merkwürdigen Distanz betrachten ließ. Mich beunruhigte dieses Durcheinander, diese seltsame Fähigkeit der Alten, Realität und Schein so zu vermischen, besser: einen Schein aufrechtzuerhalten, als wäre ich wirklich im Neolithikum, in der irischen Jungsteinzeit gelandet, als seien die Worte tatsächlich Teil eines historisch-spirituellen Zusammenhanges, als säße da vor mir tatsächlich eine Sippe aus der Zeit der alten Frauenkulturen. Irgend etwas in mir wehrte sich gegen diese allzu perfekte Maskerade. Ich hatte allmählich das Gefühl, daß die Frauen es zu weit trieben. Ich sehnte mich nach einer Art Pause, einem Entspannungsmoment, nach etwas alltäglicher Banalität wie Würstchenbuden oder Kinofilmen.

„Wer seid ihr wirklich? Könnt ihr nicht wenigstens ein paar Minuten normal mit mir reden und mich aufklären? Woher nehmt ihr das Wissen, die sozialen oder spirituellen Zusammenhänge so darzustellen und nicht anders?“ Die Alte lachte und schlug sich auf die Schenkel, und Anachytha lächelte verhalten.

„Hel-En, du glaubst nicht, was du siehst. Anachytha!“ Ihre Stimme wurde wieder streng. „Führe sie an den Rand. Noch kann sie nicht in Schliwechaelliag schlafen, sonst verliert sie sich und findet nie mehr zurück.“ Sie gab uns beiden jeweils einen freundlichen Klaps auf den Rücken, als seien wir Kinder, die aber nun hopphopp! ins Bett gehörten. Anachytha reichte mir meinen Pullover, den eine fürsorgliche Frau an die Balken gehängt hatte, und unbeobachtet, als sei ich längst Teil ihrer Sippe, verließen wir, gefolgt von Harras, das Langhaus.

Draußen, noch im Windschutz vor der Tür, drängte eine nebelblaue Nacht heran. Harras drückte sich gegen mein Knie, und ich faßte in sein Schlangenhalsband. Langsam lief Anachytha vor mir her auf das Ende der Häuserreihe zu, geschickt die kleinen Pfützen und Unebenheiten des Dorfplatzes vermeidend. Dort zündete sie eine kleine Handfackel an und gab sie mir.

„Hier, Frau aus der anderen Zeit. Vielleicht brauchst du Licht? Eigentlich siehst du ohne ein Licht im Dunkeln besser.“ Sie wies in die Dunkelheit und den Nebel hinaus. „Das Tier! Ich habe gehört, du nennst ihn Har-Ras?“ Sie lachte ein bißchen, wohl, weil dieses Wort in ihrer Sprache etwas anderes bedeutete wie in meiner. „Har-Ras führt dich. Du gehst über den Hügel und findest dein Räderhaus.“

Sie tätschelte Harras, der treulich mit mir loslief. Schon nach wenigen Schritten stand ich allein in der Nachtschwärze. Die

Fackel flackerte unruhig, und als ich mich umdrehte, war von den Häusern nichts mehr zu sehen. Harras drängte sich winselnd an mich heran, es war deutlich zu spüren, er wollte schnell weiterlaufen, um wieder in die Wärme zu kommen. Wie ein Kind folgte ich träumend dem großen Tier über die nächtlichen Weiden, den Patrickstown-Hügel hinab und den mittleren Hügel wieder hinauf. Die Hauptcairn ahnte ich wie einen großen schwarzen, geduldigen Schildkrötenpanzer hinter mir in der Nacht liegen.

Erst als die dunklen Umrisse des Feenhofes vor mir auftauchten, verlosch die Fackel mit einem Schlag. Aber in mir leuchteten, auf seltsame Art vermischt, Anachythas goldene und Maeves schneeweiße Haare, die sich wie glitzernde Vexierbilder ineinanderschoben. Als ich in meiner Koje lag und endlich einschlief, stand meine Tante Maeve im Traum wieder vor mir auf dem Felsen der alten Schildkröte:

„Ich habe dir ein Rätsel mitgebracht. Einen Kreuzweg der Zeit."

DRITTE TAFEL

Ich – MAEVE, MAEVES ENKELIN – ritze unsere Erinnerungen in Stein auf die großen Tafeln, die wir im noch unzerstörten tiefsten Geschoß der Tempelanlage bewahren wollen, auf daß jene, die nach uns an den Ufern dieser wunderbaren Insel landen, Töchter und Enkelinnen, voll neuer Hoffnung sich unserer erinnern und der Zeit, als die Erde bebte und die Feinde unsere neue Schwäche grausam nutzten.

Wohl niemals zuvor hatten die Töchter unseres Volkes so lieblich gelebt, so im Überfluß getanzt, so beinah tagtäglich den Einklang gefeiert zwischen allen Geschenken ihrer Welt.

Meer und Land und Berge nährten ihre Kinder. In Schiffen fuhren wir an fremde Gestade, tauschten Schmuck, Edelsteine, Gewebe, Teppiche und Farben, um die Tempel der Göttin zu feiern, die Tage des Stiers, die Meereshochzeit, die Winternacht. Die jungen Leute tanzten die Stierspiele, und viele Knaben drängten der Ehre zu, ihr Herz der Göttin auszuliefern, als Lilienprinz zu sterben in der Todesnacht.

Die Schlangenpriesterinnen lächelten tausend Geheimnisse, Verwalterinnen und Verwalter hüteten die großen Silos aus Getreide, Öl oder eingelegten Oliven. In den tausend Winkeln, Ecken und Gängen der Paläste kicherten, rauschten, rannten viele Damen in den Röcken der Fruchtbarkeit, neckten die scheuen Burschen, die sich mehr als einmal ins göttliche Labyrinth verirrten. Wie auch sonst der Mann in der Welt nur irrt, allein ist ohne Wissen um Kinder und Tod, getröstet und bewahrt durch die Hand seiner Schwestern, Freude erlebt in ihren Kindern, die oft auch seine Augen tragen, Verbindung erlebt durch das Haus seiner Mutter zum Himmelshaus.

Es war eine große Zeit immerwährender Liebe, ewigen Frühlings, und längst hatten wir vergessen, wovor unsere Großmütter einmal geflohen waren. Einmal geschehen heißt nichts im All, und die Händler der fremden Küsten beugten ihre Knie im Hafen vor der Göttin der Insel, küßten ehrerbietig vor unseren Augen den Boden, ehe sie die Stände aufschlugen oder hineingingen in den Palast. Keiner wagte uns zu beleidigen, keiner uns anzugreifen, denn alle Tiefen des Labyrinths hätten ihn alleine verschlungen. Elend, ausgehungert in den winkligen Gängen, zum Schluß zerstampft von der Herde unserer Stiere, tief, tief unten in den Gewölben der Nacht.

Wie das Schiff in friedlichen Wellen wiegten wir uns im Glück. Ohne Erinnerung erkannten wir nicht die drohenden Wolken am Himmel, und jene, die uns ins Gesicht lächelten, geiferten Mißgunst hinter unserem Rücken.

Wir achteten nicht den Neid der Nachbarn, denn warum sollte, wer der Göttin nicht gehorchte, mit Reichtum gesegnet sein? Warum sollte, wer Dummköpfe mit Bärten auf den Thron hob, in Frieden und Einklang leben können mit sich und der Welt?

Doch der Berg selbst beugte unseren Hochmut und zerschlug unsere Einfalt. Da wankten die Mauern, brannten die Silos, stürzten die Säulen und erschlugen den Stier der Nacht. Da stürmte das Meer durch die Gassen, fraß Häuser und Kinder. Gurgelnd die Schätze umklammernd versanken wir alle in der Flut. Am Morgen nach dem Beben der Erde lag eine neue Insel vor uns im Meer, und aus ihrem Schutz brachen die Boote der Händler, der Feinde, zu rauben, was das Meer uns gelassen hatte, zu schleifen, was dem Berg getrotzt, fortzutragen, was nicht verbrannt. Sie zerschlugen die Hörner der Sternwarten, zerschlugen die Statuen der Göttin, vernichteten alles, was nicht vom Schutz des Gerölls bereits bedeckt. Nur wenige meines Volkes sammelten sich noch auf der anderen Seite der Insel, die verschont blieb. Und weinend stiegen wir in die Schiffe gen Sonnenuntergang.

Der Sänger von Sligo

Das Wasser

Siehe, so beklage ich mein Geschlecht,
Das weiße, aufrechtgehende,
Das Geschmeiß dieser Welt,
Krebsgeschwür an der Mutter Brust.

Weit geht mein Blick über das Meer gen Westen
Doch die Hoffnung ist dahin.
Trüb wiegen sich die schweren Wellen,
Schlammig brodelt die tote Flut, stinkendes Aas.
Doch dieses ist zerfallen, dahin die Freuden des Organischen,
Leben und Wiedergeburt – alles dahin.

Getrennt vom Säuremeer, zerrissen von laugigen Flüssen
die Kontinente,
Kein Weg führt über die sumpfigen Reste zur Welt,
Zerschlagen durch die Sucht meines Geschlechts,
Ausgesogen und ausgespien vom Stolz,
Die Länder der Zarten, der Schüchternen.

Waffenlos lagen die Inseln im blauen Meer,
Letzte Zuflucht im Untergang.
Gegen den Tod von Sonnenaufgang her,
Kein Stein, der dort liegenblieb,
Ihre Hütten geschleift, ihre Zelte verbrannt,
Hingemordet die Frauen und Kinder,
Beschmutzt alle Welt durch unsere Gier!

Siehe, so beklage ich mein Geschlecht,
Das weiße, aufrechtgehende,
Das Geschmeiß dieser Welt,
Krebsgeschwür an der Mutter Brust.

Die hochstehende Sonne flutete durch meinen Caravan, als jemand laut an die Tür klopfte. Ich lag angezogen und noch klamm vom nächtlichen Nebel unter meiner Wolldecke zusammengerollt. Ich hatte nur die erdverkrusteten Gummistiefel nachlässig abgestreift wie nach einer durchzechten Nacht.

„Hallo, hallo! Miß Hundezähmerin! Schlafen Sie noch? Sind Sie zu Hause? Sind Sie krank?"

Fairy Farmers Frau klopfte besorgt; dann versuchte sie durch ein Wagenfenster ins Innere zu spähen.

„Komme schon!" stöhnte ich und sprang von der provisorischen Liege. Die verdreckten Gummistiefel schleuderte ich mit einem Tritt unter die Bank, und Harras war so gütig, sich auf die herumgestreuten Erdklumpen zu legen. Hastig setzte ich den Computer in Gang, strich mir durch die Haare und öffnete die Tür.

„Oh, Emily! Sie sind es? Ich habe die ganze Nacht durchgearbeitet …" stotterte ich, während die Landwirtin sich an mir vorbeidrängte und etwas erstaunte Blicke um sich warf.

„Wo haben Sie die letzten drei Tage gesteckt? Bronte und ich fingen an, uns Sorgen zu machen."

„Die letzten drei Tage …? Ich riß den Zettel mit der Teeeinladung ab, der immer noch am Eingang klebte. Emily Heights schaute mich eigenartig an.

„Seit Sie am Samstagabend schlafen gingen, haben wir Sie nicht mehr gesehen! Sie müssen am nächsten Morgen früh aufgebrochen sein."

„Samstagabend …?" Plötzlich war mein Hals trocken. Ich schluckte: Heute? Heute war doch Montag, oder nicht? „Nun", ich schwenkte krampfhaft lustig den Einladungszettel durch die Luft, „wenigstens die Einladung von Mrs. Dean werde ich nicht versäumen."

Emily beugte sich mit zusammengekniffenen Augen über das Blatt Papier: „Heute um drei. Sagen Sie ihr einen schönen Gruß von mir, wenn Sie nachher hinübergehen." Nachdenklich sah sie sich im Wagen um, als versteckte ich irgendein Geheimnis. Ich mußte mich an der Tischkante festhalten: Heute war Mittwoch, der Tag von Mrs. Deans Einladung! Emily schaute mich besorgt an, denn das Blut mußte mir aus den Wangen gewichen sein.

„Wenn es Ihnen einmal nicht so gut geht …" Sie schloß endlich die Tür hinter sich, die ich die ganze Zeit unhöflich offen gelassen hatte, als wollte ich, daß sie gleich wieder verschwände. „Sie sind vielleicht oft allein, stundenlang oben im Gelände, und das bei jedem Wetter! Sie können jederzeit zu uns kommen! Für ein Schwätzchen oder ein warmes Glas Tee ist immer Zeit." Emily schaute bedeutungsvoll auf Tisch und Bänke. Ich hatte jede Anstandsregel vollkommen vergessen und ihr keinen Platz und keinen Tee angeboten.

„Seien Sie nicht schüchtern! Wir müssen Ihnen doch wegen der Hundegeschichte dankbar sein! Stellen Sie sich nur vor, das Vieh wäre auf Roby losgegangen – und der kann nicht mal schreien!"

„Ja, furchtbar", bestätigte ich, ohne genau zu wissen, was sie mir sagen wollte. Doch es war furchtbar: Es war Mittwochvormittag, ein heller, sonniger Vormittag! Nachdem ich an einem späten Samstagabend schlafen gegangen war, einen Sonntagmorgen oder den ganzen Tag lang auf dem Berg verbracht und eine Nacht geschlafen hatte, war es nicht Montagmorgen!

Nein, Montag und Dienstag waren hinten übergekippt, waren aus meinem Leben verschwunden, als wäre mir die Fahrkarte auf die Gleise gefallen, und nachdem sie unwiederbringlich vom dahersausenden Zug zerfahren wurde, stand nun ein Kontrolleur vor mir: Ihre Fahrkarte, bitte! Ihre Fahrkarte in der Zeit! Doch ich hatte den Anschluß verpaßt – den Anschluß verpaßt und den Fahrplan verloren. Ich starrte Emily wie eine betrunkene Schwarzfahrerin an.

„Sie können doch nicht die ganze Zeit nur in Gesellschaft des Hundes und Ihres Computers verbringen! Sie sind doch noch eine junge Frau und keine vertrocknete Schachtel." Sie lächelte mich ermutigend an.

„Nein, sicher nicht!" stotterte ich.

Emily nickte mir noch einmal zu. „Gehen Sie heute zu Mrs. Dean. Das wird Ihnen guttun. Sie ist so eine fürsorgliche Frau. Und vielleicht ist David da. Dann werden Sie viel zu lachen haben und schöne Geschichten hören. Das bringt Sie auf andere Gedanken!" Sie wandte sich zur Tür. „Sie können auf unsere Hilfe zählen – wirklich!"

Mit einem leisen Klack fiel die Tür hinter ihr ins Schloß. Vernichtet sank ich auf meinen Stuhl, mein letzter Rest Selbstbeherrschung zersplitterte auf meinem mühsam in Form gehaltenen Gesicht. Drei Tage fehlten mir! Ich war von Sonntag früh bis Dienstagnacht unterwegs gewesen. Aber es kam mir nur wie ein Tag vor, ein Nachmittag und ein Abend! Unwillkürlich sträubten sich mir die Haare. Wo war ich in der Zwischenzeit gewesen? Was war geschehen?

Ich versuchte, meine Beobachtungen zu ordnen, den vergangenen Tag in meiner Erinnerung auszufüllen – doch ich hatte eindeutig nicht mehr erlebt als in ungefähr zwölf Stunden hineinpaßte: Aufbruch, Suche, Begegnung, Essen und Rückweg durch die Nacht!

Ich setzte Wasser auf, verschüttete das Kaffeepulver, klapperte mit zittrigen Händen im Geschirr herum, dann nahm ich hastig zwei große Löffel Honig zu mir, um mich zu beruhigen, und sank hinter meiner Tasse Kaffee wieder auf die Bank. Versonnen starrte ich das Muster der Tischplatte an. Die Wahrheit hatte sich in ein schwankendes Erdbebengebiet verwandelt, und aus den Spalten quollen die Gestalten des Dorfes, sie lächelten, winkten, narrten mich und verwandelten sich wieder in die simple Maserung eines Tisches in einem modernen Wohnmobil.

War alles Gesehene echt oder doch nur gespielt? Diese Frage bereitete mir ein Gefühl, als schwanke der Boden unter meinen Füßen, als tanze der Caravan in wirrem Zauber mit mir davon, denn so etwas fragte man einfach nicht! Allein das Auftauchen einer solchen Frage war irreal, vollkommen unmöglich und das Zeichen für irgend etwas ... Irgend etwas? Ja, was denn? Dafür, daß ich scheinbar zwei Tage verloren, verschlafen und versäumt hatte? Daß mein Leben einen Riß aufwies, als hätte ich unachtsam mit einer Zigarette ein Loch in meinen Lieblingspullover gebrannt? Ein kleines Loch nur, kaum zu sehen, rund und abgezirkelt. Aber der Pullover war jetzt anders, war verletzt, und nichts mehr würde so sein wie zuvor!

Ich stöhnte. Hatte ich bei den Heights doch zuviel getrunken? Alles nur geträumt und einen dreitägigen Rausch ausgeschlafen? Ich stützte mich vom Tisch hoch und taumelte an den Computer, dessen kleines Licht sanft in der Sonne blinzelte. Doch ich hielt es auch da nicht lange aus und sprang unruhig wieder hoch. Der Bildschirm signalisierte mir eine Fehlermeldung nach der anderen, meine Hände zitterten, die Bytes rasteten aus.

Ich lief in der Enge des Wohnmobils hin und her. Harras hatte sich schon seit einer Weile nach draußen verdrückt. Ich stieß mich an den Ecken und Kanten der eng beieinanderstehenden Möbel, und der Boden schwankte in hohen Wellen auf und ab.

Drei Tage – drei Tage!

Und Maeve, Maeve und abermals Maeve!

Damals war mir meine Tante so fern gewesen. Nun aber stand sie, oder besser Anachytha, leibhaftig vor mir. Wie das jüngere Spiegelbild meiner verehrten Tante, die ich so heftig angeschwärmt hatte. Eine Frau in meinem Alter, Körper meines Temperamentes, Gesicht meiner Sehnsucht. Und diese Augen! Dazwischen lag nur ein Abgrund aus Zeit. Aber wenn das alles nur eine gelungene Museumsschau gewesen war?

War es überhaupt nur ein Abend gewesen, eine Nacht? War ich nicht vielleicht länger unterwegs? Jahre, Jahrtausende, wie ein Mönch der alten Zeit? Sollte ich nicht jetzt bei hellem Tageslicht weitersuchen, im klaren Sonnenschein die Realität der Holzhäuser prüfen, Projektleiter ansprechen, fachsimpeln, das gelungene Spiel und die historische Glaubwürdigkeit loben, auf die ich fast hereingefallen wäre? Mich dann der jungen fremden Wissenschaftlerin, der musikalischen Assistentin, so nähern, wie ich das bereits bei anderen Frauen erlebt hatte: Essengehen, Biographien austauschen, Hände berühren, stumm nebeneinander die Sterne betrachten?

Ich hatte mir dazu selten Zeit genommen: Studium und Jobs nahmen mich völlig ein. Doch sollte ich nicht hier draußen die Unabhängigkeit eines freien Forscherinnenlebens nutzen? Aber was war dieses andere an ihr? Dieser Blick, als dringe er quer durch Raum und Zeit? Ein Blick mit der Macht tausender von Kerzen!

Ich wollte hinaus, zurück zum Patrickstownhügel! Ich mußte das Lager dieser Archäologin finden! Im Licht des Tages das Häßliche sehen, Sprachfehler hören, internationales Kauderwelsch, zwischenmenschliche Konflikte erleben.

Es mußte das Museumsdorf geben! Es mußte so alltäglich sein wie ein Kaufhaus in der Innenstadt! Für die fehlenden drei Tage mußte es eine logische Erklärung geben. Vielleicht war ich unglücklich gestürzt, und sie hatten erst nach langem Hin und Her meinen Aufenthaltsort herausfinden können?

Ich stürzte aus dem Wagen, ohne Anorak, ohne Geräte – Harras in verwirrten Sätzen hinter mir her. Ich rannte so schnell ich konnte zur großen Cairn am Mittelhügel hinauf.

Blaukalt lag das Land unter mir, grün und klar die Wiesen und Weiden, die Hecken gestochen dazwischen, die Mäuerchen grau und hart. Dahinter die kleinen, flach gebauten Dörfchen, die Einzelhöfe aus dunklen Wellblechplatten über die Landschaft verstreut, direkt vor mir die eingestürzten Cairns, Steine und Kreisanlagen. Auf den Hügeln weideten Schafe.

Langsam drehte ich mich einmal um meine eigene Achse. Der Wind blies das Licht vom weit entfernten Meer her, die Sonne stand klein und dunkelgelb da wie ein kühler Ball.

Weit und breit kein hölzerner Schuppen, kein Baum, kein Haus, geschweige denn eine ganze Dorfanlage. Es gab kaum Wälder in Irland, es gab wenig Holz, um so etwas zu bauen. Nicht seit damals. Nicht in meiner Zeit.

Harras legte sich neben mich ins Gras und schlug sachte mit dem schweren Schweif über den Boden. Ich kniff die Augen zusammen. Sollte ich im Nebel tatsächlich so weit gelaufen sein, daß sich jetzt alles hinter dem Horizont verbarg? Lag die Ansiedlung hinter einer Bodenwelle verborgen, vor neugierigen Touristen versteckt?

„Maeve!“ schrie ich in den schweigenden Wind. „Wo seid ihr? Maeve! Maeve! Hilf mir weiter! He! Hallo!“

Doch nichts rührte sich, und den fremden Namen murmelnd sank ich verzweifelt im Gras zusammen.

Was war mir wirklich begegnet? Und warum?

„Suchen Sie etwas? Geht es Ihnen nicht gut?“ Ausgerechnet dieses deutsche Touristenpaar, das mir – Wochen schien es her zu sein – in dem Pub begegnet war, ragte in bunten Windjacken vor mir auf.

Ich schämte mich für mein übernächtigtes Gesicht, die unbedeckten Haare wirr, die Nase vom Wind gerötet, die

Augen starr vom Suchen nach dem Nirgendwo. Es war mir nur allzu klar, was sie denken mußten; schließlich hatten sie mich im Pub tüchtig saufen sehen! Ich stand langsam auf.

„Danke, es geht wieder besser. Ich habe wohl gestern nacht zu lange gearbeitet."

„Die Einheimischen haben uns von Ihnen erzählt. Was erforschen Sie denn?"

Ich zögerte etwas mit der Antwort, denn letztlich lief solch ein Gespräch immer auf eine unbezahlte Führung hinaus.

„Das ist wohl der berüchtigte Riesenhund."

„Man erzählt sich drüben in Castlepollard allerlei von Ihnen." Bisher hatte natürlich nur der Herr geredet, während ich die beiden schweigend anstarrte.

Seine Gattin, die mich ein wenig von oben herab wie durch ein Lorgnon betrachtete, mischte sich nun ein, ihn schon ungeduldig am Ärmel zupfend: „Ehe wir es vergessen: Einer von diesen alten Männern, mit denen sie neulich so einen vergnügten Abend zubrachten ..."

Und gleich fuhr ihr Gatte fort: „Ja, er ist so eine Art Ortsvorsteher! Er läßt fragen, ob Sie nicht noch einmal Lust hätten, in diese Kneipe ... hm ... in den Pub zu kommen, wie man hierzulande wohl sagt. Ihre Wirtsleute, also der Bauer, bei dem Sie Ihren Caravan unterstellen, wollte es Ihnen schon längst ausrichten ..."

„Aber Sie sind ja nie da!" mischte sich seine Frau nun wieder ein. „Sie scheinen wohl sehr menschenscheu zu sein." Nun bekam ihr Blick den leichten Glimmer, den resolute Krankenschwestern haben, wenn ihnen ein unerkanntes Magenleiden hinter einer Schweinshaxe begegnet.

Beide blickten mich an, als sei ich gerade eben als achtfüßiger Dinosaurier aus einer tiefen paläontologischen Spalte gekrochen. „Man würde gern etwas mehr von Ihren Forschungen hören, auch wegen dem Tourismus, verstehen Sie? Dem Fremdenverkehr." Sie wandten sich zum Gehen, da ich wohl plötzlich ein sehr merkwürdiges Gesicht machte. Ich mußte die beiden tatsächlich etwas blöde angeschaut haben, und ich kann im nachhinein sehr gut verstehen, wie leicht eine Person das Gerücht, durchgedreht zu sein, auf sich laden kann.

„Fremdenverkehr? Tourismus? Bleiben Sie mir vom Leibe damit! Ich bin Wissenschaftlerin, kein Verkehrsamt. Sie halten mich von meiner Arbeit ab! Wenn Sie sich dafür interessieren, können Sie ja meine Veröffentlichungen lesen! Guten Morgen!" Ich drehte mich herum, pfiff Harras, der bei meinem Geschrei begeistert aufgesprungen war, und machte mich, ohne noch einmal zurückzublicken und ohne ein weiteres Wort zu sagen, an den Abstieg vom Feenhügel.

Tourismus! Ich wollte Maeve und Anachytha für mich alleine bewahren, kein schmutzig-neugieriges Auge sollte sie zu Gesicht bekommen! Ich stutzte. War ich bereits so in diese Geschichte verwickelt, daß ich die ganze Show etwa doch glaubte? Sollten die beiden Wohlstandsbürger, die mir nun verwirrt nachstarrten, wirklich mit ihrem Verdacht recht haben, die einsame Feldforscherin sei mitten in ihren Nebelstudien durchgedreht?

Harras hatte eine Maus erwischt und warf sie triumphierend in die Luft, beutelte das noch quietschende Bündel, um mir die Leiche anschließend mit stolz erhobener Rute vor die Füße zu legen. Auch wenn alle Erlebnisse und Beobachtungen in diesem Camp so erstaunlich echt waren: Ich war Wissenschaftlerin, ich hatte vor, mit diesen meinen Fähigkeiten meinen Lebensunterhalt zu bestreiten. Ich durfte mich nicht von seltsamen Gefühlen und Anwandlungen verwirren oder gar von meiner Forschungsarbeit abhalten lassen! Was immer mir da an Gefühlen durch den Kopf gegangen war: Sie waren letztlich wohl eine seltsame Laune, die ganzen Stimmen nichts als autoakustische Phänomene wie vielleicht bei einem Hörsturz, möglicherweise Folgen des reichlich genossenen ungewohnten irischen Bieres.

Ich beschloß, in den nächsten Tagen absolut keinen Alkohol zu mir zu nehmen und meinen Gesundheitszustand jeden Morgen genau zu überprüfen.

Es konnte einfach nicht sein, was ich mir da eingebildet hatte! Zeitreisen waren Kinothemen oder Sujets schlechter Science-Fiction-Literatur. Ich beschloß, mich zusammenzureißen. Und erstaunlicherweise gelang es mir ganz gut. Ich atmete tief durch und fühlte mich wieder gestärkt. Dann tätschelte ich Harras geistesabwesend und machte mich auf, den schmalen Hohlweg Richtung Feenbauer hinunterzusteigen.

Bronte kam gerade aus seiner hohen Wellblechscheune heraus. Listig blinzelte er mir zu und deutete über seine Schulter in die Richtung des deutschen Paares.

„Sie haben eine gute Kehle, Miß. Ich dachte schon, es wäre wieder was passiert. Diese Herrschaften sind wohl nicht so Ihr Fall?"

„Nein!" Ich schüttelte erbost den Kopf. „Erst erwarten sie gewissermaßen eine wissenschaftliche Gratisführung von mir, dann soll ich noch den hiesigen Fremdenverkehr fördern! Als gäbe es nicht schon genug Touristen!"

„Ach ja, unser Ortsvorsteher! Aber der will eigentlich nur ein paar Gläschen mit Ihnen trinken und über Deutschland schwätzen. Der traute sich nicht, direkt nachzufragen. Er meinte, der Vorwand sei Ihnen lieber."

„Keineswegs!" brummte ich und wollte an ihm vorbei in den Wagen. „Sorry, Mr. Heights, ich habe gleich meine Verabredung und will mich noch frisch machen."

„Okay." Er trat einen Schritt zurück. „Vergessen Sie es nicht schon wieder. Mrs. Dean war nämlich gerade im Hof. Nachdem wir Sie so lange vermißt hatten, dachte sie, vielleicht hätten Sie 's vergessen." Er zog fragend die Augenbrauen hoch.

„Verdammt noch mal, Bronte! Kann eine Frau in diesem gottverlassenen Nest denn nicht tun und lassen, was sie will? Ich hatte anstrengende Nachtexkursionen, tagsüber habe ich etwas geschlafen und außerdem am Computer Auswertungen gemacht. Sterne scheinen bekanntlich nur in der Nacht! Sie wissen doch alle, daß ich die genau vermesse und dann die Zeichen ...“ Ich stockte, denn Bronte schob in dieser unnachahmlichen Art und Weise seine Kappe ins Genick und grinste mich an wie ein alter Seemann, dem man weismachen will, der Bodensee sei ein Ozean.

„Ach ja, die Sterne!“ Er sah mir nachdenklich ins Gesicht. Unsere Augen waren nun auf gleicher Höhe, da ich bereits auf den Stufen des Caravans stand. „Die Nächte waren ja auch so klar!“ Er lächelte versonnen. „Immerhin, Miß Wissenschaft, jetzt nennen wir uns beim Vornamen. Es ist schön, wenn Sie so wütend werden! Das finde ich bei all der Aufregung einen guten Nebeneffekt. Also bis bald, Helen! Emily freut sich auf Sie. Wenn Sie Wasser brauchen, Sie wissen ja, wo der Hahn ist.“ Leise pfeifend ging er ins Haus.

Diesmal stand Mrs. Dean schon vor der Haustür, als ich den Hohlweg vom Lough Crew herabkam, die stummelschwänzige Colliehündin an ihrer Seite. Sie ließ die in die Hüften gestemmten Arme sinken und lief eilig über den Rasen auf das Gartentor zu, während sich die beiden Hunde wohlwollend-mißtrauisch durch den Zaun beschnupperten. Das Schild mit der Aufschrift *„Keep Care“* war verschwunden.

„Wo haben Sie bloß gesteckt?“ Das Törchen schwang quietschend zurück, und für einen kurzen Moment war mir, als sähe ich mich selbst vor weniger als einer Woche hier hineingehen, unbelastet, im hellsten neugierigen Sonnenlicht wissenschaftlichen Erkenntnisdrangs.

Wie viel war seitdem geschehen! War das denn so viel gewesen? So großartig? Bildete ich mir diese außergewöhnlichen Erfahrungen nicht nur ein? Du hast dich im Nebel verirrt und internationale Kolleginnen eines experimentellen Archäologiecamps getroffen. Das Harfenspiel einer jungen Assistentin, vermutlich ebenso auf einem Promotionstrip wie du, hat dir in deinem Alleinsein den Kopf verdreht! Nachher bist du unglücklich gestürzt, hast wahrscheinlich zu lange draußen gelegen, bis du dich endlich wieder heimgeschleppt hast. Den Sturz hast du vergessen, das kommt ja vor. Mehr nicht!

Ich beschloß energisch, all diese seltsamen Wolken aus meinem Kopf zu vertreiben und so zu tun, als finge ich heute erst mit meiner Arbeit an. Noch einmal neu ansetzen, neu forschen! Die letzten Tage einfach als Verlust abschreiben.

Ich schritt langsam hinter der älteren Frau auf die Haustür zu, sah die spielenden Hunde – und sah sie in gewisser Weise auch nicht.

Die Zeit zurückdrehen! Das hieße wohl auch, das Risiko einzugehen, beim zweiten Mal haarscharf danebenzutreffen? Anachytha – versunken in der Nichtexistenz der Vergangenheit?

Ich mußte laut aufgeschrien haben: „Nein!", denn sowohl Mrs. Dean als auch die beiden Hunde wendeten sich zu mir um. Alle drei schauten mich irgendwie mitleidig an, und die Hunde schielten, die Köpfe schief nach oben gelegt, zu mir hoch. Mrs. Dean drehte sich um und schaute mir leicht blinzelnd in die Augen.

„Was sagten Sie?"

„Ich meinte – also – ich wollte nur sagen, daß ich doch gar nicht so lange fort war – ich ..."

Brav wiederholte ich die Ausrede, die ich dem Feenbauer gegenüber gebraucht hatte, und langsam begann ich mich zu gewöhnen an diese Notlüge von den Nachtexkursionen, dem Tagesschlaf, den intensiven Stunden am Computer, die mir für nichts anderes mehr Zeit gelassen, ja mich die Zeit ganz hätten vergessen lassen. Wie sollte ich auch erklären, daß sich bei Maeves Leuten ein Abend wie drei Tage dehnte – wie sollte ich überhaupt etwas erklären?

„Und das im Nebel!" bemerkte Mrs. Dean lächelnd. Sie führte mich in einen kleinen, über und über mit Spitzen, Rüschen und alten Familienfotos dekorierten Salon, der mit großen Topfpflanzen und auffallend kleinen viktorianischen Möbeln vollgestellt war, die ihre Beine wie zerbrechliche Elfen unter den schweren Polstern hervorstreckten. Die kleinen Polster, Fußbänkchen und andere kinderstuhlhohe Sitzmöbel kontrastierten auffallend mit Harras, der mir nicht von der Seite gewichen war.

Während die Möbel im vorderen Teil des Salons im Vergleich zu Harras tatsächlich aussahen wie Spielzeuge, kam in dem vorgebauten Erker am anderen Ende des Wohnzimmers, der einen ausgezeichneten Blick hinter das Haus und in Richtung Patrickstownhügel freigab, mein Gefühl für Proportionen wieder ins Lot: Drei Stufen führten zu einer überreichlich gedeckten Teetafel hinauf, gewohnt hohe Stühle mit liebevoll geschnitzten Lehnen duckten sich unter den großen Blättern hoher Gummibäume und rhododendronartiger Gewächse. Von der Decke pendelten Hängepflanzen herab, und eine Menge Blumentöpfe auf den Fensterbänken verwandelten den Erker in ein beinah tropisch anmutendes Gewächshaus.

Doch auch in diesem für mein Gefühl besser proportionierten Wintergarten stand zwischen den hohen spätviktorianischen Herrenmöbeln ein seltsames Stück, das ich eher dem Jugendstil zugeordnet hätte: Drei gepolsterte Tritte führten wie bei einer Küchenleiter zum breit ausladenden Sitz empor; die Stufen hatten rechts und links noch Haltegriffe, als handele es sich um eine kleine Feuerleiter. Eine niedrige Rückenlehne und feste breite Armstützen, die vielleicht auch als Ablage dienen mochten, gaben diesem Möbel einen seltsamen, fast unästhetisch ungleichgewichtigen Anstrich: Eindeutig stand pragmatischer Nutzen im Vordergrund dieser Konstruktion, nicht die Frage von Eleganz oder Anmut.

War das ein Säuglingsstuhl der Jahrhundertwende?

Mrs. Dean mußte meinen erstaunt wandernden Blick bemerkt haben, denn sie sagte schnell: „Mr. Dean, also mein Bruder David, kommt auch gleich zum Tee. Er hatte draußen noch etwas zu erledigen.“

„Mr. Dean?“ echote ich und ließ mich erstaunt nieder.

„Ja.“ Mrs. Dean griff energisch zur Teekanne und wartete ab, ob ich als Kontinentalistin wohl die feine englische Art des Teegenießens beherrschte, nämlich Milch und Zucker zuerst in der Tasse anzurühren.

„Die meisten Leute, die uns das erste Mal besuchen, glauben, ich hätte hier irgendwo einen Säugling versteckt. Wo ich doch gar nicht verheiratet bin!“ Sie lachte laut, und ich lachte etwas gezwungen, als käme ich nicht aus einer Welt voller unverheirateter Paare mit Kindern und alleinerziehender Mütter! „Tatsache ist“, sie beugte sich vertraulich vor und goß einen whiskeyfarben dampfenden Strahl Tee in mein Milch-Zucker-Gemisch, „David leidet an Kleinwüchsigkeit, verstehen Sie? Das ist in meiner Familie erblich. Ich bin ja auch nicht gerade eine Riesin. Aber David hat es schon gewaltig erwischt.“ Nachdrücklich stellte sie die Kanne wieder auf das feinziselierte Porzellanrechaud zurück. „Ich muß mich um ihn kümmern, denn er ist dadurch so sehr behindert, daß er nicht gut alleine leben kann. Jedenfalls nicht bei uns. Heutzutage läßt man ja Menschen wie ihn studieren, aber als wir noch Kinder waren, war das anders. Und dann hier in der Provinz? Vielleicht hätte er in Dublin eine Chance gehabt oder in fortschrittlichen Ländern wie bei Ihnen?“ Sie machte eine Pause und zuckte mit den Achseln. „Nun – Krüppel und Frauen fallen wohl immer unten durch. Ich lebe inzwischen von einer Rente, er natürlich auch, und unsere Geschwister unterstützen uns – hoffentlich noch eine Weile! Irgend jemand muß ja auch den Slieve na Calliagh verwalten. Na, sehen Sie, das ist in unserer Familie auch ein Erbamt. David und ich hüten also in dieser Generation die Schlüssel.“

Sie reichte mir die Plätzchen, aber als ich keine Anstalten machte, zuzulangen, sondern sie wohl immer noch mit offenem Mund anstarrte, lachte sie resolut: „Nun schauen Sie nicht so verdattert! Sie haben doch alles verstanden? Ich habe gehört,

Ihr Englisch soll ganz gut sein." Ich nickte nur stumm, griff nach einem Plätzchen und kaute darauf herum wie auf trockenem Strandhafer.

In dem Moment klingelte das Telefon, das ich, halb verborgen, hinter einer hängenden Efeupflanze entdeckte. Mrs. Dean lächelte mir entschuldigend zu, erhob sich und nahm den Hörer auf.

„Ja bitte? Ach, du bist es!" Ich spürte, daß sie keinem sehr liebenswürdigen Gesprächspartner am anderen Ende der Leitung zuhörte. Dann runzelte sie die Stirn und schüttelte heftig den Kopf.

„Was David macht und wie er sein Leben gestaltet, ist ja wohl ausschließlich seine Angelegenheit. Unser Bruder ist ein erwachsener Mensch. Aber das habt ihr ja noch nie geglaubt!" Sie hörte weiter ungeduldig zu. „Ja, ja. Hör zu, ich habe Besuch, eine Archäologin. Nein! Die geht euch nichts an." Hin und wieder warf sie einen Blick in meine Richtung, als wolle sie feststellen, ob ich mithörte. Aber ich schaute auf meinen Kuchenteller, denn schließlich gingen mich die Privatangelegenheiten der Deans nichts an, obwohl ich den plötzlichen Stimmungsumschwung deutlich bemerkte.

„Faßt euch mal an die eigenen Säufernasen!" Mrs. Dean, diese freundliche, gutmütige kleine Frau fauchte nun förmlich wie eine Raubkatze, lauschte und schnauzte sehr unhöflich zweimal: "Nein! Das werde ich nie zulassen!", und knallte schließlich den Hörer auf die Gabel. Mit einem Seufzer kam sie wieder an den Tisch zurück.

„Entschuldigen Sie bitte diese unangenehme Unterbrechung. Sie unterstützen uns, aber unsere Geschwister meinen auch immer mal wieder, sie könnten daraus Rechte ableiten. Zum Beispiel das Recht, über das Leben eines erwachsenen Menschen zu verfügen!"

Sie zerkrümmelte gedankenverloren ein Plätzchen auf ihrem Teller. Dann schaute sie hoch und lächelte wieder: „ Nun ja, und neugierig sind sie auch! Sie wollten gleich wissen, was Sie hier treiben. Nichts für ungut." Sie machte eine Pause, dann klang ihre Stimme wieder wie vor diesem Anruf:

„Aber wo sind Sie denn nun wirklich in den letzten drei Tagen gewesen?"

Doch während ich krampfhaft nach einer Antwort suchte, die mein Verschwinden plausibel machen sollte, öffnete sich langsam die Salontür, und unter dem beifälligen Rutenschlagen der Hunde – wobei die Colliehündin nur ein Zucken ihres Stummelschwanzes zustande brachte – betrat der kleinste Mensch, den ich je gesehen hatte, den Raum.

Erst in diesem Moment fiel mir auf, daß die Tür zum Wohnzimmer durch ein Lederpolster am Zuschlagen gehindert wurde, und ich erinnerte mich, in der Haustür eine seltsame Klappe gesehen zu haben, eine Art Tür in der Tür, die allerdings die Eingangstür nicht zur Hälfte teilte, sondern ungefähr das untere Drittel abtrennte und dort eine eigene Klinke aufwies.

Die Hunde erhoben sich langsam, schüttelten sich, und dann schien es mir, als verbeugten sie sich vor diesem kleinen Herrn, der da mitten in dem großen, für ihn viel zu hohen Türrahmen stand und neugierig gegen das Licht der untergehenden Sonne, welche voll durch die Erkerfenster schien, in unsere Richtung blinzelte.

Anscheinend nach alter Gewohnheit warf sich die Hündin nun auf den Rücken, während Harras seinen riesigen Körper, so flach es nur ging, auf den Teppich drückte, als wolle er sich kleiner machen – was ihm natürlich nicht gelang.

„Habe ich es nicht schon immer gesagt?" rief David mit knarrender, sich überschlagender Stimme wie ein pubertierender Knabe im Stimmbruch. „Das Tier ist total harmlos!" Er tätschelte dem begeisterten Hund den Rücken, der wie ein fellgrauer Wal vor seinem Bauch aufragte. „Aber da muß erst die Miß Wissenschaft daherkommen! Na ja, wenigstens lernt man jetzt in dieser Goliathwelt allmählich, auch auf die Frauen zu hören! Wer weiß, vielleicht gibt es bald die Drittelparität für uns Krüppel in allen Parlamenten?" Er lachte mit hoher Stimme, und die Colliehündin rieb ihren Bauch wie eine schnurrende Katze gegen seine Oberschenkel. Lachend schob er das Tier mit seinen dicklichen Liliputanerhänden beiseite, stieg vorsichtig um Harras herum und watschelte nun mühselig die Stufen zum Erker hinauf.

Anfänglich war ich vor Angst, wie mein seltsamer Riesenhund wohl reagieren würde, erschrocken aufgesprungen. Nun ließ ich mich aufseufzend neben den Erkerstufen nieder, so daß wir uns wenigstens auf gleicher Nasenhöhe begegnen konnten.

Mr. Dean schüttelte mir die Hand. „Schön, dich kennenzulernen, Helen. Ich bin David. Ist doch okay so, ja? Immer dieses höfliche Drumherum-Gerede. Entweder ist man sich sympathisch oder nicht, aber dann braucht es auch nicht viele Worte oder Kunststücke! Ist's nicht so? Mag, hilf mir rauf." Er hob in einer komisch-kindlichen Geste die Arme. „Die ganze Gegend tratscht über dein Glück mit Tieren. Sogar ein Doktor aus Mulingar saß neulich im Pub und fragte unsere alten Tratschtanten aus. Passiert auch sonst nicht allzu viel bei uns. Schade, daß ich an dem Abend nicht mit im Pub war! Ich hätte dir noch ganz andere Geschichten erzählen können!"

Mrs. Dean hielt ihn fürsorglich fest, während er mühselig die Stufen zu seinem Sitz erklomm und sich dann schwer atmend dort niederließ. Dann rückte sie den Sitz an den Tisch heran, und David dankte ihr mit einem Blick. „Ich bin doch meistens auf die Hilfe anderer angewiesen. Und Pubbesuche unterstützt Mrs. Dean grundsätzlich nicht!" Er lachte, während ihm seine Schwester Teekanne, Zucker und Milch in greifbare Nähe rückte und den letzten Satz mit einem „Das wäre ja noch schöner!" quittierte.

Ich setzte mich wieder an meinen Platz.

„Sie hält mich für einen unverbesserlichen Säufer!" zwinkerte David mir zu und zog seine Tasse auf die Armlehne.

„Aber es ist ja nur logisch, daß ich weniger als die Hälfte vertrage im Vergleich zu meinen Kumpels. Ich bin ja auch weniger als die Hälfte!“ Er grinste verschmitzt, packte die Tasse mit beiden Händen und führte sie zum Mund. „Leider dient der Wirt das allgemeine Schuldgefühl gegenüber uns Behinderten mit doppelten Freirationen für mich ab! Wie soll man da in meinem Fall nüchtern bleiben?“ Er grinste mir zu, entzückt über dieses schwierige Lebensproblem, und biß mit seinen großen Kiefern durchaus sehr normale Bissen von dem Kuchenstück ab, das ihm seine Schwester auf den Teller gelegt hatte.

Ich denke, die eigenartige Wirkung, die Liliputaner auf uns haben, ist nicht so sehr in ihrer zwergenhaften Kleinheit im Vergleich zu unserer anmaßenden Größe begründet, als vielmehr in dem Mißverhältnis der Proportionen zwischen dem voll ausgeprägten Erwachsenenkopf und dem gedrungenen Bau des übrigen Körpers. In ihren Zügen graben sich neben den Spuren der Erfahrungswelt des aufrechtgehenden Menschen noch all die Narben und Risse einer diskriminierten Existenz ein. Und bei David war genau dieses Mißverhältnis besonders eklatant.

Ohne die entrüsteten Ausrufe seiner Schwester zu beachten, warf er den entzückten Hunden, die das anscheinend schon geahnt und sich mittlerweile leise an die Erkerstufen herangerobbt hatten, Kuchenstückchen zu und rief: „Laßt euch doch nicht beim Nachbarinnentratsch stören! Mag, du wolltest doch sicher wissen, wo die Miß Wissenschaft nun die letzten drei Tage gesteckt hat? Bronte hätte beinahe die Polizei geholt und ihr Wohnmobil aufbrechen lassen! Vor allen Dingen, weil sich gestern so ein komischer Typ dort herumgetrieben hat!“ Begeistert ob solcher Dorfskandale wedelte er mit den Ärmchen in der Luft herum. Mrs. Dean sah mich erschrocken an.

„Er ist immer so direkt. Entschuldigen Sie.“

„Aber das wollen doch alle wissen, stimmt's nicht? Und immerhin – verschwinde du mal spurlos mit dem größten Hund der Welt! So was fällt einfach auf!"

Ich mußte lachen und versuchte nun ein drittes Mal an diesem Tag, meine Version der fehlenden Tage an den Mann zu bringen, obwohl ich gleich spürte, daß David mir kein einziges Wörtchen glaubte.

„Ah bah! Glaubst du die Geschichte, Maggie?"

Margaret Dean schüttelte den Kopf und wiederholte abermals: „Es war doch Nebel!"

„Das sagt Bronte auch!" rief David triumphierend und schielte mich listig an. „Wasser hast du auch keins gebraucht, und keins abgelassen: Drei Tage nicht gewaschen, getrunken und gespült! Also Lady, die nächste Version! Du weißt ja, wir Iren lieben Geschichten."

Ich entschloß mich zur Flucht nach vorne, obwohl ich nichts so sehr fürchtete wie die möglichen Reaktionen darauf. „Ich war im Camp", murmelte ich und umklammerte die Teetasse zwischen meinen Händen. Die Hunde lagen mucksmäuschenstill, und ein dunstiges Schweigen breitete sich im Salon aus.

„Wie bitte?" Mrs. Dean beugte sich vor.

„Na, da oben am Patrickstownhügel, das Open-Air-Experiment, die neolithische Siedlungsanlage!"

„Da gibt es doch kein Camp!" Sie goß uns, ohne Widerrede oder das Milch-Zucker-Gemisch abzuwarten, frischen Tee ein.

„Aber natürlich, ich habe es ja gesehen!" rief ich verzweifelt und schaute hilfesuchend zwischen den beiden hin und her. „Ich habe mich am Sonntagvormittag im Nebel verirrt. Harras hat mich dann dahin geführt. Vielleicht liegt es auch etwas weiter abseits, das kann ich nicht mehr so genau rekonstruieren." Ganz verwirrt rührte ich mir einen Löffel Zucker nach dem anderen in die Tasse.

„Da gibt es weit und breit kein Camp", wiederholte Mrs. Dean und nahm mir energisch die Zuckerdose aus der Hand.

„Das müßte ich doch am besten wissen. Aber ich habe es Ihnen ja bereits erzählt: Sie sind seit Wochen die erste Person, die wieder einen Schlüssel hat. Dieses Riesenvieh hat doch alle anderen abgeschreckt!" Vorsorglich goß sie mir Milch in die Tasse.

„Wie lange warst du denn in diesem Camp?" David streckte sein Gesicht vor und starrte mir ins Gesicht.

„Einen Nachmittag und einen Abend."

„Übernachtet?"

Ich schüttelte den Kopf. „Nein. Ich bin im Dunkeln wieder gegangen."

„Zum Hof hinab?"

„Ich denke schon."

„Und die restlichen Tage?"

„Ich ... ich weiß es nicht. Ich habe geschlafen. Vielleicht bin ich gestürzt ..."

„Jetzt verwirr die junge Frau nicht noch mehr, David! Wir sollten uns vielleicht nicht zu sehr in ihre Privatangelegenheiten einmischen! Vielleicht hat sie einen Liebsten in Dublin, und ihr Professor darf es nicht wissen." Mrs. Dean erhob sich und lächelte mich verschwörerisch an, dann ging sie hinaus, um neuen Tee aufzubrühen.

„Für Maeve sind tausend Stunden wie ein Tag", flüsterte David, während Harras zustimmend mit dem Schwanz klopfte. Ich setzte meine Tasse klirrend ab, gerade rechtzeitig, ehe ich sie fallengelassen hätte.

„Was soll das heißen! Willst du mich verrückt machen?"

David lachte und zappelte auf seinem Kinderstuhl wie ein kleiner Derwisch.

„Oh nein! Sorry, meine Liebe, wenn ich dich jetzt durcheinandergebracht habe. Das bezog sich nur auf eine alte Sage aus dieser Gegend. Der Wirt sagte, du sammelst Sagen. Man erzählt sich, daß es einst eine Königin gab, Maeve genannt, die hier am Lough Crew das letzte Mal Station machte, ehe sie und ihr Volk – das Feenvolk, verstehst du, die Kleinwüchsigen, die mit den roten Haaren ..." er strich sich selbstgefällig über den Haarschopf, „ ... von ich weiß nicht wem in den Westen vertrieben wurden. Bis ans Meer, bis es nicht mehr weiter ging und ihr Stern im Abendrot versank wie die Sonne selbst ins Meer."

Versonnen schaute er durch die Pflanzen hindurch aus dem Fenster, stutzte kurz, als hätte er etwas Auffälliges gesehen und schüttelte dann verwirrt den Kopf. Harras seufzte tief, und auch die Colliehündin stieß einen Ton wie ein klagender Welpe aus.

„Und weiter?" Atemlos ergriff ich seine Hand, befürchtend, daß Mrs. Dean mit ihrer altjüngferlichen Nüchternheit zu früh in den mittlerweile dämmrig gewordenen Salon zurückkehren und den Zauber dieser Geschichte zerstören würde.

David entzog mir seine Hand und zerbröselte nachdenklich einige Kuchenreste auf seinem Teller.

„Du hast doch sicher schon von dem Hügel bei Sligo gehört? Dem Grab der Maeve? Eine imposante Anlage! Leider etwas zu groß für unsereinen. Das ist einer der Plätze, wo die Iren bis heute ihre Harfen im Wind singen lassen. Der Wind kommt aus dem Westen über den Ozean, und sie nennen die Töne, die dabei entstehen … sie nennen sie …" Er blickte mich unvermittelt und staunend an, als habe er erst soeben etwas ganz Neues entdeckt. „Sie nennen die Töne: Helens Klage! Tatsächlich! Helens Klage! Und ich dachte immer, das habe etwas mit der Schönen Helena von Troja zu tun."

„Ach David, jetzt schwindelst du aber!" Ich mußte unwillkürlich lachen. „Und wenn eine Marie hier sitzt, dann heißt es für dich Maries Klage oder Annas Klage! Du bist ein … *Schlawiner!*"

„Oh ja – *Slawienar!*" David klatschte in die Hände. „Das gefällt mir! Das ist ein guter Name. Aber im Ernst, Helen, die Töne heißen so. Wenn du willst, fragen wir Mag, wenn sie zurückkommt.

„Aber die anderen? Was ist mit den anderen geschehen?“

„Welche anderen?“

„Na, ihr Stamm, ihre Töchter!“

„Oh, das meinst du. Ja, es gibt zwei Versionen vom Ende der Sage. Die eine ist, daß sie alle übersetzten zur Insel der Seligen, nach Avalon, dem Apfelparadies der Feenkönigin. Die andere ist die, daß sich das kleine Volk in die Hügel zurückzog – zusammen mit den Schlangen. Aber die Geschichte kennst du ja.“

„Ja, aber erzähl sie mir trotzdem.“

„Zu Beginn des Christentums paßte dem Papst unsere Art von Frömmigkeit überhaupt nicht. Die irischen Christen verehrten weiterhin Bäume, warfen Kleidungsstücke als Opfergaben in die Moore und liebten die Natur, als sei sie eine Frau. Das bereitete dem frauenlosen Obermönch schlaflose Nächte! Also schickte er den Patrick – klar, einen Engländer! –, und der missionierte hier unser heiliges Eire, verfluchte das irische Christentum und verjagte die Schlangen endgültig aus Irland. Danach gab es einen tiefen Kotau vor dem Papst in Rom: Auftrag ausgeführt, Iren domestiziert! Und nur Auserwählte – Dichter und Verrückte – bekommen die Schlangenfrauen seitdem zu sehen.“

Ich nickte stumm.

„Na, und wir Auserwählten treiben uns halt immer noch hier herum – sehr zum Ärger der anderen, der Langbeiner!“ ergänzte er triumphierend und schlug mit seinen Ärmchen auf die Seitenpolster.

„Entschuldigt, daß ich solange draußen geblieben bin, aber da war ein Kerl an der Tür. Wahrscheinlich ein Vertreter. Was erzählst du für dummes Zeug!“ Mrs. Dean balancierte, die angelehnte Salontür mit dem Fuß zustoßend, ein Tablett mit Tee, Sahnekännchen und Leckereien an den Minipolstermöbeln vorbei. „Hören Sie nicht auf sein Folkloregebabbel!“ Sie legte uns, keine Abwehr duldend, jeweils einen Haufen dunkler Plätzchen auf die Teller. „Ich hoffe nur", sie schielte mich neugierig von der Seite her an und ließ sich dann mit einem Ächzen nieder, „nehmen Sie einer älteren Frau den Ratschlag nicht übel, aber ich hoffe, Ihre Eskapade hat keinem verheirateten Mann aus dieser Gegend gegolten. Das katholische Irland ist da noch sehr eigen!"

Sie schaute mich streng über eine neue Tasse Tee hinweg an. Ich schüttelte den Kopf: Diese Art Gerüchte konnte ich keinesfalls gebrauchen!

„Ich, ich ..." Ein Kloß saß mir im Hals. David beugte sich mitfühlend vor, als wisse er bereits, was ich sagen wollte: „Nun mach schon, Mädel! Raus mit der Wahrheit!" schimmerte es in seinen Augen.

„Ich steh nicht auf Männer."

„Ach, du liebst Frauen!" David kam meinem Stottern zu Hilfe.

„Na und?" brummte Mrs. Dean unwirsch. „Noch schlimmer! Dann ist es eben eine Ehefrau! Denken Sie nur, Helen – ich darf doch Du zu Ihnen sagen, oder? – noch macht Ihre Frauenemanzipation einen großen Bogen um des Papstes liebste Insel – ganz wie die Schlangen!" Beide schauten mich besorgt an wie ein liebendes Elternpaar, das seiner verirrten Tochter helfen wollte, ohne sie zu verurteilen.

„Aber ich war weder bei einer Frau noch bei einem Mann!" rief ich aufgebracht. „Ich hatte den Abend in einer neolithischen Modellanlage oder in einer anderen Art von Museumsdorf am Patrickstownhügel verbracht ..."

„... die es nicht gibt", ergänzte Mrs. Dean kategorisch.

„... und dieser Abend dauerte drei Tage lang!" vollendete David den Satz. „Der Fairy Farmer weiß es genau!"

Was blieb mir übrig, als ein wenig hilflos zu nicken? David rutschte vorsichtig von seinem Thron herunter. „Eigentlich glaube ich es ihr sogar! Verrückt vor Einsamkeit wirkt Helen eigentlich nicht. Eher verwirrt und durcheinander! Oder fühlst du dich trotz deinem Riesenhund alleine?" Er näherte sich unbeholfen dem Tier und streichelte den großen grauen Leib, der vor ihm aufragte.

„Fest steht", Margaret Dean zerdrückte ein Stück Streuselkuchen mit der Gabel, „Ihnen – besser uns! – fehlen zwei Tage Ihrer Gegenwart! Nur Sie wissen, wo Sie gewesen sind! Verstehen Sie mich bitte nicht falsch", sie berührte sachte meinen Arm. „Ganz im Vertrauen: Diese Affäre mit dem Hund hat Ihnen viel Sympathie bei uns eingebracht. Sie gefallen den Leuten hier besser als das Ehepaar, das auch aus Deutschland kommt und ignorant und arrogant durch unsere Geschichte und unsere Landschaft trampelt. Sie dagegen vergessen die Menschen nicht, Helen, und das ist ja wohl das Wichtigste bei all dieser Wissenschaft. Aber verscherzen Sie sich diese Sympathie nicht." Sie schaute mich stirnrunzelnd an, als würde sie nicht recht klug aus mir. „Ob Liebesaffäre oder, weit schlimmer: Altertumsschmuggel! Man tratscht schnell auf dem Land, wo sonst nichts passiert. Wer sieht schon im Nebel, wo gegraben wird."

„Aber ich habe wirklich nicht ..." Das wurde mir nun doch zu bunt. Plötzlich stieß David einen Pfiff aus, und wir schauten zu ihm und Harras hinüber. Das große Tier hatte sich vor ihm so hingebungsvoll zurechtgewälzt, daß David mühelos über einen Fußhocker seinen Rücken besteigen konnte. Lachend und stolz griff er in das kupfergrüne Halsband des Hundes. Doch nicht die Tatsache, daß ihn der Hund zum Reiten aufgefordert hatte, hatte David erschrocken aufpfeifen lassen, sondern der Anblick des Bandes, das er nun vorsichtig durch seine Hände gleiten ließ.

„Die Schlangen, Mag! Die Schlangen!" rief er. „Die unendliche Schlange mit dem Schwanz im Maul! Der Hund von Fräulein Wissenschaft trägt das Halsband der Maeve! Das Halsband der Maeve ist wieder aufgetaucht! Das Halsband der Maeve!" Er nestelte Harras das Band vom Hals, und der große

Hund ließ das ruhig über sich ergehen, als hätte David Dean ein Recht darauf.

„Was machst du da?“ fragte ich erstaunt. „Warum schreist du so?“

„Das müßten wir dich eigentlich fragen, Helen. Woher hast du dieses Halsband?“

„Ich habe es ihm umgelegt, nachdem diese Alte ihn mir übergab.“

David ließ sich jetzt vorsichtig von Harras heruntergleiten wie ein Kind von einem Pony und stand in der Mitte des Salons. Nachdenklich befühlte und betastete er das grün-golden schimmernde Stück.

„Es sieht echt aus. Tatsächlich! Hier, der Schlangenkopf, die ineinander verwickelten Schlangenkörper.“ Er runzelte die Stirn. „Bei Bronte habe ich es mal in einem Buch gesehen. Darf ich es ihm zeigen?“

Ich schüttelte verwundert den Kopf, und ehe ich es verhindern konnte, war David mit dem Kupferband zur Tür hinausgelaufen und über den Kies des Vorplatzes verschwunden.

„Wo haben Sie das nur her?“ Margaret schaute mich seltsam an, legte aber gleichzeitig beruhigend ihren Arm um meine Schultern, da sie meine Erschütterung sah.

„Ich sagte es doch bereits. Die Frau aus dem Museumsdorf, dieselbe, die mir Harras gab …“

„Die mit den langen weißen Haaren und dem Indianerkostüm? Die Museumsleiterin?“ Mag wiederholte meine Worte und schüttelte leise den Kopf. „Wo sind Sie da nur hineingeraten, Helen?“

„Ich weiß es doch nicht!“ murmelte ich, und plötzlich spürte ich, wie mir fürchterlich schlecht in der Magengrube wurde. Als beutelte eine Erschöpfung meinen Körper und meine Seele zugleich.

„Sie werden ganz blaß, Mädchen!“ rief Margaret Dean. „Nehmen Sie es sich doch nicht so zu Herzen! Das ist doch sicher nur eine Imitation. Das echte Band existiert doch nur im Märchen. Und die sind lange vor dem Christentum entstanden. David hat Ihnen wirklich den Kopf verdreht. Niemand kann Ihnen etwas anlasten. Wirklich. Das ist sicher nur eine Imitation!"

Doch ihre Worte versanken im heftigen Rauschen meiner Ohren, klangen wie ein Echo weit unten in einem Abgrund, der mich plötzlich von der Wirklichkeit trennte. Das Zimmer mit seinen Möbelchen, Kuchengabeln und Sofakissen fing an, sich zu drehen.

Ich war wohl vom Stuhl gefallen, denn als ich wieder aufwachte, kühlte mir Mrs. Dean mit einem kalten Lappen Stirn und Handgelenke, während Harras' rauhe Zunge versuchte, meine Lebensgeister zurückzurufen.

„Es ist doch nur eine Imitation!" Mrs. Dean tätschelte beruhigend meinen Arm, doch mir dämmerte zum ersten Mal, daß es sich tatsächlich um das echte Schlangenband handelte. Daß das Museumsdorf keine Forschungsinitiative meiner Gegenwart war!

Die Zeit hatte einen Riß bekommen, und Anachytha schaute durch ihn hindurch – Maeves jüngste Tochter, die ich um alles in der Welt wiedersehen wollte.

VIERTE TAFEL

Ich – MAEVE, MAEVES TOCHTERENKELIN – ritze unsere Erinnerungen auf die großen Tafeln, die wir unter dem tiefsten Stein der singenden Gewölbe verbergen, auf daß jene, die nach uns diese rauhen Ufer betreten, Töchter und Enkelinnen, sich unserer erinnern und der Zeit, als das Heilige in den Untergrund fliehen mußte und die Göttin selbst – bespuckt und begeifert – ihr Haupt verhüllte.

Noch bauten wir unsere Paläste nach den Gesetzen des Himmels, nutzten das Wissen um Sonne, Mond und Sterne, maßen die Zeit in Mondknoten oder in Sonnenumläufen, lehrten unsere Töchter, die Gesetze zu achten und anzuwenden beim Häuserbauen, Fischen, Segeln, Gräbenziehen und Pflügen.

Auch feierten wir die junge Frau oder die Rote in ihrer Blüte, die Schwarze am Jahresabend, das Wachsen und Vergehen, Geborenwerden und Sterben, Frühling, Sommer und Herbst.

Doch viele Völker um uns an den Küsten taten nicht mehr so. Ihre Händler lächelten schmutzig, wenn sie den Hafen betraten. Ihre Gesandten achteten unsere heiligen Zeichen nicht, trampelten roh durch die Feste und entehrten die Geheimnisse.

Sie zwangen manche unserer Töchter in ihre Betten, raubten die Schönsten, bespien die Statuen auf dem Markt.

Da wir immer noch unsere Toten unter die Wohnräume legten zum ewigen Schlaf und zur Wiederkehr, weigerten sie sich, unsere Schwellen zu übertreten. Sie zerstörten die Freiheit des Gastrechtes, mißachteten seinen Schutz und verboten unseren Gesandten und Händlerinnen ihre Häuser, verweigerten ihnen das Gastrecht, töteten so manche von uns in der Fremde oder versklavten sie im Ehestall.

Da verbargen wir die heiligen Feste, gruben tiefe Gewölbe und gedachten der Alten, die oft in Höhlen feierten, als dem Leib der Erde.

Was früher allen galt, unter dem Himmel offen geschah, schützten wir nun unter steinernen Himmeln, umgaben die Geheimnisse mit strengem Schutz. Die Muster der Mysterien wußten nur noch wenige Frauen. Auf den Plätzen gaben wir Scheinfeste, steckten Männer in Frauenröcke, so daß die Händler achtungsvoll stockten und schwiegen, die Feste in Ruhe ließen, denn nun schienen sie ja von Wert.

Wir errichteten den Fremden riesige plumpe Göttinnenstatuen, gleich ihren bärtigen Götzen, die jegliches menschliche Maß brachen, um sie zu verwirren und vom Eigentlichen abzulenken. Wir lernten zu schweigen, und die Priesterinnen lächelten nicht mehr. Die Schlangen schliefen in der Kälte einer neuen Zeit, wir spalteten uns in Wissende und Unwissende, Priesterinnen der Nacht und Priester des Tages, in Oben und Unten, solche, die ihre Geheimnisse hinter den verschlossenen Türen pflegten, und solche, die jene pflegten und das Essen vor die Tür stellten.

Doch die Jüngeren schüttelten die Köpfe und erinnerten an die Zeit der offenen Feste, des freien Gelächters, der fröhlichen Spiele im Hafen, sie erinnerten an das Singen und Tanzen auf den Straßen, an die Knabenspiele und Mädchenwettkämpfe, an alle vergangene Lust.

Sie verachteten die geschminkten Priester und haßten jene verräterischen Händler, die uns solche neuen Sitten aufzwangen. Sie beschlossen abermals, Schiffe zu bauen und ferne Inseln zu suchen, Küsten einer anderen Welt, friedliche Gegenden ohne Mißtrauen und Haß. Neue Städte dort zu gründen, groß und weit, ohne heimliche Höhlen und versteckte Labyrinthe. Sie suchten Neues, den lehrreichen Austausch mit anderen Völkern, neue Lieder und Geschichten, neue Speisen, freundliche Sitten, denn der Leib der Erde ist groß und nährt alle ihre Kinder.

So zogen die besten der Töchter aus – gen Sonnenuntergang, wie die Mütter der Mütter – auf der Suche nach Hoffnung in einer anderen Welt.

Der Sänger von Sligo

Die Höhe

Siehe, so beklage ich mein Geschlecht,
Das weiße, aufrechtgehende,
Das Geschmeiß dieser Welt,
Krebsgeschwür an der Mutter Brust.

Und über mir höhnen die Himmel,
Verhüllen sich Sonne, Mond und Sterne vor unserer Zeit,
Belachen die kleinlichen Kriecher,
Die nicht zu Hause bleiben wollten, wo der Fuß Erde faßt.

Belacht der Mond die ekligen Maden,
Die Irren, die meinten, einen großen Schritt zu tun,
Während unten Millionen hungerten,
Kreisten teure Apparate im All,
Der Kosmos ein Schrottplatz und die Erde ein Leichenstall.

Einen Gott glaubten sie zu erjagen,
Schlugen sich tot im Namen ihrer Götzen,
Sahen ihn versteckt am Rande der Galaxien,
Erschlugen alle wegen dieser Leiche am Kreuz,
Ihrer toten, fremden Religion.

Statt ihre Liebe der Erde zu schenken,
Rasten sie fort von ihren Übeln, in teuren Kapseln,
Tödlicher Samen ohne Frucht,
Trösteten die Hungernden mit einem toten Gott.

Siehe, so beklage ich mein Geschlecht,
Das weiße, aufrechtgehende,
Das Geschmeiß dieser Welt,
Krebsgeschwür an der Mutter Brust.

Mrs. Dean tätschelte mir kopfschüttelnd die Wangen. „Was hat Sie denn so umgeworfen?" Langsam und vorsichtig richtete ich mich auf.

„Ich weiß es nicht – das war wie eine übergroße Müdigkeit." Mühsam stützte ich mich hoch. „Aber bemühen Sie sich nicht. Ich denke, ich gehe besser nach Hause und lege mich hin."

„Auf gar keinen Fall lasse ich Sie alleine gehen!" Resolut faßte sie mich unter einen Arm und führte mich an den Tisch zurück. „Sie warten jetzt einen Moment. Ich hole meinen Mantel und Ihre Jacke, und dann führe ich Sie hinüber! Sie glauben wohl, ich sei zu alt dafür!" Auf diese Weise hatte sie natürlich alle meine höflichen Gegenargumente aus dem Feld geschlagen.

Langsam gingen wir den Weg hinunter, Harras immer voraus; hin und wieder schaute er sich ruhig um, ob wir folgten. Erst als ich auf einer Bank in meinem Wohnmobil saß, eine Tasse heißen Tee mit starkem Whiskey vor der blassen Nase, trat sie den Rückzug an.

„Und melden Sie sich bald, Helen. Vor allen Dingen, wenn es Ihnen nicht gut geht!" Sie drohte mir liebevoll mit dem Finger und ging hinaus. Durch das Fenster sah ich sie noch mit Emily schwatzen. Beide warfen besorgte Blicke in meine Richtung.

Ich durfte mir nun wohl aussuchen, welche Rolle ich fortan lieber spielen wollte: die junge, sensible, durchgedrehte Wissenschaftlerin im fremden Land, das unreife Flittchen mit dem oder der geheimnisvollen Geliebten oder die eiskalte Hehlerin irischen Kulturgutes!

Doch mußte ich nun wenigstens versuchen, die Sache in die Hand zu nehmen. Es war unnütz, zitternd und heulend wie ein kleines Kind, das seinen Teddy in dem grünen weiten Irland verloren hatte, unorganisiert über den Lough Crew zu stolpern. Es mußte System in meine Suche, und ich durfte mich auch grundsätzlich nicht durch merkwürdige Ereignisse von meiner Forschungsarbeit abhalten lassen.

So legte ich mich früh ins Bett und schlief lange und tief, bis ich von alleine am nächsten Morgen aufwachte. Dann frühstückte ich ausgiebig, was mir nicht schwerfiel, denn ich fühlte einen nagenden Hunger, als hätte ich tagelang nichts mehr gegessen. Ich packte Proviant ein, Landkarte, Kompaß und anderes Material und pfiff nach Harras. Im stillen fragte ich mich immer mal wieder, wohin David wohl mit dem Schlangenhalsband verschwunden war und was er damit vorhatte. Dann machte ich mich auf, nun bei hellem Sonnenlicht und bei klarem Verstand, um den Osthügel abzulaufen und um dieses Holzdorf wiederzufinden, das niemand kannte und das es angeblich nicht gab.

Ich beschloß, Patrickstown in konzentrischen Ringen, vom höchstem Punkt ausgehend, abzusuchen, so daß ich auch weiter unten liegende Objekte sehen würde. Danach wollte ich das Unwahrscheinliche nicht völlig ausschließen und hinüber zum Westhügel gehen, um dort nach der gleichen Methode weiterzumachen. Es bestand ja immerhin eine klitzekleine Chance, daß ich mich im Nebel so sehr von meinem ursprünglichen Standort entfernt hatte und die Archäologensiedlung doch dort versteckt lag. Und vielleicht hatten diese Leute es einfach nicht für nötig gehalten, Mrs. Dean zu informieren – aus arrogantem Akademikerstolz. Auf jeden Fall könnten mir diese Kolleginnen Aufschluß über die fehlenden Tage geben, die ich vielleicht bewußtlos auf ihrer Sanitätsstation zugebracht hatte, und mich von dem gefährlichen Ruf einer Schmugglerin befreien.

Nur tief im Innersten gestand ich mir ein, daß meine Suche eigentlich Anachytha galt. Ich übertönte diese leise Stimme sogleich mit dem Argument, daß ich im Zuge dieser Suche endlich alle verstreuten Cairns auffinden und bei diesem guten Fotowetter eine genauere Bestandsaufnahme aller vorhandenen Anlagen sowie der verbliebenen Zeichen und Symbole machen könnte.

Während ich entlang dem Stacheldrahtzaun mit den hellen Wollbüscheln, die im Wind wie weiße Wattebärte unbekannter Zwerge wedelten, in Richtung Osten ging, gelang es mir, mir einzureden, daß diese systematische Bestandsaufnahme der Hauptanlaß meiner Suche sei. Im Caravan würde ich die Bilder in einer kleinen improvisierten Dunkelkammer neben der Kochnische entwickeln, stark vergrößern, rastern und mit Hilfe eines Scanners dem Computer eingeben.

Die endgültige Lokalisierung des Archäologencamps würde nur ein willkommenes Nebenprodukt dieser Arbeit sein, und die Gespräche mit den Wissenschaftlern würden mir vielleicht neue Perspektiven eröffnen. Sicher wären diese froh, als Gegenleistung meine Ausrüstung nutzen zu dürfen.

Das Fotografieren und Katalogisieren nahm viel Zeit in Anspruch, so daß ich am Donnerstagabend gerade den Gesamthügel Ost aufgenommen hatte. Hier hatte eigentlich die größte Zerstörung durch Steinbrucharbeiten und Abtransport stattgefunden: Südlich des Hügels sollen einundzwanzig Cairns in der ersten Hälfte des neunzehnten Jahrhunderts zerstört worden sein, so daß nur noch die Überreste von fünf Cairns existierten.

So stieg ich am Freitagmorgen auf den westlichen Hügel, wobei ich immer wieder den Kopf schüttelte, denn natürlich hatte die Suche am Osthügel nicht das geringste Ergebnis gebracht, was das Aufspüren des Holzdorfes im hügeligen

Gelände betraf. Konnte es denn wirklich sein, daß ich mich im Nebel so weit verirrt hatte?

Neben einer riesigen auseinandergerissenen Cairn, die jetzt eher wie eine Geröllhalde anmutete, lag auf dem westlichen Hügel des Slieve na Calliagh die in der Fachliteratur mit dem Buchstaben „L" bezeichnete Cairn, in deren Inneren ein aufrechtstehender Menhir in der ersten Novemberhälfte einen Schatten auf den dahinterliegenden Stein warf. Das Symbol einer aufgehenden Sonne war an der Nordwand der Cairn in die runde Höhlenwand geritzt.

Ich brachte den ganzen Freitag damit zu, die Steinanlagen von allen Seiten her aus allen möglichen Perspektiven zu fotografieren. Das klare Sonnenwetter zeigte mir die grüne Insel zu meinen Füßen ausgebreitet wie einen moosigen Flickenteppich. Hin und wieder begegneten mir Leute aus der näheren Umgebung, die hier oben nach ihren Schafen sahen oder mit ihren Kindern picknickten. Ihre freundlich-unverbindliche Art, mich zu grüßen, ließ hoffen, daß sich die Gerüchte um meine Person allmählich legten und man wieder bereit war, das in mir zu sehen, was ich doch am sehnlichsten zu sein wünschte: eine junge, kühle Wissenschaftlerin, auf der die neugierigen Augen der Fachkollegen ruhten. Hoffentlich fragten sie sich: Wird sie es schaffen, die Symbole des Neolithikums zu deuten, gewissermaßen ein weiblicher Champollion in bezug auf die Megalithanlagen zu werden?

Doch als der Freitag verging, ohne daß ich auch nur den kleinsten Anhalt für das Holzcamp der Archäologen gefunden hatte, brodelte wieder eine andere Angst in mir hoch, die gar nichts mit der Furcht um meinen guten Ruf in der Nachbarschaft oder in der wissenschaftlichen Welt zu tun hatte: die Angst, daß ich Maeve – und vor allem Anachytha – nie wiedersehen würde. Je kleiner die noch zu untersuchende Fläche wurde, desto größer wurde eine seltsame Panik, zum ersten Mal in meinem Leben die Dinge und Verhältnisse nicht mehr steuern, den Bruch zwischen Sehnsucht und Realität nicht mehr schließen zu können.

Harras wedelte in diesen Tagen ruhig und zufrieden um mich herum. Das Halsband vermißte er anscheinend nicht im geringsten, und da ich ihn sowieso nie angeleint hatte, geschah es auch mir, daß ich dieses rätselhafte Stück kupferartigen Metalls zeitweilig ganz vergaß.

Doch meine Sorge, die geheimnisvollen Kolleginnen nie wiederzusehen, erschreckte mich allmählich mehr als die ungewöhnliche Begegnung selbst.

Was lag mir denn an Maeve, an Anachytha, daß ich sie so gern wiedersehen wollte? Ich brannte darauf mit einer Art kindlichem Trotz, einer unbedingten Sehnsucht, die man sich sonst nur in einem Alter zu leisten vermag, in dem man noch nicht ahnt, wie vergeblich diese Jugendträume sind. Aber ihre Verwirklichung liegt außerhalb der Möglichkeiten eines dreizehnjährigen Mädchens, über dessen Leben meist allein Erwachsene zu bestimmen haben: Eltern, Lehrer, Menschen, die diese Sehnsüchte längst vergessen oder verdrängt haben.

Diese Kindersehnsucht explodiert allein im Hirn des Mädchens! Niemand weiß davon, und deshalb wird auch das Mädchen schließlich glauben, die Sehnsucht sei nicht real gewesen. Sie wird diesem Gefühl nicht mehr folgen, selbst wenn sie die Möglichkeit, sprich, die Erlaubnis dazu hätte. Sie wird wie die anderen alles vergessen und verdrängen – wie sie es von ihnen gelernt hat. Aber mein Traum war leibhaftig wiederauferstanden, aus der schützenden Schale der Vergangenheit herausgesprungen: Anachytha mit der Harfe!

Der Samstag sah mich am Mittelhügel mit mehr nach innen als nach außen gerichteten Augen. Der Fotoapparat war nur noch ein Vorwand für mein nachdenkliches Herumschlurfen, den Kopf tief gesenkt, die Augenbrauen gerunzelt.

Warum wollte ich sie eigentlich wiedersehen? Nur wegen des ergreifend romantischen Spiels im geheimnisvollen Feuerschein? Klar, alle Mitglieder meiner Familie waren schließlich in ihrer professionellen Nüchternheit durch Musik und deren diverse Inszenierungen verführbar gewesen!

Waren es ihre Augen, ihr seltsamer Blick?

Ich hatte doch wahrlich meine Gefühle im Griff!

Was also zog mich an? Was verwirrte mich dermaßen, daß ich sogar begann, dieses faszinierend klare und meinen Forschungen so ungemein zuträgliche Wetter zu verfluchen und nichts sehnlichster herbeiwünschte als den feuchten, griesigen Nebel des letzten Wochenendes – in der unbewußten Annahme, daß ein verhangener Himmel auch jene gefürchtete, und zugleich ersehnte Verunsicherung in mir hervorrief, die mich neolithische Harfenspielerinnen und spätmatriarchale Stammesmütter herbeiträumen ließ.

Ich hielt inne auf dem abendlichen Abstieg von den Hügeln. So wie die Suche in konzentrischen Kreisen um die drei Hügel herum hatten sich auch meine Gedanken immer in den gleichen Kreisen bewegt. Aber es gab das Dorf eindeutig nicht, wie meine Suche in den letzten drei Tagen bewies. Es gab sie nicht – nicht einmal die Spuren oder Überreste eines raschen Aufbruchs. Doch ich hatte Anachytha gesehen, und ich wollte sie wiedersehen.

Als ich meine Schritte zögernd wieder in Richtung Caravan und Fairy Farmers Hof lenkte, bemerkte ich Emily Heights, die an der Tür des Caravans lehnte. Ohne viel Federlesens folgte sie mir in den Wagen hinein.

„Weißt du, was passiert ist?“

Ich schüttelte den Kopf und kramte Harras' Napf hervor, der aufgeregt und hungrig vor der Treppe saß und auf seine Ration wartete.

„Nein. Ich war ja sehr beschäftigt in den letzten Tagen. Aber setz dich doch und trink einen!“

„Das habe ich nötig! Oh, Helen, wer so forscht wie Du, merkt gar nicht, was anderswo los ist! Na, diesemal wissen wir aber wenigstens, wo du die letzten drei Tage warst." Sie drehte den Flaschenverschluß auf, ich setzte Harras' Napf klirrend in die Spüle.

„Wieso? Was meinst du damit? Was ist geschehen?"

„Wegen dem Alibi, Miß Wissenschaft!"

„Alibi? Was habe ich denn nun schon wieder falsch gemacht?"

„Nichts, beruhige dich. Nicht nur du brauchst ein Alibi; wir alle brauchen eins." Sie beugte sich vor. „Hat es dir denn tatsächlich noch niemand am Berg erzählt? War doch schönes Wetter und genügend Leute da oben?"

Ich schüttelte den Kopf und rührte das Hundefutter mit lauwarmem Wasser an.

„Die wollten dich nicht stören. Nett. David ist verschwunden! Seit drei Tagen!"

„Was?" Ich fuhr herum. „Du meinst den ... äh ... Kleinen, David Dean?"

„Ja, den. Übrigens bist du zusammen mit seiner Schwester die letzte, die ihn gesehen hat."

Harras stand noch vor der Tür und wartete ungeduldig auf sein Fressen.

„Ich?"

„Nun, Mag sagt, nachdem er das Halsband von diesem Riesenkerl abgenommen hatte, ist er schreiend aus dem Haus gelaufen. Und seitdem hat ihn niemand mehr gesehen."

„Ist er vielleicht auf einer Sauftour?" murmelte ich und sank voller böser Vorahnungen auf einen Stuhl.

„Das dachte Mag auch erst." Emily nahm die Schüssel und stellte sie Harras hin. „Friß, mein Kleiner. Vielleicht können wir dich ja noch als Suchhund gebrauchen." Sie kam an den Tisch zurück. „Manchmal holen ihn ja seine Kumpel ab und entführen ihn ins Dorf – und das tun sie natürlich mit Vorliebe hinter Mags Rücken. Wenn er mal zu viel gesoffen hat, und bei David dauert das wirklich nicht lange, dann schläft er bei einem Freund im Dorf seinen Rausch aus, damit Margaret nichts davon merkt. Als David aber am nächsten Abend immer noch nicht auftauchte, ist Mag nach Castlepollard gefahren, zuerst in seine Stammkneipe, dann hat sie seine Freunde abgeklappert! Nichts! Niemand hatte ihn gesehen." Emily Heights schob mir mein Glas zu.

„Habt ihr dann die Polizei verständigt?"

„Das ist ja das Elend!" Emily beugte sich vertraulich vor und schielte unruhig zur offenen Tür hin, vor der Harras sein Fressen schlabberte. „Wir alle, und Mag ganz besonders, haben immer wieder Angst, daß sie ihn doch noch eines Tages abholen und in ein Heim stecken. Er kann für sich selber kaum sorgen – und dann diese Sauferei. Mags Verwandte sagen immer wieder, daß ein Heim billiger wäre. Da kümmert sich eine Kraft um viele Krüppel und Greise. Aber das wäre sein Tod. Er ist schließlich hochintelligent und gewohnt, zu tun und zu lassen, was er will."

„Aber die Geschwister zahlen doch etwas an Mag, oder?"

„Natürlich. Und der Schlüsselverleih bringt ihnen auch etwas ein, und dann haben sie noch ihre Rente. Aber wer weiß, wie lange die Geschwister noch bereit sind zu zahlen? Margarets und Davids Renten allein reichen nicht aus, das Häuschen zu halten, die Pflege, die Besuche bei den Orthopäden und und und. Für die spinnt ihr kleiner Bruder, ist ein unangepaßter Versager. Deshalb hat Margaret noch nicht die Polizei gerufen. Sie will ja keine Aufmerksamkeit auf sich lenken. Auch die Verwandten sind noch nicht benachrichtigt."

Ich schüttelte ungläubig den Kopf.

„Vielleicht ist er irgendwo angefahren worden und liegt im Krankenhaus?"

„Nein, das würden wir wissen. Im Umkreis von dreißig Meilen kennt jeder unseren David Dean, den Hüter vom Lough Crew."

„Glaubt ihr denn, daß er tot ist?"

Emily zuckte die Schultern.

„Wir hoffen es nicht. Wir wollen uns jedenfalls alle gleich im Pub treffen. Mag läßt fragen, ob du auch mitkommst."

„Aber natürlich! Und vor allen Dingen der Hund." Ich sprang auf und rang die Hände angesichts dieser ländlichen, mir unbegreiflichen Langsamkeit. „Ihr hättet mich doch gestern, ach was, gleich fragen sollen!"

„Frau Forscherin waren so vertieft. Und nur wegen einem Krüppel – einem unbedeutenden irischen Säufer ..."

„Idioten!" fuhr es aus mir heraus. Erschrocken legte ich Emily gleich darauf den Am um die Schultern. „Ach, entschuldige! Eure Langsamkeit regt mich einfach auf! Weißt du, ich habe ihn ja bei Margaret Dean kennengelernt. Er war mir auf Anhieb sehr sympathisch – so ein kluger Mensch, so viele Geschichten."

„Ich weiß. Viele Iren erzählen Geschichten, und unser David ist selber eine lebende Legende."

„Für wen oder was haltet ihr mich bloß?" brummte ich und suchte rasch Taschenlampe, Landkarten und warme Sachen zusammen. „Hure, Hehler oder Heilige?" Emily lachte schon wieder und stand ebenfalls auf.

„Du hast recht, Helen. So rasch wir dich aufgenommen haben, so rasch haben wir über dich getratscht. Wir Iren sind halt wankelmütig."

„Schmuggler, übrigens, sind oftmals die besten Geländescouts, sehr geeignet, verlorene Kinder und Konterbande wiederzufinden!"

Emily sprang aus dem Wagen.

„Wir holen dich gleich ab!"

„Nehmt noch Kleider von David mit! Irgend etwas, damit Harras daran riechen kann. Wer weiß, das Tier ist so intelligent. Vielleicht findet er ihn wirklich!"

„Okay. Und Taschenlampen, ja? Ich rufe noch rasch Margaret an. Wenn Harras mitfährt, muß sie jemand anders nach Castlepollard mitnehmen."

Sie lief davon, und Harras stieg schwerfällig die Stufen herauf.

„Hör mal, mein Lieber“, begann ich, setzte mich neben das große Tier auf den Boden und umarmte seinen Hals. „Du kannst dich jetzt noch nicht ausruhen! Wir müssen den Kleinen finden, du weißt schon, den mit den roten Haaren – den Hüter von Lough Crew.“ Harras spitzte die Ohren. „Und, Diener aus der Anderwelt, ich habe das ungute Gefühl, daß da etwas ganz und gar nicht stimmt, hörst du? Da steckt etwas dahinter ...“ Harras hechelte zustimmend. Wie hatte ich ihn gerade angesprochen? Diener? „Bist du das, Harras? Der Diener?“ Harras klopfte zustimmend mit dem Schwanz auf den Boden. „Diener, Höllenhund, Führer in die Anderwelt?“ Ich schaute das große Tier prüfend an. „Maeves Diener“, flüsterte ich.

Die Heights hupten schon im Hof, und ich stürzte hinaus, gefolgt von einem würdig blickenden Harras. Roby klopfte an die Scheibe des Autos, als wir uns auf den Rücksitz quetschten. Das Kind saß – obwohl das natürlich verboten war – vorne bei Emily auf dem Schoß; der Sicherheitsgurt umfing beide.

„Da-Vid!“ murmelte der Kleine und zeigte auf Harras. „Har-Ras! Da-Vid!“

„Sehr gut, sehr gut!“ Bronte kuppelte, und mit Vollgas brauste das Auto aus dem Hof. „Soll einer sagen, der Junge brächte nichts zustande.“

„Wieso habt ihr ihn dabei? Unsere Suche kann doch die ganze Nacht dauern!“

„Sind ja alle unterwegs. Und wir lassen ihn nicht gerne allein.“

Trotz der Enge im Wagen versuchte ich meine Karte auszubreiten. „Wo geht David denn am liebsten hin?“

„Zum Westhügel. Da steigt er auf der Geröllhalde herum, als würde er einen Schatz suchen. Manchmal sitzt er auch stundenlang einfach so da und träumt.“ Emily strich Roby liebevoll über das dunkle, sehr glatte glänzende Haar.

„Ma-Eve“, sagte er und deutete aus dem Fenster hinaus. „Ma-Eve.“

„Was er damit wohl meint?“ Bronte blickte seinen Sohn erstaunt an. „Das hat er in den letzten Tagen häufiger gesagt. Da draußen? Da ist Ma-Eve?“ Das Kind nickte und zeigte wieder hinaus.

„Auf dem Westhügel war ich gestern den ganzen Tag. Dort habe ich nichts gesehen.“

„Ja, ich denke, wir sollten bei den Deans anfangen und uns dann langsam vorarbeiten. Wenn ihm nun wirklich etwas Ernstes zugestoßen ist ...“

Emily schniefte leicht.

„Emmy, damit müssen wir rechnen.“ Bronte umfaßte das Lenkrad fester. „Aber wehe dem Burschen, der David etwas angetan hat! Der wird seines Lebens nicht mehr froh, in ganz Irland!“

Er fuhr die Hauptstraße von Castlepollard hinunter und parkte seinen Wagen gleich gegenüber der Kneipe. Einige windschiefe Lieferwagen, zerbeulte PKWs, rostige Mopeds und sogar ein kleiner Traktor waren dort aufgereiht. Der Wirt hatte seine Kneipe an diesem Abend für die Öffentlichkeit geschlossen, und dennoch war es sehr voll, zumindest im vorderen Teil, in dem sich nun alle um Mag drängten, ihr Ratschläge gaben und auf die Schulter klopften. David war in der Umgebung wirklich sehr bekannt und beliebt.

Am Tresen saßen wieder die drei Weiber vom ersten Abend, und weiter hinten sah ich das Touristenpaar.

„Was machen die denn hier?“ fragte ich den Wirt erstaunt, nachdem wir Roby mit einem Glas Limonade in eine stille Ecke gesetzt hatten.

„Wir haben einfach alle Leute zusammengerufen, die tagsüber viel draußen herumlaufen. Wer weiß? Vielleicht ist ihnen ja etwas aufgefallen.“

Mrs. Dean kam nun hinter dem breiten Rücken des Wirtes hervor. Ich konnte nicht anders, als sie tröstend in die Arme zu nehmen. Ihre Augen waren rot verquollen.

„Ich soll beim ersten Pieps Ihre Hilfe in Anspruch nehmen, und Sie? Warum haben Sie mich nicht früher gerufen?"

„Ach", Margaret Dean schluchzte, „hier gibt es einige, die haben vor Ihrem Hund noch mehr Angst als vor den Gendarmen. Und vor Ihnen auch. Sie sind halt eine Fremde."

Harras ließ sich in seiner ganzen Löwenpracht mitten in der Kneipe nieder, und ich registrierte sehr wohl, daß einige Leute tatsächlich die Füße vor ihm einzogen.

„Was soll denn das Ganze? Was sollen wir hier?" Der deutsche Herr erhob sich wütend. Er hatte noch nicht einmal seine Windjacke geöffnet, um zum Ausdruck zu bringen, daß er keinen Augenblick länger in dieser Kneipenversammlung verweilen wollte als nötig. „Können Sie vielleicht den Leuten klarmachen, daß wir nichts damit zu tun haben? Ein Behinderter soll verschwunden sein! Wir haben keinen gesehen! Stimmt's, Else?"

„Vielleicht haben Sie doch etwas gesehen und bringen es nur nicht in Zusammenhang mit Mr. Dean?"

„Bitte? Mit wem? Rufen Sie doch die Polizei! Was geht uns so ein Dorftrottel an?"

Ich war heilfroh, daß wir diese Unterredung in deutscher Sprache führten, doch auch so erkannten die Leute um uns herum die Abfälligkeit in den Mienen des deutschen Ehepaares sehr deutlich.

„Zum ersten, mein Herr, ist David Dean kein Dorftrottel, sondern einer der gebildetsten und klügsten Leute im gesamten Umkreis von Castlepollard! Zum zweiten", ich richtete mich wütend auf, „fürchten seine Freunde, daß ihn die Polizei in ein Heim steckt, denn er säuft ein bißchen viel, und seine Verwandten wollen ihn loswerden."

„Was ist er denn, wenn er kein geistig Behinderter ist?" Else schob sich nun in den Vordergrund. Irgend etwas hatte ihr Interesse geweckt.

„Kleinwüchsigkeit – sehr ausgeprägt. Er kann kaum laufen, keine Tür selbständig aufmachen, keinen Telefonhörer erreichen, nicht alleine in ein Auto steigen." Ich deutete mit der Hand Davids Größe an.

„Also, Paul!" Else zupfte ihren Gatten nun energisch an der Jacke. „Was denkst du dir eigentlich? Du bist Arzt und verpflichtet zu helfen."

„Na und?" Er gab sich weiterhin stur. Else wandte sich entschuldigend wieder an mich.

„Paul hat so viel Arbeit. Da will er in den Ferien ausspannen." Zum Entzücken der umstehenden Einheimischen, die unseren deutschen Wortwechsel verfolgt hatten, fühlte ich, wie mir wieder einer meiner Wutanfälle rot den Hals hinaufstieg.

„Es ist ja wohl das mindeste, unseren freundlichen Gastgebern zu helfen. Und nun halten Sie uns nicht länger auf!"

Ich drehte mich herum, und dabei fegte ich mit einem Streich einen Aschenbecher – ob gewollt oder nicht, konnte ich im nachhinein nicht mehr feststellen – von einem Tischchen, so daß der Dreck beiden über die Hosenbeine und gut geschnürten Schuhe stäubte. Klirrend rollte der Aschenbecher genau vor Harras' Nase, der sich angewidert niesend erhob und den Platz wechselte. Dabei stieß er in hündisch-tappiger Art gegen Pauls Beine, der entsetzt zur Seite sprang.

Leise lachend applaudierten die Leute, als ich nun begann, meine Karte auf einem der Tische auszubreiten. Alle drängten heran, sahen sich einander über die Schultern. Nur Paul und Else standen schmollend abseits – ganz in der Nähe von Roby, der vergnügt an seiner gelben Limonade sog und uns allen aus seinen großen dunklen Augen zuschaute.

„Das Mädchen ist gut", murmelte Patrick, den ich vor zehn Tagen ebenfalls im Pub kennengelernt hatte. „Kann ich vielleicht mit meinem Moped was helfen? Wenn wir – immer von Margarets Haus ausgehend – des Gelände in einzelnen Abschnitten absuchen, wie Du es da auf der Karte eingezeichnet hast, entfernen sich die Suchtrupps ja immer mehr voneinander. Seh ich das richtig?"

„Sehr gut, Pat!“ Der dicke Wirt klopfte ihm anerkennend auf die Schulter. „Du willst also den Meldeläufer machen mit deiner Kiste. Kannst du denn querfeldein fahren?“

„Na und ob! Sogar Motocross über die Mäuerchen!“

Während Bronte, dessen große Gestalt alle überragte, die Leute in Grüppchen einteilte, die die Abschnitte abgehen sollten, schaute ich zu Roby und dem Arztehepaar hinüber.

Paul stand immer noch mit verschränkten Armen und verschlossenem Gesicht da und beobachtete uns, als seien wir nur eine Horde ungebildeter Eingeborener. Else, die wohl diese ablehnende Haltung nicht in Ordnung fand, drehte sich um und entdeckte das Kind mit seiner Limonade. Entzückt ging sie zu ihm, hockte sich neben Roby und flüsterte ihm etwas zu. Roby schaute sie groß an. Else begriff sehr schnell, daß Roby kaum sprechen konnte oder wollte, und strich ihm über den Kopf. Roby schaute hinüber, zeigte auf uns, und ich hörte, da gerade ein wenig Stille eingetreten war, seine Worte:

„Har-Ras – Da-Vid!“ Dann deutete er auf Else, nahm sie bei der Hand und zog sie zu unserer Gruppe. Er zupfte Bronte am Hosenbein, der sich ihm liebevoll zuwandte:

„Na, was gibt’s, kleiner Held?“

„Har-Ras – Hel-En!“

„Du meinst, die Dame soll Harras und Helen helfen?“

Roby nickte heftig. „Da-Vid!“

Bronte lächelte die Frau verlegen an. „Er kann nicht reden, aber er meint, Sie sollen uns helfen.“

Else schaute Roby nachdenklich an.

„Ein kluges Kind. Er hat unseren Streit vorhin vollkommen begriffen. Na gut.“ Sie hob entschlossen den Kopf. „An mir soll es nicht liegen. Ich bin ausgebildete Krankenschwester. Wenn Sie wollen, versorge ich von hier aus die Truppen mit Butterbroten, Tee und Erster Hilfe.“

Margaret Dean nickte. „Dann bin ich auch nicht alleine hier.“

„Truppen!“ Patrick rümpfte verächtlich die Nase. „Wir sind doch nicht im Krieg!“

Nun drängte sich Paul vor. „Ich weiß nicht, mein Junge“, er schaute ihn etwas von oben herab an, „wenn sich meine Frau schon einmischt, will auch ich nicht zurückstehen. Die junge Frau dort“, er deutete auf mich, „hat Ihnen mal was von einem Kupferhalsband erzählt. Wenn es sich nun doch um ein Original handelt, nehmen wir an, ein mittelalterliches oder keltisches: das ist von beträchtlichem Wert.“

„Aber ich habe nichts gestohlen!“ Wütend starrte ich diesen Kerl an. „Wie kommen Sie bloß darauf?“

„Nein. Sie natürlich nicht. Die Geschichte mit der Unbekannten mag ja stimmen. Man übergibt Ihnen einen riesigen Hund mit einem wertvollen Halsband. Nichts besser als das! Der Hund ist ein lebender Tresor! Irgendwann gehen Sie nach Deutschland zurück. Irgendwann verlieren Sie das Band wieder, ohne daß Sie es merken. Ich würde sagen, irgendwer versucht, Sie zu benutzen, Sie hereinzulegen. Er hat aber nicht damit gerechnet, daß David dahinterkommt und sich traut, dieses Riesentier anzufassen.“

„Du liest in den Ferien zu viele Krimis!“ Else stupste Paul in die Seite. „Das glaube ich einfach nicht!“

„Es wird nebelig! Am besten brechen wir jetzt auf. Was passiert ist, erfahren wir am schnellsten, wenn wir David finden.“ Bronte winkte ungeduldig. Ich zuckte wie elektrisiert zusammen: Nebel! Harras erhob sich würdevoll, und plötzlich schwiegen alle, als sei ein Tiger unter ihnen.

„Gegen das Tier kommt kein Nebel an!“ Der Pausbäckige, der am ersten Abend so viele Runden spendiert hatte, wedelte mit den Händen. „Der Hund muß uns einfach zu ihm führen!“

Margaret Dean streichelte das dichte Fell. „Irgendwie ist er doch an allem beteiligt. Na ja, jedenfalls sein seltsames Halsband. David rief als letztes: ‚Das Halsband der Maeve!‘“

Emily pfiff laut durch die Zähne: „Das ist ja der seltsame Name, den Roby heute immer sagte. Was hat es damit auf sich?“ Fragend schaute sie zu mir herüber, doch ich tat so, als hätte ich sie nicht verstanden.

Nun drängten sich alle um Harras, der sich gutmütig betatschen ließ. Der alte hagere Ortsvorsteher trat leise an mich heran:

„Woher hatten Sie das Band?“

„Es lag um seinen Hals. Mag meinte, es sei eine Imitation. Und daß es nur in der Sage existiert.“

„Und Sie konnten nichts herausfinden über seinen Wert, das Material?“

„Schmuck ist nicht mein Fachgebiet.“

„Kennen Sie den Mythos dazu?“ Der Alte zog mich nachdenklich aus dem Pub heraus. „Man sagt, daß das Band nur alle tausend Jahre auftaucht – und immer ist es eine Warnung!“

„Wie ’n Komet, was!“ Der Rothaarige schwang sich auf seine Maschine.

„So ähnlich, Pat. Die Feen rühren sich, und wer das Band findet oder trägt, ist ein Bote der Feen!“

„Eine Botin! Häh?“ Die dicke, rotgekleidete Frau lief hinter uns her über die Straße. „Eine Botin. Seien Sie würdig, junge Frau! Was immer Sie uns eines Tages zu sagen haben!“

„Komm! Laß dich nicht von den alten Käseköpfen durcheinanderbringen!“ Emily zog mich zum Auto. „Du hast die Landkarten, du führst den Hund heute nacht. In dem Nebel brauchst du einen klaren Kopf. Bist ja selber nicht ganz auf der Höhe, oder?“

„Doch, doch“, murmelte ich und zwängte mich wieder in den Wagen, während Roby in das Auto des deutschen Ehepaares stieg und uns vergnügt von der Rückbank aus zuwinkte.

Die einzelnen Gruppen breiteten sich, von Mrs. Deans Haus ausgehend, in fächerförmigen Abschnitten über das Gelände am Rand des kleinen Weilers aus.

Während sich die anderen vom Haus fortbewegten – quer über Hecken, Mäuerchen und Straßen –, hatte ich die Aufgabe, mit Harras immer in konzentrischen Kreisen von Gruppe zu Gruppe zu gehen. Im Nebel verständigten sich die einzelnen Grüppchen anfangs noch mit Zurufen und dem Schwenken von Notleuchten, aber je mehr sie auseinanderzogen, desto weniger hörte ich ihre Stimmen und war allein auf meinen Orientierungssinn und Harras' Witterung angewiesen. Immer wieder hielt ich ihm eines von Davids Hemden unter die Nase:

„Such, Harras! Such David!"

Harras schnüffelte begeistert.

Hin und wieder stieß ich auf eine der suchenden Gruppen, deren Wege ich kreuzen mußte. Aber vorerst war niemand auf eine Spur gestoßen. Allmählich versank das Licht von Mrs. Deans Haus hinter mir im Nebel. Manchmal knatterte Patrick auf dem Moped auf mich zu, berichtete Neues oder fragte mich etwas. Hin und wieder verteilte er heißen Tee, den er in einer großen Thermoskanne von Gruppe zu Gruppe transportierte.

In dieser gründlichen Weise waren wir vielleicht einen Kilometer vorgerückt. Der dichter werdende Nebel und die aufkommende Dunkelheit machten es immer schwerer, Zeit und Ort genau einzuschätzen. Die einzelnen Suchtrupps waren allmählich zu weit auseinander und konnten sich durch Zurufe nicht mehr verständigen. Um mich herum breitete sich die weiße, schweigende Nebelmasse. Wäre nicht hin und wieder das Knattern des Motorrades zu hören gewesen, wer weiß, welche Ängste mich noch in dieser einsamen Stille überkommen hätten.

Plötzlich drängte sich Harras gegen mein Bein. Er drückte so heftig gegen mich, daß ich gezwungen war, meine Richtung zu verlassen und zur Seite abzuschwenken.

„He, laß das!" rief ich erst. Doch das große Tier ließ sich nicht davon abbringen und drängte mich immer mehr von den anderen fort.

„Hallo!“ rief ich, als Patrick wieder einmal vorbeiknatterte und mich im Nebel nicht gleich fand.

„Ich glaube, Harras hat etwas gerochen! Sag den anderen Bescheid, sie sollen abwarten, bis ich weiß, was genau Harras gewittert hat!“

Er brauste los, und von Posten zu Posten lief nun der Ruf:

„Stop! Stop! Alles anhalten!“

Als Harras merkte, daß ich seinem Drängen keinen Widerstand mehr entgegensetzte, zerrte er mich kreuz und quer über die Wiesen und bröckelnden Steinmäuerchen. Ich packte vorsorglich sein Halsfell. Dann spürte ich, wie der Boden unter meinen Füßen langsam anstieg. Ich begann zu keuchen.

Plötzlich stand ich im hellsten Tageslicht! So, wie es in den Schweizer Bergen geschieht, wenn man, aus den Nebelmeeren aufsteigend, plötzlich wieder die Sonne sieht. Erschrocken blinzelte ich: Anachytha stand vor mir, als habe sie sich gerade von mir verabschiedet!

„Harras, wo führst du mich hin?“ Ich schüttelte den großen Hund erschrocken. „Wir müssen David finden. Irgendwo liegt der arme Kerl.“

„Freust du dich nicht?“ Anachytha, die so vor mir stehend knapp einen halben Kopf größer war als ich, legte mir die Hände auf die Schultern. Ich schreckte so heftig zurück, daß sie erstaunt die Hände sinken ließ.

„Faßt ihr euch nicht an, zur Begrüßung nach langer Zeit?“

„Doch, doch! Aber ich habe keine Zeit. Wir suchen jemanden – vielleicht ist er schon erfroren, oder …“

Anachytha nickte: „Euer Hüter. Maeve hat ihn gefunden und mit dem Band in Sicherheit gebracht.“

„Führ mich zurück! Rasch!“ rief ich verzweifelt. „Die anderen warten auf mich. Sie verlassen sich auf den Hund.“

Unbemerkt war Maeve herangetreten.

„Du hast wirklich Zeit, eine Weile bei uns zu bleiben. Du mußt sogar!“ Sie schaute mich prüfend an.

„Aber David?"

„Ihr werdet ihn finden; die Zeit steht nicht im Weg."

„Ihr wißt, wo? Lebt er?"

„Er schläft in der Sonne vor seiner Lieblingscairn, ruht sich von seiner Angst und der plötzlichen Reise aus." Sie schaute uns streng an.

„Hel-En, die Jüngste zeigt dir das Dorf! Sie führt dich über die Felder! Du bist eine ..." sie formte dieses Wort wieder wie einen Schneeball im Mund, „... Wissenschaftlerin? Du nickst, also ist das jetzt wichtig!" Sie drehte sich ohne ein weiteres Wort um und entfernte sich leichtfüßig in ihren weichen Ledermokassins.

Anachytha lächelte leise und schaute ihrer Mutter nach.

„Komm!" sagte sie und vermied es diesmal, mich anzufassen, obwohl ich an der verhaltenen Geste merkte, daß das ursprünglich ihre Absicht gewesen war.

Im hellen Licht konnte ich nun das ganze Dorf übersehen, das in einem Halbkreis angelegt war. Es lag im Windschatten des Patrickstownhügels, der Platz in der Mitte war nach Süden hin offen und in den Pfützen spielten kleine Kinder und Enten. Vor mir stiegen die sanften Hänge des Osthügels auf. Dahinter erkannte ich den Westhügel. Ich erschauerte auf einmal und faßte Anachythas Arm mit einem Ausruf des Erstaunens und der Verehrung.

Die zerstörten Überreste jener megalithischen Kulturen wecken in den meisten Besuchern das Gefühl einer ehrfürchtigen Scheu – ganz gleich, ob es sich um Fachleute, nationalistisch gesinnte Patrioten, New-Age-Fans, Touristen oder Matriarchatsanhängerinnen handelt. Eine spirituelle Ahnung des Göttlichen wird in ihnen allen durch die großen, kaum behauenen Blöcke, die seltsamen Steinkreise geweckt. Wenn schon diese spärlichen Überreste in der Lage waren, die Existenz von etwas Größerem zu bestätigen, was immer darunter zu verstehen sein mag, wie mußte dann erst eine vollständig erhaltene megalithische Kulturlandschaft auf Menschen meiner Gegenwart wirken, wie ich sie plötzlich vor meinen Augen über die drei grünen Hügel des Lough Crew gebreitet sah?

Es war eine Landschaft frei von jenen traurigen Symbolen des Untergangs, des Verfalls und der Zerstörung, die wie ein melancholischer Schatten über vielen jungsteinzeitlichen Kulturorten lagen. Dabei mußte ich an die Spuren nostalgischen Verfalls an den Palästen von Venedig denken: unwiderruflich, unwiederbringlich – was immer wir darunter verstehen mögen: Göttin, Eins-Sein, Kosmos, Natur, Weltfriede …

Gekrönt wurde diese Anlage durch die beiden großen Cairns auf dem Mittel- und auf dem Westhügel – eine riesige grüne Frau unter dem hohen blauen Himmel Irlands, deren Brüste durch die beiden großen Hügel gebildet wurden. Ein kleinerer vorgelagerter Hügel war ihre Bauchdecke, und dort, wo sonst der Weiler von Mrs. Dean lag, ahnte ich in einer vorgeschobenen Gruppe von Bäumen, die in die weiteren Wälder überging, einen kleinen, dunklen See: das Geheimnis und der Stolz dieser so gelassen über mehrere Meilen ausgebreiteten Göttinnengestalt.

Die frische Luft flirrte und flimmerte von Leben, von Lust, von Bewegung. Kleine Gestalten liefen zwischen den vielen Cairns herum, Stimmen erfüllten das Sonnenlicht, Lachen, Rufe. Ich hörte Vögel zwitschern, ich hörte Rinder muhen, ein Schaf blökte, und eine Lerche stieg neben mir in den Himmel.

„Was ist das?“ fragte ich entgeistert und wies auf das Panorama vor mir. Anachytha sah mich erstaunt an, dann erkannte sie wohl an meinem Gesichtsausdruck, daß dieses überwältigende Bild für mich keinesfalls so selbstverständlich war wie für sie.

„Die Göttin“, murmelte sie. „Wir siedeln immer im Schatten der Göttin. Dein Clan nicht?“

Als ich nur stumm verneinte, faßte sie meinen Arm fester, als wolle sie mich für dieses Unglück trösten, das offensichtlich über den Menschen meiner Zeit lastete.

Ungezählte Cairns gruppierten sich über die drei Hänge des Lough Crew bis weit hinunter in jene Richtung, in der normalerweise Fairy Farmers Wellblechhof und der kleine Weiler mit Mags Häuschen liegen mußte. Die Cairns öffneten ihre dunklen Tore im vollen Radius vom Sonnenaufgang im äußersten Nordosten bis zum äußersten Nordwesten der sommerlichen Sonnenuntergänge. Dort, wo sie endeten, begann sich am Fuße der Hügel eine weite Waldlandschaft auszudehnen, die bis zum Horizont immer dichter wurde – weit über die Stelle hinaus, wo ich Milbrooke oder Old Castle vermutet hätte! Wie helle Flicken in einem dunkelgrünen Teppich wurde diese Waldlandschaft durch verschiedene Lichtungen unterbrochen, wo ich weitere Dörfer und Felder ausmachen konnte.

Ganz weit in der Ferne erhoben sich abermals gerodete Höhen aus dem dichten Wald, mit einzelnen Dorflinien durch zahlreiche schnurgerade Pfade oder Waldschneisen verbunden, die sich von Markierung zu Markierung durch die Wälder zogen.

„Dort ist eine Stadt!" Anachytha drehte mich sachte zur Seite und wies auf eine größere Lichtung, die ich schwach am Horizont erkennen konnte.

„Sie liegt an einem Fluß, und der Fluß zieht in das Meer. Dort leben viele Sippen. Händlerschiffe legen an, und über dem Fluß ist die große, weiße Kammer des Lichts. Die Menschen können sie schon von weitem sehen!"

Ich nickte stumm. Wie sollte ich sprechen? Wie sollte ich diesen ungeheuerlichen Anblick in Worte fassen? Man brauchte nur den Nebelschleier beiseite zu schieben, und schon veränderte sich eine vertraute Landschaft. Alles hatte sich in eine neolithische Kulturlandschaft verwandelt, deren Gestaltung ohne Zweifel geistigen oder kosmologischen Regeln unterworfen war, wo sich sonst Asphaltstraßen, Autos, maschinisierte Höfe und qualmende Großunternehmen erstreckten.

Das ist zu groß, um es zu erfassen – das war meine erste Reaktion. Zu groß in jeder Hinsicht, zu groß für mein eigenes Fassungsvermögen. Aber auch zu groß, um weiterhin als ein modernes Open-Air-Experiment neuzeitlicher Museumspädagogik durchzugehen.

Anachytha nahm mich bei der Hand.

„Da drüben sind unsere Äcker. Wir werden auf den Berg in der Mitte steigen. Wir wollen dich der Göttin zeigen – wenn du bereit bist."

An der Südostseite des Patrickstownhügels terrassenförmig angelegt, sahen ihre Äcker ein wenig wie verwilderte Weinberge aus, durch die enge, kieselgepflasterte Wege hindurchführten. Die einzelnen Felder waren von Mäuerchen eingefaßt, und ich erkannte knöchelhohes, helles Korngras und das leichte Grün früher Saaten. Also mußte auch hier ungefähr Juni sein – der Mittsommer einer Zeit, in der es in Europa durchschnittlich zwei Grad wärmer war als im zwanzigsten Jahrhundert, so daß auch in den nördlichen Regionen Getreide angebaut werden konnte.

Ich bemerkte mit Erstaunen, wie ich diese andere Realität allmählich akzeptierte. Nicht nur die lieblichen Farben, nicht nur das überraschende Panorama führten dazu – neben mir spürte ich eine andere Präsenz: Anachythas helle Gestalt, die mit großen Schritten die Pfade zu den Feldern hinaufstieg. Sie trug Beinlinge wie ihre Mutter, die aus einem hellen, weichen, fast gelb schimmernden Leder gearbeitet waren. Die Nähte waren mit roten Bändern oder Lederriemen verziert, darüber trug sie einen hemdartigen, ärmellosen Überwurf aus dem gleichen Material. Das blaue Tuch, das sie an jenem Abend getragen hatte, hatte sie wie eine Toga über die Schultern geschlagen, und ich erkannte darunter in einem Lederfutteral eine kleine Leier.

An diesem Morgen trug sie ein rotes Stirnband, wie ich es schon bei einigen Frauen dieser Gesellschaft bemerkt hatte, um die Haare bei dem beständig wehenden Wind aus dem Gesicht zu halten. Die Augen hatten im Sonnenlicht einen fast grünlichen Glanz und waren meist in die Ferne gerichtet, kehrten aber wie aus einer großen Tiefe zurück, wenn sie mich ansprach oder ich etwas bemerkte. Dann richteten sie sich so konzentriert auf mich, manchmal mit einer so angestrengten Ernsthaftigkeit, daß beinahe der Eindruck entstand, Anachytha habe einen leichten Silberblick.

Ich spürte die Wärme, die von diesem Körper neben mir ausging, und sie wurde nun zum Träger der Realität: Das Auge kann sich täuschen, das Ohr Illusionen erliegen, aber die Haut, das klopfende Herz, die aufgeregten feuchten Hände – Gefühle lügen nie.

„Wintersaat." Anachytha wies stolz auf die Äcker. Zwei Rinder – die Rasse war kleiner und gedrungener als das moderne Rind, außerdem mit dichten, langen Haarzotteln bedeckt, die sie eher wie zu groß geratene Schafe aussehen ließen – zogen einen einscharigen Holzpflug, der von einer kräftigen Gestalt in die Erde gedrückt und geführt wurde.

Also handelte es sich um eine späte Phase der Jungsteinzeit in Nordeuropa, von den Archäologen auf ungefähr 3000 bis 2500 Jahre vor unserer Zeitrechnung angesetzt.

Die Frau hinter dem Pflug richtete sich auf und rief etwas zu uns herüber, das ich nicht verstehen konnte.

„Chada, die älteste Schwester." Anachytha antwortete ihrer Schwester und wandte sich dann wieder dem Dorf zu. Ich folgte ihr. In der Nähe der Häuser blieb sie stehen und rief laut einen Namen:

„Karuuna! Karuuna!"

Ein etwa sechsjähriges Mädchen, die nur mit einem undefinierbaren Fetzen um die Hüften und einer Art lockerem Hemd bekleidet war und, wie ich an den Schlammspuren bemerken konnte, eindeutig der in den Pfützen spielenden, gemischten Kinder-Enten-Gesellschaft zuzuordnen war, kam herangelaufen, umarmte Anachytha stürmisch und schaute mich dann neugierig an. Das Kind zupfte kichernd an meinen Hosenbeinen und betastete schüchtern mit nassen, verdreckten Fußspitzen meine inzwischen auch ziemlich verschmierten, ehemals weißen Turnschuhe.

„Das ist Hel-En, aus der Anderwelt. Sie holt Da-Vid, ihren kleinen Bruder wieder!"

Mit einer flüchtigen Bewegung legte Karuuna beide Hände um mich, was wohl auch Anachytha vorgehabt hatte. Diesmal konnte ich unbefangener antworten und nahm in der gleichen Weise ihren Kopf sachte zwischen meine Hände, wie ich es bereits einige Male bei anderen gesehen hatte.

„Jetzt hilf der ältesten Tante!" Anachytha schob die Kleine in die Richtung der Felder und der Pflügerin, die bereits ungeduldig herüberrief.

„Die erste Tochter!" Anachytha führte mich weiter, während sie dem Mädchen stolz nachblickte, und die Kleine lief behende die Terrassen zu ihrer Tante Chada hinauf. Dort kletterte sie auf den Pflug, der dadurch tiefer in den Boden eingedrückt wurde.

Irgendwie gab mir die Bemerkung Anachythas einen Stich.

„Deine Tochter?"

Anachytha nickte, und wir gingen nun unterhalb der Terrassen in Richtung des Mittelhügels.

„Maeve sagte aber doch, du seiest … hm … noch nicht erwachsen? So wie ich übrigens auch", ergänzte ich schnell und verlegen. Anachytha lächelte mich etwas verschwörerisch an.

„Nur die Liebenden sind bei uns erwachsen." Sie sprach dieses Wort ähnlich stockend aus wie Maeve zuweilen die anderen Wörter aus meiner Sprachgegenwart. Ich schaute die junge Frau verständnislos an.

„Aber wie? Ich verstehe das nicht. Oder hat Maeve diesen Satz lange vor Karuunas Geburt zu mir gesagt?"

„Nein, du warst wirklich gestern abend hier." Anachytha ließ sich auf einem Mäuerchen nieder und drehte nachdenklich einen Kornhalm zwischen den Fingern.

„Lieben, Hel-En, ist nicht Kinder zeugen."

„Aber zumindest das Kind mußt du doch lieben?" Ich hatte mich vor ihr ins Gras gesetzt, das Mäuerchen strahlte die eingefangene Sonnenwärme ab, und der Boden atmete wie ein lebendiges Wesen unter mir.

„Das nennen wir nicht erwachsen, das kann jede. Wir lieben auch als Kinder die Mütter, wir lieben die Schwestern. Jedes Tier liebt in der Weise. Das ist so."

„Also bedeutet „Erwachsensein" etwas anderes bei euch. Und auch Liebe bedeutet etwas anderes. Kannst du mir erklären, was? Habt ihr … hm … Feiern oder Initiationsrituale für das Erwachsenwerden?"

Anachytha runzelte angestrengt die Stirn und sah mich nachdenklich an.

„Das Sprechen über diese Dinge fällt uns schwer. Auch deine Worte mühen sich in meiner Seele." Sie schaute plötzlich verschlossen auf ihre unruhigen Hände.

„Dann sprich nicht darüber. Ich kenne eure Sitten nicht, eure Tabus und Gebräuche. Ich will niemanden verletzen – nicht taktlos sein."

„Wie bitte?" Anachytha sah mich verdutzt an. „Takt-Los?"

Ich mußte lachen. „Nun, du machst doch Musik. Takt ist bei uns das Zeitmaß, in dem eine Melodie läuft. Wenn du keinen Takt halten kannst, bist du eben taktlos, fällst auf, störst die anderen, mit denen du musizierst. Verstehst du?"

„Ah, ja. Der Grundtrommelschlag." Sie lächelte. „Merkwürdige Menschen; die Worte hüpfen weite Sprünge – von den Kindern zu den Trommeln! Aber du bringst mich nicht aus der gemeinsamen Musik, Hel-En. Doch Anachytha ist ohne gemeinsame Musik, das stimmt!" Sie sah nachdenklich über mich hinweg. Und dann, als ich wohl verständnislos den Kopf schüttelte und die Augenbrauen fragend hochzog, strich sie sich über das Gesicht und schaute mich wieder an.

„Alle Frauen leben miteinander, wie du sagst. Sie spielen ihre Musik, und der Trommelschlag begleitet sie. Keine fällt aus dem ... Takt! Das ist das Lieben. Nur Anachytha fällt heraus, denn ihre Harfe kann das Innere spielen, das Innere ihrer Schwestern erkennen und das Innere ihrer eigenen Seele. Maeve sagt, die Harfe ragt heraus. Herausragen, Hel-En. Kennst du dieses Wort? Herausragen? Takt-Los sein?" Sie probierte das neugelernte Wort aus, als wolle sie seine gesamte Bedeutung auskosten.

„Das muß nicht immer taktlos sein, Anachytha. Du hast deinen eigenen Rhythmus. Wir nennen solche Menschen Künstler. Gibt es die bei euch nicht?"

„Künstler? Nein. Alle spielen. Alle leben. Alle können arbeiten, pflügen, säen. Alle singen bei den Festen. Die Frauen sind kleiner als Anachytha, sie tanzen, erzählen, singen. Die Göttin lebt ja auch in allen, und alle haben an ihr teil. Selbst die Wanderer dort drüben." Sie wies zum Westhügel hinüber, wo ich besonders viele kleine Gestalten wimmeln sah. „Aber in Anachytha brüllt sie manchmal auf, laut, und die Harfe zittert, ein Sturm trennt mich von den anderen. Ich liebe sie nicht, denn ich bin anders. Das sagt Maeve, und das sagen die Geschichten der Alten."

Plötzlich begriff ich, was Anachytha meinte. Es fiel mir auf, während ich ihren etwas mühsamen Erklärungen zugehört hatte: Bisher hatte keine Frau das Wort „ich" oder die entsprechenden Personalpronomen verwendet. Wenn Maeve von sich sprach, gebrauchte sie immer ihren eigenen Namen, und das besitzanzeigende Fürwort „mein" wurde einfach durch einen unbestimmten Artikel sowie durch eine gewisse Betonung ersetzt: *Die* Tochter statt *meine* Tochter. Anachytha war die erste Frau, die, wenn auch sehr selten, diese grammatikalischen Formen gebrauchte.

„Fühlst du dich manchmal abgetrennt von den anderen?"

„Ja." Anachytha rutschte von dem Mäuerchen herunter. „Wie diese Felder von dem Land abgetrennt sind. Eine Mauer ist da – zwischen den Schwestern und Anachytha."

„Doch hier sind die Mäuerchen sehr nützlich, findest du nicht? Euer Getreide wächst in ihrem Schutz."

„Ja. Maeve sagt das auch. Sie sagt, daß die Menschen deiner Welt alle so fühlen. Ihr müßt oft sehr traurig sein." Sie schaute mich ernst an, als ich aufstand.

„Vielleicht, Anachytha. Wir tragen Mäuerchen um unsere Herzen und leben nicht im Schatten der Göttin."

Von weitem konnten wir Chada fluchen hören, da sich ihre Zugtiere anscheinend wieder weigerten, die vermehrte Last zu ziehen.

„Mutter Maeve hat vier Töchter geboren. Deshalb führt Chada den Pflug. Sie ist die älteste und die stärkste Tochter."

„Und … hm, ja … die Väter?" Ich stotterte auf einmal, aber das Reden über diese Themen, das mir in den Studentenkneipen so locker und unbeteiligt über die Lippen geflossen war, fiel mir hier schwer.

„Was ist das?" Anachytha schaute hoch, neugierig auf ein weiteres fremdes Wort. Ich blieb erschrocken stehen. Dann fielen mir die ganzen komplizierten Sippenstrukturen matriarchaler Kulturen ein, und wohl noch niemand hat dem alten Henry Lewis Morgan ein so inbrünstiges Dankgebet in seine ewigen Jagdgründe nachgeschickt wie ich in diesem Moment.

„Die … ja … die Erzeuger. Wie zeugt ihr?" Ich verhaspelte mich verlegen, denn schließlich sprachen wir nicht über die Vermehrung des lieben Viehs, und außerdem sprach ich nicht mit einer x-beliebigen Person darüber, sondern mit der Frau, die mich auf eine Weise in das Thema hineinzog, die meiner feldforschenden Distanz auf Dauer nicht förderlich sein würde.

„Da führe ich dich später hin. Du mußt auch die Wanderer kennenlernen. Wenn eine Frau eine Tochter möchte, nimmt sie an den Feiern drüben im Westen teil. Dort ehren wir den Sonnenuntergang, die Tore zur Anderwelt, in denen alle Sterne und Himmelslichter verschwinden, um wiedergeboren zu werden. Wir ehren unsere Sterblichkeit, wenn wir durch das Tor gehen, unser Wiederkommen, wenn die Zeit reif ist. Wie alles, was lebt, wiederkommt. Auf dem Sonnenuntergangshügel haben die Männer ihre Cairns. Zu bestimmten Festen schlafen wir im Tor zur Anderwelt, und dort suchen die Seelen, die geboren werden, ihre Frauen."

„Alleine?"

Anachytha drehte sich lachend zu mir um. Ein kleiner heller Funke blitzte spitzbübisch in ihren dunklen Augen auf.

„Hel-En! Was denkst du? Das Vieh dort drüben vermehrt sich auch nicht alleine! Ich schlief für Karuuna mit zwei Schwestern, einer Tantentochter und der ersten Enkelin Maeves, Chadas Ältester. Wir alle wünschten uns eine Tochter. Mich hat sie ausgewählt, doch alle anderen sind ebenfalls ihre Mütter."

„Ja, aber ... also ... die Männer?"

„Dazu kamen die Hüter der Cairn. Ohne Sonne kein Baum. Zwei Enkel von Maeves Mutterschwester, ihr Mutterbruder und ein Knabe aus der Stadt, der zu Gast weilt und bei ihnen lernt."

„Du weißt nicht, wer der Vater ist?"

Nun schaute Anachytha mich erstaunt an. „Ein Va-Ter? Es ist nie nur ein Hüter dabei, und die Zeit zwischen Schlaf und Geburt ist doch mehr als neun Mondumläufe. Die Seele sucht uns dort im Tor, doch wissen wir, was dazwischen in den Monden passiert?"

„Die Seele sucht sich also die Sippe aus, keine einzelne Frau? Keinen einzelnen Mann?"

„Nein. Wie machen das die Menschen deiner Welt? Sperrt ihr einen Mann und eine Frau neun Mondumläufe in eine Kammer?" Sie lachte laut auf bei dieser Vorstellung. „Maeve erzählt, daß die Menschen deiner Zeit, Hel-En, nur eine Mutter haben, nur einen Va-Ter. Was macht ihr, wenn die sterben? Seid ihr allein? Und traurig?"

Ich schüttelte den Kopf und beschloß, dieses Thema vorläufig aufzugeben. Es war einfach, schlaue Werke über die Gruppenehen bei weit entfernten Völkern isoliert in geschützten Bibliotheken zu lesen. Hier im Freien mit dem frischen irischen Wind im Angesicht war es schwierig, darüber zu sprechen, sich verständlich zu machen oder verstehen zu lernen. Vor allem neben einer jungen Frau, die mitten in diesen fremden Strukturen lebte, sie als selbstverständlich betrachtete und deren prüfender oder fragender Blick, deren Lachen bis in meine Zehenspitzen stömte und mich mit wackligen Beinen neben Anachytha durch die Senke zwischen dem Patrickstownhügel und dem Mittelhügel stolpern ließ – eben den Weg, den ich vor Tagen im Nebel entlang dem Steinmäuerchen geirrt war.

„Aber die Liebe!" rief ich verzweifelt, denn ich ahnte, daß man das nicht so ohne weiteres aus den Strukturen der megalithischen Architektur herauslesen konnte.

„Wenn Anachytha erwachsen ist!" Sie lief schneller, mir voraus, und ich spürte, daß die emotionale Seite des Themas in dieser Welt wesentlich schwerer zu besprechen war als die Zeugungsriten.

Die Felder, die nun in der Senke nicht mehr terrassenförmig angelegt waren, zogen sich bis zum Mittelhügel. Immer wieder aber wurden ihre Anlagen durch die hingestreuten Cairns unterbrochen, die nun, je näher wir kamen, immer mehr wurden. Anachytha stieg mit großen Schritten über die Mäuerchen und überquerte einige unbestellte Felder. Ich sah, wie Frauen säuberlich ausgestochene Wiesenstücke über eine kleine Feldfläche verteilten. Die Grassoden lagen am Rande im Schatten der Mauer gestapelt, um sie offensichtlich vor dem Austrocknen zu schützen.

„Sie erneuern den Boden. Die Wiesenplatten kommen aus einer feuchten Waldlichtung."

„Es gibt Pflanzen, die nennen wir Unkraut. Also alles, was nicht Getreide ist und trotzdem da wächst."

„Un-Kraut? Kein Kraut ist aus der Göttin Hand gefallen, He-Len. Ihre Samen mischen wir unter das Mehl oder werfen das Schrot den Tieren vor – das hält sie gesund. Jede Pflanze ist wichtig. Aber schau! Da ist ein Kräuterknabberer, ein Narrenvogel!" Es war ein bunter Stieglitz, der gerade vor unseren Augen eine Distel emporkletterte und gemütlich auf den Fruchtknoten einzuhacken begann. „Wir sagen, er ist so bunt, weil er sich von all den vielen verschiedenen Kräutersamen ernährt."

Wir waren nun südlich des Haupthügels angelangt, und ich konnte in der Ferne die Gestalten genauer erkennen, die am Westhügel arbeiteten. Sie zerrten, teils mit vorgespannten Rindern, teils mit untergelegten Rollen und Hebelstangen, große Steine den Hügel hinauf. Ihre Rufe schallten zu uns herüber.

„Die Wanderer", erklärte Anachytha.

„Sind das eure ... Männer?" Ich stockte bei dem Wort „eure".

„Einige – aber nicht alle. Da unten bei den Bäumen stehen die Männerhäuser und das Knabenhaus. Wenn die Milchzähne ausfallen, ziehen die Söhne aus den Frauenhäusern hinüber zu den Brüdern und Onkeln – den Mutterbrüdern. Sie helfen dann ihrer Sippe bei den schweren Arbeiten, dem Pflügen, dem Terrassenbau. Nicht alle Männer der Sippe leben hier. Viele wandern herum. Sie bauen die großen Anlagen."

„Sie bauen?"

„Keine Sippe kann alleine in kurzer Zeit ein Grab errichten. Dann kommen die Wanderer aus den anderen Sippen und helfen uns. Manche ziehen danach weiter. Viele sammeln sich in diesen Tagen bei der Stadt am Fluß. Dort wird ein großes dreifaltiges Heiligtum neben der weißen Kammer des Lichts gebaut."

„Also können die Männer auch hier besser rechnen", murmelte ich enttäuscht vor mich hin.

„Rech-Nen?" Anachytha spitzte ihre neugierigen Ohren.

„Konstruieren, Pläne machen, die Gewölbe entwerfen. Verstehst du?"

„Ach, den Plan! Nein, das können sie nicht. Das machen die alten Frauen. Sie beobachten die Sterne, verfolgen den Lauf der Sonne und errichten die Holzpflöcke, um die herum die Wanderer dann die Steine bauen. Maeve war schon einige Male unten in der Stadt zusammen mit anderen Alten. Auch die alten Frauen müssen manchmal wandern; aber das mögen sie nicht so sehr. Sie gehen dann in die fremden Dörfer, bauen eine Anlage aus Kieselsteinen oder ritzen den Plan in eine Felswand. Und dann kehren sie schnell wieder heim."

„Warum bauen die Frauen nicht selber?"

„Oh, die Frauen pflegen die Felder, lehren die Kinder, leben die Sippenliebe, feiern die Feste. Eine Sippe braucht nicht viele Männer, doch es gibt immer mehr von ihnen. Und sie müssen ja schließlich auch essen."

„In unseren Büchern steht, daß die Männer Feuersteingeräte herstellen, die Pflüge ziehen und auf die Jagd gehen."

Anachytha lachte laut: „Aber Jagen können sie doch gar nicht! Kein Mann kann Leben nehmen – sie geben doch auch keines. Wie sollen sie Tiere töten, wie sollen sie das Getreide schneiden? Frauen geben Leben, Frauen entscheiden, wann es genommen wird. Wir kennen die Zeit, denn wir tragen die Kinder. Wie sollen die Männer die Anlagen bauen? Sie sprechen die Sprache der Göttin nicht."

Ich hatte den Eindruck, als spräche Anachytha über Jugendliche, altkluge Kinder, die sich Wissen über Bereiche der Erwachsenenwelt anmaßten.

„Was machen sie denn dann?"

„Sie helfen uns. Chada hat einen Sohn. Er ist Karuunas Herzensonkel."

„Was ist das?“

„Ein fremdes Wort für dich, Hel-En? Kennst du nicht alle Worte aus deinen schlauen Flatterdingern?“

„Nein. Längst nicht alle.“

„Maeve hat keine Söhne, also haben wir keine Brüder. Ein Mutterbruder ist der Tochteronkel, verstehst du? Er spielt mit dem Kind. Ist es ein Junge, lehrt er ihn im Knabenhaus die wichtigen Dinge des Lebens. So ist nun der nächste Mann Karuunas Onkel. Maeve hat zwei Brüder. Einer baut unten am Fluß, der andere lebt im Männerhaus. Er ist mein Herzensonkel. Er wiegte Maeves Töchter in den Wiegen, er baute Spielzeug für uns. Als er jung war, half er Maeves Sippe beim Pflügen. Das Mäuerchen, auf dem wir saßen, hat er gebaut, als er ein junger Mann war. Lange vor Anachytha!“

„Wer macht die Werkzeuge? Wer hat zum Beispiel den Pflug da drüben gebaut oder hier die fortgeworfene Hacke?“ Ich hob das Arbeitsgerät auf, das ebenfalls auf eine spätere Phase der Jungsteinzeit hinwies, denn das Beil war durchbohrt und der Holzschaft hindurchgesteckt.

„Das machen alle. Es gibt aber eine Frau, die lebt mit ihren Kindern in dem kurzen Haus am Rand des Dorfes. Sie ist vor langer Zeit hergezogen. Hin und wieder geht sie hinüber in die Stadt und tauscht dort Felle, Stoffe oder Getreide gegen die Flintsteine ein, aus denen die Geräte hergestellt werden. Sie kann das sehr gut. Sie hat auch einen Bohrer. Ehe sie kam, umwickelten wir die Beile mit nassen Lederriemen, doch so fallen sie leicht vom Schaft. Und sie können nicht geworfen werden.“ Sie klopfte auf ihre Hüfte, und nun erst sah ich, daß auch Anachytha eine kleine Axt in ihrem Gürtelriemen stecken hatte. „Ihr ältester Sohn wohnt drüben bei den Wanderern. Er hilft ihr, die Steine aus der Stadt zu tragen und macht die Werkzeuge für die Wanderer.“

Wir verließen nun die kleinen Felder und stiegen in einer weiten Spirale den Mittelhügel hinauf. Von oben konnte ich die durch die vielen Wälder eher dunkelgrüne Insel der Feen ausgebreitet sehen: Ich ahnte weit im Osten das Meer und näher, mehr südöstlich, die drei Hügel des River Boine mit der großen Anlage von Newgrange, die Anachytha vermutlich mit der „weißen Kammer des Lichts“ gemeint hatte.

Die große Cairn, die ich als mit einem eisernen Gittertörchen verriegelt in Erinnerung hatte, war nun mit einem schweren Stein verschlossen, dem ich jedoch ansah, daß er hin und wieder mit Hilfe einiger Hebelstangen, die an der Seite lagen, bewegt wurde.

Auf dem länglichen Stein waren Wellenlinien eingraviert, Kreise, Lebensbäumchen und Symbole, die aussahen wie die Mondknotenzeichen in einem Horoskop.

Anachytha lehnte sich an diesen Stein, zog ihre Harfe aus dem Futteral und hielt sie locker in der linken Hand. Sie stellte einen Fuß auf den Stein und stützte den linken Ellbogen auf das Knie. Ich schaute ihr stumm zu. Nun zog sie die Augen zusammen, und ich konnte nicht erkennen, ob sie sie ganz geschlossen hielt oder doch noch durch einen schmalen Spalt irgendwohin schaute. Die Harfe stellte sie auf den Oberschenkel und wiegte sie leicht und vorsichtig im Arm. Dann lauschte sie, neigte den Kopf etwas zur Seite, und das Haar fiel wie weicher Sand über ihr Gesicht.

Plötzlich wachte der Wind auf; wie von allen Seiten wehten seine leichten Wellen um uns auf der Kuppe des Hügels. Der Wind lief durch die Saiten, und ein Tönen entstand – leise, anfangs kaum wahrzunehmen. Es hätten auch die Grillen sein können, die bis zu diesem Moment ihr Konzert gegeben hatten, doch der Klang war feiner und schwang sich noch höher hinauf, als Anachytha den Kopf hob und mit vorsichtigen Bewegungen langsam die Harfe im Wind schwenkte. Die Töne verstärkten sich, holten sich gegenseitig ein, brachen sich oder verschlangen sich ineinander wie lebendige Schlangen. Anachytha lauschte mit geschlossenen Augen, und ich starrte sie unverwandt an, hingerissen von diesem seltsamen Bild, den fremden, eigenartigen Tönen, von der ganzen Erscheinung.

In diesem Augenblick glaubte ich vielleicht zum ersten Mal in meinem jungen Leben zu wissen, was Liebe ist.

Während die Harfe noch im Wind klang, kroch hinter dem Schwellenstein eine armdicke, grünschillernde Schlange hervor. Sie glitt über den Stein auf Anachythas Fuß zu.

Ich konnte nicht anders, als angstvoll die Luft einzuziehen.

„Sei ruhig", murmelte die junge Frau, „die Göttin beißt nicht."

Die Schlange legte sich in einem weiten Kreis um Anachythas Fuß, dann begann sie sich an ihrem Bein emporzuringeln. Den ausgestreckten Arm glitt sie entlang, erreichte Anachythas Hand und blieb dann mit dem Kopf – es kam mir vor, als glitzerten ihre Augen sehr zufrieden in meine Richtung – auf der singenden Harfe liegen.

„Wind", sprach Anachytha in die Himmelsmelodie hinein, „Stimme der Göttin." In einem rezitierenden Singsang intonierte sie weiter: „Hier ist Hel-En aus der Anderwelt. Der große Diener hat sie sicher über den Fluß der Zeit geleitet. Sieh sie dir an."

Anachytha machte eine Pause, und für einen Moment spürte ich die Intensität der Töne wieder, das kühle Baden in den Wellen der Winde. Ich sah Anachythas gelbe Ledergewänder, die Linie ihres Handrückens und einige sommersprossige Flecken darauf, ich sah das scharf geschnittene Gesicht, über dem trotz der Jugendlichkeit ein merkwürdiger Hauch von Trauer lag. Ich sah das kühle Tier, das sich wohlig auf dem warmen Körper steckte, und ich sah und hörte die seltsame Harfe.

In dieser alterslosen priesterlichen Funktion fuhr Anachytha fort:

„Vom Kopf bis zum Fuß sind wir der Göttin Bild. Vom Herzen bis in die Hände fühlen wir ihren Hauch. Sprechen wir, singen wir, verkünden wir den Willen der Göttin, den Atem, den Wind. Überall, wo wir die Göttin spüren, in allen Schwestern, Müttern, Töchtern und Frauen, in den Wanderern, den Brüdern, den Mütterbrüdern, in allen Dienern, in allen Tieren, Blumen und Bäumen, in Stern und Stein, gibt Furcht uns nichts, nur Liebe, zu allem, was um und in uns ist."

Bei den letzten Worten schlug sie die Augen auf und schaute mich an. Dann legte sich der Wind, und die Töne verklangen. Die schillernde Schlange begann sich sachte von der Harfe, ihrer Hand, ihrem Arm zurückzuziehen, kroch das Bein hinab und glitt so leise, wie sie gekommen war, in eine Spalte hinter dem Schwellenstein zurück.

„Die Göttin ist mit dir, Hel-En. Mit dir und uns! Doch wenn wir gehen, geht sie auch, und die Schlangen verlassen das Land, dessen Abbild sie sind."

Sie steckte das Instrument wieder in die Hülle, schlug den dunkelblauen Umhang um sich und ging ohne ein weiteres Wort wieder den Weg in die untergehende Sonne hinunter.

Im Westen und Norden der großen Anlage konnte ich keine Felder und Terrassen mehr erkennen. Dafür breite, frische Schleifspuren, die in weiten Mäandern den Berg hinaufführten. Genau dort im Westen, wo in meiner Zeit der riesige eingestürzte Schotterhaufen lag, bauten die megalithischen Männer eine neue Anlage. Gerade eben waren die gesetzten Grundsteine einer fünfblättrigen Kammer zu erkennen. Um die aufgestellten Wandfelsen waren Geröll und Erde bis zu ihren Kronen aufgeschüttet und bildeten so eine festgetretene Rampe. Auch die Cairn selbst war mit Erdreich zugeschüttet, über das zusätzlich noch schwere Planken gelegt worden waren.

Unter lautem Zurufen zogen nun vier Rindergespanne mit Hilfe von ungefähr zwanzig Männern die erste Deckplatte diese Erdrampe hinauf. Andere Männer zerrten an den vielen dicken Tauen, die den Stein hielten, und hoben ihn mit langen Stangen an. Ein paar ganz flinke, mutige Männer sprangen immer wieder vor und legten runde Holzstangen unter, die sie hinter dem Stein weggenommen hatten. Neben den Tieren liefen Jungen, die ihnen duftende Wurzeln vor die Nase hielten. Hatten diese einmal einen besonders kräftigen Ruck getan, so durften sie an den Köstlichkeiten knabbern. Ich sah keine Peitsche, und keiner der schwer arbeitenden Menschen ließ seine Wut oder seine Ungeduld an den Tieren aus. Ich konnte mich nicht erinnern, jemals so etwas wie einen jungsteinzeitlichen Peitschenstiel oder Reste eines kupfernen Peitschenknaufes gesehen zu haben, obwohl überall in den Museen Schautafeln über die mühselige Errichtung der Dolmen angebracht waren.

Die Männer sahen uns näherkommen. Sie fixierten den Stein mit rasch vorgelegten Hölzern, lockerten die schweren Zugseile und kamen zu uns herübergelaufen.

Ich begriff plötzlich, was David wohl meinte, als er von den „Kleingewachsenen" gesprochen hatte! Die Männer aus dem Neolithikum erreichten in den meisten Fällen kaum meine Schulterhöhe. Sie waren vielleicht nicht sehr viel kleiner als die Frauen dieser Kultur, aber es war ein ungewohnter Anblick für mich, denn ich war an die Größenverhältnisse meiner Kultur gewöhnt und stand plötzlich einem ganzen Haufen kleiner Männer gegenüber. Einige wenige erreichten meine Scheitelhöhe, doch keiner war auch nur annähernd so groß wie Anachytha, deren für ihre Zeit untypische Körpergröße mir erst jetzt richtig bewußt wurde. Auch ihre Schwester Chada, die ungefähr so groß war wie ich, überragte die meisten Männer ihrer Zeit. Allmählich begann ich mich zu fragen, wie viele neolithische Frauenskelette wohl rein aufgrund unserer modernen Sehgewohnheiten automatisch als Männerskelette eingestuft wurden, besonders, wenn noch eine geschäftete Axt oder eine andere Waffe daneben lag!

Die Männer umringten uns und machten gegenüber Anachytha eine rituelle Verbeugung, indem sie die geschlossenen

Hände zur Stirn führten, sie dann, während sie sich wieder aufrichteten, über die Körpermitte herab und mit abwärts geneigten Fingerspitzen bis zwischen ihre Oberschenkel führten, wo sie die Hände geschlossen und entspannt hängen ließen.

Anachytha antwortete ihnen durch das flüchtige Berühren ihrer eigenen Stirn mit der linken Hand und einer nachfolgenden Geste über ihre Köpfe hinweg, die wie eine Mischung aus Streicheln und Getreidesäen aussah.

„Vergeßt nicht, die Ochsen zu tränken!" war ihr erster Satz, und als zwei Kleinwüchsige fortliefen, ergänzte sie: „Das ist Hel-En aus der Anderwelt."

Die Kleinen drängten sich kichernd und neugierig, wie zuvor Karuuna, um mich herum, begutachteten tuschelnd meine Jeans und zupften an meiner Windjacke. Sie stießen Oh- und Ah-Laute aus; einige der Älteren mit weißen langen Haaren nickten, als hätten sie schon von mir gehört, zeigten dann hinter sich und unterhielten sich in ihrer Sprache.

Plötzlich ertönten aufgeregte Rufe, und einige der Männer kamen aufgeregt von der halbfertigen Cairn heruntergerannt, und nach einem kurzen Zuruf von Anachytha eilten alle hinauf zu der Stelle, wo die Tiere haltgemacht hatten.

Der schwere Stein, den sie bereits zur Hälfte hinaufgezogen hatten, war anscheinend nicht genügend gesichert gewesen, als die Männer ihre Arbeit unterbrochen hatten. Die Tränker hatten zu allem Überfluß die Tiere abgeschirrt, um sie etwas weiter in den Schatten zu führen, ohne die Keile und eingebolzten Stangen noch einmal zu kontrollieren. So war der Stein plötzlich ins Rutschen gekommen und halb die Rampe herab zur Seite gekippt. Anachytha übersetzte mir im Laufen die aufgeregten Rufe der Wanderer:

„Sie behaupten, daß Da-Vid dort im Schatten schlief. Er war sehr erschöpft, als er hier ankam. Aber vielleicht war es auch ein Kind. Als der Stein abrutschte, sahen sie noch einen Menschen im Sand sitzen oder liegen."

Am Ort des Unglücks knieten bereits einige und buddelten aufgeregt mit den Händen an der Erdrampe, während andere hastig mit Hebeln und Seilen den Findlingsblock hochstützten und zur Seite wuchteten.

„Göttin!“ Anachytha schlug die Hand vor den Mund und schaute mich erschrocken an. Ich sah erschüttert David, der klein und verletzt in einer Nische lag, die sich wohl durch ein Wunder oder einen merkwürdigen Zufall gebildet hatte, als der Stein die Erde gegen die Wände drückte. Zwei der weißhaarigen Wanderer sprangen sofort neben ihn, befühlten, betasteten seinen Körper und tätschelten leicht seine Wangen.

Sein Kopf war zur Seite geworfen, als hätte ihm jemand mehrmals ins Gesicht geschlagen. Die rote Haarmähne lag angedrückt um den massiv wirkenden Schädel, einige Strähnen klebten an seiner Stirn und bedeckten die geschlossenen Augen wie rote Tränen. Davids Arme und Beine lagen zur Seite gestreckt wie bei einem zerbrochenen Hampelmann, dem weggeworfenen Spielzeug eines verwöhnten Kindes.

„Der Stein hat ihm nichts angetan“, übersetzte Anachytha. „Aber die Heiler sagen, daß er trotzdem aus dem Gleichgewicht ist.“

„Hebt ihn hoch!“ rief ich. Die beiden legten mir den Körper auf die Arme. „Anachytha“, flehte ich, „ich will ja bleiben, aber er ist sicher nicht freiwillig hier und braucht ... ja ... einen Heiler aus meiner Zeit, einen Arzt. Und zwar schnell!“

Anachytha nickte ernst.

Auf einen kurzen Zuruf setzte einer der Wanderer ein kleines Tonröhrchen, das er um den Hals trug, an die Lippen: Die Männer und Anachytha hielten sich mit verzerrten Gesichtern die Ohren zu. Obwohl ich selbst nichts vernahm, tauchte Harras aus dem Nichts auf und kam in weiten Sätzen über die Hügel gehetzt.

Mit einem Wedeln erkannte er die Situation und legte sich neben mich. Ich bettete David, so gut es ging, auf sein weiches

Fell. Plötzlich erkannte ich, daß er immer noch Harras' Halsband zwischen den Fingern umklammert hielt.

Wie durch einen Nebel spürte ich Anachythas Hände auf meinen Schultern, die Stimmen der Wanderer verklangen hinter mir, und es wurde dunkler und dunstiger um mich herum. Die fremden Laute der Kleinwüchsigen gingen über in die lauten Rufe der Leute aus Castlepollard und Milbrooke, die im Nebel immer wieder riefen:

„He, David! Helen! Wo seid ihr? Harras? Beeilt euch doch!"

Blinzelnd stolperte ich dem nächstbesten Lichtstrahl entgegen. Ich hörte das laute Geknatter des Mopeds näherkommen und Patricks laute Stimme:

„He, hierher! Da sind sie! He, los! Helen hat ihn gefunden!" Er schmiß die Maschine in die feuchte Wiese, stürzte zu uns und umarmte den großen Hund sowie den besinnungslosen David.

„Mensch, du verrückter, lustiger Hund, du!" Er hob den kleinen Menschen hoch, während ich den drei Tresenweibern, die als erste Gruppe aus dem Nebel auftauchten, nur noch mühsam entgegenrufen konnte:

„Wir müssen ins Haus! Rasch! Er braucht einen Arzt!" Und fast schluchzend vor Erschöpfung sackte ich an dem breiten Busen der Mittleren zusammen.

FÜNFTE TAFEL

Ich – MAEVE, MAEVES TOCHTERENKELINSKIND – ritze unsere Erinnerungen in Stein, auf die großen Tafeln, die wir am Grund der heiligen Quelle versenken, auf daß jene, die nach uns die wilden Türme beleben, Töchter und Enkelinnen, sich unserer erinnern und der Zeit, da wir Wehrtürme bauten und die jungen Hirtenvölker uns das Kämpfen lehrten: neue Sitten und Gebräuche – so zog der Tod ein in unsere Herzen, selbst saßen wir auf den Rossen, ascheverschmiert, Bogen und Äxte in der Hand.

Hirten lebten auf dieser Insel, die wir nach langem Umherirren auf den bedrohten Meeren fanden, frei, hochgewachsen und stolz. Sie lebten in den Bergen und ließen uns die Küsten, lächelten, als Händler und Piraten erneut unsere Dörfer schleiften, unsere Frauen stahlen, unsere Macht.

Sie selbst – auf ewiger Flucht, Söhne der Seehändler, der wäldermordenden Phönizier – zogen die Berge hinauf, fort von den schutzlosen Küsten, um ihr eigenes Leben zu führen, ohne verräterische Händler, ohne Lug und Trug. Ohne die ewigen Bäume abzuholzen für kurzlebige Schiffe, ohne Herren und Knechte. Sie verehrten wenig: vielleicht eine Quelle oder einen phallusförmigen Stein. Aufrecht gingen auch ihre Frauen, den Männern gleich, denn sie erkannten kein Oben und Unten, kaum den Fluß der Zeit, Säen und Ernten. Diese Menschen wollten nichts, denn in der Armut sahen sie ihre Freiheit. Wer nichts besitzt, kann auch nicht bestohlen werden. Sie lachten uns aus mit unseren verletzlichen Feldern, den leicht abzubrennenden Gärten und Häusern, den verführerischen reichen Tempelsilos unten am Meer und den weithin zu sehenden großen Steingräbern auf den Hügeln. Sie gaben uns Pfeil und Bogen in die Hand und lehrten uns, hohe Türme zu bauen, die alles bergen konnten: Tote und Lebende – unten die Silos und oben die Sternwarten. Ihr wollt doch leben, oder nicht? Also kämpft, denn die Welt ist schlecht und der Mensch ist des Menschen Wolf.

Da sie frei waren und ihre Frauen ehrten, lernten wir von ihnen, befestigten die Insel. Sie halfen uns kämpfen, wir schenkten ihnen Gemüse und Schrot, tauschten Stoffe und Werkzeuge gegen ihre Waffen und Felle.

Es war eine gute Zeit, denn unsere Töchter lachten wieder. Wir feierten die Feste an Quellen, auf Bergen, manchmal mit unseren freien Nachbarn zusammen. Kein fetter Priester fraß an unseren Vorräten, kein Geheimnis lag mehr verborgen in der Nacht. Manche von uns zogen zu den Hirten, da deren Wanderleben sie weniger mühselig dünkte als die Arbeit auf den Feldern. Manche Hirtenfrau, mancher Hirtenmann näherte sich neugierig unseren Türmen, lernte die Erde zu lieben wie sich selbst und die Göttin zu sehen in Mensch und Tier.

Aber wir trugen das Blut der neuen Zeit an den Händen.

Wir verscharrten die toten Feinde am Strand, warfen ihre Leichen mit Steinen beschwert ins Meer. Unaufhörlich berannten die Fremden die freie Insel, um die starken Hirten zu versklaven, um unsere freien Frauen zu rauben.

Wir selbst sind ein Reichtum. Wir sind das alte Leben im Gleichgewicht, ewig wird uns Neid verfolgen, weil sie meinen, die Freiheit sei zu erobern und Glück eine Ware, ein Diebesgut.

Viele von uns blieben trotzdem auf der Insel, halb vermischt mit dem stolzen Hirtenvolk. Doch wir anderen brachen abermals auf, uns zu bewahren, gefolgt von einigen der neuen Freundinnen und Freunde, um das Gleichgewicht der Welt wieder zu suchen. Wir wuschen das Blut von unseren Händen, setzten die Segel und flohen, weiter und weiter.

Der Sänger von Sligo

Die Tiefe

Siehe, so beklage ich mein Geschlecht,
Das weiße, aufrechtgehende,
Das Geschmeiß dieser Welt,
Krebsgeschwür an der Mutter Brust.

Und es beben die Felsen der Tiefe,
Die ungebändigten Kräfte schreien nach Rache an meinem
Geschlecht,
Die Lavaströme speien sie aus, die letzten Menschen,
In Atome zerfällt diese Welt!

Noch ungebändigt die Kräfte der Tiefe,
Das Magma ungezähmt, das sie bohrten,
Die Gase nicht geleitet,
Die alles auseinanderbrechen,
Die Feuer nie gelähmt!

Siehe, so beklage ich mein Geschlecht,
Das weiße, aufrechtgehende,
Das Geschmeiß dieser Welt,
Krebsgeschwür an der Mutter Brust.

Hm, merkwürdig!" Paul, der deutsche Arzt, schaute uns stirnrunzelnd an. „Äußerlich kann ich nichts feststellen. Aber ich bin auch Anästhesist und kenne mich mit Unterkühlungsphänomenen nicht so aus. Es wäre besser, ihr holt seinen Hausarzt, der kennt sich mit dieser kleinen Physiologie bestimmt besser aus. Mr. Dean muß einen gewaltigen Schock bekommen haben, vielleicht sogar eine leichte Gehirnerschütterung."

„Sein Arzt ist unterwegs!" Patrick war mit dem Moped zur nächsten Telefonzelle gesaust und betrat nun den kleinen Salon der Geschwister Dean, in dem wir uns alle auf den verschiedenen Stühlchen, Polstern, Fußbänkchen oder einfach auf dem Teppich erschöpft niedergelassen hatten. Die beiden Hunde lagen zwischen unseren Füßen, die Schnauzen wie Uhrzeiger auf das Sofa gerichtet, auf das wir David gebettet hatten. Das seltsame Halsband blitzte wieder an Harras' Nacken.

Margaret Dean saß neben David, hielt seine kleine Hand und rief immer wieder:

„David! Brüderchen! Komm, wach auf! Du hast schon drei Tage lang nicht gegessen und nicht getrunken! Du mußt doch zu dir kommen! Ich gebe dir auch – ausnahmsweise – einen Whiskey!" Aber David hielt die Augen geschlossen, die langen, rotblonden Wimpern lagen fest angedrückt, das übrige Gesicht wirkte gläsern, nur die Wangen glühten, aber kein Atemzug bewegte dieses zerbrochene Porzellan.

„Sein Herz schlägt auf jeden Fall noch." Else legte Margaret beruhigend den Arm um die Schultern. „Er ist bestimmt nur unterkühlt und hatte einen Kreislaufkollaps. Die Nächte sind doch noch recht kühl. Es ist wirklich ein Wunder, daß er nach drei Tagen draußen noch lebt."

Einige von Davids Freunden hatten sich still aus dem Haus verdrückt, nachdem ihnen der Mopedjunge versprochen hatte, noch in der Nacht die Runde zu machen, um auszurichten, wie es nun um David stünde und was sein Arzt gesagt hatte.

Else lief zwischen uns herum, schenkte heißen Tee aus und verteilte belegte Brote und süße Plätzchen.

Die dicke, kräftige Frau mit dem roten Gesicht, die mich ins Haus geführt hatte, zog mir die Decke noch fester um den Rücken und die Beine zusammen, denn obwohl ich bereits trockene Kleider trug und einen großen Becher heißen Tee in den Händen hielt, zitterte ich noch am ganzen Leib vor Anstrengung, Kälte und Müdigkeit. Es war ein seltsam überdrehtes Gefühl, das mir zwar fast schmerzhaft in den Magen fuhr, mich aber dennoch nicht einfach schnarchend auf dem Sessel einschlafen ließ.

Harras, dieser Anderwelthund, mußte über ungeheuere Kräfte verfügen, denn ich begriff, daß es wohl diese Zeitensprünge, das Geworfenwerden durch Tausende von Jahren waren, die mich jedesmal so abgeschlagen auftauchen ließen, als hätte ich tagelang in einem überheizten Stollen Erz hacken müssen.

Und das Wissen um diese unendliche Entfernung!

„Wie hast du David gefunden?" Emily kam heran und setzte sich auf ein Lederpolster vor dem Sessel.

„Ich … ja, also …"

„Laß sie doch erst mal in Ruhe!" Die rotbackige Frau fauchte förmlich. „Es hat sie doch ein wenig mitgenommen, das kluge Fräulein." Sie tätschelte meinen Arm, daß ich beinahe den Tee über die Decken geschüttet hätte.

„Ich dachte zuerst, er sei tot!" murmelte ich, um irgendeine glaubhafte Erklärung für meine Schwäche zu finden. „Er war so kalt."

„Muß verteufelt Glück gehabt haben, unser Kleiner!" Bronte schüttelte verwundert den Kopf. „Liegt tagelang so in der Landschaft herum. Seltsam, daß wir ihn nicht früher gefunden haben."

Roby schaute von der sicheren Höhe seines Armes auf mich herab und streckte die Hand aus:

„Hel-En – da! Ma-Eve – da!" Und lächelte strahlend mit seinen beinahe schwarzen Augen.

„Du kleiner Matz gehörst ins Bett!" Die Dicke kitzelte ihn liebevoll unter dem Kinn.

„Scheint ihm gutzutun." Bronte schaute das Kind stolz an. „Jetzt redet er schon in zwei Worten. Na, mein Junge, wer ist da? Na, sag schon! Wer?"

„He-Len – Mae-Ve – Da-Vid – Har-Ras – Ana ..." Er deutete bei jedem Namen in der Runde herum. Das letzte Wort schien ihm Mühe zu machen, und er schaute mich hilfesuchend an. Bronte hatte sich gerade seiner Frau zugeneigt, die ihm bedeutet, daß der Junge aber nun wirklich ins Bett gehöre. Und so flüsterte ich ihm zu:

„Anachytha? Meinst du Anachytha?"

Der Kleine strahlte, klatschte in die Hände und rief:

„Ana-Tütha!" Er schaute mich ernst an, als könne er meine Gedanken lesen. „Anatütha. Da-Vid, da – Har-Ras, da – He-Len, da – Ana-Tütha, weg!"

Ich biß mir auf die Lippen, denn ein seltsames Kitzeln stieg mir plötzlich in die Nasenwurzel. Die rote Frau wandte sich wieder zu mir und tätschelte abermals meinen Arm:

„He, he, junge Frau! Müssen wir jetzt weinen? Wo alles vorbei ist und ihr in Sicherheit seid! Hallo, Kleiner! Du bringst sie ja ganz durcheinander. Ist schon richtig: Alle sind da. Kein Grund zur Aufregung, was?"

Ich riß mich zusammen. Emily nahm ihren Sohn und ging hinaus, um ihn nach Hause zu bringen. Bronte setzte sich nun auf das Lederpolster und schaute mich neugierig an; die fürsorgliche dicke Frau lief in die Küche, in der ihre blasse Freundin seit über einer Stunde Berge von Wurst- und Käsebroten schmierte.

„Ja, Bronte. Da war so eine Senke, ein Abhang. Harras zog mich durchs Gebüsch – und da lag David. Vielleicht ist er abgestürzt?"

„Kann nur die kleine Hexencairn gewesen sein, das ist ungefähr die Richtung, aus der du aufgetaucht bist. Dort haben wir tatsächlich die ganze Zeit nicht gesucht. Es ist eine der vielen Cairns, die hier überall in der Gegend verstreut liegen – sehr nahe am Weiler, deshalb haben wir dort wohl nicht nachgeschaut. Jeder hätte ihn um Hilfe rufen hören! Die Cairn sieht bei Tag wie ein Bombentrichter aus, Helen. Man hat ihn früher als Steinbruch gebraucht. Nun, für David ist jede kleine Kuhle so tief wie ein Abgrund." Er drehte sich ins Zimmer hinein, denn es hatte geklingelt. Margaret stand auf, um Davids Arzt hereinzulassen, einen brummigen Landdoktor, der wohl für allzu viele Dörfer hier in der Gegend zuständig war. Er vermittelte den Eindruck, als käme er vor lauter Hausbesuchen nie aus seinem zerdrückten, schmierig-braunen Anzug. Er drängte sich ohne einen Gruß an uns vorbei zum Sofa hin und bedachte Paul, der immer noch an Davids Kopfende stand, mit einem mißtrauischen Blick.

„Ich habe Erste Hilfe geleistet. Aber ich bin Anästhesist. Ich dachte, ich überlasse lieber Ihnen den Fall; Sie kennen den Kleinen besser." Der Landarzt knurrte nur, öffnete seine Tasche und begann David abzuhören.

„Was ist passiert?" fragte er dann in die Runde.

„Er muß irgendwo abgestürzt sein."

„Im Suff, was?"

„Nein!"

Schweigend hörte er Davids Herzschlag und Atem ab. „Hm ... alles sehr verlangsamt. Sonst hat er auch eine höhere Körpertemperatur! Lag wohl etwas lange in der Nacht rum."

„Drei Tage haben wir gesucht!" Bronte verzog das Gesicht. Der Arzt blies bissig aus gefüllten Backen:

„Idioten! Lieber tot als im Heim – euer Zwergenkönig!" Er wandte sich Paul zu: „Sie halten uns wahrscheinlich für die letzten Hinterwäldler, was?"

„Oh, nein, nein!" Paul schüttelte verlegen den Kopf, denn genau das hatte er vermutlich in dem Moment gedacht. „Ich bewundere die ... äh ... die Solidarität der Dorfbewohner."

„Papperlapapp! Abergläubisches Pack!" Der Landarzt zog eine Spritze auf. „Hören Sie, Mr. Germany, ich hab wenig Zeit, hier am Krankenbett die sorgende Mama zu spielen! Gibt schlimmere Fälle: Schlägereien in Castlepollard, Unfälle auf den Landstraßen. Wenn Sie die Leute so toll finden, opfern Sie bestimmt gern ein paar Ferientage. Der Kleine braucht sachgemäße Pflege. Mit dieser Spritze kommt er bald zu sich. Er muß ruhig liegen. Man soll ihn jetzt nicht transportieren. Außerdem wollt ihr das ja sowieso nicht! Wenn Mr. Dean aufwacht, gebt ihm vorsichtig etwas heiße Brühe mit Ei. Und hier ist eine Salbe. Damit massiert ihr Arme und Beine gegen die mögliche Unterkühlung. Morgen komme ich wieder!" Knurrend erhob er sich, schnappte seine Tasche zu und drängte sich wieder an uns vorbei in Richtung Tür. Entsetzt bemerkte er erst jetzt Harras, der ihn unwillig anknurrte.

Sein Blick fiel nun auf mich, die ich wohl als ziemlich klägliches Häufchen auf dem Sessel hockte.

„Noch eine?" Er starrte mich unwillig an. „Was hat die denn?" Er konnte wohl nicht umhin, mein blasses Gesicht und die um mich geschlungenen Decken zu bemerken.

„Diese junge Frau hat ihn gefunden, Doc!" Bronte richtete sich ärgerlich zu seiner vollen Größe auf, was in diesem kleinen

Salon noch bedrohlicher wirkte als auf freiem Feld. „Und ehe Sie unsere ausländischen Gäste, die uns so großmütig geholfen haben, weiter beschimpfen, sollten Sie lieber mal nach der jungen Lady sehen! Sie hat nämlich einen Schock, weil sie dachte, David sei tot!"

„Daran stirbt man nicht!" Der Landarzt setzte unwillig seine Tasche neben dem Sessel ab und schaute mir ins Gesicht.

„Internationaler Krankenschein?" Er kniete sich mürrisch hin, fühlte meinen Puls, die kalten Hände und zog meine Augenlider auseinander.

„Im Caravan."

„Ach, Sie sind das?" Etwas wie ein Lächeln glitt über sein Gesicht. „Deshalb auch dieser Riesenhund im Zwergenreich. Die Löwenbändigerin! Na, außer einer tüchtigen Überanstrengung fehlt Ihnen nichts, Madam. Essen Sie ordentlich und trinken Sie zwei Whiskey dazu. Legen Sie sich aufs Ohr und schlafen Sie zwölf Stunden. Der Kleine kommt schon durch. Am besten, Sie bleiben heute nacht hier im Haus." Er stand endgültig auf, packte seine Tasche und verließ ohne einen Gruß den Raum.

„Netter Zeitgenosse!" schimpfte Else.

Auch mich hatte ein ungutes Gefühl überkommen, als er mich untersucht hatte. Ich traute ihm nicht und wunderte mich, daß die Leute hier keinen anderen Arzt oder keine Ärztin hinzuziehen wollten.

„Er ist Nationalist und hält nichts von Frauen!" Bronte zuckte resigniert mit den Schultern. „Schon gar nichts von Alleinreisenden im Caravan! Aber er ist der einzige Arzt weit und breit und kennt David schon von Kindesbeinen an. Früher hat er sich auch sehr um ihn bemüht."

„Früher!" Margaret schnaubte durch die Nase. „Als unsere Eltern noch lebten und ihn bezahlen konnten! Da las er auch mal einen Artikel in seinen noblen Fachzeitschriften zum Thema Kleinwüchsigkeit! Oder korrespondierte mit Dublin.

Einmal ist er mit David sogar zu einer Universitätsklinik nach England gefahren. Aber jetzt ..."

Dann begann sich David zu bewegen. Als wir alle zum Sofa stürzten, schlug er verwirrt die Augen auf und starrte uns alle der Reihe nach an, als hätte er Mühe, seine Freunde zu erkennen.

„Mag?" Er rief nach seiner Schwester, die sich zu ihm setzte.

„Ist alles okay, David! Bist wieder da, bist in die Hexencairn gefallen. Dummer Kerl, du!" Sie strich ihm vorsichtig über das Gesicht.

„Hexencairn?" Er runzelte die Augenbrauen und versuchte sich zu entsinnen. „Nein, da war ich nicht." Dann fiel sein Blick auf mich und auf Bronte. „Zu dir wollte ich, Fairy Farmer! Wollte dich was fragen, wegen dem Halsband da, dem Halsband der Maeve, ob das schon immer an dem Hund war, oder ob's die Lady doch geklaut hat?" Er griff sich mühsam an den Kopf.

„Bei mir bist du aber nie angekommen!" Bronte schüttelte den Kopf.

„Nein!" David richtete sich stöhnend auf, Margaret stützte ihn, Else brachte eine Tasse Bouillon.

„Aber danach still liegen, Mr. David. Ihr Arzt sagt, daß Sie eine Gehirnerschütterung haben", sagte Else.

„Gehirnerschütterung? Wundert mich nicht! Der hat mich mit einer Wucht ..." Plötzlich stockte er, seine Augen wanderten mißtrauisch von einem zum anderen.

„Was ist passiert? Wer hat dir was getan?" Margaret beugte sich erschrocken vor.

„Aber das gibt's doch nicht!" Emily war zurückgekehrt, hörte die letzten Worte und schob alle aufgeregt beiseite. „David, wer sollte denn dir etwas tun? Hier kennen dich doch alle!"

„Die Langbeiner." David murmelte es mehr zu sich als zu uns. „Aber ich soll mich ja wohl nicht aufregen. Trotzdem solltet ihr es hören, und die kluge Forscherin dort auch. Sie hat mich wohl gefunden, wenn ich das recht verstehe. Mit ihrem Hund?" Er schielte mich an, und ich nickte. Wieviel hatte David wohl von Maeves Welt bemerkt?

David holte tief Luft. Die heiße Suppe schien ihn aufzumuntern. Mir wurde plötzlich klar, daß David vermutlich gar nicht drei Tage da im Nebel gelegen hatte, sondern vielleicht nur einen kurzen Moment, einen Nachmittag lang! Was ihm die Kraft genommen hatte, außer dieser Kopfblessur, war das gleiche Phänomen wie bei mir: der Zeitensturz!

„Na ja, Leute. Ich erkannte das Halsband der Maeve – ihr kennt doch alle die Geschichte, daß es hier irgendwo vergraben worden sein soll, von dem Kleinen Volk – und wollte also so rasch wie möglich rüber zu Bronte, um seine Meinung über diese Lady da und ihren Hund zu hören. Na, wie ich den Hohlweg hochlauf – geht ja nicht so schnell bei mir, was –, da fällt plötzlich von hinten ein Schatten über mich. Ist doch immer so, wenn ihr langen Leute hinter unsereinem auftaucht! Erst der Schatten, und statt rechtzeitig etwas zu sagen, merke ich erst, wer's ist, wenn er neben mir wie ein Kirchturm aufragt und ich mir den Hals verrenken muß!"

Bronte hüstelte verlegen. Vermutlich war das ein alter Streitpunkt zwischen den beiden Freunden.

„Na, es kam mir komisch vor, und so ich rannte weiter. Im nachhinein denke ich, daß der unser Gespräch belauscht hat, Helen. Dann war der neben mir und fragte: ‚Was rennst du denn so, Kleiner?'" David versuchte kieksend, die rauhe, tiefe Stimme des Unbekannten zu imitieren. „‚Kleiner'! sagt der ausgerechnet zu mir!" David ballte die Fäuste. Margaret Dean zog seine Hände vorsichtig auf die Decke herunter.

„Du darfst dich nicht aufregen!"

„Ich reg mich aber auf! Nun, der war offensichtlich nicht aus unserer Gegend! ‚Kleiner' sagt hier keiner mehr zu mir!" Er lachte, auch die drei Weiber, die nun wieder aus der Küche aufgetaucht waren, lachten laut.

„Der letzte war ein Vertreter aus Dublin!" Die älteste von ihnen klatschte vergnügt eine Faust in die andere Handfläche. „Der läßt sich in Castlepollard nie wieder sehen!"

„Also, ich kannte den nicht. Aber er machte mir angst. Er hatte so komische Augen und fürchterlich viel Haare im Gesicht – wie ein Affe! Ich fürchtete mich. Ja, ich, David Dean, fürchtete mich vor dem schwarzen Mann."

„Sie hatten möglicherweise ein ziemlich wertvolles archäologisches Fundgut bei sich. Er muß davon gehört haben." Paul drehte ein Glas bernsteinfarbenen Whiskey in der Hand, und David schaute ihn glücklich an.

„Sie sind auch Arzt, ja? Verschreiben Sie mir auch von Ihrer Medizin?"

Paul mußte wider Willen lachen. „Na gut." Unter Margarets Protesten, die anscheinend ihr Versprechen von vorhin völlig vergessen hatte, schenkte er David ein kräftiges Glas ein.

„Vielleicht dieser seltsame Vertreter, der vor der Haustür stand?" Margaret runzelte kritisch die Stirn.

David nahm einen tiefen Schluck und grinste: „Das hilft! Nun, wo war ich stehen-, besser, liegengeblieben? Der Kerl packte mich also plötzlich am Arm und zischte ekelhaft: ‚Na, her mit dem Halsband! Ist es endlich aufgetaucht? Gib es her! Wir wollen es haben! Es gehört uns!' Dann hob er mich hoch, einfach so am Arm wie eine junge Katze, und warf mich – klatsch! – in die Hecke!"

„Was?" gellte ein empörter Aufschrei durch den Salon. „Sag das noch mal, David! Er hat dich angegriffen und in die Hecke geworfen?" Unsere Stimmen schwirrten durcheinander, sogar die Hunde hoben nun ob der allgemeinen Aufregung die Köpfe.

„Ja, das hat er! Aber als der Schatten hinter mir auftauchte, riet mir eine innere Stimme, das Band zu verstecken. In der Unterhose!" Er grinste triumphierend. „Das konnte er noch nicht gesehen haben! ‚Ich habe es nicht!' rief ich, natürlich schon ganz schön durcheinander und hing da in der stacheligen Hecke! ‚Ich habe es nicht, du Bullenscheißer! Laß mich in Ruhe, gleich kommt mein Freund. Verschwinde! Verpiß dich!‘ Na, verstehe, ist schon gut. Ich bremse mich schon!“ Er schaute Else vergnügt an, die ihn wegen der unerwarteten Kraftausdrücke etwas konsterniert anschaute. „Nicht gewohnt, was? Ja, wir Iren haben doch einen dicken Schädel. Und Krüppel, wissen Sie, je kleiner der Krüppel, desto größer sein Maul!“ Er schlug mit den Ärmchen auf die Decke und weidete sich sichtlich an den beiden deutschen Touristen, für die er so gar nicht in das Schema eines schüchternen, anständigen Behinderten paßte. „Dann schrei ich, damit mich vielleicht jemand hört: ‚Laß mich in Ruhe! Das Band gehört hierher, es gehört Irland und der Feenkönigin!‘“

Bei den letzten Worten warf er mir einen scharfen Blick zu. Sein Gesicht lief nun rot an, und auch die Beschwichtigungsversuche von Margaret und Emily halfen nicht mehr viel.

„Laßt mich! Ihr müßt genau zuhören und alles wissen. Denn wir müssen aufpassen. Da braut sich etwas Übles zusammen. Dann schlug der Scheißkerl mich wieder ins Gesicht: ‚Wir wollen das Band! Wir verfolgen die Frau seit Tagen! Wir kriegen es! Du hast ja eben laut genug geschrien, daß das Band aufgetaucht ist. Jetzt rückst du es heraus!‘ Er hob mich wieder hoch und wollte mich wohl wie einen Sack mitsamt dem Band in der Unterhose davonschleppen. Oh, wie ich um Hilfe gerufen habe! Nach dir, Bronte. Ich hoffte, du wärst zufällig in der Nähe, doch der lief einfach den Weg wieder hinunter und hielt mir dabei den Mund zu – die ganze fiese, haarige Pranke lag auf meinem Gesicht. Ich kriegte keine Luft mehr ...“ David schaute uns verwirrt an. Bronte fluchte leise.

„Der wollte dich mitsamt dem Band entführen. Oder dich umlegen, damit du ihn nicht identifizierst oder bei der Polizei verpfeifst!“

David nickte. „So etwas in der Art! Doch plötzlich hielt er an, und irgendeine Frauenstimme sagte zu ihm: ‚Halt! Laß ihn in Ruhe!‘ So eine ganz klare, einfache Stimme. Ich kannte sie nicht, hatte sie noch nie gehört. Sie hatte keinen Dialekt von hier, radebrechte auch nicht wie die deutsche Lady oder der nette Doc da mit der guten Medizin!“ Er hielt Paul auffordernd sein Glas entgegen. „Das war so eine ganz unwiderstehliche Stimme. Der Langbeiner brüllte auf, packte mich an den Beinen und warf mich zu Boden, und dann weiß ich erst einmal nichts mehr!“

„Hast du die Gestalt gesehen?“ Bronte beugte sich neugierig vor.

„Nein, gesehen habe ich nichts, er hatte ja seine dreckige Pfote auf meinem Gesicht! Aber er stank wie eine bankrott gegangene Whiskeybrennerei. Ganz seltsam.“

„Meinen Sie, er roch nach Alkohol?“ Paul nahm ihm das Glas aus der Hand.

„Nein, nicht direkt ... eher wie ... wie ...“ David mühte sich sichtlich, diesen Geruch zu beschreiben, dann lächelte er Paul verschmitzt zu: „Eigentlich so wie Sie! Wie ... ja ... wie Krankenhaus! Der Kerl roch wie ein Krankenhausflur!“

„Danke für das Kompliment!“ Der Mediziner blickte von der Anrichte herüber, auf der die von David so begehrte Medizin stand. „Aber ich war es sicher nicht. Ich habe ein Alibi!“

„Sie müssen die Polizei einschalten!“ Else begann vorsichtig Davids kleine Hände und Arme einzumassieren.

„Ja, genau!“ Paul hatte es geschafft, ein weiteres Glas für David an Mrs. Dean vorbeizuschmuggeln. „Unbedingt! Das ist ein Raubüberfall gewesen. Ich möchte wissen, wer die nette Frau war, die Ihnen geholfen hat. Und was für eine! Sie muß dem ja mächtig Eindruck gemacht haben!“

„Vielleicht hatte sie eine Pistole?“ Die dünnste und jüngste der drei Frauen lehnte an der leicht geöffneten Tür und blies den Rauch ihrer Zigarette in die Diele hinaus.

„Na, sind wir bei der Mafia?" Mrs. Dean schüttelte entsetzt ihre Löckchen. Es war nicht ersichtlich, was sie mehr betrübte: die mögliche Mafia in ihrem stillen Erdenwinkel oder das zweite, gut gefüllte Whiskeyglas in Davids Hand.

„Polizei!" David stieß verächtlich die Luft aus. „Die glauben doch nur, ich sei betrunken gewesen oder erzähle euch jetzt eine nette Ausrede! Wer macht denn schon solche Sachen wegen dem alten Halsband?" Nachdenklich fiel sein Blick wieder auf mich. „Irgendwie bin ich noch einmal aufgewacht. Da lag ich auf einer Art Sand- oder Erdberg, war da genau draufgefallen. Die Miß Wissenschaft stand da am Abhang, noch so eine große blonde Frau und eine Menge anderer Leute um sie herum. Dahinter war meine Cairn, wißt ihr."

„Die mit dem Menhir", erläuterte Mrs. Dean.

„Ja. Es könnte eine Ausgrabung oder so gewesen sein. Ah! Jetzt erinnere ich mich." Er griff sich an die Stirn. „Die Frau sagte: ‚Das Band muß wieder zu uns zurück in Sicherheit!' und zerrte mich mit." Er strich sich über die Nase. „Dann ist da ein Nebel, und ich sitze etwas dösig auf der Wandererseite, so nannte sie die Wiese vor meiner Cairn, in der Sonne. Aber dann kam dieser ganze Erdberg ins Rutschen, und als nächstes lag ich dann hier bei euch unter dieser Decke mit der Suppentasse und … hm …", er grinste etwas verzerrt und verlegen, „… irren Kopfschmerzen!"

„Das mußt du nun wirklich geträumt haben, Dave! Helen und Harras haben dich hinter dem Haus aus der Hexencairn gezogen!"

David schaute Emily zweifelnd an. „Was du nicht sagst! Da unten? Aber ich war doch am Hohlweg drüben, und dann ...?" Er faßte sich an den Kopf, richtete sich auf, als wolle er etwas sagen, aber Mrs. Dean drückte ihn nur energisch wieder in die Kissen zurück.

„Jetzt ist endgültig Ruhe! Morgen wird darüber geredet, was wir weiter unternehmen wollen! Jetzt schläfst du. Helen geht oben in die Gästekammer, und ihr anderen fahrt heim! David braucht seine Ruhe!"

„Wir übernehmen abwechselnd die Nachtwache." Else und die alte Schwarzgewandete hoben die Hände, die anderen beiden Frauen nickten ebenfalls. „Wir setzen uns zusammen in den Erker und spielen Karten, dann bleibt es im Salon dunkel, aber David kann uns jederzeit rufen, wenn er etwas braucht, und wir sehen hin und wieder nach ihm."

Bronte stand mit geballten Fäusten auf. „Fest steht, daß sich irgendein verdammter Kerl an David vergriffen hat. Dann wollte er ihn wahrscheinlich nicht an einem so oft begangenen Weg liegenlassen. Vielleicht dachte er, du seist schon tot!"

„Aber was wollen diese Leute denn von David?" rief Emily verzweifelt aus der Diele, wo sie sich ihre Windjacke überzog.

„Das Halsband natürlich!" Der deutsche Anästhesist verzog unwillig das Gesicht ob der Begriffsstutzigkeit dieser Einheimischen.

„Hat es denn wirklich so einen hohen Wert?" Ich konnte es fast nicht glauben. Dieses schmale grüne Kupferband?

„Das ewige Leben", murmelte David, während ihm die Augen zufielen, „das wollen sie – nur das ewige Leben!"

Die wenigsten hatten Davids letzte Worte noch gehört, denn sie drängten sich allmählich in die Diele hinaus. Nur die Alte in den schwarzen Röcken hatte die Worte vernommen und zog die Augenbrauen hoch unter ihrem weißen, durch ein Tuch bedeckten Haar.

Harras wollte mich die steile Stiege hinauf in Mrs. Deans kleine Dachkammer begleiten, während die Colliehündin nicht mehr vom Sofa zu vertreiben war. Als Else und die drei Frauen die Lichter im Salon löschten und sich für ihre Nachtwachen einzurichten begannen, hatte die Hündin sich bereits auf die andere Hälfte des Sofas gelegt, den Kopf auf den Pfoten, die Nase wachsam gegen Tür und Fenster gerichtet, als wolle sie ihren kleingewachsenen Herrn nie wieder aus den Augen lassen.

Else saß am Erkertisch und blätterte bei gedämpfter Lampe in einer Zeitschrift. Die Alte lag, mit ihren dunklen Röcken zugedeckt, so bequem es ging auf dem breiten Ohrensessel und versuchte zu schlafen. Auch die Mittlere hatte sich zwei Polster zusammengeschoben und schlief, während die Jüngste Else gegenübersaß und trübsinnig auf eine Schachtel Zigaretten starrte, die sie nun nicht anbrechen konnte. Margaret hatte ihr Patiencekarten hingelegt, und nun begann sie mit langsamen Bewegungen ihre erste Reihe zu legen.

David schlief, und Margaret zog erleichtert die Tür zu.

„Die deutsche Dame ist umsichtiger, als ich dachte. Oben liegt eine Wärmflasche in Ihrem Bett, Helen. Eine Thermoskanne steht auch da: viel Alkohol, wenig Wasser – ein guter Schlafpunsch, wie es der Arzt verordnet hat." Sie lächelte mich müde an: „Schlafen Sie wohl und …", sie faßte mich bei den Schultern, zog meinen Kopf mit einer raschen Bewegung herunter und küßte mich sanft in zarter, großtantenhafter Manier auf die Stirn, „… danke schön für Ihre Mühe. Können Sie unsere Verdächtigungen vergessen?"

Ich hatte sie vor lauter Aufregung bereits vergessen und murmelte nur müde: „Fällt die Hehlerin aus, bleiben immer noch die Hure und die Heilige übrig! Da bin ich selbst gespannt!"

„Ach, nicht doch!" Mrs. Dean zog ungeduldig ihre Schlafzimmertür am Ende der Diele auf. „So ein junges Mädchen wie Sie wird doch nicht gleich aufgeben: Sie finden schon den, oh sorry, die Richtige! Gute Nacht!" Und verlegen huschte sie in ihr Schlafzimmer.

Nun blieb ich alleine in der Diele zurück.

Auch hier war alles für Menschen sehr unterschiedlicher Körpergröße eingerichtet: Es gab die üblichen Garderobehaken in der Kopfhöhe eines Erwachsenen und darunter, etwa in Hüfthöhe, einige Haken in Kinderfarben mit daranhängenden kleinen Jacken und Kindermützen.

„Erwachsen“, flüsterte ich nachdenklich und schaute diese Minigarderobe an. „Was ist das wohl?“ Links sah ich die Haustür mit den quergeteilten Flügeln und vor mir die Salontür mit ihrem Lederpolster, das das Zuschlagen verhinderte.

Harras schaute mir aufmerksam zu, dann folgte er meinem Blick und schaute auf die Haustür. Plötzlich gab er den ursprünglichen Plan auf, die Stiege hinaufzusteigen, winselte leise und stellte sich mit der Nase dicht vor die Haustür.

„Meinst du, du weißt, wo die Antwort liegt?“ Wie die nebelfeuchten Kleider fielen auf einmal die Ereignisse des Abends von mir ab, und eine unbegreifliche Sehnsucht packte mich. Mein Herz klopfte bis zum Hals hinauf, und alle Müdigkeit wurde durch diese innere Aufregung fortgeschwemmt.

„Richtig, mein Hundediener! Der Punsch muß warten, die Bettflasche soll sich alleine wärmen. Bring mich zu ihnen! Rasch!“ Leise, ohne ein Geräusch zu verursachen, zog ich die beiden Flügel der Haustür auf und schlüpfte, die Hand fest um das Halsband geschlungen, wieder in Nacht hinaus.

Die Nebelschwaden hatten sich gehoben, und die stille Nachtwelt lag in einem diffusen, trüben Licht. Am Himmel war eine fast volle Mondscheibe zu erkennen; Bäume, Büsche und Häuser tauchten vor mir auf wie weiche, sehnsüchtige Gestalten. Harras zog mich vor Mrs. Deans Häuschen auf die schmale Straße, auf der ich am ersten Tag so unbeschwert geparkt hatte, und führte mich die Kurven hinauf – vorbei an der Abzweigung zu Fairy Farmers Gelände, in dessen Heckenweg David überfallen worden war, über den Parkplatz und den schmalen Schafpfad hinauf, der zum Drehkreuz vor dem Mittelhügel führte.

Die Schafwollbüschel hingen noch immer grauschwarz an den Stacheldrähten, schweigend wie still hingeduckte, feuchte Vögel. Ich hörte keinen Laut in der schlafenden Landschaft. Als dann das Metallkreuz quietschte, während wir uns hindurchzwängten, klang es wie der Schrei eines seltsamen Tieres durch die mondüberflutete Höhe.

Diesmal legte sich kein Nebel schützend über meine Augen, als ich oben ankam. Maeves dunkle Gestalt stand alleine im nächtlichen Zwielicht und hob grüßend die Hand.

„Da bist du, Hel-En. Der Zwerg ist aufgewacht. Er war zu schwer für die alte Maeve, Hel-En hat ihn schnell zurückgebracht. Gut!"

„Der Zeitsprung hat ihn fast getötet!"

Maeve nickte.

„Auch an mir zerren diese durchstürzten Jahrtausende, weißt du das?"

„Alleine wird er nicht mehr reisen können. Hel-En muß viel essen und tief schlafen. Dann schafft sie es."

„Was schaffe ich, Maeve? Warum seid ihr mir begegnet?"

„Hel-En", sie stockte einen Moment und schaute mich in ihrer strengen, prüfenden Art an, „Hel-En wird uns helfen!" Zum ersten Mal sah ich in diesem runzeligen Gesicht einen Ausdruck von Unsicherheit. „Hel-En muß uns helfen, denn der Clan der Schildkröte ist in großer Not … im Untergang!"

Ihre Stimme wurde plötzlich leise, und sie setzte sich auf einen der großen Begrenzungssteine, die die riesige Cairn zusammenhielten. Trotz der hohen Luftfeuchtigkeit konnte ich die wellenförmigen Muster darauf erkennen, wie jagende Schaumkronen, sich überschlagende Wellen am Strand. Maeve bedeutete mir, mich vor sie in das Gras zu setzen. Harras bettete seinen schweren Leib direkt an meinen Rücken, so daß ich eine bequeme, warme Lehne hatte.

„Ihr seid in Not?" Ich schüttelte ungläubig den Kopf. Diese heiteren kleinen Menschen, die friedlich ihren Geschäften nachgingen, in deren Häusern ich kaum Waffen gesehen hatte, deren Anlagen und Siedlungen offen und frei, ohne Palisaden oder Mauern in der Landschaft ausgebreitet lagen, diese friedlichen Menschen waren bedroht, fürchteten den Untergang, obwohl sie scheinbar mit sich und der Umwelt im Einklang lebten?

Und diese Leute sollten ausgerechnet auf meine Hilfe angewiesen sein? Ich schüttelte erstaunt den Kopf.

Maeve saß, selbst wie ein dunkler Stein, mir gegenüber; ihre Augen glitten in die Ferne, dann deutete sie in die Nacht.

„Seit vielen Generationen zieht das Volk weiter – immer gen Westen, immer in den Sonnenuntergang hinein, immer auf der Flucht. Bald ist die äußerste Küste erreicht, und dahinter liegt nichts mehr, kein Land. Nur ein Traum oder eine Sage: die Insel der Seligen."

Sie senkte ihre Augen wieder zu mir herab.

„Eine lange Rede hat Maeve im Haus gehalten. Glaubst du, Hel-En, jene sind ... dumm, die diese Anlagen bauten? Sie jagen unsere Kraft, Hel-En und treiben die Frauenvölker immer weiter aus der Welt hinaus."

„Wer, Maeve? Wer jagt euch? Wer will euch Böses?"

„Jene, die der Zwerg ‚Langbeiner' nennt! Irgendwann vor langer Zeit tauchten sie auf. Sie töteten Menschen, sie raubten Mädchen, sie zehrten von unserer Kraft!"

„Was ist das für eine Kraft, Maeve? Was wollen sie von euch? Ich versteh das alles nicht!"

Maeve schaute mich an und nickte schweigend, als schaue sie auf ein Kind, das die ersten Schritte macht. „Sieh, Hel-En aus der Anderwelt, dahinten der Westhügel. Dort arbeiten die Wanderer."

„Sie dienen euch."

„Ja. Sie haben an der Göttin teil, zusammen mit den Frauen. Sie sind also unsterblich, solange sie bauen, sonst sind sie sterblich."

„Was hast du gesagt, Maeve?" Ich schaute die alte Frau entgeistert an. „Wer ist unsterblich?"

Ich erinnerte mich an Maeves Bemerkung im Langhaus über die soziale Stellung ihrer jüngsten Tochter.

Maeve lächelte verhalten ihr Altfrauen-Lächeln. „Auch die Frauen gehen fort in die Anderwelt. Maeve wird einst in eine

Cairn schlafen gehen. Anachytha nimmt dann ihre Stelle ein und heißt Maeve."

„Hattest du vorher auch einen anderen Namen?"

„Ja. Maeve war Karuuna."

„So heißt Anachythas Tochter."

Maeve nickte. „Keine fällt aus dem Rad, denn die Frauen sind das Rad und kennen ihre Namen."

„Die Wanderer aber?" Ich begann allmählich zu begreifen.

„Sie sind nicht das Rad. Der Junge verläßt das Haus seiner Mutter; er hat keinen Namen, seine Bezeichnung stirbt mit ihm, sein Lachen, seine Nasenspitze ..."

„Du meinst, Maeve, ihr nennt die Jungen nach bestimmten Eigenschaften: ‚Spitznase' oder ‚Lacher'? Und das bleibt dann ihr Name?"

„Viele tauschen die Bezeichnungen um, wenn sie ins Männerhaus ziehen oder etwas besonderes arbeiten – aus ‚Purzelbein' wird vielleicht ‚Der-die-schwersten-Steine-trägt'. Doch alles stirbt mit ihm. Wie soll er weiterleben? Er kennt doch kein Kind, er stirbt für immer, und sein Name mit ihm. Der Wanderer hat keine Zukunft, keine Zeit."

„Deshalb schuften sie hier so schwer?"

Maeve lächelte versonnen: „Das mag für dich so aussehen – Tochter der anderen Zeit. Steine leben lang – sie stehen noch in deiner Welt. Die Wanderer bauen, und so leben sie länger. Ein Teil von ihnen bleibt ewig, der Teil, der die Göttin spiegelt. In jeder Cairn ist ein kleiner Himmel, ein stilles Abbild der Welt."

„Die Wanderer spiegeln, die Frauen sind?"

Maeve nickte.

Plötzlich drangen aus dem Inneren der Cairn leise Harfentöne. Sie kämen näher, bewegten sich augenscheinlich durch den Gang, und dann spürte ich, wie Anachytha um den Hügel herumging und sich in unserer Nähe niederließ.

Maeve hob den Kopf und lauschte. „So singt die Nachtigall im Sommer, Hel-En, der einzige Vogel, der nachts singt – die

Stimme der Anderwelt. Heute steht die Cairn offen. Es sind noch viele Tage, bis die Sonne den Sonnenstein berührt."

„Du sagtest, die Langbeiner töten eure Frauen?" fuhr ich fort.

„Einige von denen, die einst aus den Bergen kamen, begannen ihre Sterblichkeit zu mißachten. Sie konnten töten und mordeten die alten Frauenvölker der Göttin, sie jagten uns in den Sonnenuntergang hinein. Sie wollten unsere Lebensmacht."

„Warum wehrt ihr euch nicht? Wieso laßt ihr euch immer weiter treiben?"

Maeve zog die Augen zusammen und sah mich plötzlich sehr intensiv an, als blicke sie tief in den Abgrund meines eigenen Herzens.

„Staune, Tochter deiner Zeit! Maeves Volk ist eingebettet in den großen Plan der Göttin. Die Frauenvölker töten nicht; sie können nicht ihresgleichen töten. Wie bei den Tieren hemmt die hingehaltene nackte Kehle den Schlag oder den bluttreibenden Schnitt!"

Dies ließ mich aufspringen. „Willst du damit sagen, Maeve, daß ihr noch über eine instinktive Tötungshemmung gegenüber den eigenen Artgenossen verfügt – wie alle Säugetiere?"

Maeve mußte leise lachen, als die modernen Worte nur so aus meinem Wissenschaftlerinnenmund heraussprudelten. „So sagt ihr wohl. Wenn im Kampf oder im Streit eine zu Boden fällt, wirft sie den Kopf nach hinten und zeigt den nackten Hals. Darunter pulsieren die blauen Adern: Dann müssen die Waffen schweigen, die Äxte fallen zu Boden!"

„Ihr könnt wirklich keine Menschen töten?"

„Nein, der Clan tötet keine Menschen. Die Frauen sind wehrlos. Doch dann kamen die Langbeiner, andere Menschen – und sie können töten. Liegt eine am Boden, fallen sie über sie her. Die Händlerinnen erzählen, daß im Mittag, wo das Volk der Göttin einst lebte, immer mehr Stämme und Sippen so kämpfen: Sie töten einander, sie rauben das Land, stürmen die Schiffe, überfallen friedliche Küsten."

„In meinen klugen Büchern steht, daß eure Kulturen auch Menschenopfer darbrachten, Jahreszeitenkönige, die bei kultischen Fruchtbarkeitsriten getötet wurden."

Maeve zog schnaubend die Luft durch die Nase. „Nicht hier! In den großen Städten im Mittag, dort töten immer mehr. Manche Frauen trinken bestimmte Säfte und erlangen diese Fähigkeit – aber nur in ihren Tempelanlagen. Noch weiter im Süden, so erzählen die Händlerinnen, gibt es Reiterinnen auf schnellen, harthufigen Tieren, die keine Milch geben. Die sind den Langbeinern inzwischen ebenbürtig, saufen das Blut ihrer Feinde aus den verdorbenen Hirnschalen der Mördermenschen."

„Die heißen in meinen kleinen klugen Flatterdingern ‚Amazonen'."

„Ja?" Maeve schaute mich an. „Ihr habt sie so genannt? Die Länder dieser Frauen schützen uns. Noch. Aber die Reiterinnen haben weniger Töchter. Die Langbeiner, die Neuen, vermehren sich wie Ungeziefer, ohne Rücksicht darauf, ob es genug zu essen gibt für Mensch und Tier."

Anachytha erhob nun ebenfalls ihre Stimme, während die lieblichen Töne immer noch leise durch die Nacht perlten.

„Und sie drängen immer weiter vor. Sie mißachten ihre Frauen und zwingen sie, wie die Hasen zu werfen." Anachythas Gesicht hatte diese seltsame Eigenart, Freude oder Trauer – so wie in diesem Moment – zugleich auszustrahlen.

Wir modernen Menschen eine Mutation! Die angebliche neolithische Revolution oder kulturelle Umwälzung bestand nicht in erster Linie im Übergang von einer sammelnden Lebensweise zum seßhaften Ackerbau, wie es die Archäologie seit Childes ersten Thesen angenommen hatte. Dieser Tausende Jahre andauernde, fließende Übergang war nur ein marginales Phänomen vor dem ungeheuerlichen genetischen Tatbestand, daß der Mensch allmählich eine Eigenschaft verloren hatte, die an Instinkte gekoppelt war, und er im Laufe der Zeit erlernte, daß kulturelle Verhaltensmuster diesen Instinkten Platz machten. Der Mensch verlor, wie auch viele andere instinktive Verhaltensweisen, die „Beißhemmung", die bis heute jeden Dackel vor den Angriffen riesiger Doggen schützt!

„Auch in deiner Zeit, Hel-En, mißachten sie ihre Sterblichkeit und suchen ewig zu leben." Anachytha wandte sich an mich, und ich bemerkte, daß Maeve ihre Jüngste unruhig ansah. Gleich verstand ich auch warum, denn Anachytha war sprachlich wesentlich besser in der Lage, mir diese verwickelten historischen Zusammenhänge begreiflich zu machen, als ihre Mutter.

„Maeve, die durch die Zeiten wandert wie einige Frauen aus dem Clan der Schildkröte, hat erzählt, daß eure Kranken in besonderen Häusern liegen. Dort klammern sie sich an ... Maschinen ... wie die Kästen in deinem Räderhaus. Sie wollen nicht sterben! Die Männer deiner Zeit sperren ihre Frauen wirklich ein, um ewig in ihren Kindern zu leben! Sie rauben das Innerste aus Frauenleibern und züchten damit Kinder in hohen, durchsichtigen Gefäßen?"

Fragend schaute Anachytha mich an, und ich nickte.

„Davor gab es eine Zeit, da töteten sie alle Frauen, die einen eigenen Willen hatten und die keine Kinder gebären wollten. Jetzt bauen sie Apparate mit tödlichen Strahlen, die das Leben im Kern verändern, fressen die Erde und jagen in phallusförmigen Fahrzeugen durch den Kosmos. Sie wollen der Göttin gleich sein, Hel-En, und bleiben doch immer nur die sterblichen Arbeiter, die Opfer der Zeit!"

„Und das Band? Was bedeutet es ihnen?"

„Das Band, das Schlangenband, die goldene Spirale. Es sind Zeichen auf diesem Band, Hel-En. Die Langbeiner meinen, darin läge das Geheimnis des ewigen Lebens verborgen. Doch das Band ist dieses Geheimnis: Es ist die Welt. Wir sind das Band!"

Maeve hob nun ungeduldig ihre Stimme: „Und es ist sehr alt und wertvoll, Hel-En, wertvoller als Kupfer oder Gold. Wir kennen das Metall nicht. Doch wer es besitzt, mag davon leben, und sieben mal sieben Kindeskinder auch."

„Aber ihr sagt doch, daß es der Göttin gehört, also niemandem und allen?" Ich schaute die beiden Frauen verständnislos an. Was war es nun, ein wertvoller historischer Gegenstand aus einem seltenen Metall oder nur ein Kupferband mit symbolischen Zeichen?

Doch Maeve fuhr ungerührt fort: „Sie forschen nach dem Band, wo immer sie sich ausbreiten. Sie zerschlagen die Statuen der Schlangengöttinnen in den Tempeln des Südens. Sie zertreten die heiligen Tiere. Sie suchen eine Ewigkeit, die sie nie finden werden, an der allein die Frau teilhat. So haben sie die Göttin verloren. Ihre Gier treibt sie immer weiter, bis die letzte der Frauen in das große Meer eingegangen ist, in den Sonnenuntergang des Lebens."

Die Harfe war endgültig verstummt.

„Aber wie soll ich euch helfen? Was kann ich tun? Ich komme aus einer Zeit, in der viele Frauen versuchen, dieses Elend, von dem ihr sprecht, auszuheilen ..."

Maeve unterbrach mich mit einer Handbewegung.

„Anachytha, die jüngste Tochter, wird den letzten Clan der Schildkröte in den Westen führen. Sie wird die letzte Maeve sein, und dann ist keine mehr, die das Band zu hüten vermag. Keine, die mehr weiß – außer ..." Maeve starrte mich durch die Dunkelheit hindurch an, „... einer Frau jenseits der schwarzen Zeit – außer dir! Du wirst das Band nehmen und in deine Zeit tragen. Unsere Botschaft aus dem Untergang!" Die letzten Worte sagte sie so apodiktisch, als dulde sie keinen Widerspruch. Ich zuckte zusammen.

„Aber es gibt viele, die mutiger sind als ich. Die kämpfen können, die stärker sind und keine abstrakte Wissenschaftlerin!"

Maeve lächelte geheimnisvoll. „Die Frau, die dem Clan hilft, muß sein wie die Frauenvölker, eine … hm … Jungfrau!" Sie sprach das Wort fragend aus.

„Wie bitte?" Ich glaubte mich verhört zu haben.

„Es gibt Geschichten in deiner Zeit, Hel-En, die erzählen von der Jungfrau, die eine Drachenschlange hütet. Du hütest die Drachenschlange – die Botschaft." Maeve unterbrach sich, als Anachytha herbeikam. Sie legte mir die Hand auf die Schulter und bedeutete mir, mich wieder hinzusetzen.

„Maeve meint es anders. Eine Jungfrau ist unschuldig, so sagt ihr." Anachytha strich sich über das Kinn, und Maeve kratzte sich den weißen Haarschopf. Offensichtlich hatten sie nun beide Mühe, mir das richtig zu übersetzen.

„Ohne Schuld? Was heißt das? Schuld woran?

„Schuld am Tod."

„Ihr meint", ich stockte wieder, „ihr bezeichnet eine Frau, die so wie ihr nicht töten kann, als … hm … Jungfrau?"

„Ja, wir glauben, daß du noch eine bist."

Ich blickte die beiden entgeistert an. „Ihr meint, ich hätte, wie jedes Tier, noch eine instinktive Tötungshemmung gegenüber meinesgleichen? So wie der frühe Homo sapiens? Ich? Eine Frau aus dem zwangigsten Jahrhundert?" Ich schlug die Hände über dem Kopf zusammen. „Woher wollt ihr das wissen, wenn ich es selber nicht weiß?"

„Eine Frau in deiner Zeit bekommt selten die Gelegenheit, das festzustellen." Anachytha versuchte mich zu beruhigen. „Du bist sicher nicht die einzige, aber die einzige, die in diesem Zeitraum hier auf dem Slieve na Calliagh denselben Ort der Spirale mit uns teilt. Der Diener hier ist ein Sucher. Wir schicken ihn durch die Zeiten, die versprengten Reste unseres Volkes zu finden. Er wußte, daß du kommst, und er hat dich gefunden!"

Das war wirklich ungeheuerlicher als alles, was bis dahin geschehen war: Ich – Helen, ein Exemplar eines neolithischen Menschen mit Beißhemmung!

Maeve stand nun auf.

„Tochter der anderen Zeit, willst du Maeves Tochter begleiten? Die letzte Maeve und ihren Clan auf dem Weg in den Sonnenuntergang?“ Sie drehte sich um, ging in Richtung des Dorfes davon und verschwand in einer Bodensenke. Anachytha ließ sich neben mir nieder.

Die letzte Maeve – die Königin eines untergehenden Volkes! Ich schaute sie lange an. Anachytha blickte in den Himmel hinauf, an dem ich, wenn auch etwas verschoben, nun unsere bekannten Sternbilder erkennen konnte: den Großen und den Kleinen Bären, den Polarstern und die Kassiopeia.

Plötzlich spürte ich eine ungeheuere Einsamkeit, die sich wie ein schwarzer Umhang über Anachytha legte – und die Angst vor dem erschreckend dunklen Abgrund einer Zeit, die unwiderruflich zu Ende ging. In ihr brach das unendliche Rad. Die Enden der Unendlichkeit flatterten auseinander wie ein ausgefranstes Band.

„Es ist ein Zug ohne Zeit“, flüsterte sie nun leise. „Wir sind wie die Wanderer, ohne Wiederkehr, und ich selbst werde nie erwachsen werden.“ Sie drehte sich um und verbarg ihren Kopf in den angewinkelten Armen. Viertausend Jahre ohne Hoffnung. Doch jetzt trennte uns nur ein kleiner Grasstreifen. Hatte denn meine Zeit neue Hoffnung zu bieten – angesichts brennender Ölfelder und explodierender Atommeiler?

Vor meinem inneren Auge tauchte jener große Hügel über dem Atlantik auf – das „Grab der Maeve“, wie er in diversen Fremdenführern genannt wurde. Anachytha war nicht älter als ich. Ich streckte meine Hand aus über diesen schmalen Streifen aus Erde und Zeit und strich der anderen unbeholfen über das Haar.

„Du findest sicher Zeit zu lieben.“

„Menschen ohne Zeit – Wanderer – werden nie erwachsen. Ich bin ohne Hoffnung.“ Sie hob das Gesicht und sah mich prüfend an. „Nein, es wird anders sein, wenn du das Band annimmst. Die Geschichte geht weiter, das Rad schließt sich wieder."

„Aber vielleicht werde ich keine Tochter haben wollen."

„Du wirst Frauen lehren, sagt Maeve. In einem eurer Flatterdinger steht der Satz: ‚So werden die kleinen Liebesgefährtinnen heute von Ohr zu Ohr geboren.' Eure Sippen wachsen anders."

„Weißt du denn, was ihr von mir verlangt? Ich habe gesehen, was diese Leute mit David angerichtet haben. Wenn das stimmt, was Maeve sagt, bin ich genauso wehrlos wie der kleine Krüppel! Und ich soll dieses Band verteidigen, von dem ich immer noch nicht weiß, woorin sein wahrer Wert liegt?"

„Es ist auch in eurem Sinn sehr wertvoll. Es wird eine Zeit kommen, sagt Maeve, da verlieren die Frauen sogar ihre Sprache. Keine kennt mehr den Namen der Göttin. Nur Steine überdauern und die Zeichen darauf, die keiner mehr verstehen wird. Alte Teppiche, in die die Menschen Muster weben, immer wieder, die niemand mehr kennt. Doch es sind unsere Muster, die Muster unserer Zeit. Schmuck dämmert im Verborgenen, in Erdspalten und alten Krügen. Ketten voller unbekannter Gestalten, die ihr zu deuten versucht – die Reste unserer Sprache. Da niemand sie versteht – die Langbeiner sprechen diese Sprache nie – überdauern sie. Die Langbeiner rotten alle Töne aus, unsere Worte, unsere Gedanken, doch die Muster der Zeit, die Teppiche und die Steine bleiben erhalten. Das Band trägt diese Muster. Es ist das Muster."

Anachytha hatte sich aufgerichtet, nun stand sie auf und nahm meine Hände.

„Dahinten, über dem Horizont, steigt die Himmelsschlange selbst auf. Die Göttin ist mit dir und mit uns, Hel-En! Sei unsere Hoffnung. Und meine!"

Die Hoffnung einer Frau, der die Schlangen auf den musizierenden Händen tanzten! Die sich mit ihrer goldenen Leier tief in meine Seele gespielt hatte! Maeve, der lebendig gewordene Traum meiner Mädchenzeit!

Ich verstand immer noch nicht alles, was mir die Frauen erzählt hatten, aber irgendwie spürte ich, daß mir keine andere Wahl blieb. Ich wollte nicht, wie so viele Erwachsene in meiner Welt, zur Verräterin an den eigenen Träumen und Wünschen werden.

„Du wirst uns begleiten und das Band annehmen! Ich fühle es." Anachytha lachte leise, und ich spürte, wie wieder dieses Strahlen aus ihrem Gesicht brach. „Komm jetzt, gib mir deine Hand. Du kennst die Wege hier oben im Dunkeln nicht. Ich führe dich hinüber ins Dorf."

Wie am Abend zuvor – der für mich jedoch schon Tage entfernt war –, saßen wir in dem großen Langhaus um die Feuerstelle herum. Krüge mit heißer Flüssigkeit standen nahe an den erwärmten Steinen. Etwas abseits sah ich mit Häuten ausgeschlagene Gruben, in die Wasser geschüttet und erhitzte Steine gelegt wurden, bis das Wasser anfing zu sieden. Dann warfen sie Gemüseschnitzel und getrocknete Kräuter hinein. Maeve reichte die Holzschalen in der Runde weiter, und wieder begleitete Anachytha das schweigende Mahl mit ihrem Spiel. Danach sammelten die Frauen die Schalen wieder ein, die Essensreste warfen sie durch kleine Luken in der rückwärtigen Wand hinaus in Abfallgruben.

„Wer liebt, schleudert sich durch die Zeiten." Anachytha kam heran. „Schau, ein Samenkorn, Hel-En. Du kennst seine Zukunft. Du weißt, es wird auskeimen, grün wachsen und eine helle Ähre schieben."

„Ich könnte es auch in das Feuer hier werfen!"

„Der Raum, Schwester Wissenschaft, hat viele Türen, die durch die Zeit gehen. Wer weiß, was hinter jeder Tür ist?"

Ich schaute Maeve erstaunt an. Nun trat auch Chada, die älteste Tochter, das erste Mal zu uns. Chada hatte kräftige Arme, breite Hände und ein eher flaches Gesicht. Ihre Backenknochen standen wesentlich höher als die ihrer jüngeren

Schwester, und auch sonst ähnelte sie bereits mehr der alten Maeve, denn durch ihr Gesicht zogen sich beinahe ebenso viele Runzeln und Falten wie durch das Gesicht ihrer Mutter.

„Anderwelttochter“, sie tätschelte mir freundlich, aber etwas herablassend den Arm. „Erzählen sie dir auch, was in den warmen Sommernächten draußen in den Terrassenfeldern passiert?“ Sie lachte vergnügt.

„Ihr trefft euch … hm … wir würden sagen zum Liebe machen?“

„Liebe machen!“ Chada kicherte. „So sagen deine Leute, Hel-En? Doch, das ist richtig, unter den Sternen.“

„Und die Kinder daraus?“

„Keine Kinder, nein, nein!“ Chada schüttelte den Kopf und wackelte mit dem Zeigefinger wie ein opiumrauchender Chinese. „Nur in der Cairn. Wer liebt, schleudert sich durch die Zeiten. Die Seele liebt ihre Sippe. Wie soll sie uns denn finden, wenn nicht in den Toren zur Anderwelt?“

„Du hast schon viele Kinder?“

„Eine Tochter, ein Tochterkind und einen Sohn.“

„Du – liebst sie?“

Chada sah mich an, schaute dann von Maeve zu Anachytha und wieder zurück. Sie schüttelte den Kopf.

„Das geht doch gar nicht anders! Kleine Schwester, sie sieht nicht die Bäume wachsen und die Tiere springen. Gibt es etwas anderes?“ Sie klopfte ihr auf die Schenkel, Anachytha zog mißbilligend die Lippen zusammen. Maeve machte ein Geräusch, das wie „tatata!“ klang und augenscheinlich Tadel ausdrückte.

„Chada! Danke der Göttin, daß du ein Teil von ihr bist. Wehe denen, die am Rande ihrer Hand stehen!“ Maeve warf Anachytha und mir einen kurzen Blick zu. Chada verzog ärgerlich ihr Gesicht.

„Die Gute, die Jüngste … die …“, sie machte eine wirkungsvolle Pause und schaute mich plötzlich listig an: „Töterin!“

„Chada!“ Die Ohrfeige knallte laut durch das Haus und lag hell über dem allgemeinen Gemurmel der Frauen.

„Laß, Mutter!“ Anachytha zog die wütende Maeve wieder auf den Sitz zurück. „Deine Jüngste ist nicht nur die sterbende Sonne im Untergang, sie ist auch der Untergang! Hel-En muß alles wissen und uns genau kennen.“

„Richtig!“ Chada schnaubte wütend. „Anachytha führt eines Tages den Stamm!“ Sie spuckte gehässig in den Sand. Die anderen Frauen, die den Disput vernommen hatten, murmelten erstaunt.

„Und Chada?“ Ich schaute die kräftige Gestalt der ältesten Tochter fragend an.

„Einige Frauen in unserer Welt können bereits töten. Es ist mitten unter uns. Nicht weit, weit fort im Süden, wie Mutter Maeve sagt. Chadas Hände aber sind rein!“ Sie streckte sie vor mir in das Licht des Feuers und schaute wohl selbst etwas erstaunt auf ihre kräftigen Gelenke, die kurzen abgearbeiteten Fingernägel, die breiten Wülste um die Fingergelenke und die harten Schwielen an der Innenseite. Meine Blicke wanderten zwischen den beiden so unterschiedlichen Frauen hin und her.

„Und Anachytha?“

Maeves jüngste Tochter nickte: „Ja, Hel-En, Anachytha kann töten! Sie weiß es! Wie eine Wölfin, der das Junge gestohlen wird, wird sie diese Welt verteidigen!“

„Hast du denn schon einmal ... ich meine ...“ Ich stotterte verlegen. Diese Frau, die seit Tagen, Wochen oder Jahren mein Inneres erfüllte, deren Gesicht mich wie ein unaufhörliches Gespräch durch die Zeiten begleitete, sollte, wie alle Menschen meiner grausamen Zeit, eine Mörderin sein?

Maeve mischte sich wieder in das Gespräch ein. „Die Gierigen, die Fremden, sie schlagen nicht offen zu. Ihre Angriffe sehen aus wie Unfälle – wie Davids Unfall!“ Sie spie in den Sand. „Hier erschlägt ein Baum zufällig eine Schlangenpriesterin, dort tut sich eine alte Fallgrube auf, und eine Jägerin stürzt in die Speere. Anachytha hat einen Händler aus dem Süden erschlagen, der sie im Wald überfiel. Fünf Mondumgänge lebte schon Karuuna in ihrem Leib."

Chada zog versonnen einige Linien in den Sand zwischen ihren Füßen. Maeve hatte sich ein Getränk aus den Krügen am Feuer geschöpft, Anachytha hielt die Harfe. Und da bemerkte ich noch etwas, das mich am ersten Abend unbewußt verwirrt hatte. Die meisten in dieser Kultur benutzten immer die linke Hand. Maeve, Chada, die Wanderer und die meisten Frauen in dieser Kultur waren linkshändig. Sie erhoben sie zum Gruß, mit ihr klopfte Chada anderen Frauen auf die Schulter, Harras hatte damals an Maeves linker Seite gestanden. Aber Anachytha hielt die Harfe wie die Menschen meiner Zeit: im linken Arm, auf das linke Bein gestützt, während ihre Rechte über die Seiten fuhr. Die Frauenwelt war überwiegend eine Welt der Linkshänderinnen, so wie meine eine überwiegend rechtshändige war: So hatten wir im Lateinunterricht gelernt, daß der Krieger sein schützendes Schild links hielt. In der Rechten das Schwert. Nur jene überlebten, die links geschützt waren.

Maeve war meinen Blicken gefolgt, und es schien mir, als folgte sie auch meinen Gedankengängen. Sie nickte bestätigend.

„Die Tochter der Anderwelt wird zu uns kommen, wann immer sie will. Maeve sieht sie vor den Fluten des Westmeeres, und sie trägt das Schlangenband in ihre Zeit."

Anachytha fuhr mit den Fingern leise über die Saiten. Chada, mit einigen Holzklötzchen würfelnd, summte dunkel mit. Nach und nach hatten die anderen Frauen ihre Abendbeschäftigungen abgeschlossen. Sie rückten näher um das Feuer, und während ihre dunkel gesummten Töne Anachythas helle Melodie ergänzten, war mir, als schauten mich alle fordernd an, bittend. Jener Blick, der Hoffnung sucht. So einen Blick hatte ich in der Nacht draußen in Anachythas Augen gelesen. Nun schimmerte er vielfältig aus den Gesichtern meiner Gastgeberinnen.

Anachytha hielt den Kopf nachdenklich über die Harfe gesenkt. Harras lag zu meinen Füßen; das Schlangenhalsband glitzerte kupfrig im Feuerschein.

„Aus Liebe?" murmelte ich, und Maeve, die mir zugesehen hatte, wie ich ihre jüngste Tochter beobachtete, lächelte sanft:

„Ja, Tochter der Zeit. Aus Liebe." Sie strich mir mit ihrer verbrauchten, trockenen Altweiberhand – mit der linken! – über den Kopf.

Keine Schlange ringelte sich diesmal über Anachythas Instrument; die Stimmen der Frauen fingen sich unter dem hohen Balkendach wie unter einer schützenden warmen Kuppel. Da löste ich mich aus den gütigen Händen der alten Frau, näherte mich ihrer Tochter und nahm das gesenkte Gesicht in beide Hände:

„Aus Liebe", flüsterte ich und küßte sie so auf die Stirn wie Margaret mich vor Zeiten in ihrer Diele so tantenhaft geküßt hatte. „Aus Liebe." Ich drehte mich zu den anderen Frauen herum, denn ich konnte die Tränen, die ich in diesem Augenblick in Anachythas Augen bemerkt hatte, nicht ertragen. „Aus Liebe", wiederholte ich lauter, „und die Göttin ist mit uns."

Chada zog die Augenbrauen kritisch hoch. Auf einen Wink von Maeve erhob sie sich, flüsterte Harras etwas ins Ohr und führte mich ohne weitere Worte aus dem großen Haus hinaus, die Dorfwege hinunter. Dann hielt sie an, klopfte mir liebevoll auf die Schulter und verschwand, während unten aus der Ebene die Lichter von Milbrooke und dem kleinen Weiler heraufschimmerten.

SECHSTE TAFEL

Ich – MAEVE, MAEVES ENKELINSTOCHTERENKELIN – ritze unsere Erinnerungen in Stein, auf die großen Tafeln, die wir neben dem Fluß aufstellen, auf daß jene, die nach uns flußabwärts ziehen, Töchter und Enkelinnen, sich unserer erinnern und der Zeit, da wir keinen Ausweg mehr sahen.

Ärmer geworden, schliefen dennoch die Toten weiterhin unter unseren Schwellen, lebten wir geborgen im Atem der Göttin.

Wenige Steine gab es dort in den breiten Flußebenen des Nordwestens. Sparsame Kammern bauten wir unseren Lieben und errichteten weite Hügel aus Erde darüber, auf denen die Langhäuser standen – jeder Sippe ein Haus aus Holz und Lehm.

Manche Hügel ließen wir unbebaut. Die Luft führte die Toten heim, die auf Gestellen dort ruhten. Wir wuschen sie in klarem Wasser, übergaben sie der Luft, verbrannten die Reste und legten sie dann in der Erde Schoß.

So ehrten wir immer noch die Elemente der Welt, die Himmelsrichtungen unserer Sehnsucht, den Gang des Lebens bis zur Unterwelt.

Noch immer auch ehrten die Männer die Frauen und die Erde. Sie zogen die Großsteine, zerrten die Menhire die Hügel hinauf, gruben die Senkgräben, bauten das Trockenmauerwerk und banden so ihre Kräfte in unsere Erinnerung mit ein.

Doch in uns hatte sich das Leben gewandelt, so wie wir das erste Mal die Schiffe am Strand herumgedreht hatten, um Hütten daraus zu bauen.

Die jungen Leute schossen Wild, kämpften gegen Wölfe und Bären, sie bewachten die Hütten und die Felder, und manch Fremder mußte sterben mit der Waffe in der Hand, die er gegen uns erhoben hatte!

Wir handelten flußauf, flußab, lernten, auf unseren Vorteil zu sehen, verschenkten wenig, da wir wenig besaßen, und das Mißtrauen nistete sich ein gegen den Mut.

Wir feierten die Feste noch, doch oftmals wiederholten sich die Worte auf seltsame Weise, schlichen sich neue Gedanken ein, galt das Lachen einem verrutschten Rock, einem schiefen Ton und nicht mehr der Göttin.

Die weisen Alten erzählten Geschichten, beschworen das Glück, die Göttinzeit auf den freien Meeren des Südens, beschworen uns, nie zu vergessen, was einmal gewesen war: die Schlangengöttin Erde, Sternenfrau über dem Meer, denn nun saßen die Lehren der falschen Händler hinter unseren Brauen, in unseren Gedanken, der Spott zuckte im eigenen Mund, die Göttin galt weniger. Wir waren vertrieben, und die Welt war aus dem Gleichgewicht gebracht.

Doch die Seelen gehen dahin, und keine kennt genau ihre Wiederkehr. Mit den Seelen jedoch sind auch die Worte dahin, die Erinnerungen, die Geschichten.

Da brachen wir wieder auf. Lange zogen wir flußaufwärts, bis in die Meeresebenen hoch im Norden, im Westen, wo altes Eis riesige Steine zurückgelassen hatte, um daraus die Schlösser der Erinnerung zu bauen, die Tempel der vergangenen Göttin und die Straßen einer alten Zeit.

Der Sänger von Sligo

Die Mitte

Siehe, so beklage ich mein Geschlecht,
Das weiße, aufrechtgehende,
Das Geschmeiß dieser Welt,
Krebsgeschwür an der Mutter Brust.

Im Kreis schweifen meine Blicke
Fort vom Grab der Königin, über Länder und Meer.
Auf diesem Hügel klage ich an,
Letzter meines Geschlechts, einsames Menschenkind,
Enkel der Zerstörer und Erbe einer verlorenen Welt.

So viele Wege wie Winde gingen einst
Aus dem Mittelpunkt der Welt.
In alle Richtungen lief ein liebendes Herz.
So viele Orte wie Menschen atmeten,
Ebenso viele Wege hatte die Göttin gebaut.

Jedes Herz ein Weg, und jeder Weg führte zu einem neuen
Herzen,
Doch nun sind die Wege verloren,
Die Herzen zerstört, die Orte gesprengt,
Das Gleichgewicht dahin,
Die Waage des Lebens zersprungen in des Menschen
ungeschickter Hand.

Siehe, so beklage ich mein Geschlecht,
Das weiße, aufrechtgehende,
Das Geschmeiß dieser Welt,
Krebsgeschwür an der Mutter Brust.

Ich mied Mrs. Deans gemütliches Häuschen und schlich mit dieser seltsamen Müdigkeit zu Fairy Farmers Hof in meinen Caravan, der mich wie ein liebevolles, warmes Schneckenhaus empfing.

Ohne weiter nachzudenken, fiel ich in meine Koje, Harras streckte seine langen Glieder im Gang aus, und wir schliefen ohne viel Federlesens, Punsch und Wärmflasche ein.

Vorsichtig spähte ich am nächsten Morgen durch die Gardinen der Wagenfenster: Wie lange mochte ich wohl diesmal unterwegs gewesen sein? Ich sah Emily über den Hof laufen in ihren hohen schwarzen Gummistiefeln. Sie warf einen nachdenklichen Blick in Richtung des Wohnmobils und nickte mit gespitzten Lippen, als hätte sie etwas entdeckt. Kurz nach ihr trat Bronte vor die Tür, Roby auf dem Arm, der, ohne lange hinzuschauen, fröhlich in meine Richtung deutete und krähte:

„Hel-En, da! Har-Ras, da!" Er klatschte in die Hände, und sein Vater lachte ihn zärtlich an.

„Na, stimmt das?" rief er mit dröhnender Stimme über den Hof. Da blieb mir nichts anderes übrig, als das Fenster herunterzulassen und den Kopf herauszustrecken.

Ohne große Förmlichkeiten rief Bronte, zwei Finger in die Luft gestreckt:

„Zwei Nächte und ein Tag!"

Ich nickte betreten. Emily hatte den Stall wieder verlassen und schlenkerte eine schwere, silbrig schimmernde Milchkanne über den Hof.

„Du kommst jetzt mal schnell zum Frühstücken herüber! Und denk dir eine gute Geschichte aus, sonst ist der Orden gleich wieder verloren!"

Harras fand das wohl auch eine gute Idee. Mit schiefgelegtem Kopf beobachtete er ungeduldig, wie ich mir einige Tropfen Wasser ins Gesicht spritzte und in meinen Trainingsanzug stieg.

Bei Emily und Bronte standen bereits Butter, Brot, Marmeladentöpfe, Teller und Becher auf dem Küchentisch. Ein hoher Krug mit Milch dampfte dazwischen, und auf dem Herd blubberte ein Topf mit Porridge, daneben brutzelten Speck, Eier und die obligatorischen Miniwürstchen in der Pfanne.

Harras' feine Nase mußte diese Gerüche bereits draußen wahrgenommen haben, denn er ließ sich mit einem zufriedenen Seufzer direkt vor dem Ofen nieder.

Emily hängte schimpfend und lachend ihre Jacke über die Ofenstangen.

„Wärst du nicht ebenso ein Held wie Helen, würde ich dich in den Gang schmeißen! Du Dicker, Lieber, du!" Und sie beugte sich nieder, raufte seine Ohren und kraulte ihm den Nacken. Harras ließ das mit würdevollem Blinzeln über sich ergehen. Gleichzeitig deutete mir das Zucken seiner Schwanzspitze an, daß er nur zu neugierig war, was ich wohl diesmal erzählen würde. Aber ich brummte beruhigend, die Welt war auf seltsame Art für mich in Ordnung. Was scherten mich Kleinigkeiten wie verlorene Stunden oder durchwachte Nächte?

Roby kletterte auf seinen Stuhl und sah mich auffordernd an.

„Ma-Eve? Da?" Er deutete in Richtung Tür, und ich hüstelte.

„So ungefähr, Roby. Ja, da draußen. Irgendwo."

Emily stellte die schwere Pfanne mit Eieren und Speck mitten auf den Tisch, Bronte rieb sich vergnügt die Hände, trug die Kaffeekanne und den Porridgetopf lässig vom Herd herüber und ließ sich, uns Frauen gleichzeitig Kaffee einschenkend, nieder.

„Wer ist da draußen? Heraus mit der Sprache, Helen. Wo steckst du immer? Und wo hast du David tatsächlich gefunden?“

„Im Jahr 2500 vor unserer Zeitrechnung – ungefähr“, murmelte ich und strich mir fingerdick die Butter auf den Toast. Emily verschluckte sich. Bronte schaute mich ungläubig an.

„Ihr mögt es glauben oder auch nicht. Das, was sich wie ein Traum von David anhörte, war die Realität. Er lag am Fuß der Westcairn, an der gerade eine Menge Leute beschäftigt waren.“

Ohne ihre Einwände allzulange abzuwarten, begann ich die ganze Geschichte von Anfang an zu erzählen: wie ich den Hund bekommen hatte, wie ich mich das erste Mal im Nebel verirrt hatte und dann so erschrocken bei Bronte aufgetaucht war, wie ich abermals auf Maeves Sippe gestoßen war, die Suche nach David und die weiteren Begegnungen mit Maeve und Anachytha.

Als ich diesen Namen nannte, spitzte Roby, der aufmerksam zugehört hatte, die Ohren, als verstünde er tatsächlich jedes Wort.

„Ana-Tütha, lieb!“ Und er wedelte erfreut mit den Händen in der Luft herum.

„Das ist sie also!“ Emily und Bronte lachten freundlich, da ich unvermittelt rot wurde. Ich nickte verlegen:

„Aber … hm … na ja, das ist wohl nicht das Hauptproblem!“

„Ach nein!“ Bronte lehnte sich vergnügt zurück. „Da erzählst du uns von deinen Ausflügen in die Vergangenheit. Es erscheint mir auch irgendwie wahrscheinlich, und dann ist das nicht dein Hauptproblem! Weißt du nicht, daß sie unerreichbar ist, wenn deine Geschichte stimmt? Weißt du je, wann du sie wiedersehen wirst, und wie?“ Er schüttelte den Kopf.

„Ich glaube, das Problem liegt – zumindest äußerlich gesehen – wirklich woanders, wobei ich nicht in Helens Seele schauen möchte.“ Emily schob mir den Milchkrug herüber. Ich nickte und berichtete über den Auftrag, das seltsame Band in die Gegenwart hinüberzuretten.

„Aber es ist doch schon da!“ Bronte wies erstaunt auf Harras, der in der Wärme des Ofens badete.

„Ich glaube, das Band ist das eine. Es zu verstehen, das andere. Sie sagen, daß es eine Botschaft ist, und die kann nur von einem Menschen transportiert werden. Vergeßt nicht, das ist eine schriftlose Kultur.“

„Das sind Zeichen wie an den Höhlenwänden. Wolltest du die nicht entschlüsseln?“

„Ja, es ist ein Zeichensystem. Und Emily, da hast du recht. Da geht es tatsächlich um meine Seele. Die Zeichen können nur gedeutet werden, wenn ich weiß, wie die Menschen waren, die das ritzten, dachten, fühlten, wie ihr sozialer und ökonomischer Zusammenhang war, und ich fürchte, daß diese Menschen so anders fühlten und dachten, daß es sich kaum nachvollziehen läßt.“

„Man sagt ja ...“ Bronte zerkrümelte ein paar Brotbrocken im Fett seines Tellers, „... sich zu verlieben sei die beste Methode, eine neue Sprache zu lernen.“

„Stoffel!“ Emily trat Bronte kräftig auf den Fuß. „Ich möchte mal wissen, was du gesagt hättest, wenn ich nicht im nächsten Dorf gewohnt hätte, fünf Minuten mit dem Moped, sondern fünftausend Jahre weit von dir entfernt!“ Sie blinzelte mir zu, und ich nickte.

„Merkwürdigerweise rede ich mit einigen von ihnen wie mit euch. Es ist immer, als klängen ihre Stimmen nicht so sehr in meinen Ohren, sondern direkt in meinem Gehirn. Ich glaube, es sind die Frauen aus Maeves unmittelbarem Clan, also die, die durch die Zeit reisen, die vom Clan der Schildkröte, und sie dienen als Übersetzerinnen.“

„Es ist jedenfalls gut, daß du damit herausgerückt bist, und vor allen Dingen uns gegenüber!“ Emily nahm Roby ein Würstchen aus der Hand, das er, vor sich hin summend, über den Tellerrand spazierengeführt hatte. „Was hast du nun weiter vor?“

„Ich gehe wieder hinüber und begleite sie. Vielleicht solltet ihr derweil erzählen, ich sei für ein paar Tage in Dublin oder so?“ Ich schaute die beiden fragend an. Bronte nickte nachdenklich.

„David würde das alles auch verstehen, aber Mrs. Dean und der Dorftratsch?“

Roby hatte mit ärgerlichem Kopfschütteln die Intervention seiner Mutter abgewehrt. Er hielt das Würstchen hoch und sagte: „Da-Vid.“ Zu dem Würstchen kam nun eine Gabel, die das kleine Würstchen weit überragte. „Doc!“ Er führte Würstchen und Gabel auf dem Teller hin und her, plötzlich machte er ein brummendes Geräusch, so wie Kinder eben Autos nachahmen; das Würstchen fiel auf den Teller, und die Gabel spießte sie blitzschnell auf und flog dann brummend wie ein Flugzeug in Richtung Milchkanne davon. Unwillkürlich sträubten sich mir die Haare, und auch Robys Eltern hatten diesem eindrücklichen Tellertheater schweigend zugesehen.

„He, Roby! Was hat das zu bedeuten?“ Emily packte Roby bei den Schultern, denn der Kleine beugte plötzlich traurig den Kopf über das aufgespießte Würstchen. „Was erzählst du da?“

„Da-Vid, weg!“ sagte der Kleine langsam und schaute wieder hoch, als würde er aus einem Traum erwachen. „Da-Vid, tot?“

„Was?“ Die beiden sahen sich über den Tisch hinweg an. In diesem Moment fuhr ein Auto mit quietschenden Reifen in den Hof. Ehe Harras auch nur einen Mucks von sich geben konnte, wurde die Tür aufgestoßen. Else und Paul stürzten keuchend in unsere Frühstücksidylle.

„Sie haben ihn, diese Hinterwäldler!“ Paul funkelte zornig in die Runde.

„Dieser Quacksalber!“ polterte er weiter und schien seine abendliche Verbrüderung mit dem grantigen Dorfarzt bereits völlig vergessen zu haben. „Kann einen harmlosen Gelegenheitstrinker nicht von einem echten Alkoholiker unterscheiden! Sie haben den Kleinen abgeholt – zack! – heute morgen, vor meinen Augen. Da war nichts zu machen! Als ob er ein gemeingefährlicher Irrer wäre!“

„Nun ja, er hat natürlich im ersten Schreck ziemlich getobt!“ Else setzte sich zu uns und strich Roby, der aufmerksam und mit großen Augen dem deutschen Wortschwall gefolgt war, über den Kopf.

„Und Margaret? Was hat sie gesagt?“ Emily schüttelte erstaunt den Kopf.

„Oh, da kommt also dieser Quacksalber, es ist gerade sieben Uhr. Ich habe mich aufgeschwungen, um Else einzusammeln, die über Nacht noch mal da war. Da stehen wir also gerade in dem Salon, David sitzt auf dem Bett und hält seine großen Reden – er hat übrigens nach dir gefragt, Helen, wo du denn plötzlich wieder steckst. Ach ja, Patrick hatte dort auch einen Teil der Nacht zugebracht, der wickelte sich gerade aus seinen Decken, und David lästerte über diesen Hofstaat, den er da um sich versammelt hatte. Dann fährt so ein Krankenwagen vor, der Quacksalber springt heraus und wedelt Mrs. Dean mit einem Papier vor der Nase herum. Die Geschwister müssen sich nach den Vorfällen der letzten Tage eingemischt haben, aber muß man denen auch alles erzählen? Okay, der alte Knabe ist entmündigt, soweit ich das begriffen habe, und Mrs. Dean angeblich zu alt, um ihn zu tragen oder ihm eine adäquate Pflege angedeihen zu lassen, also wurde sie ihres Amtes enthoben!“

„Aber David ist ein ganz normaler trinkfreudiger, geschwätziger Ire!“ rief ich. „Was soll denn das?“

Paul zuckte die Achseln. „Mir kommt das seltsam vor. Wir fahren sofort hin. Es wäre doch gelacht, wenn ich als Arzt da nicht ein Wörtchen mitreden könnte. Sie müssen mit, Helen, mein Englisch ist zu eingerostet! Sie haben ja viel mehr Kontakt zur Bevölkerung, bei Ihnen geht das flüssiger, Sie bekommen vielleicht genauer mitgeteilt, was da los ist.“

„Oh Gott, David in einem Heim! Das hält der keine drei Tage aus!“ Emily packte energisch das Geschirr zusammen. „Los! Fahren wir! Und was machen wir mit Harras?“

„Er bleibt vielleicht so lange vor dem Ofen?“

Harras wedelte zustimmend.

„Und Roby?“

„Er bleibt beim Papa, ja, Bronte? Alles okay, Roby?“ Sie strich dem Kind noch einmal über den Kopf. Roby rutschte vom Stuhl und zog seine Mutter heftig in Richtung Tür:

„Da-Vid! Schnell …!“

Auch ohne diese Aufforderung stürzten wir hinaus und zwängten uns in den Wagen des deutschen Ehepaares hinein. Paul steuerte schimpfend den schmalen Weg hinunter.

„Wissen Sie“, Else wandte sich zu uns, „bisher hat ihn diese ganze Geschichte nur in seiner Ferienruhe gestört. Aber daß ihm jemand seinen Patienten unter den Fingern wegholt …“

„Pah! Dieser zerknitterte Kerl hätte bleiben sollen, wo er war! Davids Symptome ähnelten sehr jenen nach einer etwas zu tiefen Narkose! Damit kann ich vermutlich sogar besser umgehen als dieser Dorftrottel! Er hatte sowieso kein Interesse mehr. Das hat er uns deutlich zu verstehen gegeben! Ein erschöpfter Mensch braucht Bettruhe, aber keine Aufregung und schon gar nicht eine Entmündigung!“

„Und Margaret Dean?“ Emily beugte sich besorgt vor.

„Seine Schwester? Nun, ihre feinen Geschwister waren wenigstens so gnädig, ihr die Adresse des Pflegeheims zu überlassen! Sie sagt, daß es eine ganz billige Sache sei, wohl so ähnlich wie unsere alten Verwahranstalten: Wer nicht schon vorher tot ist, vegetiert in so einem Heim nur noch dahin!“

Die großen Hügelbrüste des Lough Crew versanken allmählich hinter den anderen grünen Bergen, und wir erreichten den Rand der mittelgroßen Kreisstadt Mulingar.

„Mrs. Dean sagte, daß es ein Altenheim für ärmere Leute sei, die keine Angehörigen mehr haben, und daß das Heim eigentlich nur über die Runden kommt, wenn sie auch jüngere Fälle aufnehmen, Behinderte zum Beispiel." Else ließ einen kritischen Blick über die langgestreckten Flachbauten gleiten, die in einem ungepflegten Park vor uns auftauchten. Gebeugte Gestalten schlurften in fadenscheinigen Bademänteln die Wege auf und ab.

„Keine Angehörigen!" Emily schnaubte durch die Nase. „Nur ein ganzes verrücktes Dorf, das seinem Zwergenkönig buchstäblich zu Füßen liegt."

„Da steckt doch mehr dahinter, als Sie glauben." Paul stellte den Wagen auf einem Parkplatz vor dem ersten Flachbau ab, der sich vor den anderen durch eine große Schwingtür auszeichnete mit der Aufschrift: „Aufnahme. Bitte hier melden!" In einem Glaskasten saß eine mißmutige ältere Frau in angegrauter Schwesterntracht und mit fahl-fettiger Haut.

„Wir möchten zu Mr. Dean, bitte!" Ich beugte mich vor.

„Sind Sie mit Mr. Dean verwandt?" Ich wechselte rasch einen Blick mit Emily, und auf ihr aufmunterndes Zwinkern hin log ich kalt lächelnd: „Ja." Paul und Else, die dem auf Englisch geführten Dialog gespannt gefolgt waren, zogen überrascht die Luft ein.

„Sie sind aber keine Irin."

„Verwandtschaft aus Deutschland."

„Hm." Die Graumelierte schaute mich zweifelnd an. Dann entdeckte sie das Ehepaar hinter mir. „Gehören die zu Ihnen?" Ich trat etwas beiseite, und Paul beugte sich dem gelochten Fensterchen entgegen.

„Ich bin Arzt. Ich habe Mr. Dean in den letzten beiden Tagen betreut!"

„Dann wissen Sie ja, was mit ihm los ist!" ergänzte die Anstandsportierdame schnippisch. Paul hielt die Luft an.

„Was meint sie genau?" flüsterte er mir zu.

„Daß Sie wissen müssen, warum er eingeliefert wurde."

„Blödsinn!" Else schob sich vor. „Wir wissen nichts! Wir wollen uns nur davon überzeugen, daß es ihm gutgeht!"

Die Schwester blickte uns alle der Reihe nach an. „Sie können nicht hinein."

„Wie bitte?" Emily stützte sich drohend auf die Fenstertheke. „Was können wir nicht?"

„Keine Besuchszeit. Für Sie nicht", die Empfangsdame deutete abfällig auf Emily und Else, „und für Sie sowieso nicht. Sie sind weder verwandt, noch haben Sie sonst eine Befugnis! Ihre Ausweise, bitte!" Sie wandte sich wieder an Paul und mich.

„Keine Befugnis? Daß ich nicht lache!" Emilys gutmütiges Gesicht lief so rot an wie ihre Haare. „Wir sind David Deans beste Freunde!" Die Torwächterin beachtete sie gar nicht, sondern inspizierte meinen Paß. „Sie heißen aber gar nicht Dean!" Vorwurfsvoll sah sie mich an. „Da könnte ja jeder kommen!"

„Angeheiratet", stöhnte ich nur. Sie überhörte mich und überprüfte Pauls Papiere. „Hm, sind Sie Facharzt?"

„Nein, Anästhesist. Ich kam zufällig vorbei und leistete Erste Hilfe. Erschöpfungszustände kann jeder Trottel behandeln!" Paul hatte die Hände in die Taschen gesteckt und wippte ungeduldig hin und her.

„Hm", die Schwester schniefte ablehnend. „Ich werde sehen, was ich tun kann." Sie drückte auf Knöpfe, hantierte mit Telefonapparaten und starrte uns zwischendrin böse an, als wollten wir ihr fleckiges Schwesternhäubchen entführen. „Bedauere, es geht nicht. Ihm ist strikte Bettruhe verordnet worden! Wie Sie wissen, hat sich Mr. Dean heute morgen sehr übel aufgeführt; er liegt in der Krankenstation, wir haben ihn sedieren müssen."

„Was, verstehe ich richtig?" Paul stieß mich fragend an. „Sie haben ihn auch noch unter Beruhigungsmittel gestellt? Das soll doch gleich …"

„Paul, reg dich nicht auf!" Else schüttelte ihren Gatten am Ärmel. „Wenn du jetzt auch noch ausflippst, geht gar nichts mehr."

„Die wollen uns nicht zu ihm lassen, zu einem Menschen, den ich heute morgen quietschfidel, wenn auch noch etwas erschöpft, in seinem Bett habe babbeln hören. Da stimmt etwas nicht. Da ist was faul!“ Paul schüttelte den Kopf. „Sediert! Wozu denn?“

„Er hat doch randaliert, sagen sie.“ Emily strich sich nachdenklich über das Gesicht.

„Natürlich hat er getobt, als er merkte, daß wir mit allen unseren Argumenten nicht gegen diesen Quacksalber, die Papiere und vor allen Dingen die vier Pfleger ankamen! Erfahren Sie mal, noch ohne Kaffee, frisch erwacht, daß Sie über Nacht zum Kind degradiert und Hals über Kopf abtransportiert werden sollen. Da haben schon stillere Menschen getobt!“ Wir schauten uns fragend an. Die Dragonerin hinter der Glasscheibe blickte triumphierend zu uns herüber.

„Also“, Paul sah Emily fragend an, „ich versuche noch mal, da Zutritt zu erlangen, mit Helen.“

Emily nickte. „Nur zu.“

Paul beugte sich abermals zur Glasscheibe und sagte in ruhigem, aber drohendem Ton:

„Meine Dame, ich bestehe nun das letzte Mal darauf, zu meinem Patienten geführt zu werden. Und ich sage Ihnen folgendes: Wir werden uns hier mitten im Gang auf den Boden setzen und nicht eher weichen, bis Sie uns entweder auf Mr. Deans Station lassen oder einen der behandelnden Ärzte herunterschicken. Ich verkehre normalerweise nicht mit dem unteren Personal! Das war mein letztes Wort!“ Er verschränkte drohend die Arme. Die Pförtnerin schaute uns böse an und schnupfte gehässig.

„Ich versuche es noch einmal, aber rechnen Sie sich keine Chancen aus!“ Wieder tapsten ihre Finger über die Knöpfe. Ich konnte ihre leise Stimme gerade so vernehmen.

„Sie sagt, daß wir genau solche Rüpel seien wie David“, flüsterte ich Paul die Übersetzung zu. „Und daß sie wohl nie ihre Mittagspause bekäme, wenn man uns nicht hereinließe.“

„Das ist natürlich ein sehr schlagkräftiges Argument!“ lachte Paul ungeduldig. „Aber ich möchte dieser Frau nicht begegnen und wissen, daß ich ihr die Mittagspause auch nur um ein Sekündchen gekürzt habe!"

Sie legte den Telefonhörer bissig auf die Gabel und starrte uns der Reihe nach an. Dann wies sie mit einer kurzen Kopfbewegung den Gang hinunter. Als wir uns in Bewegung setzen wollten, hob sie noch mal die Hand:

„Nur der Arzt und die ... äh ... Cousine!" Emily war nahe daran, ebenfalls der Kategorie „unzurechnungsfähig" zugezählt zu werden.

Ich riß mich mühselig zusammen, und wir gingen über lange, zugige Linoleumflure, über Zwischenhöfe, in denen Gestalten in Bademänteln herumlungerten und uns aus grauen, eingefallenen Gesichtern nachstarrten, durch überdachte Gänge und weitere Linoleumflure. Die Krankenstation war das einzige mehrstöckige Gebäude und lag weiter hinten in diesem Park voller Altersträbsal. Eine junge Schwester winkte aus dem Stationszimmer und trat in den Gang.

„Der Doktor sagte, niemand darf zu ihm! Aber er ist gerade für ein paar Momente weg!" Sie lächelte uns aus braunen Augen an, ihr Haar fiel schwarz glänzend herab wie bei einem mittelalterlichen Pagen, und sie hatte jene durchscheinend blasse Haut, wie man sie bei vielen keltischen Menschen findet. „Ein paar Minuten nur. Ich hole Sie sofort heraus, wenn er wieder da ist. Ich bin Mary. Es ist eine Schande! Mein Vater stammt aus Davids Dorf. Alles klar?" Sie grinste uns verschwörerisch zu und führte uns, während sie das alles kurz erläuterte, zu David Deans Zimmertür.

Auf dem viel zu langen Bett lag David, angebunden und uns verlegen anschauend wie nach einer seiner Whiskeytouren.

„Na, wie geht's?" Paul beugte sich rasch vor, hob Davids Augenlid und fühlte seinen Puls.

„Besoffen auf eine fiese Art!"

„Kopfweh?" Ich setzte mich teilnehmend auf die leere untere Betthälfte.

„Ach, das ist jetzt egal!“ David zuckte resigniert mit den Schultern, dann riß er die Augen weit auf, um wachzubleiben und uns die wirklich wichtigen Dinge in kürzester Zeit mitzuteilen.

„Ich sitze in der Falle, Leute! Der Typ, der mich überfallen hat – er ist hier! Hier in diesem Haus. Er ist der Boß hier! Der läßt mich nie mehr laufen, wenn ihr mich nicht rausholt! Der ist scharf auf das Band, Helen.“

„Aber wieso denn bloß?“

„Das weiß kein Mensch, bis jetzt! Aber du darfst es unter gar keinen Umständen hergeben! Hast du verstanden? Sie dachten im Krankenwagen, daß ich nichts mehr höre, aber da haben sie sich verrechnet!“ Er strampelte aufgeregt und versuchte vergeblich, seinen kleinen Körper und die kurzen Ärmchen zu befreien.

„Warum sollte ich es hergeben?“

„Eben! Du wirst schon sehen! Wo ist er?“

„Wer?“

„Harras!“

„Bei Heights vor dem Kamin!“

„Sehr gut, laß das Band bloß an seinem Hals. Niemand wird sich trauen, ihn anzufassen.“

Paul schüttelte den Kopf. „Ich will alles daransetzen, Sie so schnell wie möglich hier rauszuholen!“

„Ach was, Mr. Germany! Was glauben Sie, wo wir hier sind? Rasch, gehen Sie ans Fenster und schauen Sie runter!“ Wir folgten seiner drängenden Bitte. Die junge Schwester war bereits wieder an die Tür getreten, wies auf ihre Armbanduhr und legte den Finger auf die Lippen. Hastig deutete sie den Gang hinab und verdrehte die Augen. Ich verstand nicht so genau, was David meinte und schaute erstaunt aus dem Fenster. Davids Zimmer lag im ersten Stock, genau über dem Eingang, der durch ein Vordach geschützt wurde. Paul und ich wechselten erstaunte Blicke. Dann drehten wir uns fragend zu

David um, der heftig nickte und nur mit einem Ärmchen wedelte.

„Beeilen Sie sich!“ rief Mary.

David legte sich wieder brav zurück.

„Raus, ehe sie euch erwischen!“ Aber es war schon zu spät. Um die Ecke kam ein smarter, sehr jugendlich aussehender Doktor mit langem weißem Kittel, braunem Teint und einem akkuraten schwarzen Backenbart, der ihm das Aussehen eines gepflegten Bankräubers in Filmen aus den fünfziger Jahren verlieh.

Er drohte in unangenehm zweideutiger Art Mary, die sich rasch in ihre Kabine zurückzog und eifrig in Karteikästen und abgedunkelten Schubladen herumkramte.

Der Arzt kam auf uns zu und lächelte mich an wie Clark Gable Vivian Leigh!

„Aha, der Kollege? Das Fräulein Cousine? Die Pforte hat mich rechtzeitig benachrichtigt! Heimlicher Krankenbesuch entgegen den Anordnungen des Arztes?“ Als sei das dann doch nicht so schlimm, zwinkerte er uns zu. „Macht nichts. Sie haben ja jedes Recht!“ Mit Schwung verließ er das Zimmer, führte uns einen Gang entlang und öffnete eine Tür.

„Hier entlang, bitte, mein Büro!“

Noch ganz im dynamischen Schwung einer erfolgreich beendeten Mittagspause ließ er sich elegant hinter einen verchromten Schreibtisch sinken, öffnete mit der gleichen gleitenden Bewegung ein ledernes Etui und bot uns Platz und Zigaretten gleich in einer Geste an.

Ich zog den schwarzen Lederstuhl vor, doch Paul schüttelte nur abweisend den Kopf. Ich sah seinem Gesicht an, was er von diesem jugendlichen Schnösel hielt.

„Schwarzwaldklinik!“ murmelte er hinter den zusammengepreßten Zähnen. „Nur weniger harmlos!“

„Bitte?“ Der Arzt lächelte uns mit hochgezogenen Augenbrauen an. „Sie rauchen beide nicht? Schön! Gesund! Das muß uns Ärzte freuen, nicht wahr? Aber gestatten Sie mir mein kleines Laster?" Es fröstelte mich unwillkürlich. Anachythas Bild schoß mir für Sekundenbruchteile durch den Kopf, und ich fragte mich im stillen, was das alles mit mir zu tun hatte, wie ich diese auseinanderdriftenden Teile des Lebens in meinem Herzen wieder zusammenbringen sollte. Ich wünschte mich plötzlich weit weg, hinter die gemütlichen Mauern meiner Fakultät.

Der Arzt lehnte sich entspannt zurück und streckte seine langen dünnen Röhrenbeine unter dem Tisch hervor. Beinahe hätte er meine Füße berührt, und ganz gegen meine Gewohnheit zog ich sie angewidert unter den Stuhl.

„Nun, Herr Kollege, Miß … äh …?" Ich starrte ihn offenen Mundes an, Paul räusperte sich nur indigniert wegen dieser Schmierenkomödie. Doch das schien den Arzt nicht weiter zu stören. Lässig, als habe er bei einem Pokerspiel alle Trümpfe in der Hand, beugte er sich vor: „Das haben Sie fein gemacht! Wie sehr lieben Sie diesen … diesen Krüppel?"

Was würde er im Laufe der nächsten Minuten noch von sich geben?

Der Arzt beugte sich weiter vor und zog die Augen zu zwei Schlitzen zusammen, was ihn plötzlich wie das Schlitzohr Mario Adorf aussehen ließ. War ich auf einmal in einem alten Western gelandet?

„Sie sind nicht verwandt mit Mr. Dean!" Er lächelte boshaft. „Sie sind Archäologin oder so etwas ähnliches, nicht wahr? Eine … hm … Liebesaffäre", er blies einen Rauchkringel über den Tisch, „schließe ich natürlich aus." Mit einem Ruck preßte er die Kippe in den Aschenbecher. „Warum also", er warf sich wieder gegen die Lehne und schien für einen Moment meinen Begleiter vollkommen vergessen zu haben, „warum also, liebe Freundin, bemühen Sie sich hierher, unter einem falschen Vorwand?"

„Ich möchte ihm helfen. Wir sind Nachbarn."

„Jaja!“ Er nickte versonnen. „Doktor Brown hat mich vor Daves weiblicher Nachbarschaft gewarnt. Sie fahren alle auf den Kleinen ab, den ungefährlichen Kindsmann.“ Er grinste mit weißen Reklamezähnen. Ich stand erbost auf und schob meinen Stuhl zurück, Paul jedoch faßte mich bittend am Arm, doch für ihn zu übersetzen.

„David Dean stand bis heute früh unter meiner ärztlichen Betreuung, nachdem sich Doktor Brown nur unwillig einmal ans Krankenbett bemüht hatte. Mr. Dean war heute morgen ein gesunder, fröhlicher, wenn auch noch etwas angestrengter Mann. Hier finde ich ihn angebunden und übermäßig sediert vor! Was hat das zu bedeuten? Ich nehme zu Ihren Gunsten an, daß Sie mir eine Erklärung für diese unrechtmäßige Internierung eines erwachsenen Menschen geben können?“

Der Doktor stand auf und kam um den Schreibtisch herum auf uns zu.

„Aber natürlich kann ich das, werter Herr Kollege! Ich muß es aber nicht. Schließlich unterliegen die Ärzte in Irland genauso der Schweigepflicht wie Sie auf dem Kontinent, die die Intimsphäre der Kranken und die ihrer Angehörigen schützen soll! Also könnte ich Sie und diese falsche Cousine jetzt verabschieden: weitere Besuchszeiten an Sonn- und Feiertagen zwischen 14 und 18 Uhr! Und bitte nur in Begleitung seiner Verwandten!“ Er lachte laut auf. „Aber sehen Sie, das will ich gar nicht! Ich will nämlich etwas anderes.“

Er machte eine kunstvolle Pause, und plötzlich fiel es mir wie Schuppen von den Augen! Ernüchtert ließ ich mich wieder auf den Ledersessel nieder, und dieser Provinzheimleiter setzte sich genau vor mich auf die Kante seines Schreibtisches. Er baumelte provokant mit einem Bein immer knapp an meinem Knie vorbei. Paul sah verdutzt von dem jugendlichen Heldendarsteller auf mich und wieder zurück. Der feine Unterton seiner Sätze war ihm sichtlich entgangen. Er hatte mit einer rein medizinisch geführten Argumentation gerechnet.

„Sehen Sie, Herr Kollege, die Pfleger heute morgen, seine Familie, ich meine natürlich die Geschwister aus Dublin, nicht die Schwester, die einen unaufgearbeiteten Mutterkomplex an ihrem wehrlosen Bruder auslebt, der Fahrer des Sanitätswagens, das hiesige Pflegepersonal und nicht zuletzt ich, der Fachmann, können Ihnen bestätigen, welch pathologischer, sich und seine Umwelt gefährdender Mann Mr. Dean ist! Darüber hinaus trinkt er unmäßig! Ich halte ihn für einen schweren Alkoholiker, der, das ist ja begreiflich, mit dem Problem seiner Kleinwüchsigkeit nicht fertig wird. Er wird sich zu Tode trinken, wenn wir ihn nicht schützen! Sicher, David Dean ist hochintelligent! Aber kann er für sich sorgen, alleine einkaufen gehen, waschen, kochen? Er hatte nun kürzlich diesen merkwürdigen Unfall mit Absenzen und anschließenden Wahnideen. Das mußte seine Geschwister doch stutzig machen. Sie sorgen sich um ihren Bruder. Mrs. Dean mag es gut meinen, aber letztlich ist sie doch zu alt und dieser problematischen Person nicht mehr gewachsen!"

Ich schüttelte nur den Kopf, und auch Paul zog ironisch lächelnd die Augenbrauen hoch. Sicherlich fielen ihm gerade die kleinen Szenen ein, in denen David Margaret nicht gewachsen war und seiner Unterstützung bedurft hatte.

„Sie glauben mir nicht? Nun, junge Frau, ich nehme an, daß Sie aus sehr behüteten Kreisen stammen, da unten in Deutschland, wo die Menschen täglich ihren Schoppen Wein trinken, ihre klare bayerische Halbe, ja? Es gibt keine Whiskeyleichen, Absinthbrüder, deren einzige Aussicht auf dem Abgrund der Schnapsgläser liegt! Haben Sie jemals einen Menschen im Stadium des Delirium tremens gesehen? Nein? Na bitte! Das ist etwas, was Sie Ihrem kleinen Freund sicher nicht wünschen. Ich achte Ihr Engagement, auch Ihres, Herr Kollege! Das ist ja nur selbstverständlich und zeugt von medizinischer Redlichkeit, daß Sie hier trotz aller Verbote eindringen, um sich selbst vom Zustand Ihres Freundes zu überzeugen! Aber glauben Sie mir, David Dean ist bei uns bestens aufgehoben!" Sein Bein baumelte weiter vor mir hin und her, und während Paul, der dieser eloquenten englischen Rede nicht so schnell hatte folgen können, den Kollegen immer noch etwas erstaunt und kopfschüttelnd ansah, griff ich unter den Schreibtisch und stoppte das Bein.

„Was wollen Sie von mir? Was wollen Sie von uns? Die Wahrheit!"

„Oh!" Er zeigte sein Clark-Gable-Lächeln. „Entschuldigen Sie! Wir sind vom Thema abgekommen, und Ihre Freundin und Ihre Gattin warten ja unten. Ja, und der Hund, dieser wertvolle Hund."

Maeve! schrie ich innerlich. Anachytha! Zu Hilfe! Sie haben uns bereits, noch ehe die Reise losgegangen ist!

Paul schaute mich an, dann räusperte er sich und begann in seinem unbeholfenen Schulenglisch:

„Ich sehe da keine Probleme. Sollte Herr Dean wirklich zu viel trinken, das kann ja sein, bei so einem kleinen Körper, dann empfiehlt sich doch eher ein ambulanter Entzug. Der Herr ist doch ansprechbar, intelligent. Er wäscht sich und pflegt sich wie alle normalen Leute. Er hat ein physisches Handicap, aber dafür wird, zumindest bei uns in Deutschland, niemand mehr entmündigt!"

„Lassen Sie, Paul!" Diesmal legte ich ihm die Hand auf die Schulter. „Die wollen etwas ganz anderes. Was der Kerl da in seinem feinen Oxfordenglisch schwatzt, ist nicht mehr und nicht weniger als eine gut verschleierte Erpressung!"

Als hätte er unsere deutsche Unterredung verstanden, nickte der Anstaltsleiter bestätigend: „Ja, der Hund, der Zwerg und das Band!" Nachdenklich schaute er auf seine gepflegten Hände. „Einmal ist der Kleine uns ja in die andere Welt gefallen! Das war nicht geplant. Die Alte brachte unser Vorhaben leider etwas durcheinander. Sie haben da während Ihrer Forschungsarbeiten ein schönes, wertvolles Stück vorkeltischer

Kunst ausfindig gemacht!" Pauls Kopf fuhr hoch, und plötzlich alles begreifend, fuhr er los:

„Wollen Sie damit sagen ... Was wollen Sie damit sagen?"

„Oh, nichts von Bedeutung, Herr Kollege! Schließlich haben wir doch alle einen Eid abgelegt! Aber natürlich können uns Kunstfehler unterlaufen. Das kommt überall vor. Eine zu hohe Dosierung der Beruhigungsmittel, ein kleiner Sturz im Rahmen des Alkoholentzuges, ein falsches Medikament! Das passiert leicht. Gerade in so einem Heim wie dem unsrigen. Wir verfügen über wenig Gelder, schlecht ausgebildete Leute. Sie kennen das ja auch aus Deutschland; selbst in Ihren hochtechnologisch ausgerüsteten Heimen kommt allerlei vor." Bedauernd spielte er mit dem Telefonkabel. Ich schob den Stuhl zurück und sprang auf.

„Sie wollen also sagen, daß ..."

„Genau!" Er rutschte auf die Füße und sah mich glasklar an. „David Dean oder das Band! Das Band, das Sie übrigens meiner Auffassung nach sowieso unrechtmäßig in Ihrem Besitz haben. Geben Sie uns das Band! Dann finden wir Mittel und Vorwände, den Kleinen unverzüglich wieder in dem Puppenheim seiner Schwester abzuliefern. Kein Band – Entmündigung. Vielleicht sogar falsche Medikamente oder ein zufälliger Sturz!"

„Aber das ist ja Erpressung! Kidnapping!" entfuhr es Paul. „Was wollen Sie mit dem Band?"

„Oh", er lächelte zynisch. „Als Arzt könnte ich sagen: das ewige Leben! Mehr nicht! Bin ich nicht dazu verpflichtet? Der Menschheit zuliebe?" Er grinste.

„Das glauben Sie doch selber nicht! Ein alter Mythos, ein Märchen!" Paul regte sich auf über diese Unverfrorenheit.

„Wir können das auch anders formulieren." Der Anstaltsleiter leckte sich über die Lippen.

„Dr. Brown und ich, nun ja, man könnte sagen, wir sind in einer Art gemeinnützigem Verein, ich glaube, so nennt man das bei Ihnen in Deutschland. Wir schützen nationales Erbe und bemühen uns ... ach ... was soll ich Ihnen erklären? Auch bei Ihnen gibt es solche Vereinigungen, in den USA, wo immer Sie hinkommen, werden Sie Menschen begegnen, die ihre Heimat lieben und nationales Erbe vor dem Ausverkauf bewahren wollen." Er schaute uns erwartungsvoll an, als habe er nun wirklich das schlagendste Argument vorgebracht, doch Paul fuhr dazwischen:

„Wer sagt Ihnen denn, daß Helen nicht bereit ist, das Band in einem staatlichen Museum abzuliefern? Wie kommen Sie darauf, einer jungen Wissenschaftlerin zu unterstellen, sie wolle dieses archäologische Fundstück auf eigene Faust verscherbeln?"

„Oh, habe ich das?" Er zog ironisch die Augenbrauen hoch. „Dann haben wir uns doch falsch verstanden! Es geht um etwas ganz anderes – um mehr."

Da zitterte für Sekunden dieses feine Büro, ein zähnefletschender Frühmensch stand vor mir: Haare überall, im Gesicht, sie wucherten durch das aufplatzende moderne Arztgewand hindurch wie in einem Dschungel! Ich fuhr entsetzt zurück und betrachtete Paul, ob er diese plötzliche Verwandlung auch bemerkt hätte. Doch der schien nichts Auffälliges an unserem Gegenüber zu bemerken. Das Zittern des Raumes hörte auf; Clark Gable lief um den Schreibtisch herum und ließ sich lächelnd nieder.

„Was ich glaube oder nicht, spielt doch keine Rolle, nicht wahr? Es geht rein ums Geschäft! Wenn Sie es genau wissen wollen, der Edelmetallwert beläuft sich auf, in Ihre Währung umgerechnet, fast 17 000 Mark. Viel Geld für uns arme Iren."

„Wenn das Band so wertvoll ist, ist diese junge Frau verpflichtet, es einer offiziellen Institution zu übergeben, nicht einer Privatmafia!" Paul zischte den kalt lächelnden Arzt an.

„Ach ja, diese junge Frau und Wissenschaftlerin!" Er schaute mich mit hypnotischem Basiliskenblick an. „Kennen Sie die

Geschichte von den anatolischen Kelims? Nicht ganz so wertvoll im Material, diese alten Stoffetzen, aber andererseits ..."

„Was hat denn das damit zu tun?" Paul warf mir einen verzweifelten Blick zu, in dem ich deutlich lesen konnte: Unterliegen hier denn alle, die Guten wie die Bösen, diesem verdrehten irischen Mythenwahnsinn?

Ich wiegte langsam den Kopf hin und her. Allmählich begann es mir zu dämmern, und da fuhr der paläontologische Adorf-Verschnitt auch schon fort: „Ja, diese Kelims. Eines Tages fielen sie dem aus unserer Sicht falschen Herrn in die Hände, besser zweien. Ein kunsthandwerklich und ethnologisch interessierter Teppichgroßhändler beugte sein neugieriges Gesicht gemeinsam mit dem Prähistoriker Sir James Mellart, dem Ausgräber altneolithischer Städte wie Chatal Hüyük oder Hacilar – die Namen werden der jungen Dame ein Begriff sein! –, über diese alten Teppiche. Dieser Sir, dieser Engländer sieht mit einem Blick, welche Symbole und Zeichen in die Teppiche geknüpft sind: die gleichen, wie er sie in den Wandputz seiner Ausgrabungsplätze gemalt vorfand."

„Ja, ich kenne die Abbildungen." Aufgeregt rutschte ich auf die Stuhlkante vor und vergaß ganz, in welcher prekären Situation wir uns eigentlich befanden. „Er brauchte gewissermaßen nur noch hinzugehen und in den Bergdörfern die Teppiche knüpfenden Frauen und Mädchen nach der Symbolik und der Bedeutung dieser Mäander, Krötenmuster, Dreiecke, Bäumchen etc. zu fragen, um den bisher ersten und einzigen direkten Zugang zur neolithischen Symbolik zu erhalten!"

„Und, tat er es?" Auch Paul war nun von diesem Thema angesteckt, denn soviel hatte er doch inzwischen über das Neolithikum erfahren, daß es eine matriarchale Kulturepoche gewesen war, gegen 4000 vor unserer Zeitrechnung hier in Irland, aber 8000 Jahre vor unserer Zeitrechnung in Anatolien! Und dort wurde die Epoche bereits durch die Ausgrabungen ungezählter Göttinnenstatuetten und Frauenfigurinen eindeutig als frauenbezogen definiert. Das wurde selbst von der etablierten Ur- und Frühgeschichte nicht mehr in Abrede gestellt.

„Er tat es nicht!" Clark Gable zeigte sein prähistorisches Lächeln. „Wie ja der jungen, krüppelliebenden Frau Wissenschaftlerin nicht entgangen sein dürfte! Glauben Sie im Ernst, gläubige Moslems ließen es zu, daß die Wurzeln ihrer Kultur aus Weiberschößen stammen? Daß bis heute, mehr als zehntausend Jahre lang, Symbole, Zeichen und Inhalte frauenfreundlichen Denkens und Fühlens heimlich tradiert wurden, vielleicht die ganze Zeit über Einfluß hatten? Eventuell gar Hinweise, wie ein größeres städtisches Gemeinwesen matriarchal zu regieren sei?"

Er wollte sich schier ausschütteln über diese absurde Idee, und ich wußte, daß er recht hatte: Sir James Mellart war, vielleicht mit berechtigten Vorwürfen, daran gehindert worden, weiterzugraben. Mehr noch: Die späteren Auflagen seiner berühmten Grabungsberichte über Hacilar und Chatal Hüyük nahmen eine ganze Menge der ursprünglichen Annahmen, es habe sich dort in Anatolien um matriarchale Kulturen gehandel, zurück und verwässerten seine ersten Aussagen in dieser Hinsicht ganz erheblich. Ja, er war geadelt worden für sein Werk, doch an irgendeinem entscheidenden Punkt hatte ihn etwas oder jemand zurückgepfiffen, um das Aufdecken dieser Botschaft zu verhindern, um die Erkenntnis und sogar den Beweis zu unterdrücken, daß alle höheren Kulturen, alle Zivilisationen, alle ersten wichtigen Erfindungen und die ersten komplizierteren Gesellschaftssysteme letztlich auf dem Werk von Frauen beruhten, daß die Wiege der Kultur in frauenzentrierten Kulturen stand, in Gesellschaftsformen, deren weibliche und männliche Mitglieder eine friedlichere und achtungsvollere Einstellung gegenüber der Natur, den Frauen und auch gegenüber sich selbst ihr eigen nannten.

Der Anstaltsleiter nickte wissend, als habe er meine Gedanken lesen können. Dann beugte er sich wieder gehässig vor:

„Wissen Sie, was Mellart vorgeworfen wurde? Genau! Schmuggel von Altertümern und unsystematisches Arbeiten. Kommt Ihnen das nicht bekannt vor? Lassen Sie sich gerne Ihren Ruf ruinieren?“

In meinem Kopf sausten die Gedanken durcheinander. Soviel war klar: In diesem Band lag ein Schlüssel verborgen. Ähnlich wie in diesen alten Kelims. Vermutlich war es sogar aus einer jüngeren Epoche als dem Neolithikum. Das würde den Metallcharakter erklären, obwohl Kupfer, Elektron, Eisen und uns unbekannte Legierungen bereits in den frühen neolithischen Ansiedlungen für Zier- und Schmuckzwecke verwendet worden waren. Und jemand wollte also auch hier in Irland die Dechiffrierung der Zeichen auf den Steinen der irischen Großsteingräber verhindern. Man hatte Wind von meiner Arbeit bekommen, und außerdem hieß es auch, daß diese Leute, wer immer sie sein mochten, meinen Ansatz für möglicherweise erfolgreich hielten. Ganz besonders, wenn ich im Besitz des möglichen Schlüssels, des Halsbandes der Maeve, war.

Aber wer waren diese Leute? Fanatiker, Rechtsnationalisten, katholische Fundamentalisten?

Ich schaute mir diesen Anstaltsleiter genauer an. Was war das für ein Arzt, der sogar seinen hypokratischen Eid beiseite schob und bereit war, einen behinderten, kleinwüchsigen Menschen rücklings wie ein Straßenräuber zu überfallen und niederzuschlagen? Konnte er vielleicht auch durch die Zeit reisen?

Clark Gable lächelte geschmeichelt, als habe er meine Gedanken erfaßt, und nickte bestätigend.

„Halten Sie mich ruhig für einen fanatischen Sammler irischer Altertümer, die ich, koste es, was es wolle, auf dieser Insel behalten will! Halten Sie mich, wie den Kollegen Dr. Brown, für einen Nationalisten, der selbst der eigenen Regierung nicht traut. Das ist mir ganz egal! Es geht ums Geschäft! Sein Leben gegen das Band, was immer die jeweiligen Parteien für einen Wert in ihm sehen! Haben wir uns verstanden? Ich nehme an, daß Sie sich mit Ihren ... Nachbarn ...", er spuckte dieses Wort über den Chromtisch wie der Teufel ein Halleluja, „... bereden müssen. Ich gebe Ihnen drei Tage Bedenkzeit, so lange halten wir uns ruhig, ihrem kleinen Halbgott passiert nichts! Vorausgesetzt, wir lassen es und gehen nicht zur Polizei." Er erhob sich lässig. „Nun ja, das werden Sie, junges Fräulein, sicherlich zu vermeiden wissen: Sie haben bisher das Band zurückgehalten. Weiß man, was Sie sonst noch zurückhalten? Weiß man, wohin Sie so regelmäßig verschwinden? Bitte schön!" Er öffnete uns die Tür und wies uns, wieder mit charmanter Mafiaboßgeste, hinaus. „Wir sehen uns dann in drei Tagen!" Wir liefen vor ihm den Korridor hinab und durch den Park, die unendlichen Gänge und die nach Linoleum riechenden Pavillons hindurch. Paul schlug immerfort wütend die Fäuste ineinander.

Ich selbst hatte mich im Park noch einmal zu dem einstöckigen Gebäude herumgedreht. Die Eingangstür lag tatsächlich auf der straßenabwärts gelegenen Seite, und das Vordach erschien mir von hier aus gesehen gar nicht so hoch! Langsam begann ich einen Plan auszuhecken.

Endlich fanden wir durch den Wirrwar der ungepflegten Anlage und der nach schlechtem Bohnerwachs riechenden Gänge zum Hauptausgang zurück.

Elegant und voller Boshaftigkeit verneigte sich der Arzt vor Emily und Else, die unter den scharfen Augen der Schwesternconcierge gewartet hatten.

Erst als wir das Heim verlassen hatten, begann Paul laut zu fluchen.

„Diese Mafia! Ich hab's gewußt! Ihr müßt unbedingt die Polizei einschalten!" Wir berichteten den anderen beiden auf der Heimfahrt, was uns widerfahren war.

„Diese Leute müssen mich seit meiner Ankunft im Blick gehabt und dann eine günstige Gelegenheit abgepaßt haben. Anders kann ich mir das Ganze nicht erklären."

„Ihr sagst ja, daß dieser Dr. Brown auch irgendwie mit dem Anstaltsleiter unter einer Decke steckt." Else wandte sich zu mir herum. „In Wartezimmern wird viel getratscht, die Geschichte mit dem Riesenhund hat alle Gemüter hier in der Gegend anscheinend sehr bewegt. Mir werden diese Zusammenhänge schon deutlich."

„Ja, und ich weiß, daß David Deans Geschwister nicht gerade von der feinen Sorte sind – ein ziemlich halbseidenes Pack. Ich denke, mit Versprechungen kann ein gewiefter Gauner sie durchaus zu allerlei Zugeständnissen überreden. Die tun viel, wenn sie einen Vorteil auf ihrer Seite sehen. Wir waren alle froh, als sie nach Dublin zogen!" Emily schnappte nach Luft.

„Aber wer sind die anderen dann? Wo kommen sie her? Und welche Verbindung besteht zwischen ihnen und den Erlebnissen in dieser ... hm ... Anderwelt?" fragte Else.

Paul konnte unseren Fragen wohl nicht so ganz folgen. „Das ist doch unglaublich, diese Kidnapper! Was sollen wir tun?"

„Die Polizei müssen wir anrufen!" sagte Else und drehte sich auf dem Vordersitz herum.

„Das wird schwierig sein." Ich wiegte zweifelnd den Kopf hin und her. „Denn meine Geschichte glaubt, außer so ein paar verrückten Iren, niemand! Jahrtausendealter Kampf oder Widerstand gegen Frauenwissen, Leute aus der Vergangenheit, die hier in unserer Zeit herumlaufen und ihre alten Feindseligkeiten aufwärmen. Nein, mit so einer Story lande ich genauso im Asyl wie David."

„Womit die Menschen ja auch recht haben." Paul nickte. „Ich glaube auch, daß sie das doch ein wenig zu romantisch oder mythologisch sehen. 17.000 Mark genügen doch als Antrieb, einen Wehrlosen zu überfallen und solche Erpressungstouren zu fahren. Dieser Kerl sitzt eindeutig am längeren Hebel! Obwohl, ich fand diesen Aspekt, bestimmte Informationsflüsse von einer Zeit in die andere zu verhindern, auch ganz spannend."

Er lächelte mich solidarisch an, und im stillen freute ich mich, trotz allem anderen, was geschah, denn hier saß wieder einmal ein lebendiger Beweis vor mir, daß Menschen auch veränderbar sind, daß sie der Stimme des Herzens zu folgen bereit sind. Auch wenn ihre ureigenen Ansichten konträr dazu laufen.

„Nun, warten wir ab, was Margaret sagt! Wir müssen uns sofort wieder zusammensetzen." Emily sah mich von der Seite her an. „Und David? Wie geht es ihm?"

„Den Umständen entsprechend. Er hat uns sein Fenster gezeigt und das Vordach darunter!"

Emily zog vielsagend die Augenbrauen hoch.

Allmählich tauchten die großen Brüste des weiten Hügelareals wieder vor uns auf. Tröstlich, fand ich, und dennoch beängstigend.

Margaret saß zitternd an Emilys Küchentisch. Als sie unseren Bericht gehört hatte, faßte sie mich flehend an der Hand:

„Helen? Sie geben ihnen das Band, nicht wahr? Diese Gauner! Ich hätte es tatsächlich lieber gesehen, wenn Sie es davongeschmuggelt hätten! Aber Dave, mein lieber Dave! Was machen Sie noch alles mit ihm?" Bronte starrte die ältere Dame unwillig an und schüttelte den Kopf.

„Mag, es geht hier nicht einfach um Schmuggelei und Erpressung. Es geht um mehr!"

„Aber das ist mir doch egal!" Margaret schaute uns alle der Reihe nach an. „David ist mein Bruder. Unsere Mutter hat ihn mir als einziger von allen Geschwistern anvertraut, ehe sie starb. Und sie wußte sehr genau, warum! Sie wußte, was sie von unseren feinen Geschwistern zu halten hatte. Diesen feinen Pinkeln. Und nun?"

„Wie bei den Faschisten", murmelte Emily. „Lebensunwertes Leben!" Sie drückte Roby, der uns allen staunend zugehört hatte und immer wieder „Da-Vid! Da-Vid!" dazwischengerufen hatte, an sich.

„Geben Sie ihnen doch das alte Band!“ Mrs. Dean schaute mich flehentlich an.

Emily wiegte abschätzend den Kopf, ihr Blick blieb nachdenklich an Paul und Else hängen, die, so gut sie eben konnten, unserer Diskussion folgten, während sie gleichzeitig interessierte Blicke in der malerischen, von Torfrauch verdunkelten irischen Küche schweifen ließen.

Die Augen der Heights und meine trafen sich wie auf geheime Absprache, und im gleichen Moment rief Roby:

„Da! Da! Doc! Doc!“ Und er deutete aufgeregt zum Fenster. Doch als wir seinen eindringlichen Gesten folgten, war niemand mehr zu erkennen.

Ich starrte Bronte hilfesuchend an, der die Lippen zusammenpreßte und nickte. „Als Mann würde ich das Band schon aus Prinzip nicht hergeben! Diese Erpresser! Staatliche Organe müssen wir einschalten.“ Er lächelte Paul und Else zu. „Uns fehlt nur eine Handhabe! Sind Sie sicher, alles in jenem Arztzimmer genau verstanden zu haben, mein Herr Germany? Vielleicht ist die junge Dame hier ein bißchen hysterisch und will sich aufspielen? Wer weiß, welchen Dreck sie selbst am Stecken hat mit ihren seltsamen Abwesenheiten? Ja, warum hat sie das Band nicht gleich abgegeben, als sie es entdeckte, oder spätestens, als sie von David über seinen Wert aufgeklärt wurde?“ Er verstummte, blickte mich abermals eindringlich an, dann aber lächelte er und fuhr fort: „Es gibt verschiedene Ebenen: Ihre, Paul, und die ist schon schlimm genug. Eine Art Mafia, bestehend aus diesen beiden Ärzten, vermutlich den Geschwistern von David und wer weiß was noch für Leuten, die versucht, an die 17 000 Mark zu kommen. Die andere ist Helens Ebene: In ihren kundigen Händen kann das Band als Informationstransfer dienen und uns Nachrichten aus der Anderwelt geben. Die Menschen, die damals die friedfertigen Feenkulturen zerstörten, versuchen das gleiche heute, nämlich das Erinnern solcher Lebenselemente zu verhindern. Hier liegt das Problem in der Sache selbst: So was glaubt uns kein Mensch!“

„Ich ehrlich gesagt auch nicht!“ lächelte Paul, und Bronte nickte ihm so ganz von Mann zu Mann bestätigend zu.

„Die dritte Ebene liegt in der Rechtslastigkeit und Gefährlichkeit dieser Leute: Für ihre patriotistische Ideologie sind sie bereit, Menschen, in diesem Fall sogar einen Behinderten, zu überfallen und zu töten. Sie könnten auch noch anderes aushecken. Historisch gesehen haben sie ihre Gefährlichkeit weltweit bereits seit mindestens dreitausend Jahren unter Beweis gestellt: durch Frauenmord, Krieg, Vergewaltigung und Naturzerstörung.“ Bronte erhob sich und nahm ein Buch aus dem Küchenschrank, das er anscheinend schon bereit gelegt hatte, und las daraus vor:

„‚In den Sagen heißt es, das Halsband der Maeve birgt das Geheimnis des ewigen Lebens. Man interpriert das als eine Art Wissen um den ewigen Kreislauf der Natur. Die bekannte Sage um Königin Maeve und den Rinderraub behandelt einen mythischen Kampf zwischen verschiedenen Mächten.‘“

„Ich denke, spätere Interpretationen haben aus Maeve diese Hexe gemacht, als die sie heute bekannt ist. Man kennt das wohl auch von anderen heldenhaften Frauenfiguren“, ergänzte ich und wunderte mich wieder einmal über die immer neuen Seiten, die der Feenbauer Bronte zum Vorschein brachte. „Die Sage um den Rinderraub oder der Kampf der beiden Druiden – das sind alte Geschichten und wahrscheinlich ebenso tradierte, unterschwellig weitergegebene Zeichen wie die Kelims, von denen wir gerade erzählt haben, und wie das Band, das sie rauben wollen.“

„Das hieße aber“, Else runzelte angestrengt die Stirn, „wer das Band besitzt, verhindert oder entschlüsselt diese Botschaft. Die Entschlüsselung aber bedeutet zum Beispiel eine Uminterpretation der irischen Sagen überhaupt, und das hat sehr wohl was mit Selbstverständnis zu tun, und zwar mit patriarchalnationalem!“

„Ja, genau." Ich nahm Bronte das Buch aus der Hand. „Eine Neuinterpretation dieser Sage wäre so, als würde beispielsweise unser Nibelungenlied plötzlich zum matriarchalen Epos werden und Siegfried ein Helfer der Frauenkulturen."

„Sie meinen Cuchulain, den großen Helden aus dem irischen Mythos?" schaute Paul mich fragend an.

„Ja, zum Beispiel. Solche Bilder wirken in uns allen." Und wehe, sie verändern ihre Bedeutung!" lachte ich. „Danke, Bronte, daß du uns darauf hingewiesen hast. Wir können Geschichte verändern, indem wir die Geschichten verändern und neue Bedeutungen setzen. Oder wie schon der alte Marx sagte: Eigentlich ist das herrschende Bewußtsein immer das der Herrschenden. Also wehe, wenn die Beherrschten aufstehen und sich ihr eigenes Bewußtsein schaffen! Weg ist der Teppich, auf dem das Patriarchat über die Erde fliegt!"

Ich nickte Bronte zu.

„Ja, wir müssen David irgendwohin in Sicherheit bringen."

„Aber wohin?" Margaret schaute mich zweifelnd an. „David ist die bekannteste Person im Umkreis."

„Wollt ihr ihn verstecken? Wie lange? Aber das wäre ja schlimmer als ein Altenasyl!" Else schüttelte den Kopf.

„Ich bringe ihn über die Berge", murmelte ich und bedeutete Harras, mir zu folgen. „Morgen nacht. Ich brauche Patrick und sein Motorrad, Stricke, Haken, Karabiner, eine Taschenlampe und ein Auto." Und ohne Brontes Nicken oder weitere Fragen der anderen abzuwarten, verließ ich die Küche.

Der Übergang in die Anderwelt überraschte mich diesmal vollkommen: Ich stand noch, das große Tier an meiner Seite, nachdenklich im abgedunkelten Gang vor der Küche und überlegte, wie ich wohl aus eigener Kraft in die Zeit von Maeves Sippe hinüber gelangen könnte. Trotz aller Ereignisse, trotz der Ängste meiner irischen Freundinnen und Freunde, die mir nahegingen, war doch immer noch diese Leichtigkeit in mir, die wohl den meisten Menschen als Verliebtheit bekannt ist.

Das Stadium des Berauschtseins, das alleine schon den großen Gefühlsaufwand wert ist und das niemals danach fragt, ob die angebetete Person eventuell nicht schon anderweitig gebunden ist, ob sie überhaupt Frauen liebt oder ob sie fünftausend Jahre jenseits aller irgendwie realistisch erscheinenden Möglichkeit lebt.

„Maeve!" rief ich und stürzte durch die Haustür nach draußen. Ganz unvermittelt stand ich auf dem Dorfplatz, so als sei ich eben aus einem der Langhäuser getreten und nicht aus Fairy Farmers Wellblechhof am Fuße des Lough Crew. Diesmal war ich ebenso plötzlich in der Anderwelt gelandet wie vermutlich David nach dem Überfall. Starke Gefühle – Angst, Schock oder Sehnsucht – schienen den Übergang zu beschleunigen. Ich lachte auf, froh, mir die Mühe des Aufstiegs nicht machen zu müssen, froh über diese geradezu modern anmutende Geschwindigkeit meiner erneuten Zeitreise, denn wir standen alle unter Zeitdruck: David mußte innerhalb von 72 Stunden befreit und in Maeves Welt entführt werden. Und ich wußte ja nie, wie lange mein jeweiliger Aufenthalt in dem Dorf der Langhäuser dauern würde.

Der weite Platz zwischen den Häusern war leer. Eine seltsame Stille, wie ich sie hier bis dahin noch nie wahrgenommen hatte, lag über dem Dorf.

Nicht nur die Kinder fehlten, selbst die Hühnchen mit ihrem eitlen roten Gockel waren verschwunden, die halbwilden Enten davongeflogen. Doch nein: Halb verborgen im Schlamm dümpelte eine von ihnen tot mit verklebtem Gefieder im morastigen Wasser. Harras schüttelte sich und lief leise winselnd auf das große Langhaus von Maeves Sippe zu. Er kratzte heftig an der Tür, und eine der jüngeren Frauen, mit denen ich mich leider nicht verständigen konnte, öffnete. Unter ihrem Stirnband sahen mich rot verweinte Augen fragend an, als könne sie sich nicht einmal an mich erinnern.

„Was ist los?“ fragte ich, doch sie konnte nur hilflos mit den Achseln zucken, dann führte sie mich, hinter dem Hund herlaufend, den Gang entlang in den großen Hauptraum.

Ich spürte es erst an der kalten Luft, und dann sah ich es auch, was zu allen Zeiten und bei allen Völkern seit Gebrauch des Feuers ein Ausdruck von Trauer und Unglück ist: Das Feuer in der Mitte des Kreises war ausgelöscht. Mit Mühe erkannte ich im Halbdunkel einige Gestalten.

Harras drängte sich winselnd und mit der Rute schlagend an eine sitzende Gestalt heran, die den Kopf in den Händen verborgen hielt. Durch das heftige Drängeln des großen Tieres polterte die Harfe zur Seite, die neben ihr gelehnt hatte, und ich erkannte Anachytha, deren Verzweiflung so tief sein mußte, daß sie nicht einmal das Klirren ihres Instrumentes vernommen hatte.

Neben ihr erkannte ich Maeve, die mit verbissenem Gesicht vor sich hin starrte, und weiter entfernt in der Dunkelheit stand Chadas hoch aufgerichtete Gestalt mit geballten Fäusten, einem indianischen Kriegsfürsten nicht unähnlich in ihrer finsteren Haltung. Als ich näher an den Kreis herantrat, sah ich den Grund der Trauer. Erschrocken schrie ich auf und preßte die Hand vor den Mund. Auch hier waren sie eingedrungen, mit brachialer Gewalt und tausendmal furchtbarer als drüben auf der anderen Seite der Zeit: Im Kreis, in der kalten Asche, ruhten die blutverschmierten Leichen dreier Frauen und eines Wanderers. Eine erkannte ich als jene, die Anachytha als Maeves erste Enkelin bezeichnet hatte, Chadas älteste Tochter. Und neben ihr ruhten, als sei der Anblick von vier Toten nicht bereits schlimm genug in dieser friedfertigen Gesellschaft, vier kleinere Gestalten: drei Mädchen und der kleine Junge, dessen tapsige Bewegungen allen Frauen an jenem Abend, als ich das erste Mal zu Maeves Sippe stieß, soviel Freude bereitet hatte.

Erschüttert sank ich neben der alten Maeve in die Hocke und legte ihr meinen Arm um die Schultern, denn jedes Wort zu diesem Unglück wäre nur falsch oder taktlos gewesen. Anachytha die gleiche Zuwendung zu geben, so spürte ich, wäre ebenso unmöglich gewesen wie Worte von Mitgefühl, denn sie hatte eine steinharte Wand wie aus Glas um sich errichtet, ein Schweigen, das vermutlich nur durch eine Kreatur wie Harras selbst gebrochen werden konnte.

Maeve warf mir einen schmerzlichen Blick zu, und als sie die Frage in meinen Augen bemerkte, raffte sie sich zusammen:

„Sie sind da, Hel-En, die Abtrünnigen, die Mörderleute! Die abgefallenen Wanderer sind wiedergekommen – schlimmer als je zuvor! Sie haben die Kinder, einen Mutterbruder und die Frauen auf den Feldern überrascht, sie wollen …“

„… das Band, ich weiß“, ergänzte ich leise. „Sie sind überall, auch in meiner Zeit, doch euch haben sie furchtbarer getroffen.“

„Hel-En ist Maeves Ruf rasch gefolgt. Dank der Göttin!“ antwortete Maeve.

Plötzlich schrie Chada dumpf auf und schlug sich mit den Fäusten an den Kopf. Sie griff in die kalte Asche, die von Blut durchtränkt war und streute sie sich auf das Haupt.

„Chada stand und sah zu! Die fremden Krieger wälzten sich am Boden, doch Chadas Hände sanken nackt herab, denn die Mörder zeigten die geschminkten Kehlen. Die Frauenwaffen stockten, und kein Tod kam über sie. Die Frauen wandten sich ab! Doch die Mörder schlachteten unsere Töchter, töteten die Schwestern, zerfleischten die Körper!“ Chada trat einen Schritt in den Kreis hinein und hob anklagend die Hand. Sie deutete auf ihre jüngste Schwester: „Wo war die Schwester, die Töterin? Die den Stamm einst führen wird? Wo war die Träumerin, als die Töchter starben?“

„Schweig, Älteste!“ Maeve schlug mit der flachen Hand durch die Luft.

In diesem Moment fiel mir auf, daß ich Karuuna unter den herumsitzenden Kindern nirgends entdecken konnte. Auch nicht bei den Toten, und ich mußte unwillkürlich aufatmen. Das Mädchen, die ich in der ersten Schrecksekunde für Anachythas Tochter gehalten hatte, war Chadas Enkelin, die erste Tochter ihrer ältesten Tochter! Chadas Stamm oder Sippe oder wie immer die Nachkommen einer Frau hier heißen mochten, war mit einem Schlag vernichtet!

„Wo ist Karuuna?" wagte ich leise zu fragen.

„Schlimmer als tot! Sie haben alle getötet und dieses Mädchen geraubt. Sie wissen genau, was sie tun. Sie wollen das Band."

„Chada, Tochter, schweig! Danke der Göttin, daß du bei den Frauen stehst!"

Chada stand nun in der Mitte zwischen den acht Toten, und dann schrie sie ihre Klage zu den Balken empor, brüllte, wie ich noch nie im Leben einen Menschen hatte brüllen hören, weder Frau noch Mann. Ich konnte ihre Worte nicht verstehen, doch aus Maeves leiser Übersetzung, die fast wie ein Selbstgespräch klang, konnte ich dem Inhalt folgen:

„Rache! Hier ruft eine Frau aus dem Clan der Schildkröte. Rache! Nie tat das eine von uns! Hel-En, sieh es dir genau an!" Chada war neben den Leichen ihrer Tochter und ihrer Tochtertochter zusammengesunken. Einige Frauen traten heran, wiegten Chada in ihrer Mitte und summten leise.

„Sie töten die Friedfertigen und sie rauben die Seelen, Hel-En. Der Schmerz ändert alle Menschen, und sein Spiegelbild heißt Haß!" Maeve stand verbittert auf. Chada schaute noch einmal mit verzerrtem Gesicht hoch.

„Rache! Schwester! Die Leichen der Kinder sollen im Blut der Mörder baden! Nur du kannst sühnen! Rache! Schwester! Anführerin!" Das letzte Wort schleuderte sie ihrer Schwester verächtlich vor die Füße.

„Achte die anderen!" Maeve trat zornig einen Schritt vor, doch Chada tobte weiter.

„Wo war die Schwester? Im Haus? Wer schützt die Frauen, die nicht töten können, Mutter? Maeves Tochter lebt, Maeves

Enkelin. Und Chadas Sippe?“ Chada stotterte unter Maeves strengem Blick, und die anderen Frauen versuchten sie zu beruhigen.

„Lebt?“ Maeve stieß eine Reihe von Wörtern aus, die ich an ihrem Ton als Flüche erkennen konnte. „Es wäre besser, die jüngste Enkelin Karuuna wäre tot!“

Ich schaute die Alte fragend an. Sie zog mich näher zu sich heran:

„Es gibt verschiedene Wege, die Seele zu rauben: durch Sprechen, durch Schläge – und ein Mädchen zu nehmen wie eine Frau! Die Wanderer bitten die Frauen, sie bitten auch einander um die Zärtlichkeiten der Nacht. Frauen bitten einander, Frauen bitten Schwestern, Brüder, Wanderer, jene, denen sie vertrauen, wenn sie ein Kind in der heiligen Cairn aus der Anderwelt rufen wollen. Die Langbeiner bitten nicht, sie nehmen. Und jene Wanderer, die abtrünnig wurden und die Welt der Göttin verraten haben, tun es ihnen gleich. Schlimmer: Langbeiner und Abtrünnige nehmen nicht nur Frauen; die sind ihnen ebenbürtig. Sie nehmen Mädchen und reißen ihnen so die Seelen aus dem Leib. Das aber macht sie stark in einer Weise, wie die Frauen es nie kannten!“

„Sie vergewaltigen Kinder – Mädchen – ja. Sie tun das bis in meine Zeit. Wir müssen rasch aufbrechen und das Mädchen retten!“

Endlich hob Anachytha das Gesicht und stand taumelnd auf. Langsam trat sie in die Mitte des Kreises, hoch aufgerichtet stand sie neben ihrer Mutter, während Chada weiterhin zwischen den Toten hockte. Ich war zutiefst erschrocken über den verwandelten Gesichtsausdruck und die veränderte Stimme der jungen Frau. In diesem Moment erkannte ich das erste Mal die Qualitäten, derentwillen die jüngste Tochter die Führung des Stammes übernehmen würde. Hier stand Maeves Tochter, eine junge Maeve, beherrscht im Schmerz, wie ich sie verhalten erlebt hatte in der Freude.

„Älteste Schwester! Anachytha, die Jüngste, achtet den Schmerz! Sie rächt Chadas Sippe! Anachytha wird Karuuna finden!“ Sie machte eine Pause und sah nachdenklich auf ihre Schwester herunter. „Wenn ihre Seele verloren ist, wird Anachytha sie erwürgen, eigenhändig! Aber die schwarze Göttin kommt über die Seelenfresser, die Töter! Anachytha findet sie, und wenn sie bis ans Ende der Welt geht!“Sie griff ebenfalls in die Asche und rieb sich das Gesicht ein.

Während dieser Rede hatte Anachytha von sich immer in der dritten Person gesprochen. Doch nun tat sie etwas Neues, etwas, das wohl in diesem Stamm noch nie geschehen war, denn nun verwendete sie öffentlich das Pronomen „ich“. Es war dieses Zeichen dafür, daß Anachytha vieles von dem, was ihre Person ausmachte, bereits von ihren Zeitgenossinnen abgespalten hatte.

„Ich entsage“, rief sie, und Maeve zog erstaunt die Augenbrauen hoch, „meiner Aufgabe als Maeve, Maeves Tochter, bis die Rache erfüllt ist. Ich räche Chadas Sippe, Schwester, und die Toten der anderen!“

Chada fuhr hoch und starrte ihre jüngste Schwester erschrocken an. Ich spürte, daß dieses freiwillige Heraustreten aus der festgefügten Sippenordnung eigentlich eine schiere Unmöglichkeit in dieser Welt darstellte, in der biologische, soziale, politische und ökonomische Funktionen noch eins waren und untrennbar.

„Mein Name schweigt. Chada mag so lange meine Stelle ausfüllen, bis das Blut der Mörder die Leichen unserer Schwestern, Töchter und Brüder badet!“ Anachytha hob ihr Instrument, doch ehe sie es gegen einen Balken schmettern konnte, sprang ich hastig auf und hielt ihren Arm fest. Erst jetzt bemerkte sie überhaupt meine Ankunft, und ihre hellen braunen Augen blitzten mich wie Feuer aus dem asche- und blutverschmierten Gesicht an.

„Wage es nicht, Fremde!“

„Wer wird singen, wenn das Blut versiegt ist und die Leichen in der Erde ruhen? Wollt ihr meine Welt ohne Töne lassen?" Anachythas Arm sank wieder herab, und sie schaute mich an, als sei sie plötzlich aus einer Trance erwacht. Sie lächelte sogar etwas verzerrt unter der Schmutzschicht aus Tränen, Ruß und Dreck.

„Hel-En denkt weiter als wir, deren Blick vom Schmerz getrübt ist. Nimm sie, und hüte sie, bis die Rache erfüllt ist." Danach wandte sie sich wieder ihrer sitzenden Schwester zu, holte eine kleine Figur aus Ton, die sie um den Hals trug, hervor und reichte Chada dieses Zeichen ihrer Würde als zukünftige Stammesführerin. Ungläubig stand die ältere Schwester auf und nahm sie entgegen. Maeve, sichtlich beunruhigt, wollte erst dazwischentreten, besann sich dann aber und zog mich neben sich auf den Boden zurück.

Die beiden Schwestern verließen die Mitte des Kreises und saßen wieder schweigend, wie alle Frauen, mit gesenkten Köpfen um die Toten herum. Viele Frauen hatten ihre Stirnbänder abgezogen, als Anachytha ihren seltsamen Schwur leistete.

Nachdem alle eine Zeitlang schweigend vor sich hingestarrt hatten, erhob sich Anachytha plötzlich und winkte beinahe geschäftig einige Frauen zu sich. Mit einem kurzen Seitenblick zu mir verließ sie mit ihrer Gruppe den großen Raum. Chada und die zurückgebliebenen Frauen zogen nun die Toten aus der Mitte und trugen sie den Gang hinunter.

„Sie starben, ohne es zu wissen. Jetzt werden sie vorbereitet für ihre Fahrt in die Anderwelt. Vorher werden die Kriegerinnen nicht losziehen."

Ich schaute Maeve von der Seite her ungeduldig an.

„Verlieren sie nicht die Spur der Täter?"

Maeve schüttelte den Kopf. „Berichte nun das Unglück aus deiner Zeit." Inzwischen hatte ich mich an Maeves unergründliche Art und Weise gewöhnt, und während ich die Ereignisse der letzten Tage darstellte, nickte sie, als habe sie alles bereits geahnt.

„Hel-En muß Da-Vid, den Diener der Göttin, herausholen und zu uns bringen. Es ist gut, wenn alle zusammen sind unter dem Schutz der Göttin: Kinder, Schwache und das Band."

„So dachte ich auch, aber wird er die Reise ein zweites Mal überleben?"

„Hel-En muß ihn tragen! Gibt es andere, die gefährdet sind?"

Ich stockte und dachte an die Kinder, die in den Pfützen gespielt hatten und die nun, sorgsam behütet, ständig in der Nähe ihrer Mütter blieben. Dann fiel mir Robys Schrei ein, offensichtlich hatte er Brown gesehen, als wir uns in der Küche seiner Eltern beratschlagten. Ich dachte an das schweigsame Kind der Heights. Wußten sie, in welcher Gefahr sie schwebten, wenn wir David den Langbeinern wieder entführten?

„Ein Knabe, Maeve."

„Der Erzeuger ist groß wie ein Baum, und die Mutter trägt flammende Haare wie der Zwerg?"

„Bronte ist nicht der Erzeuger, er ..."

Maeve wischte meinen Einwand ungeduldig beiseite. „Ein Kind aus den Hügeln. Es gibt ... Gesetze ... in Hel-Ens Welt über fremde Kinder?" Ich begriff, was mich die alte Frau fragen wollte, und nickte. Man würde den gleichen Dreh versuchen wie bei David! „Behütet das Kind!" Maeve runzelte nachdenklich die Stirn. „Karuuna, Da-Vid, Ro-By von den Hügeln – sie greifen, was ihr liebt!" Plötzlich sah sie mich fast ein wenig listig an. „Tochter Hel-En", sie legte mir in einer ausholenden Geste den Arm um die Schultern, „folge Maeve unter die Sterne! Der Nachthimmel faßt manches, was die kleinliche Sterblichkeit nicht begreift."

Draußen lehnte sich die alte Frau an den Balken des Windschutzes und schaute zu den Sternen hinauf, deren verstreute Anordnung das einzig Gewohnte für mich in dieser Welt war. Obwohl ich natürlich wußte, daß die neolithischen Menschen die Sternbilder teilweise in ganz anderen Konstellationen sahen und ihnen auch ganz andere Namen gaben als die Menschen meiner Kultur.

„Höre, Hel-En. Maeves Sippe lernte, schon vor langer Zeit, den Ozean der Zeit zu durchkreuzen. Der Clan der Schildkröte durchmaß die Zeit wie vorher die Meere, die Wüstenozeane, die unendlichen Waldgebiete hinter der See. Es nimmt den Menschen viel Kraft. Die Frauen der Schildkröte legten die steinernen Spuren der Vergangenheit, ritzten die Geschichte von Menschen und Sternen in große Tafeln, woben das feine Netz, um irgendwo jenseits der schwarzen abgründigen Zeit ihresgleichen wiederzufinden und die Botschaft weiterzugeben." Sie schaute mich ruhig an, und ich war gespannt, worauf ihre Erläuterung hinauslaufen sollte. „Die Zeit geht zu Ende, Hel-En. Maeve wußte, daß am Ende der Zeit eine Botin aus der Anderwelt auftaucht. Maeve hat dich gesucht und viel auf dieser langen Suche von den Frauen deiner Zeit gesehen und gelernt."

Was wollte sie mir nun erklären? Was konnte so wichtig sein, daß Maeve sich bemüßigt fühlte, in dieser beinahe rituellen Weise mit mir zu reden, während doch jede Minute kostbar war, wenn wir die, die wir liebten, vor den Anschlägen der Langbeiner und ihrer Gier schützen wollten? Ich hockte mich auf einen Steinblock zu ihren Füßen hin, und die Alte strich mir liebevoll, wie einem kleinen Mädchen, über den Kopf.

„Hel-En ist glücklich, nicht wahr?"

„Ich war glücklich, bis ich eure Toten gesehen habe."

Die Alte nickte, als hätte sie meine Antwort im voraus gewußt.

„Maeve hat wenige Worte. Deine Zeit, Hel-En, spricht leichter über das, was sich in den Seelen bewegt. Anachytha hat von deinen Fragen erzählt." Sie lachte verhalten in sich hinein. „Deine Sprache spricht von Gefühlen", sie betonte diese Worte wieder in jener Weise, die mir signalisierte, daß es kein entsprechendes Pendant dazu in ihrer Sprache gab. „Gefühle! Die bringen die Herzen zum Schlagen, toben durch den Magen wie eine Herde Wildpferde, und die Gedärme kochen! Die Menschen deiner Zeit denken mit der Hirnschale, fühlen in ihrem Bauch und arbeiten mit den Händen! Ein Brett geht so quer durch den Leib. Andere Bretter kreuz oder längs. Diese Seelen sind Gerümpelkammern. Dann gibt es unendliche Versuche, darin Ordnung zu schaffen, das nennt Hel-En Kunst!"

Nun mußte ich lachen, trotz all des Schmerzes und der dunklen schattenhaften Gestalten um uns, die damit beschäftigt waren, die Vorbereitungen für die Begräbnisse zu treffen.

„Du hast recht, Maeve. Bei uns sitzt jeder, jede irgendwie allein in ihrer verstaubten, vollgestellten Kammer, und je mehr wir aufräumen, desto trauriger werden wir. Dann gibt es aber noch die Wissenschaft, Maeve – denkende Frauen, wie mich zum Beispiel!"

„Ach, Hel-En!" Die Alte hockte sich nun neben mich und nahm meine linke Hand in ihre trockene Altfrauenhand mit den kräftigen Sehnen. „Auch die Erde ist eine Gerümpelkammer. Deine Leute glauben, sie müßten dort aufräumen! Das ist die Art aller Langbeiner, und dann sieht es eben überall bald so aus wie in den Abfallgruben dort neben den Häusern." Sie deutete hinüber und schüttelte dann den Kopf. „Die Menschen dieser Zeit, Hel-En, haben nur ein Wort für den Innenraum, für die Seele, und nur ein Wort, um die Welt zu erfassen. Das Sprechen und das Sehen sind eins, deshalb ist es schwer, darüber zu reden."

Ich bemühte mich redlich, Maeves Worten zu folgen.

„Aber Maeve und Helen sprechen doch miteinander!" wandte ich ein.

Maeve nickte zustimmend.

„Nicht alle Frauen können so mit Hel-En sprechen. Es ist wieder der Clan der Schildkröte, die Sippe der Zeitenwanderinnen, die Sippe derjenigen, die den Namen Maeve tragen und die großen Tafeln ritzen. Maeve und ihre Töchter reden zu den Fremden nicht in den Sprachen deiner Zeit und nicht in den Sprachen ihrer Zeit. Maeves Worte, als der Hund zu dir kam, weckte die Erinnerung an jene gemeinsame Sprache vor aller Zeit. Hel-En ist aus meinem Clan, eine Tochter der Schildkröte, eine Nichttöterin, ein Kind unseres Volkes und doch auch die Tochter ihrer Zeit." Sie deutete zum Himmel. „Sieh die goldenen Zeichen dort oben; sie bleiben fest stehen, und sie tragen ihre Namen. Die Frauen aller Zeiten sehen sie, die Namen ändern sich, doch die Sterne bleiben!"

„Ist das auch so mit euren Zeichen in den Steinen, die ich gern verstehen würde?"

„Hel-En wird sie lesen lernen, wenn wieder Friede da ist."

„Ich möchte genauer verstehen, wie ihr lebt und denkt. Ich glaube, das ist das eigentliche Band."

Maeve nickte. „Die Langbeiner suchen das Metall. Manche ahnen die Frauenkraft, das Leben, aber das Geheimnis liegt bei den Frauen und nicht im Metall!" Unvermittelt wandte sie mir den Kopf zu. „Du liebst die jüngste Tochter?" Ich war überrascht; die Alte legte mir begütigend den Arm auf die Schulter. „Du liebst in der Art deiner Zeit. Jedes Mädchen sieht es auf der Stirn Hel-Ens geschrieben! Doch was deine Zeit Liebe nennt, ist ein kläglicher Rest dessen, was hier alle Frauen verbindet. Alle Frauen einer Sippe! Es gehört zu uns wie die Luft, das Atmen, Essen, Trinken und Schlafen, auch das Zittern, die Aufregung, das Geschrei in der Nacht!" Sie schaute mich durchdringend an, und ich stotterte verlegen:

„Meinst du das, was wir … erotische Anziehung nennen?"

Maeve lachte abermals. „Deine Zeit, Hel-En, glaubt, daß Freiheit in der Liebe läge! Es gibt keine Freiheit."

„Hast du bei deinen Töchtern, Müttern und Schwestern gelegen, Maeve?"

Die Alte schnippte vergnügt mit den Fingern. „Maeve kennt die Haut aller erwachsenen Töchter und Schwestern! Chada, die Löwin der Haut, Anachytha, zart, still und ruhig. Sie schwebt über dem Lager, und nicht einmal ihre Mutter weiß genau, wo sie ist." Ich mußte wohl den Atem pfeifend eingezogen haben, denn Maeve stieß mich freundschaftlich in die Seite. „Eine Liebende der Fingerkuppen! Deine Zeit nennt Liebe jenes außergewöhnliche Gefühl für eine Frau, hier aber sind alle in jener Weise verbunden!"

„Und erwachsen? Du sagtest, erwachsen sein bedeutet lieben lernen?"

„Manche erhalten die Wahl, Hel-En. Die Alten oft, die Führerinnen. Chada wird nie wählen können, Anachytha vielleicht. Maeve spürt, wie Hel-En die Luft anhält, denn Hel-En möchte gewählt werden, gewählt von Anachytha, der Jüngsten aus dem alten Clan der Schildkröte. Doch sie wird nicht wählen. Du bist eine Fremde, und ehe sie erwachsen ist, werden die Frauen das Meer erreichen und hinüberfahren, auf der endlosen Flucht vor den Langbeinern. Wenn die Sippe den Sonnenuntergang erreicht, geht Maeve in die andere Welt. Die Suche und die Jagd haben Maeve zur Greisin gemacht. Die Falten im Gesicht der jüngsten Tochter scheinen so jung, so tief, so neu und so alt zu sein wie die Falten in Hel-Ens Gesicht. Sie blättern sich sternförmig auf in den Augenwinkeln, lächeln scheinbar gleich viele Sommer an. Und doch haben Hel-Ens Augen mehr Sommer gesehen als die Augen der Tochter und werden noch viele Sommer erleben, ehe sie sich schließen!"

Für Menschen, deren Durchschnittsalter höchstens um die vierzig Jahre lag, mußte ich – die Doktorandin im achtzehnten Semester – beinahe schon eine alte Frau sein, und Anachytha hatte in Wirklichkeit nicht länger gelebt als bei uns eine Abiturientin! Es waren das rauhere Leben, die ständigen Winde, das viele Arbeiten im Freien, die holzdumpfen, rauchigen Innenräume, die sie schneller altern ließen als mich. Vielleicht kam auch eine genetische Andersartigkeit hinzu, ähnlich der Linkshändigkeit oder der instinktiven Tötungshemmung.

Maeve stand auf und führte mich behutsam an den dunklen Pfützen vorbei um den Platz herum. „Hel-En will von Anachytha lernen! Vielleicht lernt die jüngste Tochter schon diesseits des Meeres zu wählen, vielleicht auch nicht. Sie ist anders als Chada – als die Frauen hier. Auch Hel-En ist anders als die Frauen ihrer Zeit. So begegnen sich die jungen Frauen zwischen den Zeiten! Anachytha tötet bereits wie die Langbeiner und trägt das Zeichen der Abgeschlossenheit auf ihrer Stirn wie die meisten Menschen deiner Zeit. Hel-En ist eine Nichttöterin, und die Liebe meiner Sippe überfällt sie wie ein …", sie stockte kurz und suchte nach einem Vergleich, „… ein Bauchweh! Hel-En und Anachytha sind Brücken zwischen den Zeiten. Maeve wünscht dir sehr, daß sich die Brücken kreuzen!"

Wir standen außerhalb des Dorfes, und ich hatte für Momente wieder das Gefühl, die Sterne stürzten auf mich herab. Die Kelten, so las ich einmal, fürchteten nichts mehr, als daß der Himmel auf sie niederstürze. Vielleicht hatten sie diese Angst bereits von den vertriebenen Völkern übernommen, die vor ihnen hier lebten und die sie mit in den Untergang trieben!

„Die Langbeiner wollen andere besitzen. Sie suchen ein sicheres Nest im Herzen der Geliebten – das nennen sie Liebe. Die Frauen meiner Zeit verbindet etwas anderes. Die jüngste Tochter ist bereits zwischen den Zeiten, sie tritt aus der festgefügten Ordnung, aber Chadas Haß sitzt tiefer, denn Chada kann keine Grenzen sehen. Die Haut ihrer jüngsten Schwester aber ist diese Grenze."

„Du meinst, sie hat sich ihr … wir würden sagen: verweigert?"

Maeve nickte nachdenklich.

„Chada mußte lernen, daß einige ihr bereits verschlossen bleiben, daß die größte Kraft ihrer Liebe niemals das Herz der jüngsten Schwester öffnen wird. Chada kennt nur eine Grenze: Anachythas Haut!"

Ich stieß den Atem heftig aus. Letztlich war das, was seit Freud als Grundregel für alle primitiven Völker angenommen wurde, das Inzesttabu, hier nicht nur außer Kraft gesetzt – nein, ganz im Gegenteil, es gab überhaupt keine andere Möglichkeit, Erotik zu entwickeln, als über die Blutsverwandschaft!

„Eines Tages vielleicht wird Hel-En die ältere Schwester für Anachytha sein!" Wir standen auf einem Stück frisch gerodeten Ackers unterhalb der Terrassen, auf denen am späten Vormittag der Überfall stattgefunden hatte. „Anachythas Weg ist vorbestimmt. Es gibt keine Freiheit, von der sie vielleicht träumt, und Hel-En findet nicht die Sicherheit in ihrem goldenen Herzen!"

Wie eine graue Fellwolke aus dem schwarzen Nichts kam Harras angerannt, das grüne Band um seinen Nacken glitzerte im Sternenlicht. „Geh jetzt, Hel-En, rasch! Und trage den Zwergenkönig zu uns!"

Die Alte drehte sich um und ging über den Acker ins Dorf zurück. Ich stieg die Hügel hinab wie schon so oft in den letzten Tagen.

Gerade hatte ich jene Stelle erreicht, an der zu meiner Zeit die touristenfreundlichen Treppchen an der Cairn angelegt worden waren, noch war ich aber in Maeves Zeit, denn ich sah die Treppchen nicht, und einige der neolithischen Mäuerchen versperrten mir den Weg. Plötzlich knurrte Harras, und unter meinen Händen richtete sich sein Rückenfell auf wie die Bürste auf einem Wildschweinrücken. Ein Schatten tauchte hinter einem Mäuerchen auf, als hätte er mir aufgelauert. Grinsend versperrte mir der Anstaltsleiter – nun allerdings im Lederhabit der Streitaxtleute der Langbeiner – den Durchgang zum Touristentreppchen.

Erschrocken sprang ich zurück, doch er folgte mir mit gehässigem Blick.

„Faß, Harras! Faß!" rief ich, und der Riesenhund duckte sich wie ein dunkler Löwe, alle Muskeln angespannt, neben mir zum Sprung.

Der Anstaltsleiter hob beschwichtigend die Hand: „Keine sehr freundliche Begrüßung von Zeitenwanderer zu Zeitenwanderer."

„Verschwinden Sie!"

„Oh nein, ich überbringe mein letztes Angebot. So von Langbeiner zu Langbeinerin!"

„Ich bin nicht wie Sie!"

„Tatsächlich? Keine schwülen Träume, der Clanprinzessin das Hemdchen aufzureißen und sie hinter den neolithischen Ginster zu zerren?"

„Nein!"

Wie kam er hierher? Wieso konnte auch er durch die Zeiten reisen? Woher hatte er diese Kraft? Ich starrte ihn sekundenlang schweigend an, und er beantwortete meine innerlichen Fragen, als hätte ich sie ihm laut entgegengeschleudert.

„Schon wieder muß ich Ihnen so viel erklären, aber ich tue es, denn ich gebe die Hoffnung nicht auf, daß Sie vernünftig werden. Sie werden das Rad der Geschichte, das wir so schwungvoll vorantreiben, auch nicht zurückdrehen können, mein Fräulein. Irgend etwas ruckelte, vor vielen Generationen und weit entfernt von hier, durch die Sippen der Langbeiner: Wir lernten, Milch zu trinken und Menschenblut. Und wenn man eine Frau aus dem Clan der Zeitenwanderer raubt und gebraucht, so kann es passieren, daß das Söhnchen tatsächlich auch zeitenwandert. Ist das nicht fein? Heute schonen wir das Mädchen, denn sie soll Zeitenwanderer werfen, und da wollen wir sie nicht vorher abnutzen! Und wir erfanden das hier." Triumphierend hob er einen schimmernden Gegenstand über seinen Kopf: eine mächtige geschmiedete Bronzeaxt, nicht beidseitig wie die steinernen Doppeläxte der Frauen, sondern schmal und scharf in eine Richtung blickend – ein Beil, um andere zu töten, ohne daß die rückschwingende Schneide die eigene Stirn berührte.

„Man kann sie auch werfen!" flüsterte er und ließ sie mehrmals mit feinem Sirren über seinem Kopf kreisen, dann flog die tödliche Waffe durch die Luft und landete krachend in einem Baumstumpf.

„Und gleich gibt es neue! Gegossen aus Metall! Alle gleich, so wie wir – unendlich viele!“ Er zog unter seiner Lederjacke ein zweites Beil hervor, und ich sah, daß unter seinen Gürtel noch vier weitere Bronzeklingen geschoben waren.

„Oder das hier …“ Er beugte sich vor und hob einen mächtigen Bogen hoch, der beinahe so groß wie sein ganzer Körper war. Die Pfeile hatten schimmernde bronzene Blattspitzen. „Geht durch größere Körper: Antilopen, Pferderücken und menschliche Schulterblätter!“

Ich schaute ihn und seine Vernichtungswaffen entsetzt an. Hatten wir dagegen eine Chance?

„Eure Wanderer laufen euch in Scharen weg, denn bei uns muß kein Mann fragen, und wir schenken jedem tapferen Kämpfer mehrere Frauen zu seinem Spaß.“

„Sie können nicht töten, was nützen sie euch?“

„Aha! Die Lady entwickelt wissenschaftliches Interesse! Ich wußte doch, alle Langbeiner sind zu ködern, auch die edle Krüppelfreundin“, höhnte er, und ich verfluchte mich innerlich, auf ihn eingegangen zu sein.

„Sie raufen und schlagen ganz anständig, und viele Hunde sind des Hasen Tod. Sie lernen auch schnell, und einige sind ganz wackere Schlächter mit ihren grusigen kleinen Steinbeilchen, wenn's drauf ankommt.“

Er starrte mich boshaft an und schwieg eine Weile, und auch ich hielt den Mund, denn ich wollte mir keine Blöße mehr geben. Schließlich fuhr er fort: „Es gibt keine Chance für diese Leute hier“, er machte eine weite, den Hügel umfassende Geste. „Nehmen Sie Ihrem verdammten Riesenköter das Band ab, und her damit! Ihr Zwergenkönig wird entlassen, Sie haben ein gutes Werk getan, und die Geschichte läuft weiter wie gehabt.“

„In den Abgrund! Wenn Sie zeitenwandern können, dann wissen Sie auch, was aus der Welt in Männerhänden geworden ist.“

„Das ist der Preis des Fortschritts, vorausgesetzt, keine nostalgiebesessene Romantikerin kommt uns dazwischen!"

„Aha! Die Kelimgeschichte!"

„Mit dem Band werden wir Ihnen keine Ruhe lassen. Ihre wissenschaftliche Reputation können wir vernichten, Ihre Arbeit schlechtmachen, Sie durch die Prüfungen fallen lassen." Er bleckte die Zähne, der feine Herr Doktor Zeitenwanderer.

„Das hat seine Grenzen! Ich bin ja nicht alleine in meiner Zeit, es gibt andere Frauen!" Ich merkte, daß ihm dieser Gedanke Unbehagen bereitete, aber er riß sich schnell wieder zusammen und fuhr mit triumphierend erhöhter Stimme fort:

„Wenn Sie mir nicht glauben: Ich habe noch eine sehr überzeugende Sache für Sie." Er pfiff, und ich hörte das Donnern von Hufen. Tatsächlich! Ein für meine Verhältnisse nicht so großes Pferd kam hinter einer Bodenwelle hervorgaloppiert, stoppte, neigte vor seinem Besitzer den Kopf, und mit einem Satz saß der Anstaltsleiter auf, den Bogen in der Hand, das Bronzebeil griffbereit und eine lange Lanze in einem Köcher längs des rechten Vorderbeines seines Reittieres.

„Die Erfindung der Geschwindigkeit! Wir sind schneller, stärker, skrupelloser: dem Mächtigen gehört die Welt! Sie haben auf das falsche Pferd gesetzt, Lady Wissenschaft, im wahrsten Sinne des Wortes!" Er lachte mich von oben herab an.

„Also?" Er streckte die Hand herab, und ich ahnte, wir hatten tatsächlich keine Chance zu siegen – als Nichttöterinnen, ohne Metallwaffen, ohne Pferde. Sie würden die Welt mit ihresgleichen überschwemmen: Kinder zeugen und Waffen gießen ohne Zahl. Doch es gibt zwei Arten zu verlieren: passiv hingestreckt und still oder schreiend, kämpfend und bis zum Schluß die eigene Würde wahrend, denn diese Würde ist die Hoffnung der einzelnen, und wer die Würde verliert, verliert sein Leben.

„Nein!" rief ich. „Nein! Danken Sie dem Schicksal, daß Sie da oben sitzen. Ich hätte meinen Hund viel früher auf Sie hetzen sollen! Doch dazu sind wir leider doch zu gut!"

Und ohne ein weiteres Wort lief ich an ihm vorbei; die Touristenstufen entfalteten sich unter mir am Hang, und ich beschloß, niemals irgendeiner von Maeves Frauen von dieser Begegnung zu erzählen.

Fairy Farmers Hof lag in der Dunkelheit, und alle schliefen bereits. Doch eine freundliche Hand hatte mir einen Zettel an die Caravantür geklebt:

„Es ist halb zwölf, wir gehen schlafen! Du bist seit zehn Stunden wieder verschwunden. Paß gut auf dich auf! Irgendwer ist heute ein paarmal über den Hof geschlichen, und Roby weigert sich beharrlich, alleine draußen zu spielen. Ich habe Angst um ihn! Wir hoffen, dich morgen zum Frühstück zu sehen. Das Moped steht bereit! Gute Nacht. Emily."

Seltsame schwarze Wolkenbänder flatterten vom Westen her vor den Mond, und von weit her – von Sligo vielleicht und der Atlantikküste – wachte eine Brise auf. Ein fremder Wind durch die Nacht.

SIEBENTE TAFEL

Ich, MAEVE, MAEVES Enkelintochterenkelinkind, ritze unsere Erinnerungen in Stein auf die großen Tafeln, die wir in den Gräbern und an den Sternenstraßen aufstellen, auf daß jene, die nach uns hier stehen, Töchter und Enkelinnen, sich unserer erinnern und der Zeit, da wir lernten, unser Wissen zu bewahren.

Dies aber ist das Wissen der fliehenden Frauen, die immer weiter im Westen eine neue Freiheit suchten.

Dies ist das Wissen der Gleichheit, des ausgewogenen Lebens zwischen Mensch, Pflanze, Stein und Tier. Dies ist das Rad der Wiederkehr und das Lebensbäumlein des Herab und Herauf, wie Ähren fallen und neu wachsen in jedem Jahr.

Dies ist der Kreis unserer Welt und der vier Richtungen des Lebens:

Voraus die Sehnsucht, die hoffnungsvolle Flucht, und hinter uns die Angst, der Verlust. Rechts ist das neue Leben, die fremden Gelächter und Gedanken, links aber schlägt das Herz, ruht das Wissen der alten Zeit, die Liebe zur Welt.

Also setzen wir den Steinkreis weiter, daß Sonne und Mond die Schatten werfen und unsere Zeit messen von der Geburt bis zum Tod das Jahr hindurch.

So setzen wir die Straßen, die in den Horizontpunkten zusammenlaufen, oder andere Bilder, die uns die Zeiten lehren.

So bezeichnen wir die heiligen Plätze auf dem Boden, der uns nährt, denn nicht nur Kräuter heilen, auch Bäder und Bewegungen. Die Erde selbst ist unsere Heilung, und viele Orte nähren uns wie die Brüste der Mutter.

So stellen wir die Menhire auf, die Schattenwerfer, die Energiesammler, herab aus dem All in die Welt und heraus aus der Erde in das All.

Und wo auch immer wir fliehen, wird das unser Leben sein, unsere verlorene Aufgabe, unser Erinnern, denn der Stein überdauert alle Sterblichkeit, und ihre stärksten Rosse können nicht die Steine schleifen, die wir aufrichteten!

Immer wieder brechen wir auf, vertrieben bald an den Rand der Welt, das große Meer, das nirgends hinführt, es sei denn zum Paradies, zur freien Insel seliger Frauen. Doch im Aufbruch bleiben die Steine stehen, Kristall gewordene Erinnerungen, und berichten auf ewig von der Vertreibung der Mütter aus ihrer Welt!

Der Sänger von Sligo

Die Pflanzen

Siehe, so beklage ich mein Geschlecht,
Das weiße, aufrechtgehende,
Das Geschmeiß dieser Welt,
Krebsgeschwür an der Mutter Brust.

Still hänge ich meine Harfe in die grünen Arme.
Gab es sie einst, lebendige Farbe Grün?
Gab es das Zittern der Gräser, weithin lebendes Meer?
Gab es die Wälder, die stillen Verstecke?
Oder die Rosen, stärker als jedes liebende Wort?

Dahin die weichen Matten, fußschmeichelnde Wiesen und kühlendes Moos.
Dahin das Feuer der Pflanzen, Astern im Abend des Jahres,
Pracht, Leben und Leichtigkeit.
Die Poesie bunter Träume, nie von Menschen Hand gemacht,
Und jene Nahrung, die unsere Füße auf den Boden stellt.

Verloren, was uns nährte und trug.
Dosensplitter schneiden die Hände wund,
Blech spielt Schöpfung,
Künstliche Nahrung schmerzt den Darm.

Siehe, so beklage ich mein Geschlecht,
Das weiße, aufrechtgehende,
Das Geschmeiß dieser Welt,
Krebsgeschwür an der Mutter Brust.

Vorsichtiges Klopfen weckte mich. Als ich müde und zerschlagen die Nase über den Rand der Koje streckte, sah ich den kleinen Roby, der ein Tablett mit heiß duftendem Kaffee und Spiegeleiern vorsichtig die Stufen hinaufbalancierte. Rasch sprang ich auf und nahm ihm die Last ab.

„Na", fragte ich und lächelte, „was bringst du Gutes?"

„Hel-En, Mit-Tag!" Er faßte mich in eindringlicher Weise an der Hand und wollte mich gleich aus dem Wagen ziehen. „Hel-En, Da-Vid!" Er packte mich nun an beiden Handgelenken, kreuzte sie übereinander und zerrte weiter an mir. Ich schaute ihn erst verständnislos an, dann dämmerte mir die üble Erkenntnis: „Roby, meinst du, Dr. Brown war da und wollte dich mitnehmen?" Roby nickte heftig.

„Doc! Ro-By! Da-Vid! Mit-Tag!"

„He, halt! Schau mal. Helen ist doch noch in der Unterwäsche, und vielleicht frühstückt sie erst?"

„Guten Morgen!" Emily rief von draußen herein. „Zweiter Tag! Der Countdown läuft!"

„Vor Einbruch der Dunkelheit können wir ohnehin nicht los! Wieviel Uhr ist es?"

„Zwei. Die ersten vierundzwanzig Stunden sind fast herum!"

„Komm rein."

„Wir haben Harras heute morgen herausgelassen. Ich hoffe, es war dir recht."

„Gut." Ich berichtete Emily, was ich in Maeves Dorf vorgefunden hatte, und sie schüttelte entsetzt den Kopf.

„Werdet ihr denn sicher sein?"

„Vermutlich schon. Aber Maeve sagt, daß ihr Roby keinen Augenblick aus den Augen lassen sollt! Vor allen Dingen dann nicht, wenn ich mit David verschwunden bin." Ich berichtete Emily, was Roby mir versucht hatte mitzuteilen, und sie nickte bestätigend:

„Ja, ich sehe das auch so. Dr. Brown muß es irgendwann heute früh, als wir im Stall waren, wieder versucht haben. Den zeig ich an!"

„Auf die Aussage eines stummen Kindes hin?"

„Du hast recht, Helen. Ich werde unser Kind heute keinen Moment mehr alleine lassen, und morgen, wenn ihr in der Anderwelt seid, bringe ich ihn nach Dublin zu guten Freunden in Sicherheit. Und diesen Brown, diesen falschen Hund und Komplizen – irgendwann erwischen wir den schon!"

Harras knurrte unwillig, als er das Hundeschimpfwort hörte. Emily beugte sich herunter und schüttelte ihn liebevoll am Nackenfell. „Du bist doch nicht gemeint, mein Lieber. Ist ja schon gut!" Sie nahm einen Schluck Kaffee. „Denk mal, jetzt habe ich den ganzen Morgen mit ihm das Wort ‚Mittag' geübt. Es ist das erste, das kein Name ist."

„Außer ‚weg!'" lächelte ich etwas melancholisch.

Dann steckte Patrick seinen Kopf herein.

„Na, Lady? Ich höre, es gibt etwas zu tun?"

„Zuerst fährst du zu Mrs. Dean. Sie soll in der Anstalt anrufen, Schwester Mary verlangen und fragen, ob sie heute Nachtdienst hat. Wenn nicht, verschieben wir die Aktion auf morgen, aber das ist knapp. Vielleicht kann sie es einrichten. Ist dein Rad stabil?" Patrick nickte gespannt, und ich erläuterte ihm meinen Plan. „Und richte Mrs. Dean noch aus, daß sie im

Dunkeln herüberkommen soll mit Kleidern für David: warme Unterwäsche, einen warmen Trainingsanzug, Regenschutz und feste Schuhe. Alles möglichst dunkel!"

Begeistert fuhr er los. Roby spielte gespannt mit den Karabinerhaken, die bereits auf dem Tisch lagen.

„Du willst ihn wirklich mit Gewalt da rausholen?"

„Warum nicht? Sie haben ihn ja auch mit Gewalt dort eingesperrt!"

Dann begann ich, mein Gepäck zu sortieren: Rechts lagen nun die festen Seile aus Brontes Landwirtschaft, die Karabinerhaken und einige breite Lederriemen. Dazu eine Taschenlampe, ein Taschenmesser mit Glasschneider. Links stapelte ich das kleine Häufchen für den Ausflug in die Anderwelt – wenig, denn neben David konnte ich nicht viel mehr auf meinen Rücken laden.

Als es dämmerte, begann ich mich herzurichten. Roby hatte die ganze Zeit im Wagen gesessen und fasziniert meine Vorbereitungen beobachtet.

Ich zog einen dunkelblauen Trainingsanzug über und einen schwarzen Rollkragenpullover, den ich zur Not bis über die Nase hochziehen konnte. In eine Tasche steckte ich das Schweizer Taschenmesser mit Glasschneider, Ahle und Schere. Ich schlang mir die Seile quer um den Körper, zog einen breiten Ledergürtel an, der sonst meinen einzigen Rock festhielt, und steckte einen schweren Schraubenschlüssel aus Brontes Werkzeugkasten hinein. Ich war bereit, David unter allen Umständen herauszuhauen – ja, insgeheim hoffte ich fast, diesem widerlichen Doktor mit seiner schleimigen Stimme zu begegnen und ihm im Schutz der Dunkelheit und in meiner schwarzen Räubermontur kräftig einzuheizen!

Wie alle großen Wachhunde spürte Harras, daß Abenteuer in der Luft lagen.

„Das ist kein Spaß!" murmelte ich dem Tier und Roby zu, als sie mich als schweigsame Eskorte über den Hof begleiteten.

Emily und Bronte zogen nur anerkennend die Augenbrauen hoch, als ich, so bekleidet, ihre Küche betrat.

„Zum Klettern!“ Bronte reichte mir ohne viele Worte ein paar feste Arbeitshandschuhe.

„Du bist ein ganz anderer Mensch!“ rief Emily anerkennend. Patrick lümmelte am Küchentisch.

„Das ist ja was ganz anderes! So gefallen Sie mir am besten!“ Er lachte breit und winkte mit einer Brotkante. „Sie sind noch besser als bei der Suche neulich im Nebel!“

„Bist du sicher, daß du mich halten kannst?“

„Na klar doch!“ Er stand auf, krempelte die Ärmel hoch und ließ stolz seine Muskeln spielen. „Aber wohin fahren Sie dann mit Dave?“ Er schaute mich fragend an. „Der ist doch auffallend. Wer pflegt ihn, wer bringt ihn aufs … äh … Scheißhaus und so?“

„Vermutlich die Feen!“ brummte Bronte und legte Patrick die Hand auf die Schultern.

„Nicht das schon wieder!“ Er schlug sich die Hand an die Stirn. „Und wenn euch das Dach überm Kopf abbrennt, ihr faselt von den Feen!“

Dann kam Margaret herein, einen kleinen Koffer mit Daves Sachen dabei.

„Wohin bringen Sie ihn?“

„Zu den Feen“, Patrick schüttelte den Kopf. Margaret sah uns ungläubig an. Ich lenkte sie rasch ab, indem ich nach Mary fragte.

„Ja“, Margaret stellte den Koffer hin und setzte sich gegenüber an den Tisch. „Sie hat Nachtdienst, und ich denke, sie ahnt, was ihr vorhabt. Sie sagte, ich soll mir keine Sorgen machen, ihr Vater ist hier aus dem Dorf. Du kennst ihn, Emily. Der kleine Alte, der auf eurer unteren Weide Löwenzahn für seine Kaninchen sticht.“

„Dann ist ja alles in Ordnung.“

Draußen war es dunkel geworden. Emily schaute auf die Uhr.

„Fahren wir?"

Patrick sprang entzückt auf, klatschte sich eine dunkle Kappe auf die roten Haare und lief mit einem fröhlichen „Bis bald!" aus der Küche. Wir hörten, wie sein Motorrad knatternd ansprang, und Sekunden später röhrte die Maschine aus dem Hof.

„Viel Glück!" Bronte begleitete Emily und mich zum Auto. Mrs. Dean sah uns aufgeregt aus dem Fenster nach. Roby stand vor ihr auf der Fensterbank und winkte uns gespannt zu.

Auf der Umgehungsstraße kurz vor Mulingar überholten wir das Motorrad, und einige Minuten später stieß Patrick ein paar hundert Meter vom Tor der Anstalt entfernt im Schatten der Mauer zu uns.

Emily verließ das Auto und postierte sich auf halbem Weg zwischen dem Tor und ihrem Wagen, während Patrick und ich leise das schwere Moped in den Park hineinschoben. Offensichtlich rechnete hier niemand mit ungebetenen Eindringlingen, denn das Tor war nicht einmal zu, geschweige denn abgeschlossen. Das hatte Patrick im Laufe des Tages schon herausgefunden. Was sollte es hier auch zum Stehlen geben – bei den armen Leuten, denen ja oft sogar die Namen abhanden gekommen waren?

Bronte hatte mir noch eine dunkelblaue Pudelmütze geschenkt, in die er Löcher für Nase und Augen geschnitten hatte, und so schlich ich nun wirklich wie eine Bankräuberin durch den Park.

Wir mieden die knirschenden Kieswege und bewegten uns quer über die Wiesen, von Buschgruppe zu Buschgruppe durch die Schatten der hohen alten Bäume. Wenn man am Morgen die tief eingedrückten Radspuren entdeckte, würden David und ich – hoffentlich – schon einige tausend Jahre von hier entfernt sein!

Wir brauchten eine Zeit, bis endlich das einstöckige Gebäude im rückwärtigen Teil des Parks aus dem Nachtschatten auftauchte. Eine trübe Bogenlampe warf ein mattes Licht über den Eingang.

„Nicht mehr lange!“ murmelte Patrick, lehnte das Moped in einiger Entfernung an einen Baum, huschte vor das Haus und nahm einige Kieselsteine vom Weg auf. Nachdem er mit leisem Schimpfen mehrmals danebengeworfen hatte, machte es plötzlich „klack!“, „klirr!“ und „zisch!“, und der Eingang lag in völliger Dunkelheit da.

Hinter den Büschen warteten wir eine ganze Weile, aber nichts rührte sich. Die sedierten alten Menschen schliefen tief, und Schwester Mary hatte sich bestimmt aus Sympathie dicke Wattepfropfen in die Ohren gesteckt!

„Okay!“ nickte ich. Wir schoben das Moped an die Hauswand heran und lehnten es dagegen. Dann kletterte Patrick vorsichtig hinauf, stellte sich auf den Sattel und lehnte sich gegen die Wand. Vorsichtig wackelte er versuchsweise ein paarmal mit den Füßen, doch er schien ziemlich sicher zu stehen.

„Kannst rauf, Miß Wissenschaft!“ grinste er. Ich stieg vorsichtig auf den Rahmen, dann neben Patrick auf den Sattel. So standen wir eng nebeneinander, und während er alles im Gleichgewicht hielt, wickelte ich das Seil von der Schulter und befestigte einen kleinen mehrzinkigen Haken an seinem Ende. Nach einigen Wurfversuchen hatte ich es geschafft. Der Haken hing irgendwo oben in der Dunkelheit fest und löste sich auch trotz mehrfachen kräftigen Zerrens nicht.

„Ich probier es!“ flüsterte ich, und Patrick nickte. Er stemmte sich mit dem Rücken fest an die Wand, und ich stellte einen Fuß in seine gefalteten Hände und zog mich hoch. Für einen Moment hing ich an dem verankerten Seil, das sich gefährlich knirschend spannte, dann gab mir Patrick einen Schwung, ich packte rasch mit einer Hand das Vordach, zog mich weiter und hangelte mit der anderen Hand nach. Dann schob er mich ganz hinauf, so daß ich mit dem Bauch auf dem Vordach liegenblieb. Unten hörte ich, wie er rasch auf den Boden sprang, die Maschine neu im Boden verankerte und wieder hinaufkletterte.

„Du kannst weitermachen!“ flüsterte er, und ich kniete mich vorsichtig hin und schaute zum Fenster hinüber.

Das Fenster war tatsächlich nur angelehnt! Ich rutschte heran und sah David auf dem Bett sitzen, soweit die Riemen das zuließen. Ich stieg vorsichtig hinein und huschte hinüber.

„Mary hat das Schlafmittel ins Klo gespült!“ Er lachte leise. „David ist knallwach und ohne Kopfschmerzen! Wohin soll die Reise gehen?“

„Psst, du alter Quasselkopp!“ flüsterte ich, zog mein Taschenmesser heraus und begann so rasch wie möglich die Riemen durchzuschneiden.

„Kwasselkoup!“ Er lachte glücklich über den neuen Ausdruck.

„Wer hat das Fenster aufgelassen?“

„Mary. Sie murmelte etwas von frischer Luft heute nacht und daß es immer so einen Mief hier gibt. Das ist vielleicht ein feines Mädchen!“

„Feine Frau!“ betonte ich. David befreite sich aus den Schlingen und rutschte leise auf den Boden. Ungeschickt nach der langen Liegerei, tapste er auf das Fenster zu. Ich war froh, daß wir nicht durch eine zersplitterte Glasscheibe klettern mußten, denn es war klar, daß ich ihn anheben mußte. Ich schob ihn, so leise ich konnte, auf das Fensterbrett, setzte mich dann neben ihn, ließ mich auf der anderen Seite herab und hob David auf das Vordach herunter. Auf allen vieren rutschten wir dann an die Kante des Daches.

„Kannst du überhaupt klettern?“ Ich schaute die kleine gedrungene Gestalt plötzlich erschrocken an. Ich hatte in der Eile gar nicht daran gedacht, daß ja für David diese zweieinhalb Meter eine ganz andere Höhe bedeuteten als für mich. Ein Sturz vom Seil würde ihm sicher das Genick brechen.

„Keine Sorge! Wir können fliegen!“ Mit meiner Hilfe ließ er sich vorsichtig auf den Bauch nieder, packte dann das Seil mit einer Hand, während ich die andere hielt. Dann hangelte er sich vorsichtig herab, bis Patrick leise rief: „Hab seine Füße!" und David bis auf den Boden gleiten ließ.

Als Patrick wieder auf dem Moped stand, löste ich den Haken und das Seil, warf alles hinunter und legte mich wie David vorhin auf den Bauch und ließ die Füße über die Kante baumeln.

Endlich spürte ich Patricks Handballen unter einer Ferse, dann die Hand unter dem anderen Fuß.

„Okay!" rief er, und für Sekunden frei hochgestemmt wie eine Zirkusartistin, ließ ich mich langsam an ihm vorbei herab.

„Spring!" flüsterte er, und ich ließ los, landete im Kies und federte glücklich nach.

„Puh!" David stieß die Luft aus.

Wir setzten David auf das Motorrad und rannten so schnell es ging wieder auf den Ausgang zu.

Als ich mich umwand, sah ich, wie ein Licht in dem Gebäude anging, ein Vorhang bewegte sich, und ich meinte eine Gestalt zu erkennen, die uns nachwinkte.

Diesmal kannten wir uns in dem ungepflegten Parklabyrinth schon besser aus und erreichten das Tor schneller als erwartet. Keine Alarmanlage ging los, und keine suchenden Stimmen hallten hinter uns, als wir durch das Tor liefen, zum Auto hinüber, David hineinstopften und Emily schon den Motor anließ. Mit einem triumphierenden „Hehe!" preschte Patrick bereits durch die stillen nächtlichen Straßen davon, und wenige Sekunden später folgte Emily mit quietschenden Reifen.

Während wir bei der Befreiungsaktion waren, hatten uns die Heights den größten Rucksack aufgetrieben, den sie finden konnten. Gleich nach unserer Ankunft am Feenbauernhof fing Mag an, leise zu schluchzen, als sie sah, wie wir David hineinhoben, der nun doch ziemlich ermüdet war von all den Aufregungen. Er hockte sich so hinein, daß nur der Kopf, die Schultern und seine Ärmchen herausschauten.

„Nicht weinen, Schwesterlein!“ murmelte er und tätschelte ihre angegrauten Locken. Margaret hatte sich vor den Rucksack auf den Boden gehockt.

„Wohin geht ihr? Warum? Warum so weit?“

„Wenn du es wüßtest, würden sie dich vielleicht wegen Wahnideen einsperren! Wir gehen die Feen besuchen!“ David zwinkerte mir verschwörerisch zu. Patrick, der am Küchentisch Kaffee trank, prustete verzweifelt wegen so eines Aberglaubens.

„Wieso könnt ihr denn nicht nachgeben? Helen, geben Sie ihnen doch das verdammte Halsband!“

„Ich kann nicht, Mrs. Dean! Es gehört mir nicht, es gehört niemandem.“ Ich setzte mich neben die beiden Geschwister auf den Boden, inzwischen auch müde, aufgelöst und sehr zerrissen angesichts all der verletzten Menschen, die mir auf einmal in beiden Welten begegnet waren. Handelte ich wirklich richtig? Verfolgte ich nicht einen Traum, die atavistische Idee längst verstorbener Eingeborener?

Vorbei war mein Traum von einer romantischen Reise mit den Eingeborenen einer versunkenen Zeit, die Unbeschwertheit einer seltsamen Anziehung, die Liebe über alle Zeiten hinweg. Maeves ernsthafte Worte über die Verschiedenartigkeit unserer Kulturen hatten mir die Augen geöffnet. Eine Eskimofrau oder eine Frau aus Innerafrika standen mir vermutlich als Zeitgenossinnen tausendmal näher als Anachytha und ihr Clan.

„Sie morden, wo sie nur können, um ihre Pläne durchzusetzen! Sie verschonen weder Frauen noch Kinder, noch unschuldige Wehrlose wie Ihren Bruder!“ versuchte ich Mrs. Dean zu erklären.

„Aber warum nur? Warum?“ Margaret Dean schüttelte den Kopf.

„Eine alte Frage.“ David bedeutete uns, die Verabschiedung zu beenden. Er hatte Tränen in den Augen und den Mund fest zusammengepreßt.

„Unsere Mutter hat ihn mir anvertraut. Er ist mein ein und alles! Ich habe keine Kinder, keine Arbeit." Ihr Kopf sank vornüber in Davids Ärmchen, und er warf mir einen traurigen Blick zu.

„Es wird mir schon nichts passieren da, wo wir hingehen! Deswegen schleppt mich doch auch diese arme, zarte Wissenschaftlerin über die Berge, damit das hehre Bübchen heil ankommt!" Er zog ihr Gesicht wieder hoch. „Wir schaffen das schon. Da, wo wir hingehen, weinen Frauen um ihre Kinder, ängstigt sich eine um ihr kleines Mädchen. Sollen diese Langbeiner denn auf ewig ungeschoren bleiben? Wir kommen zurück – das Band in der Hand!" Margaret sah mich zweifelnd an.

„Können Sie das versprechen, Helen? Beim Andenken an unsere Mutter? Schwören Sie, daß Sie meinen Bruder hüten, als wäre er Ihr eigenes Kind!"

„Ihr Geliebter, ihr Geliebter!" krähte David, doch Emily, die gerade mit einem gefüllten Brotbeutel herankam, stieß ihn an.

„Du eingebildeter Zwerg! Hast du denn immer noch nicht bemerkt, wo Helen ihr Herz verloren hat?"

„Oh, ja, die Prinzessin Goldhaar! Ich freue mich schon, sie näher kennenzulernen!" Er blinzelte mir zu, und ich brummte bitter vor mich hin. Mag erhob sich und nahm meine Hände in die ihren.

„Schwören Sie es?"

„Ja. Beim Andenken an unsere Mütter – an alle unsere Mütter! Ich werde Ihren Bruder hüten!"

Mag seufzte, schaute uns noch einmal nachdenklich an und verließ stumm die große Küche, um in ihr leeres Puppenheim zurückzugehen. Patrick begleitete sie zur Straße, eine Hand tröstend auf ihre Schulter gelegt. Wir sahen ihrer gebeugten kleinen Gestalt nach.

„Also denn!" Bronte raffte sich hoch, hob den Rucksack mit David und unseren nötigsten Sachen darin und hängte ihn mir über die Schultern. Harras nahm vorsichtig den Brotbeutel in den Fang. Von draußen tönte der Pfiff von Patrick, der an der Straße Ausschau hielt, daß sich kein ungebetener Beobachter dem Hof näherte.

Es war soweit.

Langsam, mit der ungewohnten, schweren, lebendigen Last auf dem Rücken, trat ich in die frühe Morgendämmerung hinaus. Der Wind war stärker geworden. Im Osten flatterten schwarze Wolkenstreifen über den hellen Rand zwischen der Erde und dem Nachthimmel. Trotz des Sturms war die Luft weiterhin sommerlich warm und beinahe dick und weich, als wir langsam den Aufstieg zu den Hügeln begannen.

„Geht es, Helen?" David beugte sich besorgt gegen mein Ohr. Ich nickte nur kurz. David wog ungefähr fünfundzwanzig Kilo, fast das Doppelte eines üblichen Wandergepäcks. Darüber hinaus drückte der Sack gegen das Seil, das ich wieder quer um den Körper geschlungen hatte.

Wir überquerten den Parkplatz und gingen dann den kleinen steilen Schafpfad hinauf.

Vor mir verbreiterte sich nun der helle Streifen im Osten. Langsam erreichte ich die erste lange Mauer, die in Ost-West-Richtung von der Hauptcairn hinab in Richtung Westhügel verlief. Schwitzend stützte ich den Sack mit Dave, der nun doch wohl eingeschlafen war, für eine Weile auf den alten Steinen ab. Der Wind fuhr mir kalt über den verschwitzten Hals, meine Hände zitterten vor Anstrengung, Rücken und Bauch waren naß, und ich schauderte. Ich mußte weiter, mich bewegen, wollte ich nicht mit einer Lungenentzündung in einer Zeit landen, in der die Menschen an weit harmloseren Dingen wie vereiterten Zähnen oder juckenden Ausschlägen starben.

Ich erreichte das Drehkreuz und stützte mich mit zitternden Knien auf. Wie sollte ich hier durchkommen? Mit Dave auf dem Rücken war ich zu breit für den schmalen Durchgang. Harras schlüpfte einige Male hin und her und sah mich schwanzwedelnd an. Ich schüttelte den Kopf. Es war auch unmöglich, David abzusetzen, durchzuschieben und dann durch das Drehkreuz hinterherzukommen, da ich ihn mir keinesfalls alleine wieder auf den Rücken laden konnte. Doch David zu Fuß durch die Zeiten zu schicken hätte sein Leben endgültig gefährdet. Er wachte auf und murmelte:

„Was ist? Sind wir schon da?"

„Nein, ich komme nicht durch das Tor, Dave!"

Er lugte hinunter und erfaßte schnell unsere mißliche Lage.

„Mist! Wir hätten doch Patrick mitnehmen sollen!"

„Ihn einweihen? Der denkt, daß ich dich im Caravan fortfahre!"

David schwieg. Harras war nun doch auf der anderen Seite geblieben und zur Hauptcairn vorausgelaufen. Plötzlich hörte ich ihn kurz bellen. Ich konnte kaum noch stehen mit Davids Gewicht und hatte den Kopf auf die Arme gelegt. Nun sah ich wieder hoch, und zwei Gestalten kamen von der Cairn herab.

„He!" David klopfte mir fröhlich auf die Schulter. „Deine Herzenskönigin … und meine Retterin!" Er schwenkte die Arme und rief, ohne Rücksicht, daß uns jemand anders hören würde: „Maeve! Maeve! Hierher! Wir können nicht mehr weiter!"

Hinter den Wolkenfetzen schob sich nun die halb verschleierte Sonne gelb über Patrickstown herauf. Die beiden Frauen traten an das Tor. Anachytha lächelte verhalten, als sie uns stecken sah; dann hoben sie mir den Rucksack von den Schultern und hievten David auf die andere Seite. Ich kletterte, leicht wie ein Vogel, über das Tor, und dann stand ich in der anderen Zeit, fünftausend Jahre zurück – das Drehkreuz aus Eisen war hinter mir verschwunden, die Cairns lagen um mich herum auf den Wiesen, und in der aufgehenden Sonne sah ich einen langen Zug dunkler Gestalten, die sieben Bahren zwischen sich zu der Hauptcairn hinauftrugen.

Anachytha und Maeve betteten David, der erschöpft eingeschlafen war, im Schatten einer kleinen Cairn auf ein vorbereireitetes Laublager und ließen ihn unter der Obhut von zwei Heilern zurück. In gebührendem Abstand zu dieser Gruppe ragten Speere, Bogen und Schilde zweier hochgewachsener Kriegerinnen auf. Harras ließ sich neben ihnen nieder.

Mit Anachytha und Maeve näherte ich mich der Prozession, die nun am Eingang der großen Cairn haltmachte. Maeve hielt mich zurück, während Anachytha langsam auf ihren Stamm zuschritt. Die Frauen hatten sich in einem weiten Halbkreis, in dessen Mitte die Bahren aufgestellt worden waren, um den Eingang aufgestellt.

„Die Toten sind gestern im heiligen Wasser des Sees gewaschen worden. Die Sippe übergibt sie nun der Luft, den Seelenvögeln. Später, in der dunklen Jahreszeit, verbrennen die Frauen die Überreste, und nach dem Feuer übernimmt der Schoß der Erde ihren Schlaf – zur Wiederkehr, zur Neugeburt."

„Du sagtest, ihr würdet euch sonst selbst auf den Tod vorbereiten?"

„Ja." Maeve zog mich weiter nach vorne in den Halbkreis hinein. „Eine, die weiß, daß sie gehen will, badet sich in den heiligen Wassern, ihre Geliebtinnen, die Töchter, Schwestern und Freundinnen helfen ihr dabei. Danach steigt sie hinauf und legt sich zur Ruhe." Wir standen nun im Halbkreis der anderen Frauen. In achtungsvoller Entfernung knieten die Wanderer, die Arme flach nach vorne über den Kopf ausgestreckt, die Gesichter zur Erde gewandt. Sie behielten diese Stellung während des ganzen Rituals inne.

Die sieben Bahren wurden aufgedeckt. Mutter und Tochter aus Chadas Clan waren ebenfalls aufgebettet. Die bunten Decken oder Fellüberwürfe wanderten in die Hände der Frauen zurück, die sich weinend hineinhüllten. Eine Frau, die ähnliche Zeichen und Amulette um den Hals trug wie die Heiler, die David behüteten, hob einen großen Krug hoch über den Kopf und intonierte eine Art Sprechgesang, in den alle einfielen. Nach und nach rief sie nun Chada, Anachytha und Maeve zu sich. Der Krug enthielt eine fettartige, dunkelrote Substanz; die drei Frauen nahmen davon und begannen die Körper der toten Kinder und Frauen damit einzureiben. Chadas Schultern zuckten ununterbrochen, und als sie begann, ihre eigene Tochter zu salben, sank sie neben der Bahre zusammen. Die Heilerin und zwei weitere Frauen stellten sich neben sie, stützten sie und führten ihre Hand mit der roten Salbe. Ich konnte Maeves Gesichtsausdruck nicht sehen, doch an ihren eckigen Bewegungen erkannte ich die tiefe Erschütterung über das Geschehene.

Tod, schwere Krankheit, grausame Unfälle beim Aufrichten der schweren Steine oder bei der Jagd waren für diese Kulturstufe sicher keine Seltenheit. Aber Tod durch die Hand der eigenen Artgenossen, heimtückisches Niedermetzeln von Kindern und Frauen, die über Jahrtausende hinweg gar nicht anders konnten, als friedlich zu sein, war unfaßbar und sinnlos für diese friedfertigen Menschen, trugen sie doch noch jene Eigenschaft in sich, die jedes Tier mit ihnen teilte: Die instinktive Tötungshemmung gegenüber der eigenen Art. Erwachsen sein bedeutete ihnen, sich austauschen zu können, einen Grad der Reife gefunden zu haben, der es ihnen ermöglichte, frei die Kommunikationspartnerinnen oder -partner zu wählen, egal auf welcher Ebene. Erwachsen sein – wir würden das vielleicht mit sozialer Reife bezeichnen – bedeutete, Konflikte oder Streit mit Hilfe spielerischer oder auch komplizierter ernsthafter Rituale zu lösen, statt zu töten.

Doch hier hatte diese ausgewogene Schöpfung erste Risse bekommen. Einige Menschen waren aus der Göttin Hand gefallen. Sie töteten, um sich jenes Lebens zu bemächtigen, das ihnen eigentlich doch für immer und alle Zeiten verschlossen bleiben würde. Die Tatsache, daß sich alle Menschen durch die Körper der Frauen wiedergebären können – ausschließlich durch ihre heiligen Körper – Körper, die jetzt zerschlagen und verwundet in der Mitte des erstarrten Clans lagen.

Maeve und ihre Töchter hatten die Balsamierung beendet. Schweigend standen sie neben den Bahren, der Sprechgesang hörte auf. Kupfern, nackt und seltsam verlassen lagen die Toten auf ihren Bahren – die Schamhaare der Frauen schimmerten noch feucht in der Sonne, verletzlich wie abgerissene Blüten die kleinen Dreiecke der Mädchen. Junge Frauen ließen nun von der Spitze der Cairn, auf der man bereits eine breite Holzplattform errichtet hatte, Seile herunter, mit denen die Bahren nach oben gezogen werden sollten. Anachytha richtete sich auf und schaute im Kreis herum.

„Sie haben meine Tochter geraubt, um ihre Seele zu fressen", hob sie ihre Stimme. „Sie haben Karuuna geraubt, um das heilige Band zu erlangen. Sie haben meiner Schwester Kinder getötet und meine wehrlosen Freundinnen hingeschlachtet. Aber ich – Anachytha, Maeves Tochter und Jüngste – werde den Abtrünnigen folgen, meine Sippe rächen und selbst meine Tochter töten, wenn ihre Seele, ihre Göttin vernichtet ist!"

Sie reichte Chada einen kleinen Gegenstand, den ich nicht erkennen konnte. Neben mir entstand wieder eine Bewegung, und während einige junge Frauen vortraten, um Anachytha Speer, Schild, Bogen und Doppelaxt zu reichen, kniete sich Chada vor der alten Maeve nieder und übergab ihr den Gegenstand. Nun sah ich es: Es war ein kleines, uraltes Frauenidol, das ich bis in die Altsteinzeit zurückdatieren konnte. Anachytha hob die Axt über den Kopf: „Die Töter kennen das Geheimnis des Tötens nicht! Doch wir Frauen wissen: Diese Axt hat zwei Schneiden, und das blutige Zeichen auf der Stirn des anderen ist der Spiegel des Zeichens auf meiner Stirn!" Sie führte die Axt vor ihrer Mutter in einer rituellen Geste zur Stirn, zur Brust und vor den Unterleib, wandte sich ab und stellte sich, Gleiche unter Gleichen, zu den jungen Frauen neben mir in den Halbkreis, während unter neuen Klagegesängen die Bahren nach und nach auf die Cairn hinaufgezogen und in einer Reihe schwarz vor dem seeblauen Himmel aufgestellt wurden. Anachythas junge Kämpferinnen hatten sich neben der kleinen Cairn im Südwesten versammelt, in deren Schatten David ruhte.

„Die Frauen warten, daß Da-Vid aufwacht. Er soll sie begleiten."

Maeve führte mich beiseite, wo an einen Stein einige neolithische Waffen gelehnt standen: Speer, Schild, Bogen und Pfeile bildeten ein Kreuz mit der Doppelaxt in der Mitte des Frauenkreises. Chada hatte sich im Norden neben dem Schild aufgestellt, Anachytha ihr gegenüber neben dem Speer im Süden, zwei der jungen Begleiterinnen, die offensichtlich in ihrer Sprache miteinbezogen worden waren, stellten sich an der Ostspitze neben die Pfeile und an die Westseite neben den Bogen; Maeve selbst ging in die Mitte und nahm die Doppelaxt in die Hand.

Ich begriff erst, was sie vorhatten, als mich die junge Kriegerin bei den Pfeilen herbeiwinkte. Sie hob sie auf, überreichte sie mir und sprach einige Worte dazu. Danach wurde ich in den Süden gewiesen. Anachytha hob den Speer auf und sagte:

„Göttin im Feuer, im Mittag, im hohen Sommer, in der Leidenschaft. Hilf Hel-En, den Speer zu führen – mit Feuerkraft und aus Liebe." Sie gab mir den Speer, und ich ging im Kreis weiter.

Mit wohl ähnlichen Worten bekam ich im Westen den Bogen, und am Schluß beendete Chada mit dem runden Schild, der in der Mitte eine Wölbung wie eine Frauenbrust aufwies, diesen Teil der Initiation.

„Göttin in der Erde, der Nacht, im dunklen Teich der Zeit, im Schutz. Hilf Hel-En, sich zu schützen mit dem Schild, wie du alle Wesen schützt."

Maeve rief mich in die Mitte und gab mir die letzte Waffe.

„Hel-En aus der Anderwelt. In der Mitte empfängt die Frau das Ganze – vorne und hinten, Herzseite und Kampfseite, Himmel und Erde. Kämpfe mit der Kraft aller Richtungen. Vergiß nicht, die Wunde der anderen ist der Spiegel deiner eigenen Wunde!"

Hatten sie wirklich recht damit, daß ich nicht töten konnte wie die Menschen ihres Volkes? Ich schaute sie verwirrt an und hielt mein neugewonnenes Waffenarsenal ungeschickt in den Händen. Trotz des traurigen Anlasses kicherten die beiden jungen Begleiterinnen leise, und Chada brummte unwirsch. Hilfesuchend schaute ich von Maeve zu Anachytha.

„Muß ich die wirklich tragen?"

„Sie bedeuten, daß Hel-En zu uns gehört. Schau die Schildkröte auf dem Schild an!" Dann zeigten sie mir, wie ich den Schild über den Rücken hängen konnte, die Pfeile fanden Platz in einem Köcher neben meiner linken Hüfte, der Bogen hing von der rechten Schulter herab, links trug ich den Speer und in der rechten Hand die Doppelaxt.

Mit meinen schwarzen Kleidern aus dem zwangzigsten Jahrhundert und den fremden Waffen sah ich seltsam genug aus. Rasch schob ich die Axt in den Gürtel und ging hinüber zu der Stelle, an der sich David gerade gähnend aufrichtete. Sein Blick fiel, unausgeschlafen und verwirrt, auf mich. Er lachte laut los und klatschte in die Hände.

„Helen, hurra! Du machst ja kriminelle Karriere! Von der Einbrecherin zur romantischen Amazone! Tapfer, tapfer!" Aber während ihn die Heiler tadelnd anstießen, da sie gegenüber Frauen solche Unbotmäßigkeiten nicht gewohnt waren und ihm allerlei stärkende Säfte einzuflößen versuchten, schlugen die Kämpferinnen auf ihre Schilde und stimmten sich auf einen gemeinsamen Rhythmus ein. Sie begannen ein kräftiges Lied zu singen, aus dem ich das Laufen von Füßen und das Schlagen der Waffen herauszuhören meinte.

„Sie begrüßen dich in ihrem Kreis", flüsterte Anachytha.

In diesem Rhythmus vieler Füße brachen wir auf. Zwei Wanderer, die abwechselnd David auf den Schultern trugen, begleiteten uns.

Anachytha lief zielsicher an der Spitze des Zuges, und ich gesellte mich zu ihr.

„Woher kennt ihr den Weg? Die Spuren?“

„Es ist einfach, Hel-En. Es ist wie bei Da-Vid: Sie warten doch auf uns. Sie wollen ja das Band. Irgendwo da unten in den Wäldern werden wir auf die Abtrünnigen stoßen.“

„Was werden wir dann tun?“

Anachytha schaute in die Ferne.

„Ihnen Karuuna wieder abnehmen. Kämpfen.“

„Hast du denn einen Plan?“

Anachytha schüttelte den Kopf.

„Wir sind es nicht gewohnt, mit Menschen zu kämpfen. Wir können Wild umzingeln, uns an die wilde Sau anschleichen, wir treffen die Enten im Flug, und einige Frauen mußten schon mit Wölfen kämpfen, sogar mit Bären, die ihre Jungen schützten – doch mit den Abgefallenen, den Menschentötern?“

„Und deine Tochter? Was ist ihr geschehen? Was fürchtet ihr mehr als ihren Tod?“

„Sie fressen das Innere, sie besetzen das Herz! Hel-En, jede Begegnung mit ihnen lehrt ein Stückchen mehr von der Göttin in sich töten. Anachytha hat Mädchen gesehen, die ihnen in die Hände gefallen waren: ausgebrannt, mit toten Augen, gefräßig und eitel wie die Gockel im Sand. Nichts war ihnen mehr heilig, und die Kinder solcher Mädchen wurden selbst Abtrünnige, schlugen sich in die Wälder, zogen zu den Verlorenen, gingen übers Meer in deren Länder. Wie der Kuckuck legen die Langbeiner ihre Eier in jedes fremde Nest. Lieber sehe ich meine Erstgeborene tot, als daß sie bei ihnen als Seelenfresserin endet.“

„Aber Maeve hat mich auch eine Tochter der Langbeiner genannt.“ Anachytha warf mir im Gehen von der Seite her einen Blick zu. „Fresse ich auch eure Seelen … deine?“

„Ja. Von dem Moment an, als du das erste Mal unser Haus betreten hast. Die alten Frauen haben jahrelang beraten, ob sie eine von euch holen sollen. Aber uns blieb keine Wahl." Ich schwieg nachdenklich. Anachytha legte mir die Hand auf den Arm. „Maeve hat dich auch ein Kind ihres Clans genannt – Nichttöterin!"

„Und du?" Wir liefen schweigend nebeneinander die lange Schneise hinab. Unter den Bäumen hielt sich die Nachtkühle länger, und während oben über dem Blätterdach die Sonne langsam die höheren Regionen erwärmte, stiegen Tau und Wiesenfeuchtigkeit in langsamen, dunstigen Schwaden aus dem Farnkraut auf.

Plötzlich kniete sich Anachytha neben mir auf den Boden nieder und wies auf einen Fußabdruck, gleichzeitig hörte ich von vorne Rufe.

„Da sind ihre Spuren, die kleinen Fußabdrücke der abtrünnigen Wanderer. Schau, genauso wie die unserer Wanderer, etwas verwischt, denn es ist eine Zeit her, als sie hier durchgelaufen sind. Und da! Sieh mal! Ein Langbeiner mit ganz großen Füßen. Mindestens ein Langbeiner begleitet sie – aber vielleicht auch noch mehr. Sie mögen es, Wanderer auf uns zu hetzen, die eigenen Leute – am Ende siegen immer die Langbeiner!"

Anachytha richtete sich auf, und zwei Kriegerinnen sowie ein Wanderer stießen von vorne zu unserer Gruppe. Gestikulierend wiesen alle den schmalen Pfad hinauf.

„Sie vermuten, daß sie sich irgendwo hier versteckt halten", erläuterte mir Anachytha.

„Aber dann müssen wir uns vorbereiten!"

Besorgt schaute ich die lang auseinandergezogene Reihe der Frauen an, die so planlos durch die Schneise liefen. Es gab für diese Menschen keine Strategie, doch auch ich konnte ihnen, unerfahren wie ich selbst war, keinen besseren Ratschlag geben.

Plötzlich brachen die beiden Wanderer, die vorausgelaufen waren, unter Schreien zusammen. Aus den Augenwinkeln sah ich, wie David sich umwandte und hastig, von den vorstürmenden Abtrünnigen nicht bemerkt, durch das hohe Farnkraut am Rande des Weges davonlief. Fast verschluckte ihn der Nebel, nur der rote, tautriefende Schopf schaute heraus. Dann verschwand er in der großen Ruine eines zerbrochenen Baumes, der auf einer Lichtung neben dem Weg stand.

Aus der wirren, mit Lehm und Ocker verschmierten Gruppe der angreifenden Langbeiner und abtrünnigen Wanderer, die eigentlich ebenso unkoordiniert wie die Kriegerinnen um Anachytha vorgingen, löste sich plötzlich Karuuna und stürzte rufend zwischen den Parteien die Schneise hinunter auf Anachytha zu, die sich neben mir mit fünf weiteren Kämpferinnen auf den Boden gekniet hatte. Sie hielten die aufgerichteten Speere wie eine Großwildfalle vor sich, während hinter ihnen, teilweise hinter Bäumen versteckt, die anderen Frauen ihre Bogen aufzogen.

Beide Gruppen stockten, und das Geschrei verstummte. Weinend rannte das Kind durch die Stille zwischen den Parteien. Die abtrünnigen Langbeiner schauten sich unschlüssig an; die Waffen mußten ruhen, wollten sie nicht ihr kostbares Pfand gefährden!

In diesem Augenblick warf mir Anachytha einen Blick zu.

Ich sprang vor. Die Abtrünnigen erhielten ihren zweiten Schock bei meinem fremdartigen schwarzen Anblick in den engen Jeans und dem Rollkragenpullover, den ich schon vorher wegen der feuchten Kälte im Wald bis zur Nase hochgezogen hatte. Ich riß Karuuna zur Seite und sprang mit ihr durch das hohe Farnkraut dorthin, wo ich David in dem hohlen Baum hatte verschwinden sehen. Harras folgte uns knurrend in großen Sätzen, begleitet von den Schreckensschreien der Abtrünnigen, als sie so plötzlich das riesige Tier vor sich auftauchen sahen, durch dessen feuchtes Fell das begehrte Schlangenband schimmerte.

David sprang aus der Höhle. Wir stießen Karuuna hinein, und ich kniete mich, wie ich das bei den Kriegerinnen gesehen hatte – das Schild mit der linken Hand haltend, den Speer fest eingestemmt –, vor die Öffnung, flankiert von einem schimpfenden David, der in beiden Fäusten kantige Steine hielt, und einem gefährlich knurrenden Riesenhund, dessen Haupt uns geifernd überragte.

Drüben am Weg prallten die Gruppen brüllend aufeinander. Plötzlich wimmelte die ganze Lichtung von hereinbrechenden Abtrünnigen, kleinen Männergestalten, die den Frauen nur bis zum Kinn reichten. Der schmale Weg hatte sie anfangs zurückgehalten und eingeengt, doch nun, weiter vorgestürmt, breiteten sie sich über die Lichtung aus. Wo sie an Körpergröße unterlegen waren, glichen sie es durch ihre schiere Menge aus. Und noch etwas beobachteten wir mit Entsetzen: Ich sah die Kämpferinnen fallen, unfähig, einen Speer in diese verschmierten Bäuche zu stoßen, einen Pfeil in die Hälse der Angreifer zu senden, ich begriff die furchtbare Wirkung der männlichen Kriegsbemalung. Die verzerrten Fratzen dienten sicher, wie überall und zu allen Zeiten auf der kriegerischen patriarchalen Welt, wohl zur Abschreckung, doch die mit hellem Ocker hervorgehobenen Hals- und Bauchpartien hatten einen anderen Sinn: Sie aktualisierten die instinktive Tötungshemmung und bremsten tatsächlich die Angriffslust der Frauen! Auf den Boden gestürzte Abtrünnige schlugen, oft hämisch grinsend, die Arme auseinander, legten den Kopf in einer rituellen Demutsgeste zur Seite, und während noch eine Kämpferin, die den Kleinen mit einem kräftigen Schlag zu Boden geschickt hatte, unfähig zu reagieren, wie erstarrt vor dem gestürzten Mann stand, sprangen von hinten zwei, drei der haarigen Gesellen die Frau an und stießen ihr Speere, Steinmesser und Pfeile in den Rücken.

Anachytha hatte drei Kämpferinnen um sich versammelt, die wie sie offensichtlich ebenfalls kaum noch diesem Hemmungsinstinkt unterlagen, doch sie konnten nicht an allen Orten zugleich sein. Unsere Kämpferinnengruppe schmolz dahin; die Frauen lagen tot oder stöhnend, sich in ihrem Blut windend im Farnkraut, die grobschlächtigen Steinwaffen hatten große Wunden gerissen. Als nur noch die Frauen um Anachytha herum standen, machte der Männerpöbel kehrt, die Welle der wohl fünfzig oder mehr Abtrünnigen, und stürzte auf uns und den hohlen Baum zu!

„Nein! Nein!“ brüllte David, doch seine kleinen, viel zu kurz geworfenen Steine hielten die Wilden kaum zurück. Ich duckte mich hinter den Schild, und das Kind begann vor Angst zu schreien. Harras hatte sich in voller Größe aufgerichtet, die Kleinen stockten, doch dann sahen sie das Band und hoben die Bogen.

David drängte sich hinter mir vorbei, sprang auf Harras und brüllte:

„Hopp! Lauf, Köter, lauf! Um der Göttin willen, lauf!“ Und wie der Feuerreiter auf seiner Mähre galoppierte David auf dem großen Tier fort. Äste zischten, von den Gebüschen stoben die glitzernden Tautropfen, und unter den Enttäuschungsschreien der Abtrünnigen fegten die beiden auf Nimmerwiedersehen durch den Wald davon.

Vor Schreck hätte ich fast den Schild fallenlassen. Opferte uns die Göttin, um ihre eigene Kontinuität zu retten? War das Band mehr wert als wir Frauen und dieses Kind hinter mir im hohlen Baum? Wäre es besser, mich und die Kleine gleich umzubringen, um den Abtrünnigen nicht wieder ein Pfand an die Hand zu liefern, und damit ich mich nicht ebenfalls schreiend mit herausgerissenen Därmen auf dem Boden wälzte, in einer Zeit ohne Schmerzmittel, rettende Antibiotika, wo jede kleinste Wunde schon zu Blutvergiftung und Tod führen konnte?

Karuuna stieß jene Silben aus, die wohl an allen Orten der Welt einen Angstschrei ausdrücken:

„Ma-Ma!“

Und ich stand langsam auf. Die kleinen Langbeiner rückten näher, die Bogen gesenkt, da sie offensichtlich ihre kindliche Geisel nicht in Gefahr bringen wollten. Sie zogen ihren Halbkreis immer enger um uns zusammen, langsam und ihrer Sache sicher.

Als ich über ihre Köpfe hinwegschaute, war mir, als glitte ein hämischer Schatten über die Waldlichtung – eine gierige Gestalt in weißem Arztkittel, ein Zerrbild aus archaischer Wildheit und patriarchaler Macht.

Dann waren die Kleinen da.

Ich bohrte den Speer dem Erstbesten in den Körper, riß ihn zurück und schlug kreuz und quer anderen über die Köpfe. Dann brach die Waffe, und ich schwang den Schild herum, doch einer der vordersten Männer riß ihn mir lachend aus den Händen. Dabei stürzte er, und ich stand, die abgebrochene Speerspitze wieder in der Hand haltend, über ihm.

Die Wilden hielten inne und beobachteten mich gespannt. Mit verzerrtem Gesicht – offensichtlich bei mir seiner Sache nicht so sicher wie bei den Kämpferinnen – schlug der Langbeiner am Boden die Arme auseinander und drehte das Gesicht, mir die Halsschlagader zuwendend, zur Seite. Ich hob den Speer. Ich wollte in diese Fratze bohren, dieses Fleisch zerreißen, sein Blutstrom sollte ein unüberwindlicher Fluß zwischen den Angreifern und unserem Baum sein. Ich stellte mir vor, wie der Schaft zitternd im Hals stecken würde. Ich hob den Arm, atmete tief ein – und dann traf mich der Blick dieser Kreatur, die es darauf anlegte, meine Friedfertigkeit als Waffe gegen mich selbst zu wenden. Mein Arm fiel herab, und ich taumelte erschrocken zurück: Es war mir unmöglich zu töten – selbst, wenn mein eigenes Leben in Gefahr war. Ich mußte mich den Mördern wehrlos ausliefern!

Mein Angstschrei und Karuunas Wimmern wurden vom Triumphgeheul der Bande übertönt, die nun, kichernd und geifernd, vorstürmte. Der am Boden liegende Langbeiner sprang wieder auf, schüttelte sich erleichtert wie ein ins Wasser gefallener Hund und stürzte, ein schwarzes, grobes Steinmesser in der Hand, als erster auf mich zu.

Ich riß die Doppelaxt aus dem Gürtel, und pfeifend sauste die Waffe im Halbkreis vor mir herum. Noch einmal wichen die Kleinen zurück, hielten ängstlich in ihrem Geschrei inne, und ich rief in höchster Not Anachythas Namen.

Die letzten tötenden Kämpferinnen hatten sich freikämpfen können, und während der Angreifer mit dem Steinmesser unter der Axt wegtauchte und sich mit einer Art Purzelbaum vor meine Füße hinkugelte, sah ich Anachytha sich umwenden.

Der Kleine stach wahllos von unten her auf mich ein, und ich versuchte einen anderen abzuwehren, der sich des Schildes bemächtigt hatte und auf mich einprügelte. Verzweifelt trat ich auf den ekligen Messerstecher unter mir ein. Zwecklos. Mit einem Ruck zog er mir die Füße unter dem Körper weg, und ich taumelte zu Boden.

In diesem Moment erklang ein Schrei – wie Chada gebrüllt hatte angesichts ihrer toten Sippenschwestern und -töchter – so laut, daß es wie ein Sturm über die Lichtung dröhnte. Die Kleinen stockten abermals. Anachytha schien in die Baumwipfel zu wachsen; mit geschwungener Axt stürmte die blutgierige Kriegsgöttin über den Platz – den Mund aufgerissen und die Augen rollend wie gefährliche Sterne am Tag. Die Gestalt im Arztkittel, die die ganze Zeit den Kampf vom Rand der Lichtung her beobachtet hatte, drückte sich in den Nebel beiseite und verschwand, während die Erscheinung in den Himmel zu wachsen schien – hellgelb wie das ausgewachsene, absterbende Gras der Waldlichtung und blauschwarz wie die schweigenden Nadelbäume hinter der Nebelwand.

Halb zur Seite gekippt verkeilte ich mich als lebende Barriere im Eingang der Baumhöhle. Es war nur noch eine Frage der Zeit, bis die Kleinen mich herausgezerrt haben würden, und ich fühlte, wie Blut an meinen Beinen herunterlief. Etwas fraß sich in meine Eingeweide: eine grobe Klinge mit allerlei Tierexkrementen und Frauenblut!

Die hohe Gestalt mit der Doppelaxt brüllte unaufhörlich den Namen des Kindes, während sie die Schädel der Angreifer auf ihrem Weg wie Eierschalen zertrümmerte. Hirn und Blut spritzten an Anachytha hinauf. Als sie mich hinstürzen sah, schrie sie gellend: „Hel-En, Hel-En!"

Die römischen Autoren hatten diese Kampfeswut, die sie auch bei den nachfolgenden Völkern wie den Kelten und Germanen erlebt hatten, den *Furor teutonicus* genannt und mehr gefürchtet als das geplante, disziplinierte Vorgehen gepanzerter Truppen.

Die kleinen Kerle hatten mir die Axt aus der Hand gerissen, mit meinem Blut floß auch mein Atem fort, und ich spürte, wie mir die Augenlider zufielen. Ich wollte loslassen, mich ausstrecken, meiner warmen Körperflüssigkeit folgen – hin zur Erde. Mühsam riß ich die Augenlider auf, doch das Bild der heulenden Bande kippte zur Seite, und wie von ferne hörte ich das hilflose Schreien des Kindes. Die Tritte der Abtrünnigen, die über mich hinweg in die Baumhöhle drängten, drückten meine Lungen, und die feuchte Luft, das kühle Leben wollten sich nicht mehr so tief in mich hineinsaugen lassen. Ein Schmerz wie Feuer fuhr mir in die Schultern, und ein Schlag stieß meinen Kopf zur Seite. Ich schluckte Dreck.

„Karuuna!" gellte es durch diese dunkle Welt, und die riesige Frauengestalt mit den goldenen Haaren ließ den Boden erzittern. Ein rasender Schatten flog über mich hinweg, und ich vermeinte den vertrauten Raubtiergeruch mit dem letzten Atemzug aufzunehmen, hohe Schreie vermischten sich mit einem wölfischen Gejaul, wie es nur dem Abgrund der Hölle entstammen konnte – aus der Tiefe meiner eigenen Angst vor dem Tod.

„Karuuna! Hel-En!" gellte es.

„Hel-En?“ hörte ich eine Stimme sanft rufen, als ich die Augen wieder aufschlug und in Maeves altes, zerfurchtes Gesicht sah, dunkel und voller Risse wie der alte Baum, dessen Höhle unserem Leben Schutz gewährt hatte. Den Fußmarsch von einigen Stunden hatte Harras, wie ich später erfuhr, in wahnwitzigem Tempo innerhalb kürzester Zeit zurückgelegt. Bellend war er mitten unter die noch trauernde Frauengruppe an der Cairn gestürzt, hatte David mit einem rüden Ruck abgeworfen und war ohne Halt wieder zurückgestürzt. Die Frauen und Wanderer packten schnell Waffen und Steine, rissen David vom Boden hoch, und während er stammelnd berichtete, was geschehen war, liefen sie dem großen Tier nach.

Doch lange vor ihnen war Harras wieder bei uns. Nachdem er dem ersten Eindringling die Kehle durchgebissen hatte, stellte er sich drohend in den Eingang der Baumhöhle über meinen Körper. Vermutlich aber hätten er und Anachytha trotzdem keine Chance gehabt, aber dann erschien endlich Maeve mit den Frauen, verstärkt durch die loyale Gruppe der Wanderer von den Baustellen, und plötzlich war der wirre Haufen der Abtrünnigen eingekeilt zwischen einem rasenden Wolf, der gierig nach ihnen schnappte, der Göttin selbst, die brüllend ihr Liebstes, ihre Welt und ihre Zeit zu retten suchte, den Frauen, die in ihrem Namen die kleinen Männer umzingelten, und ihren eigenen Artgenossen, die sich in die Leiber der Abgefallenen verbissen und verkeilten, treu der Überzeugung, daß es Männern nicht gegeben sei, den Kreislauf des Lebens zu tragen. Die Wanderer reagierten in keinster Weise auf weiß beschmierte Bäuche und Demutsgesten, sondern rächten sich für den Verrat an allem, was ihnen heilig war.

Vor dem Baum hatten die Frauen ein Feuer aufgeschichtet. Auf der einen Seite lagen oder hockten die verwundeten Frauen, und etwas abseits auf der Gegenseite die Wanderer. Heilerinnen und Heiler liefen hin und her, legten Kompressen auf, stillten Blut, reichten Säfte oder dampfende Flüssigkeiten, die in zahlreichen kleinen Gefäßen auf heißen Steinen um das Feuer standen. Weiter fort, am Rande der Lichtung, lagen die toten Kämpferinnen, schweigend von ihren Sippenschwestern oder Freundinnen bewacht. Weiter entfernt die Leiber der Abtrünnigen, ohne Schutz. Eine kleine Gruppe von Wanderern kniete, leise einen endlosen Singsang intonierend, um die eigenen Toten im Kreis.

Hinter Maeve sah ich Anachytha sitzen, ihre Tochter fest in den Armen haltend, den Kopf des Kindes an der Brust verborgen, den zerrissenen blauen Umhang über das Mädchen gelegt. Chada und zwei andere Frauen hockten bei ihnen, berührten Mutter und Kind. Gemeinsam wiegten sie ihre Körper vor und zurück, leise summend. Anachythas Gesicht lag verborgen im Schatten, vorgeneigt, als lausche sie der Seele ihres Kindes nach; sie schien zu trauern, ob die zerborstene Harfe und die gesprungene Seele noch zum Klingen gebracht werden könnten.

Maeve war meinem Blick gefolgt.

„Jede Berührung mit ihnen läßt die Seele springen, und aus den Rissen saugen sie ihre Macht!“ Ich spürte, daß ich keine Kraft zum Sprechen hatte, doch ich mußte irgendwie den Kopf zweifelnd bewegt haben, denn Maeve wandte sich mir wieder zu. „Jede Berührung mit den Langbeinern beschmutzt, entleert und stiehlt unsere Würde, denn sie nähren sich davon, Tochter der Langbeiner und Schwester des Clans der Schildkröten. Auch Hel-En zehrt mit Wünschen und Gedanken an uns, doch sie ist bereit, Tochterfreundin, den Preis zu zahlen. Er wird höher sein als das Blut, das um dich geflossen ist. Der Preis ist das Leben mit den Langbeinern, denn wenn Maeves Clan davonzieht, lassen die Frauen eine der ihrigen alleine zurück: Hel-En, die das Schlangenband und dessen Zauber in Hel-Ens Zeit tragen muß, Hel-En, Tochter des Schildkrötenclans!“

Sie hob eine flache Schale, in der ich einen dunklen Schimmer meines eigenen Blutes sah. Auf ein Zeichen von Maeve kamen Chada, Anachytha und andere Frauen herüber. Jede der Schwestern und Frauen aus Maeves Sippe wischte mit den Fingerspitzen durch eine Kampfwunde an ihrem eigenen Körper oder, wenn sie unverletzt war wie Maeve und Anachytha, machte einen kleinen Schnitt am linken Arm und tauchte die Finger in die Schale mit meinem Blut. Chada streute einige Kräuter hinein, Anachytha schüttete einen der heißen Säfte, die am Feuerrand standen, dazu, und dann setzte Maeve mir die Schale an den Mund.

„Durch den Abgrund gegangen, kleine Tochter Wissenschaft, die Todesangst, gibt Maeve, die Mutter des Clans, dir neues Leben. Hel-En, Freundin der Anderwelt, du bist neugeboren als Hel-En, Maeves Tochter, Maevestochterenkelin, Maevestochterenkelinskind!"

Danach trank jede der Frauen um mich herum, und auch Karuuna wurden vorsichtig einige Tropfen auf die Lippen gestrichen. Karuunas Kinderstimme klang hell aus dem Umhang hervor.

„Was habt ihr gesagt?" übersetzte Maeve leise, indem sie das kindliche Näseln lächelnd imitierte.

„Karuuna hat eine neue Tante", antwortete Anachytha und wickelte das Kind aus den Tüchern, wobei sie mir einen raschen Blick über das Feuer hinweg zuwarf. Karuuna schaute mich neugierig an, und diesmal übersetzte Chada, ebenfalls die Piepsstimme nachahmend:

„Die da? Wieso hat die Frau immer Beinlinge an?"

Maeve legte ihrer Enkelin den Arm um die Schultern.

„Wenn Hel-En geheilt ist, kleiden wir sie neu ein. Hilf mir, das schwarze Zeug abzuziehen. An viele Stellen muß Heilpaste."

Das warme Getränk aus Blut, Saft und Kräutern hatte mich auf merkwürdige Weise gestärkt. Während Anachytha, Chada und die anderen Frauen wieder aufstanden und zum Waldrand hinübergingen, um zusammen mit den Wanderern Holz für die Totenbahren zu brechen, brachten Maeve und eine Heilerin schmale Feuersteinklingen, schnitten, assistiert von dem kleinen Mädchen, behutsam die blutverklebten Jeans auf und zogen die durchweichten Turnschuhe von meinen Füßen. Verdutzt zupfte Karuuna an meinen Strümpfen. Ich mußte trotz der Schmerzen lachen, als auch Maeve und die junge Heilerin vorsichtig die Strümpfe abzogen und erstaunt vor sich baumeln ließen: Weiche Schuhe in den Schuhen!

„Fußbeutel!" murmelte Maeve, und ich buchstabierte mühsam mein erstes Wort im neuen Leben:

„S-o-c-k-e-n."

Als ich das nächste Mal aufwachte, saß David neben mir, die Dämmerung hatte die Lichtung dunkler gefärbt, und vor dem Feuer flammten seine Haare um den Kopf.

„Mehr Glück als Verstand, Miß Wissenschaft!" lachte er und schlürfte genüßlich einen verdächtig duftenden Trank aus einem kleinen Krug.

Ich griff danach: „Was würde Mag wohl dazu sagen?"

Er lachte. „Sie ist weit weg, und hier geht's mir gut. Außer einigen Beulen von meinem wüsten Ritt durch den Wald nichts von Bedeutung. Du kannst froh sein, daß du solch wilde Narben nur an den Beinen und nicht im Gesicht hast!" Er deutete an mir herab. Ich war mittlerweile in weiche Decken gewickelt worden und spürte durch das brennende Ziehen der Schnitte hindurch eine beruhigende Wärme im ganzen Körper. „Die Leute sind gut." David schaute versonnen in seinen neolithischen Schnapsbecher. „Dort hinten am Feuer haben sie vorhin einem ihrer Wanderer den Schädel geflickt – ohne Narkose oder Betäubungsmittel! Gewissermaßen bei vollem Bewußtsein! Der Mann hat nicht geschrien, obwohl das halbe Gehirn offen dalag. Oh, sorry!" brummte er, als er meinen etwas abweisenden Gesichtsausdruck sah. „Als sie dich verarztet haben, habe ich natürlich nicht zugeschaut. Hier herrschen sehr katholische Regeln! Ich saß die ganze Zeit auf der Männerseite, bis ihr kranken Kämpferinnen alle wieder keusch eingewickelt wart. Ich habe aber gehört, es ist alles noch drin und dran.“ Er lachte pfiffig, und ich knurrte ihm ein deutsches Schimpfwort ins Gesicht.

Die Frauen, die nur leicht verwundet worden waren, setzten sich nun langsam auf, und die Frauen, die die Bahren gebaut hatten, brachten vom Rand der Lichtung die Tragen herüber, denn der Rückmarsch sollte noch in dieser Nacht stattfinden. Während uns die Heilerinnen auf die Tragen halfen, flößten sie uns warme, stark riechende Flüssigkeiten ein, die ähnlich dufteten wie Davids Megalithpunsch.

Als ich nach langer Zeit abermals zu mir kam, schien der Himmel hell durch das Rauchloch in Maeves Sippenhaus auf mich herab.

Vorsichtig versuchte ich mich zu bewegen: Ich konnte den Kopf heben, stützte mich ohne allzu große Schmerzen langsam auf einem Arm auf und schaute um mich. Die Fähigkeiten der Neolithikerinnen, auch schwerere Verletzungen zu heilen, Schmerzen zu lindern und Entzündungen zu hemmen, mußten umfassender sein, als die Archäologie meiner Zeit das bisher angenommen hatte.

Und doch spürte ich, wie durch die rasenden Ereignisse der letzten Stunden etwas in mir zerbrochen war: das Vertrauen, mein unbewußter Wunsch nach einer vollkommenen, heilen Welt auf der anderen Seite der Zeit! Ob Erinnerung oder Traumbild – jene rasende Vision stand dort auf der Waldlichtung vor meinen Augen, schob sich wie ein Schleier zwischen mich und die gedämpfte Geschäftigkeit der Frauen am Feuer. Ich sah das riesige, schreiende Gesicht der Todesgöttin wieder über die Lichtung jagen und in Zeitlupe ihre Axt, die durch kurzgeschorene Schädel schnitt und Blut verspritzte. Ich sah Füße, die wutentbrannt auf die devot hingeworfenen Leiber der Angreifer trampelten und ihre Knochen brachen. Ich erlebte Anachythas wildes, wütendes Morden noch einmal und erinnerte mich an ihre bluttriefenden Hände, ihre klirrenden und verschmierten Waffen, die wie Harras' zähnefletschendes Maul von dem Blut der Angreifer gerötet waren.

Und doch, obwohl Anachytha, die Mutter, und ihre wenigen Gefährtinnen, die ebenfalls keine instinktive Tötungshemmung mehr besaßen, unser Leben gerettet hatten, bekam ich Angst – Angst um sie und Angst um mich, denn einmal, auch das schien mir Jahrhunderte zurückzuliegen, hatte ich geglaubt, diese Frau und ihren Stamm bis ans Ende der Welt zu begleiten – weil ich sie liebte und die Welt, die sie verkörperten! Aber nun stand sie selbst für eine Welt aus Blutgeschrei und rasendem Haß, und mein Begehren war ebenso zerbrochen wie das Vertrauen in ihre angeblich friedfertige Welt.

Durch einen Nebel erkannte ich Maeves Sippe um das Feuer sitzen, und nun lief rückwärts die gleiche Szene ab wie vor unserem Aufbruch: Chada gab Maeve die kleine Figur zurück, und diese reichte sie an Anachytha weiter. Die Jüngste, die Erbin, hatte ihre Funktion wieder zurückbekommen! Nachdenklich betrachtete sie das tönerne Idol, dann setzte sie sich, als sei nichts geschehen, an den Rand und nahm die Harfe wieder in die Hand.

Die Frauen verteilten die Holzschalen. Sollte das friedliche Bild so ungebrochen weitergehen wie zuvor – nach diesen Toten, dieser Schlacht?

Vielleicht hatte ich leise etwas vor mich hin gefragt, denn Maeve blickte hoch. Sie sah mich aufgestützt, nahm eine Holzschale mit dampfender Brühe und kam herüber.

„Hel-En", sie hockte sich hin, half mir, mich ganz aufzusetzen und mich an ein Fell vor der Wand zu lehnen. „Die Frauen sind müde und brauchen heute diese Rast. Die Zeit bleibt stehen! Morgen beginnen hier die Totenfeiern für die Frauen und drüben die für die Wanderer. Wir müssen außerdem die abtrünnigen Toten auf der Lichtung im Wald einäschern. Nachher wird Anachytha Karuuna wieder in den Clan hineinnehmen. In einigen Tagen wird das Dorf aufbrechen. Unsere Zeit am Slieve na Challiagh ist vorbei." Sie gab mir die Schale, doch ich wollte sie nicht annehmen. „Kleine Tochter Wissenschaft." Maeve lächelte versonnen. „Maeve bat dich, unsere Geschichte zu hüten. Ohne Zögern springt Hel-En in die Gefahr! Nun bist du eine Tochter vom Clan der Schildkröte. Doch Hel-En schaut, als sei ihr der Himmel in die Suppe gefallen!"

„Anachytha?"

„Ihr seid Schwestern einer Sippe. Nichts ist euch mehr verwehrt!"

„Aber das Blut? Das viele Blut?"

Maeve strich mir über den Kopf. Ich spürte, daß sie mich nicht ganz ernst nahm, daß hinter der Müdigkeit, die ihr schattenreiches Gesicht noch mehr verdunkelte, wieder dieser Spott aufblitzte, der Spott einer alten Frau, die ihr Ende nahen fühlt und nur liebevolles Mitleid kennt für die Verstrickungen der jungen Leute um sie herum.

„Sie hat eine Freiheit gewonnen, Hel-En! Aber du hast sie nun verloren. Du hast sie der Sippe geschenkt! Du wirst bleiben, denn die Sippe bleibt in dir! Trink und schweig, denn wir essen!" Sie drückte mir energisch die Schale in die Hand und ging leise zum Feuer zurück.

Wie an jenem ersten Abend vor langer Zeit perlten die Töne aus Anachythas Instrument. Dunkel flossen sie über die müde gebeugten Köpfe, dissonant wanden sich die Tonfolgen um verbundene Arme, sie streichelten über Verletzte, die wie ich am äußeren Rand des Frauenkreises lagen. Die Töne flogen hinauf, perlend und verwirrt wie die Feuerfunken aus den Flammen, alle Aufregung der Kämpferinnen mit sich nehmend, ihre Angst, ihre Wut und ihre Trauer. Ich sah, daß trotz der schrecklichen Ereignisse alle Frauen in der Lage waren zu essen. Die Musik beruhigte und tröstete sie.

Anachytha hob das Gesicht von ihrem Instrument und sah prüfend in die Runde. Zögerte eine, die Schale zum Mund zu heben, weil sie Schmerzen hatte von den Schlägen der Angreifer, sandte sie ihr ganz alleine eine kleine Melodie zu, einen Trost, eine Aufmunterung wie die liebevoll stupsende Nase von Harras, der mittlerweile seinen großen, warmen Leib an mich gedrängt hatte.

Plötzlich machten die Töne der Harfe einen Sprung, und ich sah hinüber. Anachythas Blick ruhte nun auf mir. Aber es war ein anderer Blick als der, mit dem sie die anderen Frauen bedacht hatte. Ihre Augen waren dunkel, fast nachtschwarz, und nicht mehr so golden hell wie an jenem ersten Abend, nicht so wie die Augen meiner Tante, an die sie mich einmal erinnert hatten. Seit jenem Moment auf der Lichtung waren Anachythas Augen schwarz geworden, und der Sprung in der Melodie fragte:

„Willst du mich auch so, Helen? Als Frau, die töten kann?“

Und ich wußte plötzlich: Ja, ich will sie auch so! Meine eigene Friedfertigkeit war eine angeborene Unfähigkeit, kein frei gewählter Pazifismus. Im Denken hatte ich immer noch die Langbeinermoral. Und das im Kopf einer Langbeinerin! Genauso wie Maeve mich beschrieben hatte. Und das war eine Einstellung, die niemals mehr die Welt ins Gleichgewicht heben würde. Anachythas schwarze Abgeschnittenheit von einer Welt, die einmal ihre war, kreuzte sich mit den direkten Wünschen aus meiner eigenen Zeit.

Ich trank meine Schale aus, und die ganze Zeit ruhten Anachythas Augen auf mir. Dann nickte ich, und sie lächelte verhalten, zustimmend. Die Hände, die vor Stunden noch eine bluttriefende Doppelaxt gehalten hatten, rauschten ein machtvolles Glissando über die Saiten. Dann war alles vorbei, und die ersten Frauen sammelten die geleerten Schalen wieder ein.

Während noch die Geschäftigkeit des Einsammelns um mich herum ablief, fiel mir auf, daß immer mehr Frauen kamen und sich um das neu aufflammende Feuer setzten.

Anachytha war verschwunden, auch Maeve war nicht mehr zu sehen. Heilerinnen liefen mit Schalen, Tüchern und Kräuterkompressen geschäftig immer wieder vom Feuer zu den verletzten Kämpferinnen und zurück.

Chada kam nun zu mir herüber und hockte sich neben mich.

„Mehr Ehre den Heilerinnen als den Kämpferinnen – ihre Arbeit ist älter und dauert länger." Sie lächelte ein wenig schief, denn wir hatten ja bisher wenig direkt miteinander gesprochen. „Leider hat Maeves Sippe keine Heilerin, Schwester Langbein, es ist nicht unsere Aufgabe. Hel-En muß mit jenen vorliebnehmen, die nicht die gemeinsame Sprache sprechen." Sie atmete tief, als hätten sie diese wenigen Sätze schon mehr angestrengt als das stundenlange Pflügen auf den heißen Terrassen.

„Das ist doch nicht wichtig, Chada." Ich legte meine Hand auf ihren Arm. „Habt ihr viele Frauen verloren?"

Chada nickte stumm.

„Den vierten Teil aller Frauen, die mit euch zogen. Und kaum eine, die nicht die Spuren ihrer Waffen trägt. Außerdem die Hälfte aller Wanderer! Aber von den Abtrünnigen kam keiner davon. Die jüngste Schwester und ihre Freundinnen jagten die Langbeiner noch die ganze Nacht, als wir uns schon zurückzogen." Sie drückte zufrieden meine Hand. „Sie hat das Morden gelernt, die Töterin!"

Mir gefiel der stille Triumph in Chadas Stimme nicht. Was sollte der Neid zwischen den Schwestern?

„Nun, sie kann singen und töten. Was kann Chada?"

Auf meine Frage schaute Chada mich nachdenklich an.

„Kleine Schwester Langbein, Chada hat schon gehört, daß deine Fragen die Ränder der Herzen berühren. Laß es gut sein! Eine neue Zeit kommt auf, und die Frauen von den großen Steinen gehen über das Meer. Die Menschen ohne Mauern in der Seele verschwinden – ihr merkwürdigen Schwestern mit den gespaltenen Herzen seid nun da. Seid Brücken und Wege, die sich kreuzen.“ Sie malte nachdenklich zwei sich kreuzende Linien in das Sandbad neben mir. „Aus dem Punkt wird Neues wachsen, eine Pflanze durch die schwarze Zeit.“ Sie strich sich mit der Hand über die Stirn und lachte. „So viele Worte, Hel-En. Um dich herum blühen die Worte wie die Töne um Anachytha. Chada ist froh, sie zu hören!“

Inzwischen waren immer mehr Frauen herbeigekommen. Einige wurden auf Bahren oder kleinen, sänftenartigen Hockstühlen herangetragen.

„Was habt ihr vor?“ fragte ich Chada.

„Deswegen kommt Chada zu Hel-En, neue Schwester der Sippe. Die Sippe begeht Karuunas Wiedergeburt, denn das machen die Frauen immer, wenn ein Mädchen aus den Händen der Langbeiner befreit wurde.“

„Ist sie denn ...? Ich meine, eure Angst, sie hätten ihr die Seele gefressen?“

„Hel-En war schnell! Die Kleine ist gesund. Sie rechneten nicht damit, daß eine sie mitten aus ihrer Horde greifen würde!“

„Könnt ihr denn erkennen, wie es mit ihrer Seele steht?“

„Die ältesten Heilerinnen und Anachytha haben sie gleich auf der Lichtung untersucht und befragt. Chada will nicht darüber sprechen, was die Abtrünnigen mit den gestohlenen Mädchen tun!“ Sie preßte die Lippen aufeinander und starrte düster vor sich hin. „Kein Tier täte so.“

„Und was wird nun geschehen?“

„Hel-En muß mit zum Feuer hinüber, in den inneren Kreis, denn Hel-En gehört nun zur Sippe, dem Clan der Schildkröte, den Zeichensetzerinnen. Die Heilerinnen werden dich hinübertragen.“ Sie lächelte ein wenig verlegen. „Die Frauen und Mütter feiern selten dieses Fest, aber ebenso wie bei einer wirklichen Geburt hat die Mutter ihre Schlafschwestern. Anachytha läßt dich durch ihre Schwester Chada fragen, ob du ihre Schlafschwester sein möchtest?“ Sie richtete sich auf, und ich spürte, daß ihre rituellen Gesten vor mir ihren Botschafterinnenstatus signalisierten.

„Was muß ich tun? Ich kann ja gar nicht stehen."

„Hel-En wird nicht stehen müssen. Aber später – nein, es gibt ja kein Später mehr." Sie stockte traurig. „Eigentlich sind die Schlafschwestern die anderen Mütter für ein Kind. Karuuna hat außer Anachytha noch vier weitere Mütter – Anderweltmütter, so wie Anachytha die Anderweltmutter für die Kinder ihrer Schlafschwestern ist." Sie starrte zum Feuer hinüber. „Doch auch da gibt es kein Später mehr, Chadas Älteste und ihr Kind sind tot, auch Anachythas Tantentochter." Sie legte das Gesicht in die Hände. „Könnte Chada töten! Jagen würde sie die Töter über die ganze Welt! Doch sie jagen uns über den Horizont hinaus!"

„Was tut eine Anderweltmutter?"

„Sie erzählt dem Mädchen von der Anderwelt, aus der alle kommen und in die alle gehen. Von der Göttin und ihrer Zeit, vom Leben, von allem!"

„In meiner Zeit würden wir das vielleicht eine Lehrerin nennen."

„Mehr! Die Alten lehren uns – die Anderweltmütter lieben uns dazu."

„Dann sagen wir: eine Patin, eine Seelentante."

„Ja, Hel-Ens Zeit hat andere Worte. Anderweltmütter tragen die Geheimnisse und formen den Kristall in der Seele des Mädchens. Willst du das tun?"

„Ich würde Karuuna von meiner Welt erzählen. Das ist nicht immer schön."

„Ja, sie muß auch verstehen lernen, warum der Clan das Land verläßt und über das Meer geht. Was Karuuna die letzten Tage erlebte, war auch nicht so schön!" Chada sprach das letzte Wort verächtlich aus.

„Aber Chada, es gibt kein Später, wie du selbst sagst. Die Zeit ist sehr kurz, das Mädchen zu lehren."

Da lachte Chada mich an.

„Kleine Schwester Wissenschaft! Wenn Hel-En wüßte, was Hel-En bei uns noch zu lernen hat in solch kurzer Zeit. Hel-En lernt von uns, und Karuuna von Hel-En. Und wenn Hel-En dann noch Zeit bleibt", sie grinste mich an, „sollte sie auch noch ein paar Worte mit der leiblichen Mutter wechseln, der kleinen Schwester." Sie stieß mich freundschaftlich in die Seite.

„Gut. Für die Zeit, da ich bei euch bin."

Chada seufzte erleichtert, betrachtete mich aber gleichzeitig kopfschüttelnd.

„Merkwürdig ist Hel-En, und die kleine Schwester Anachytha auch!" Chada winkte zwei Heilerinnen zu, die mit einem kleinen Hockstuhl herankamen, und ich wurde von ihnen durch die versammelten Frauen in die Mitte des Kreises getragen. Maeves Sippe, ihre Töchter, Enkelinnen, Schwestern, Tantentöchter und so weiter saßen im innersten Kreis, während sich die Frauen der anderen Sippen dicht an dicht drängten bis fast zu den Wänden. In der Mitte neben dem Feuer lag das kleine Mädchen in eine dunkelrote Felldecke gewickelt, so daß nur die Haare herausschauten, und schlief. Mehrere große Krüge mit Wasser standen auf den Wärmsteinen und eine große Holzwanne daneben. Geschäftig liefen drei Heilerinnen, die ungefähr in Maeves Alter waren, hin und her, breiteten leinenartige helle Tücher aus und wiesen junge Frauen an. Kurz, es entstand eine Art Geschäftigkeit, wie sie bei einer Geburt auftrat.

Hinter mir wehte ein kühler Wind, und als ich mich umdrehte, schwang gerade der Fellvorhang beiseite, und Maeve führte ihre jüngste Tochter herein. Anachytha war in große dunkle und sogar schwarze Tücher gehüllt. Ihr Stirnband, wie es die meisten jüngeren Frauen trugen, war mit silbrigen Zeichen, Monden und Kreisen bestickt. Eine junge Frau trug behutsam Anachythas Instrument hinter ihnen her.

Die letzten Flüstergespräche verstummten. Maeve führte Anachytha in die Mitte und ließ sich dann mit einem fragenden Ausdruck im Gesicht zwischen Chada und mir nieder. Chada nickte nur, und Maeve lächelte mich erfreut an. Die drei älteren Heilerinnen hatten Anachytha in Empfang genommen. Eine gab ihr etwas Heißes zu trinken, dann legte sich Anachytha neben ihre Tochter auf den Boden, so daß das schlafende Kind wie in einem schwarzen Halbkreis, den Anachythas Körper bildete, lag.

Leise begannen junge Heilerinnen auf den kleinen Handtrommeln zu schlagen, einige Frauen summten, alle begannen sich im Rhythmus zu bewegen, die Frauen im Hintergrund klatschten in die Hände.

„Sie werden nun so lange singen, bis das Kind und die Mutter von selbst aufwachen", flüsterte Maeve mir zu. „Das wird lange dauern, vielleicht die ganze Nacht, denn beide haben einen Schlaftrunk genommen, der sie weit, weit in die Anderwelt versetzt. Anachytha wird ihre Tochter dort ein zweites Mal suchen und wieder zurückbringen."

Die Frauen sangen und bewegten sich, Chada hatte die Augen geschlossen und wiegte sich vor und zurück, vor und zurück. Maeve aber starrte mit großen dunklen Augen vor sich hin, durch die Flammen hindurch in eine Zeit, die wohl verloren war, die ins Nicht-Geschehen stürzte, an die Ränder einer Welt gedrängt, an der sie zugrunde gehen würde.

Die Töne aus vielen Kehlen steigerten sich. Ich hatte nur einmal diese Art sich steigernder Töne gehört: Das war der Klang einer Glasharfe, auf der die beweglichen Finger eines Musikanten einen ganzen Dom aus Ober- und Untertönen errichten konnten. Das Langhaus geriet zum gotischen Tongewölbe, die Frauen bewegten sich mit geschlossenen Augen vor und zurück. Einzig Maeve schaute mit schmalen Lippen gebannt auf ihre Tochter und ihre Enkelin. Die Töne trugen mich fort, manchmal fielen mir die Augen zu. Mein Körper begann sich unwillkürlich auch zu wiegen, und ich vergaß den nagenden Schmerz in meiner linken Seite und die brennenden Stellen an den Beinen. Die Zeit löste sich auf, doch Maeve starrte weiterhin auf ihr Kind und ihre Enkelin.

Dann regte sich langsam der kleine Körper unter den roten Tüchern. Das Mädchen drehte den Kopf hin und her, schob eine Hand verschlafen hervor und wischte die Tücher vom Gesicht. Langsam flimmerten die zarten Wimpern, die fast durchsichtigen Lider zitterten nach all den Anstrengungen, dann schlug das Mädchen die Augen auf und schaute langsam um sich. Die drei alten Heilerinnen, die in der Nähe gesessen hatten, traten dazu, zogen vorsichtig die Tücher weiter auseinander, hoben das Kind hoch, das bis auf eine rote Bauchbinde nackt war, und zeigten es triumphierend im Kreis. Das Singen und Summen der Frauen brach abrupt ab, sie schrien, lachten und klatschten in die Hände. Die drei Alten wickelten die Bauchbinde vorsichtig ab und warfen sie ins Feuer.

Eine der jüngeren Heilerinnen hatte inzwischen angewärmtes Wasser, in dem duftende Kräuter schwammen, in die Holzwanne geschüttet, und die Heilerinnen bedeuteten dem Kind hineinzusteigen.

Ich spürte, wie Maeve und Chada neben mir unruhig wurden.

„Anachytha schläft zu lange", murmelte Chada, und nun hob Maeve die Hand, so daß alle Frauen verstummten. Leise rief sie einige Worte in der Sprache der Megalithikerinnen.

„Vor der Namensgebung muß die Mutter aufwachen." Chada erhob sich, und mit Hilfe zweier Heilerinnen hob sie mich vorsichtig aus dem Stuhl und trug mich in die Mitte zur Feuerstelle.

„Heißt das, ich gebe dem Mädchen einen neuen Namen?"

„Natürlich. Ist das in Hel-Ens Welt nicht so?" Chada schaute mich verwirrt an.

„Früher taten das die Patinnen, ja."

Maeve rief etwas. Beschwörender als zuvor hatten die Frauen ihren Gesang wieder aufgenommen. Doch der schwingende, konturlose gotische Klang hatte sich verändert, und ich konnte die Silben eindeutig verstehen. Sie riefen Anachytha, die zu lange in der Anderwelt blieb. Es war der alte Klang, mit dem seit Zeiten und überall die Mütter der aufrechtgehenden säugenden Spezies des Homo sapiens gerufen werden: „Ma-Ma, Ma-Ma!"

„Sonst sitzen die Schlafmütter miteinander im Kreis um ihre Mädchen herum. Doch Maeve sagt, die Liebe holt sie aus der Anderwelt zurück."

Die Frauen setzten mich neben die schlafende Frau und betteten Anachythas Kopf vorsichtig in meinen Schoß.

Ich spürte sofort, daß das kein gewöhnlicher Schlaf war, denn Anachythas Schultern waren hart und verspannt, Gesicht und Hände kalt wie bei sehr alten Menschen, denen das Leben nicht mehr in die Fingerspitzen reicht.

Chada bedeutete mir, Anachytha meine Hände auf die Schläfen zu legen. Sie waren kalt, und die Seele hatte sich weit aus dem Gesicht zurückgezogen.

Die Stimmen der Frauen klangen beschwörend, einige schrien gar die Silben von weit hinten durch den dunklen, nur vom Feuer erhellten Raum. Meine Hände waren auf einmal kalt, als hielte ich eine kühle Frucht zwischen ihnen. Ich schaute mich hilfesuchend nach den Heilerinnen um.

„Ich friere sehr", flüsterte ich Chada zu, die in der Nähe sitzengeblieben war. Die Heilerinnen legten auf ihre Anweisung hin Decken über mich, und eine setzte sich dicht hinter meinen Rücken, die Beine schützend um mich gelegt.

„Schick die Wärme in deine Hände." Chada übersetzte das leise Murmeln der Frauen hinter mir. Ich schloß die Augen, atmete die warme Feuerluft ein, den süßen Kräuterduft, der aus der Kinderwanne stieg, und versuchte, wie ich es in Frauengruppen erlebt hatte, meinen warmen Atem durch meine

Schultern, Arme, Hände zu ihren kalten Schläfen zu senden. Ich beugte den Kopf vor und rief Anachythas Namen, leise, immer wieder, immer wieder, bis meine Hände warm wurden, und ich spürte, wie alles zusammen, Decken, Heilerinnen, Kräuterluft, stärker waren als die Kälte aus den Tiefen, in denen Anachytha sich verloren hatte.

Plötzlich bemerkte ich ein Ziehen zwischen den Händen, als wolle etwas antworten, durch mich hindurch. Ich schloß die Augen, und dann sah ich sie: Kinder, Mädchen und Jungen, Frauen, kahlgeschorene Männer, mit gelben Sternen oder anderen Zeichen. Brüllende Aufseher in hohen schwarzen Stiefeln und dunklen Uniformen.

Ich schaute wieder hoch. Maeves Augen lagen unverwandt auf mir, und sie nickte leise, bestätigend, als hätte sie schon lange vorher gewußt, was ich in diesem Moment erfuhr.

„Komm zurück“, flüsterte ich. „Um die Liebe der Frauen komm zurück!“

Anachytha bewegte den Kopf zwischen meinen Händen, die Stimmen der Frauen wurden leiser. Ich wußte nicht, ob die Stille, die uns umgab, nur meine Wahrnehmung war, oder ob die Frauen wirklich schwiegen. Die Zeit hielt den Atem an, als Anachytha die Augen öffnete und mich ansah – alle Erinnerungen lagen darin: vom ersten Kampf zwischen den Abtrünnigen und den friedfertigen Frauenkulturen bis zu den grausamen Völkermorden des faschistischen Zeitalters in der schwarzen Zukunft.

„Ich liebe dich“, flüsterte ich. „Ich liebe dich, Frau einer anderen Welt. Ich liebe deine Zeit, Frauenzeit, und ich werde alles daran setzen, daß auch meine Zeit wieder Frauenzeit wird, meine Welt die Frauenwelt, auf der alle Lebewesen Platz haben und glücklich sind, wie die Göttin sie schuf. Deine wiedergeborene Tochter Karuuna, was in manchen Ländern zu meiner Zeit ‚schöner Klang‘ heißt, soll den Namen Kumari haben. Das heißt in Nepal, einem Land zwischen hohen Bergen, ‚jüngste

Tochter‘. Denn in ihnen ehren wir alle: die Frauen, die Mädchen, und vor allen Dingen ihre kommende Zeit.“

Anachytha lächelte leise und strich sich mit der Hand über die Stirn. Dann richtete sie sich vorsichtig auf.

„Ich bin auch eine Kumari, wie meine Mutter Maeve und deren Mutter.“

Die Heilerinnen führten das Mädchen herüber, während die Frauen begannen, den Namen leise und allmählich zu intonieren, erst abwechselnd noch mit Karuuna, dann mehr und mehr den neuen Namen singend, jubelnd: Kumari! Kumari! Anachytha schloß ihre Tochter in die Arme, und die Kleine strahlte daraus hervor. Die Heilerinnen liefen geschäftig um uns herum, tätschelten abwechselnd die Mutter, ihre Tochter und mich. Chada rückte näher, und nun erhob sich Maeve im Kreis. Langsam ebbten die Gesänge und die Geschäftigkeit ab. Maeve sprach mit den Frauen, dann wandte sie sich mir zu und gebrauchte die gemeinsame Sprache:

„Das Mädchen ist wiedergeboren, die Mutter zurück. Hel-En aus der Anderwelt hat viel Mut, diese Welten zu durchschreiten. Bald beginnt der Aufbruch, und das Schwerste steht uns und Hel-En noch bevor: Die Frauen vom Clan der Schildkröte gehen über die Grenze, das Meer. Hel-En bleibt zurück, Trägerin des Schlangenbandes in ihre Zeit. Nutze die nächsten Wochen gut, Hel-En! Es werden unsere letzten sein.“

Sie hatte wohl zu den Frauen im Kreis etwas ähnliches gesagt, denn nun schwatzten alle durcheinander, schauten mich bewundernd oder auch mitleidig an. Maeve hatte, trotz der ernsten, fast mahnenden Worte wieder diesen eigenartigen Ausdruck im Gesicht, als lache sie mich insgeheim mit all ihrem Jahrtausende alten Zeitensprungwissen aus. Auch Chada lachte, und zu meinem Erstaunen wurde Anachytha neben mir, die große Harfnerin und Kämpferin, die ihre Tochter eigenhändig aus der Anderwelt zurückgeführt hatte, rot – Jahrtausende altes Verlegensein.

Rasch bat ich die Heilerinnen, mich wieder in den Hintergrund zu tragen, da ich müde und vollkommen verwirrt war, über das, was uns geschehen war.

ACHTE TAFEL

Ich – MAEVE, TOCHTERTOCHTERENKELINKIND TOCHTERKIND – ritze unsere Erinnerungen in Stein, auf die großen Tafeln, aus denen wir die Cairns bauen, die heiligen Höhlen, auf daß jene, die nach uns hier träumend liegen, sich unserer erinnern und der Zeit, da alle Träume verlorengingen. Nun sind wir fast an jenem unendlichen Meer angekommen, wo die Sonne tatsächlich auf immer versinkt. Für eine kurze Weile, ein paar Generationen, können wir uns in den rauhen Wäldern dieser hügeligen Insel verbergen, auf den Höhen unsere Kreise bauen, unsere Höhlengräber und Festplätze, denn noch ist sie kaum entdeckt, die grüne Insel, und zu rauh das Meer, als daß nur wenigE Mutige sich hinüberwagen, noch leben die Schlangen friedlich auf geweihtem Grund.

Hier legen wir die Plätze an, daß die Feuer der Feste von Hügel zu Hügel springen, quer über die Insel zum heiligen Zentrum, zu der fröhlichen Peripherie.

Hier bauen wir auf drei Hügeln die Jahreshöhlen, die Lichtfänger für jedes Fest, jeden Sonnenaufgang und -untergang, für jedes besondere Mondrücken, viele Sternenkonstellationen auch.

Drinnen schreiben wir die Geheimnisse an die Wände, alles, was wir einst hofften und glaubten, alles, was wir erlebten, denn jede Cairn nährt uns wie das hungrige Kind im Mutterbauch.

Der lange Weg des Sterbens hat fast sein Ende gefunden. Diese Totenstätte, in der wir ruhen werden, verschlüsselt die ganze Geschichte, angefangen in der Zeit des Überflusses im Gleichgewicht, den Zeiten der Überfälle und den Zeiten des Vulkanausbruchs, hier stehen die Zeichen für die gierigen Händler und das tapfer-stolze Hirtenvolk, das uns viel lehrte, die Zeiten, da wir alles verloren, den großen Fluß im Inland und die Sonnenstraßen der Erinnerung.

Die, die von Osten nach uns kommen, werden nicht ruhen, unsere Leiber zu vernichten, unsere Statuen zu zerschlagen, unsere Lieder zu verbieten und unsere Sprache zu verachten.

Nur die verschlüsselten Steine werden stehen und warten auf eine neue Zeit, auf Frauen, die ihren Inhalt ahnen, ihre Zeichen deuten lernen aus eigenem Elend. Denn unsere Vertreibung wird auch die ihre sein, unsere Heimatlosigkeit gleicht ihrer Sklaverei, der Spott, der uns traf, zielt auch in ihr Herz.

Es sind die Angst der Händler und Krieger und der Neid, die uns in den Untergang treiben. Wir wissen nie, ob ihnen je eine Grenze standhalten wird, ob dieses große Meer im Westen sie hemmt, oder ob sie auch dort Wege finden, kühne Schiffe, die Völker zu vernichten hinter dem Horizont.

Der Sänger von Sligo

Die Tiere

Siehe, so beklage ich mein Geschlecht,
Das weiße, aufrechtgehende,
Das Geschmeiß dieser Welt,
Krebsgeschwür an der Mutter Brust.

Ich werfe die Harfe in den toten Sand.
Einst ritten wir im Rhythmus der sanften Sättel,
Lächelnde Kamele oder dichtende Pferde trugen uns,
Die Falken schwebten luftig im Wind,
Hechelnd liebende Hunde bei Fuß.

Dahin die süße Milch, geschenkt von unendlicher Geduld,
Das Fleisch, gebraten im Rauch, Wolle und duftendes Leder.
Keine Stimme singt, kein Rascheln begleitet mich,
Kein Fell, das ich streicheln darf, kein Fangzahn, den ich fürchte,
Denn das Leben lief davon, die Beweglichkeit, die Angst.

Die Geschwister gemordet, Bruder Stier und Tochter Gans,
Mutter Kuh abgeschlachtet und Vater Adler geschossen.
Onkel Elefant ist tot, und Tante Löwin wird ihn nicht rächen!

Wir sind allein!

Siehe, so beklage ich mein Geschlecht,
Das weiße, aufrechtgehende,
Das Geschmeiß dieser Welt,
Krebsgeschwür an der Mutter Brust.

Ich saß im Schatten des Windfangs vor dem größten Langhaus, die Sonne spielte über die Hügel; ich steckte meine immer noch umwickelten Beine in die Wärme. Wenn ich mich nicht allzu hastig bewegte oder zu tief atmete, schmerzten die Narben in meinem Unterbauch kaum, und nur ein leichtes Ziehen und Zucken signalisierte, wie gut der Heilungsprozeß in den letzten Tagen seit Kumaris Wiedergeburt eingesetzt hatte.

Jeden Tag untersuchten mich junge Heilerinnen, bestrichen meine Wunden mit Salben und verließen sich auf meine Gesten, mein Jammern oder Lachen, um auf meinen Gesundheitszustand zu schließen. Mit einem Korb voller Tontiegel, Fläschchen, gepreßter Wachsstangen und mit anderen, mir unbekannten Dingen eilte eine junge Heilerin herbei. Mit einem Begrüßungswort ließ sie sich neben mir nieder und begann die Bänder über den Verbandsstreifen zu lösen.

„Ich wüßte gerne, ob mir die Spuren des Kampfes auch in meiner Welt bleiben?" fragte ich eher vor mich hin, doch ich wollte mit freundlichen, warmherzigen Worten versuchen, wenn schon nicht den Inhalt, so wenigstens meine Stimmung zu vermitteln.

„Hm?" erwiderte sie mit einem wohl allen Menschen verständlichen Laut. Wir lachten uns an, sie zog lächelnd die Mundwinkel herab und die Augenbrauen hoch, wackelte mit dem Kopf ein paarmal hin und her, deutete rasch mit dem Finger auf meinen Mund, auf ihre Ohren, wieder auf meinen Mund.

Ich brummte zurück, gleichzeitig schauten wir uns hilfesuchend um, ob niemand aus Maeves Sippe irgendwo auf dem Platz wäre, die uns mit der Sprache weiterhelfen könnte. Doch alle Töchter und Verwandten Maeves waren anscheinend mit der Organisation des bevorstehenden Aufbruchs beschäftigt. Laut hörten wir Chadas Stimme von irgendwoher rufen, Maeve und Anachytha waren schon vor einiger Zeit zu den Baustellen hinübergegangen, und ich hatte sie gebeten, David von mir zu grüßen. Ich schaute die junge Heilerin an. Plötzlich kam uns beiden die gleiche Idee: Sie kramte aus ihrem Korb zwei der flachen Holzspachtel hervor, mit denen sie Salbe in die Wunden zu steichen pflegte, und eine der flachen Schalen, in welchen die neolithischen Heilerinnen eine Art Fett oder Talg aufbewahrten, der für viele verschiedene Dinge benutzt wurde: zum Einfetten der Bänder, mit denen sie die Wundtücher zusammenhielten, oder der Riemen ihrer Sandalen; häufig wurde er bei Tieren verwendet als Melkfett zum Einreiben der Hände und Euter, wie ich es bei meinen Rundgängen hatte feststellen können.

Die junge Frau strich die Oberfläche des Fettes so glatt es ging und reichte mir dann die Schale. Ich nickte, denn ich hatte bereits an etwas ähnliches gedacht. Dann deutete ich auf die Heilerin und malte, so gut ich konnte, eine kleine Handtrommel, die sie immer bei sich trug, in das Fett. Wieder deutete ich auf sie und dann das Zeichen. Die Heilerin nickte, deutete auf sich und die Fettschale und sagte langsam etwas, das wohl entweder ihr Name oder ihre Berufsbezeichnung war. Das Wort klang wie Chalda oder Challa, und als ich es vorsichtig fragend auch mal als Chada aussprach, lachte sie und wies in Richtung der lauten Stimmen am Ende des Dorfplatzes.

„Chada!“ Dann wieder auf sich: „Challa!“

Dann deutete Challa auf mich, sagte den Namen Hel-En und malte auf meine Seite der Schale die kleine rituelle Doppelaxt, die ich seit jenem Tag an der Hüfte trug.

Ich nickte, dann holte ich mit den Armen aus, deutete, so weit ich konnte, auf den Horizont, wies auf Challa, wieder auf den Horizont und malte schließlich einen Kreis um ihr Zeichen, indem ich langsam die Worte in meiner Sprache sagte: „Welt. Deine Welt. Welt."

„Werlet!" wiederholte Challa sinnend. „Werlt."

„Welt. Deine Welt!"

„Werlt!" Sie runzelte die Stirn, schaute auf den Kreis, dann streckte sie den Arm aus und deutete, wie ich vorher, auf die Landschaft, indem sie nachdenklich das Wort wiederholte: „Werlt. Thene Werlt!"

Wir lachten.

Ich tippte sie an: „Deine." Dann mich: „Meine, deine."

Das begriff sie schnell, denn augenblicklich drehte sie die Worte herum, tippte mich an: „Thene." Dann sich: „Mene, thene, mene, mene Challa!" Sie runzelte abermals die Stirn, zeigte auf den Horizont und murmelte: „Thene Werlt. Mene Werlt." Plötzlich strahlte sie und rief: „Werlt. Challa?" Sie deutete auf mich und rief: „Thene Werlt. Hel. Hel, thene Werlt", und sie zog einen Kreis um mein Symbol. Dann deutete sie auf das Symbol „Hel", daraufhin auf mich und sagte: „Hel-En, thene Werlt. Hel, mene Werlt", und sie wies in die Landschaft hinaus.

Hel, die Anderwelt, meine Welt war ihre Anderwelt.

Sie deutete nun wieder in ihre Welt und sagte: „Airin, Werlt Airin." Dann auf mein Zeichen: „Hel, Werlt Hel."

Wir strahlten uns an, und Challa rief einer vorbeilaufenden Frau stolz etwas zu, die stehenblieb und dann langsam näherkam. Challa führte ihr neuerworbenes Wissen vor. Daraufhin deutete die Frau in rascher Folge auf mich, das Haus hinter sich, den Himmel, einige Kinder und sprudelte die Bezeichnungen hervor.

„Halt, halt!" rief ich. „Nicht so schnell!"

„Chalt! Pnell!" rief die andere, wobei sie das „Sch" irgendwie hervorprustete und lachend weiterlief.

Challa hatte meine Beine aufgebunden, damit sie der Sonne ausgesetzt waren und die Wunden austrocknen konnten.

Nun wies ich auf die Stellen, dann auf das Zeichen für meine Welt und fragte: „Hm?"

Challa wiegte den Kopf abschätzend hin und her. Dann hob sie die Handflächen hoch und ließ sie auf ihre Knie fallen, was wohl soviel wie „Ich weiß es nicht!" bedeutete.

In diesem Augenblick näherte sich ein seltsamer Zug. Vorneweg erkannte ich Maeves Gestalt mit ihren langen, weißen Haaren, hinter ihr schleppten ungefähr fünfzehn der kleinen Wanderer etwas sehr Schweres an einem bahrenartigen Gestänge zwischen sich. Obenauf sah ich David mit seinem roten Haarschopf sitzen und wild gestikulieren. Nebenher liefen noch einmal so viele Wanderer sowie einige Frauen, die unter Anachythas Anleitung rhythmisch in die Hände klatschten und im Takt der langsam vorwärtsschnaufenden Träger einen Singsang intonierten, der mich ein wenig an das melancholische *„Hei-juch-njem"* russischer Treidellieder erinnerte.

Als sie die Senke zwischen dem Mittelhügel und Patrickstown heraufgewankt waren, erkannte ich, daß die Wanderer zwischen sich einen fast zwei Meter langen, achtzig Zentimeter dicken und ungefähr einen Meter dreißig breiten Steinblock auf dem Gestänge trugen und obendrauf noch Davids kleines Gewicht, der zu dem Lied lachend in die Hände schlug.

Langsam rückte die Gruppe mit ihrer schweren Last näher und hielt dann, dirigiert von Anachytha, genau vor dem Langhaus, unter dessen Vordach Challa und ich saßen. Vorsichtig wuchteten sie den Stein mit Hilfe der langen Tragestangen hoch, und David rutschte herunter wie auf einer prähistorischen Rutschbahn.

Von allen Seiten schleppten die Wanderer Geröll und Reste vom Trockenmauerwerk herbei, die sie unter den Block schoben. Als er in einem Winkel von fünfundvierzig Grad auf dem Geröllhaufen lehnte, lösten sie die Lederstricke, die den Stein bis dahin mit den Stangen verbunden hatten, und banden sie um den Steinblock fest. Vor dem Megalithen hatten sie eine ungefähr vierzig Zentimeter tiefe Rinne gegraben. Fünf Wanderer spannten sich vor dem Riesenstein in die Seile und zogen nun, unterstützt von lauten Zurufen, den Stein weiter hoch, während die anderen flink auf den Haufen kletterten und weitere Steine unter die Last schoben. Auch an den Rand des kleinen Grabens vor dem Megalithen legten sie jetzt schwerere Brocken, um den Block am Wegrutschen zu hindern.

„Na?" schmunzelte David. „Wenn den nun wieder jemand auf den Kopf bekommt!"

Anachytha stand dabei und verfolgte die Aktion konzentriert. Natürlich hätte ich als Wissenschaftlerin genauso gespannt und aufmerksam der Arbeit folgen sollen wie sie, aber ich konnte es nicht, denn während der Heilung hatte ich Anachytha immer nur kurz und von weitem erblickt, meistens ihre kleine Tochter eng an sich gedrückt, als wolle sie das wiedergeborene Kind nie mehr von ihrer Seite lassen. Manchmal schien es mir beinahe, als sei ihr die Erinnerung an die ungewohnte Nähe zwischen uns während des Wiedergeburtsrituals irgendwie peinlich, oder es störte sie die Schwäche, in der ich und die anderen sie damals erlebt hatten: die große Kämpferin am Rande des Todes.

So sah ich Anachytha nun das erste Mal seit jenem Abend nahe vor mir: Mit gerunzelten Brauen verfolgte sie die Arbeit der Frauen und der Wanderer. Sie trug den blauen Umhang wie eine Toga um den Oberkörper geschlungen, darunter sah ich das gelbe, kurzärmelige Lederhemd und die schmalen Beinkleider. Das helle Haar trug sie mit ihrem silbrigen Band zusammengehalten, die Harfe hing in dem Lederfutteral über den Rücken herab. Ich hatte den Eindruck, als zögen sich ein paar Falten mehr über ihr Gesicht, besonders um die Mundwinkel, was sie Maeve ähnlicher erscheinen ließ.

Von mir aus hätten sie tausend andere Megalithen samt Inschriften vor mir aufrichten können; mich faszinierte in dem Moment nur die Inschrift ihres Gesichtes, die Bedeutung der leicht zusammengekniffenen Augen, die Symbolik des schmalen Mundes, ihre Gedanken und Gefühle.

Maeves mahnende Worte fielen mir ein: daß Liebe nicht einfach Liebe sei, und daß ich mir die Erfüllung eines Liebestraumes, so wie ich ihn aus meiner Welt kannte, aus dem Kopf zu schlagen hatte. Aber wie diese Menschen hier sagten: Ich hatte als Kind meiner Zivilisation „ein paar Bretter quer im Leib", und mein Kopf wußte es anders, als mein Gefühl wollte. Über meine Hände fuhr ein warmer Schauer. Ich wollte aufspringen, ihr Gesicht umfassen und diesen gut gewachsenen schmalen Körper an mich drücken! Ich fluchte innerlich über dieses alteuropäische Mißverhältnis zwischen Vernunft und Gefühl. Andererseits war ich auch glücklich, denn ich fühlte, daß ich lebte, beinahe gesund war, und eine leise Stimme, die niemals geschwiegen hatte in den letzten Tagen, murmelte: „Warum denn nicht? Wer weiß, was deine Körpersprache in ihr weckt?"

Nun stand der große Stein aufgerichtet vor mir – fast wie eine Schultafel. David schlenderte heran, beugte sich über Challas und meine Schreibversuche, nahm gar die Fettschale in die Hand und runzelte die Stirn.

„Na!" sagte er dann und wies auf Maeve, die nun um die Ecke des Langhauses herum zu uns trat. „Ich glaube, unsere Oberlehrerin hat dir nun härteres Material mitgebracht!"

Anachytha rief den Wanderern etwas zu, die daraufhin wieder in ihren Dorfteil zurückliefen. Auch die Frauen, die ihnen geholfen hatten, gingen zu ihren verschiedenen Arbeiten zurück. Ich merkte, wie mir das Herz bis zum Hals schlug. Weder Aufspringen noch Fortgehen war mir möglich, ich mußte in dieser halb liegenden Lage bleiben und abwarten, was wohl geschehen würde!

„Die Kraft der Zeit ist in Hel-En wie bei allen Frauen des Clans.“ Anachytha beugte sich vor, nahm meine rechte Hand und betrachtete die Innenfläche, während sie langsam mit ihren Fingerspitzen darüberfuhr. „So gibt es keine Schranken mehr; doch Anachytha weiß nicht, ob sie danken oder wüten soll, lachen oder weinen!“ Sie schaute mir für einen Moment in die Augen, dann wandte sie sich ab und sah über das Land hinaus, über die Wälder mit ihren tiefen Wanderschneisen und dunklen Lichtungen bis dorthin, wo hinter der Dunst- und Nebelwand im Westen das Meer lag.

Maeve hatte uns zugesehen, nun schüttelte sie leicht den Kopf, berührte ihre jüngste Tochter sachte an der Schulter und bedeutete ihr, sich wieder aufzurichten.

„Gut“, sagte Maeve, nahm David die Fettschale aus der Hand und tat so, als bemerke sie gar nicht, daß er sich der Forderung widersetzt hatte, daß alle Männer in ihre Dorfhälfte zurückzukehren hätten. „Challa ist auch eine Heilerin der Gedanken! Sie zeigt Hel-En, was sie tun kann!“ Sie drehte sich zu dem Megalithen herum und klopfte nun daran. „Überall wo der Clan der Schildkröte weichen mußte, stehen die Tafeln! Anachytha wird diese hier ritzen, und Hel-En wird ihr helfen.“

„Ich kenne eure Zeichen aber nicht!“

„Du wirst lernen – mit der jüngsten Tochter zusammen! Ist es nicht das, was Hel-En will?“ Sie blinzelte listig. „Die Zeichen lesen, die die verschiedenen Maeves aller Zeiten ritzten, die Botschaften an die Enkelin am Ende der schwarzen Zeit? Gib mir eine andere Schale!“ wandte Maeve sich nun an Challa.

„Nimm doch die hier!“ Ich deutete auf die Schale mit unseren Zeichen, aber Maeve schüttelte den Kopf.

„Was einmal bezeichnet wurde, ist da. Diese Schale erzählt Hel-Ens Geschichte: wie Hel-En aus ihrer Welt kam, wie Hel-En Maeves Tochter genannt wurde – die Geschichte von Maeves Clan! Sie wird bewahrt und Teil der letzten Tafel sein, wie alles, was auf der grünen Insel von Eire geschehen ist." Ich schaute Maeve fragend an, und sie fuhr fort, unsere Schale mit den eingeritzten Zeichen in der Hand. „In Hel-Ens Welt, so hat sie einmal erzählt, habt ihr die Raschelbündel, die ihr Bücher nennt. Darin stehen Zeichen für Dinge oder Geschehnisse. Nicht Zeichen, die immer eine ganze Welt in sich tragen wie diese hier in Challas Schale. Hel-En schreibt kleine, verwickelte Fadenzeichen in ihre Raschelbündel oder auf die Maschine in dem Räderhaus! Anachytha, die Jüngste, mußte es ihrer Mutter erklären! Maeve wird alt und begreift nicht mehr alles. Jeder Faden ist ein Laut, ein Geräusch aus dem Mund. Aus diesen Geräuschen sind alle Worte zusammengesetzt, sagt Anachytha." Die Alte schaute mich fragend an. Während der langen Rede hatte sie sich niedergelassen, auch David hatte das als Aufforderung gesehen, sich ebenfalls zu setzen, und Anachytha lehnte plötzlich neben mir an der Wand. Ich spürte ihre Schenkel neben meinen Beinen, und ein Arm ruhte freundschaftlich hinter meinem Rücken – was vielleicht gar nichts zu bedeuten hatte, denn Challa hatte diese Haltung vorher eine Zeitlang eingenommen, um mir das aufrechtere Sitzen zu erleichtern.

Ich fragte mich allerdings, wie ich, so mit Fürsorge umgeben und neben mir Anachytha, deren bloßer Anblick mich erschauern ließ, eine ruhige Diskussion mit der Ältesten über unsere Schriftsysteme, deren Unterschiede, Vor- und Nachteile, abhalten sollte!

„Hm, ja", murmelte ich ungeschickt und buchstabierte dann langsam Maeves Namen, wobei ich bei jedem Buchstaben einen Finger von Maeves linker Hand berührte: „M-A-E-V-E."

Die Alte lächelte erstaunt und wiederholte langsam, die Buchstaben an ihren Fingern zählend:

„M-A-E-V-E. Diese Fäden und Geräusche tragen keine Welt, sie sind nicht Maeve, die Alte!" Sie beugte sich vor, nahm meine Hand und wiederholte das Experiment mit meinem eigenen Namen: „H-E-L-E-N." Sie dachte kurz nach und nickte dann, als sei sie zu einem Schluß gekommen. „Da gibt es das Geräusch ‚Ä'! Doch in Maeves Namen zählt es zwei Finger! In Hel-Ens Namen ist es zweimal da, doch nur je ein Finger! Anachytha sagt, daß ihr eine Welt daraus bauen könnt. Deine Welt sucht eine Ordnung für die Rumpelkammer in den Herzen." Sie schaute uns beide an und schüttelte erstaunt den Kopf. „Mit solchen Fäden werdet ihr schwer das Gewebe der Welt wiederherstellen! Doch diese Fadenzeichen bilden den Klang der menschlichen Stimme ab! Anachytha sagt, Hel-Ens Welt kann mit diesen Zeichen singen! Ihr haltet ein Lied fest, und irgendeine Frau am anderen Ende der Welt, die den ursprünglichen Klang nie mit den eigenen Ohren hörte, kann das Lied genauso singen?"

Ich nickte zustimmend. Anachytha ließ meinen Rücken los und beugte sich vor.

„Anachytha möchte die Lieder anderer Welten sehen! Die Seelen fremder Frauen singen, durch die Zeit fahren auf der goldenen Leiter!" Sie lächelte mich an und strich über das verhüllte Instrument. Doch dann war es wieder, als zöge ein Schatten über dieses nachdenkliche Gesicht, und sie schüttelte den Kopf, als müßte sie sich innerlich etwas verbieten, das unerreichbar war wie ein anderer Stern.

Maeve nahm nun eine neue Fettschale und stellte sie zwischen uns auf den Boden.

„Hier ist nun die Art der Frauen, die Welt zu sehen. Ohne Klang, Anachytha! Ein Zeichen ist immer zugleich die Welt, in der es auftaucht. Hel-En, lies die Zeichen eurer Schale, dann wird Maeve den Frauen und Töchtern weitere zeigen."

Anachytha zog noch einmal die erste Fettschale mit Challas und meinen Zeichen heran und stellte sie vorsichtig zwischen meine leicht angewinkelten Knie. Ich begann, indem ich langsam mit den Fingern unsere Zeichen entlangfuhr:

„Hier sehe ich Challa. Nein, eigentlich sehe ich nur das Zeichen einer jungen Heilerin, die kleine Handtrommel! Die Trommel ist rund, die junge Frau ist selbst eine Welt aus bestimmten Fähigkeiten; es ist eine Heilerin in ihrer Welt. Ihr Name scheint in diesem Kontext nicht so wichtig, sonst hätten wir ebenfalls ein Bild dazu. Da, gegenüber, ist dann die kleine Doppelaxt: eine junge Frau, eine Kämpferin. Sie ist aber nicht aus der Welt der Heilerin, denn sie hat ihren eigenen Kreis." Ich schaute hoch, und die alte Maeve nickte.

„Weiter, Hel-En! Die Zeichen sind noch nicht zu Ende."

Ich starrte angestrengt in die Schale. Was mochte sie noch meinen? Anachytha beugte sich leicht über mich und fuhr sachte mit dem Finger über den Rand der Schale. Ich verstand:

„Ja, natürlich! Beide jungen Frauen begegnen sich auf einer Erde, der Rand der Schale ist auch noch da: Die ganze Schale selbst ist ein Zeichen! Wir begegnen uns innerhalb dieses Horizontes." Ich schaute hoch und umfaßte mit meinem Blick den ganzen Kreis aus Landschaft um uns herum. „Zwei junge Frauen, jede aus einer anderen Welt, begegnen sich innerhalb eines gemeinsamen Horizontes!"

„Und weiter?" Maeve wackelte mit dem Kopf, und David tat es ihr nach.

„Ich sehe was, was du nicht siehst!" Er grinste verschmitzt. Ich schüttelte den Kopf.

„Was meint sie denn noch?"

„Na, da mußt du noch viel lernen, Miß Wissenschaft! Das liegt aber echten alten Iren im Blut!" Er erhob sich, nun war er im Stehen etwa auf der Höhe unserer Köpfe. Er faßte Challa und Anachytha sanft auf die Scheitel und führte ihre Köpfe noch näher an die Schale heran, dann wandte er sich mit einer kurzen Verbeugung Maeve zu, schob ihren Kopf ebenfalls dichter an die Schale und sah mich auffordernd an.

„Na, was ist nun? Siehst du es nicht? Ganz einfach: Diese Welt hat vier Himmelsrichtungen, vier Göttinnen, oder wie immer die das hier nennen mögen. Hast du denn deine Mythen nicht genug studiert? Hier, die ganz junge, die Weiße. Dort die ganz alte, die Schwarze. Und in der Mitte …", er lachte laut und klatschte in die Hände, „… die Liebenden, die Roten! Frühling, Sommer und Winter!" Er strahlte entzückt, ich fuhr zurück, und Challa neben mir kicherte. Obwohl sie Davids Worte nicht richtig verstanden hatte, ahnte sie wohl den Sinn.

Die alte Maeve nahm nun die neue Schale her und begann mit ihrem Unterricht. Sie zog einen Kreis in das Fett und setzte einen kleineren als Mitte hinein, ähnlich wie Challas Zeichnung. Darunter zeichnete sie ein Dreieck.

„Das ist die Zeit vom Clan der Schildkröte, wie der Mond auf- und untergeht. Das hier ist der Schoß jeder Frau, das ist die Zeit der Frau!" Sie zog kreuzförmig zwei Linien durch den Kreis mit dem Mittelpunkt. „Das ist, was Da-Vid sagte: die Erde und ihre Himmelsrichtungen. Sonnenaufgang und Sonnenuntergang, Hochstand und Nacht." Dann setzte sie ein Kreuz daneben und verband die äußeren Punkte des zweiten Kreuzes durch zwei Diagonalen, so daß zwei sich an der Spitze berührende Dreiecke entstanden.

„Eine Frau, noch eine Frau – zwei Frauen und die Erde zugleich. Nie werden diese ohne die Erde sein, nie die Erde ohne die Frauen. Sie sind die Erde, Hel-En, die Erde ist sie! Über ihnen ist der Himmel, die Unterwelt ist unter ihnen – Hochstand und Tiefstand der Sonne!" Sie zog einen Strich zwischen die Spitzen der beiden Dreiecke, und ich sah wieder die Doppelaxt vor mir. Anachytha maalte das Zeichen der Doppelaxt mit einem Finger nach.

„Wir haben erst spät gelernt, Hel-En, daß unsere Welt zur Waffe werden muß gegen die Eindringlinge. Die Welt kann nur sich selbst schützen, doch die Wunden, die wir ihnen schlagen, schlagen auf uns selbst zurück. Das ist das Geheimnis der Doppelaxt!"

„Hieß das früher anders?“

„Ja. Diese Bedeutung ist neu. Früher waren die Dreiecke nur die Frauen auf der Welt.“

„Dann ist aus einem Liebeszeichen ein Todeszeichen geworden?“ Ich schaute die Frauen fragend an, und alle drei nickten leise. David pfiff durch die Zähne.

„Maeve, viele Frauen in meiner Welt tragen heute wieder diese Doppelaxt oder benutzen das Zeichen. Es ist bereits in meiner Welt angekommen und bedeutet das gleiche für uns.“

„Dann geht ihr nicht unter!“

David trat entschieden zurück und winkte uns zu. „Ich glaube, jetzt sollte ich mich tatsächlich auf die Socken machen. Das geht mich wohl nichts an. Ich geh zu meinen Jungs drüben. Viel Glück!“ Er wandte sich um und trollte sich den Berg hinab. Maeve sah ihm nach und nickte weise:

„Werden sie wieder lernen, unaufgefordert davonzugehen?“

Harras hatte sich im Laufe des Unterrichts behaglich zwischen uns hingelegt. Das Band glitzerte grünlich durch sein Fell, was meine alte Lehrerin wohl auf einen neuen Gedanken brachte. Sie malte eine sich schlängelnde Linie in das Fett.

„Wasser, Meer, die Bogen, die der Mond läuft. Das Meer, das davon bewegt wird. Die Jahre, die der Mond für diese Bogen am Himmel braucht.“ Dann fügte sie zwei Kreise aneinander wie eine liegende Acht, ähnlich wie bei den Eingravierungen auf dem Schlangenhalsband. „Welten, die sich berühren, Zeit ohne Ende. Gleichgültig, Hel-En, ob diese Zeit gemessen wird oder nicht, ob die Welt begangen wird oder nicht. Es ist die Lebenswanderung jeder Frau, es sind die Brüste der Frauen und somit der Strom des Lebens. Das ewige Leben, das die Langbeiner suchen!“

Maeve zeichnete einen Kreis darunter, der durch viele Speichen unterteilt war, daneben einen weiteren Kreis mit Strahlen nach außen. „Die Sonne. Hier ist sie in der Anderwelt. Es ist Winter, sie hat ihre Strahlen nach innen gezogen. Das ist die

Sonne leuchtend und heiß in unserer Welt, im Sommer – das Mittagslicht, die Zeit der Liebe. Dort – die Zeit des Todes. Die Weisen sagen: die Mitternachtssonne."

Diesmal hatte sie keine Scheu, die Fettfläche mit einem Holzspachtel glattzuwischen. Die vielen Zeichen hatten untereinander gestanden, hatten sich sogar überschnitten und ein Muster gebildet, ähnlich jenen in den Cairns. Als die Fläche wieder sauber war, zog Maeve langsam und sorgfältig vom äußersten Rand der Schale her eine Spirale zum Mittelpunkt.

„Die Menschen allein können aufrecht stehen zwischen Himmel und Erde! Aber eigentlich neigt sich das Oben anders nach unten, so wandern die Sterne über den Himmel, so Sonne und Mond." Im Mittelpunkt der Schale drehte sie den Spachtel herum und zog in die gleiche Richtung eine sich auswickelnde Spirale wieder zum äußersten Schalenrand. „Drüben, wo sie die großen neuen Anlagen bauen, findet sich auch ein neues Zeichen."

Sie wischte die große doppelte Spirale weg und zeichnete zwei nebeneinander liegende Spiralen: eine sich auswärts und eine sich einwärts drehende. Als sie das Gefühl hatte, wir hätten diese beiden verbundenen Spiralen lange genug betrachtet, setzte sie eine dritte Spirale daneben. „Das sind Auf- und Abstieg des Himmels über uns, aber auch die Göttin selbst – größer und umfassender als alles andere in ihrer Gestalt."

„Sehe ich das richtig?" wagte ich ihren Unterricht mit einer Frage zu unterbrechen. „Wenn Dreierkonstellationen auftauchen, wie vorhin das Dreieck, meint ihr damit immer eine Verbindung von Frau und Zeit? Zeit, wie der Mond sie vorgibt?"

Maeve schaute mich verwirrt an.

Anachytha aber ahnte, was ich meinte. Sie tippte auf die drei Spiralen und zählte laut. „Eins – zwei – drei. Ja, du hast recht, Hel-En."

„Und wenn ihr etwas mit vier Ecken macht, zum Beispiel das Kreuz oder auch oben und unten, dann meint ihr die Welt mitsamt Himmel und Unterwelt? Wie vorhin die Doppelaxt und jetzt das Auf und Ab der Spiralen?“

„Ja, Schwester.“

Ich schluckte kurz ob dieser ungewohnten Anrede.

„Zwei Kreise oder zwei Spiralen sind auch die Brüste der Frauen oder, im übertragenen Sinn, die unendliche Zeit, die reiche, nährende Fruchtbarkeit der Natur? Und drei Spiralen – das schließt alles andere ein: oben, unten und den Raum. Drei als Zeichen der Frau und der Zeit, die unendliche Wellenbewegung. Das alles zusammen ist die Göttin, das heiligste Zeichen überhaupt?“

„Oben und unten auf Erden. Zwei Hügel, zwei Brüste: Slieve na Challiagh! Drei Hügel: die großen neuen Anlagen drunten am Fluß, die Anlagen der großen Göttin.“ Mit diesen Worten unterbrach mich Chada, die leise an uns herangetreten war und uns eine Weile über die Schultern geschaut hatte. Nun lachte sie leise. Ich faßte Maeve am Arm, die schon wieder weiterzeichnen wollte.

„Warte, ihr seid mir zu schnell! Was bedeutet euch das?“ Ich nahm den Spachtel und zeichnete das so weitverbreitete Ährenmuster in die Fettschale.

„Die Frauen zeichnen in runden Formen, die Wanderer in eckigen“, erklärte Chada. „Es ist ihr Untergang, der Untergang der Sterblichen, ihre Lebensjahre, wenn einige aneinandergereiht sind, denn sie fallen wie das Getreide im Herbst und haben nicht teil am Kreislauf der Zeit aus Leben und Tod.“

Maeve stand auf und streckte ihre Beine. „Nun ist es genug. Hier, Chada.“ Sie legte den Spachtel auf den Boden und übergab Chada einen Faustkeil, den sie in einem Beutel an der Hüfte getragen hatte. Chada kauerte sich nun zu uns und zog einige der unbehauenen, knollenartigen Steine heran, die herumlagen. Sie nahm einen kleinen in ihre rechte Hand und Maeves Faustkeil in die linke.

„Die gerade Linie!“ Sie setzte den geschliffenen Meißel auf einen der größeren Steinbrocken und schlug sachte mit der Knolle drauf. Der Schlag klang hell, und einige Splitter sprangen von dem großen Stein ab. Langsam schlug sie so eine handlange Linie in den Stein. Danach legte sie den Faustmeißel in eine kleine Halbschale, die Maeve in der Zwischenzeit herbeigetragen hatte, streute Sand darauf und schliff mit einem kugelförmigen Stein den Meißel wieder nach, wobei Challa ihr hin und wieder etwas Wasser auf die Schale spritzte. Dann hämmerte Chada wieder an der Linie – schleifen, hämmern, schleifen, hämmern – ein Wechsel, der mich sehr an die mit Feder und Tintenfaß schreibenden Dichterinnen und Dichter voriger Jahrhunderte erinnerte.

„Anachytha hört das Klingen, dann weiß sie, wie der Schlag war“, erläuterte Chada und gab Meißel, Knolle und Schleifschale an ihre jüngste Schwester weiter. Anachytha schlug sie erst einige Male in der Luft zusammen. Sie lauschte den Tönen mit vorgeneigtem Kopf nach, pochte dann mit der Knolle versuchsweise gegen den Stein und begann Chadas gerade Linie fortzuführen. Noch nicht ganz so gerade wie ihre! Teilweise sprangen größere Splitter aus dem Stein, teilweise auch gar keine. Es gab Funken und häßliche Kratzgeräusche. Chada verzog das Gesicht, korrigierte Anachythas Handhaltung, ihren Aufschlag, und allmählich wurden die Schläge gleichmäßiger, die Töne heller, die Linie blieb gerade.

Nach einiger Zeit schoben sie mir die Steingeräte zu, Challa und Anachytha legten meine verletzten Beine vorsichtig noch etwas weiter auseinander.

Ich weiß nicht, ob ich es mir einbildete, aber als Chada mir einen Fäustling reichte, schaute ich kurz in ihr Gesicht, und es war, als runzele sie die Augenbrauen, während sie auf meine Beine sah. Im gleichen Moment spürte ich ein Streicheln auf meinem rechten Bein. Doch sicherlich strich Anachytha nur ihren Umhang glatt.

Ich wog Meißel und Knolle in den Händen, schätzte ihr Gewicht, schlug sie versuchsweise aneinander und prüfte den Klang. Natürlich waren meine ersten Kratzversuche noch miserabler als die von Anachytha, die ja Zeit ihres Lebens schon vielen Frauen und Wanderern beim Arbeiten zugesehen hatte und es wahrscheinlich auch schon selbst versucht hatte. Erst splitterte ein ganz kleiner Stein aus dem Brocken heraus, und statt einer säuberlichen Linie hatte ich ein Loch gegraben! Als ich etwas vorsichtiger vorging, geschah überhaupt nichts, und es war kaum eine Kratzspur zu erkennen.

„Es ist schwerer, als im Fett zu schaben, nicht?“ Anachytha übersetzte Challas leise Frage, und ich schaute die junge Heilerin lächelnd an.

„In der Tat! Und noch schwerer als in meinen kleinen Raschelbündeln oder gar an der Maschine mit den Tasten.“ Während ich tapfer weiterprobierte, übersetzte Anachytha meine Worte, und Challa lachte freundlich.

Ich war ja auch sonst im Leben manuell nicht sehr geschickt, und diese Bildhauerarbeit lag mir anscheinend überhaupt nicht! Nach mehreren Versuchen schaute ich die alte Maeve verlegen an und ließ die Geräte sinken. Chada schnaubte etwas ungeduldig vor sich hin, doch Maeve schaute mich streng an:

„Hel-En wird die letzte Tafel schreiben, zusammen mit Anachytha, denn es ist die letzte Geschichte. Wie kann Hel-En wissen, was auf dem Stein steht, wenn sie es nicht geschrieben hat?“

„Ja, reicht es denn nicht, wenn ihr mir erklärt, was da steht?“

Maeve schüttelte nur den Kopf.

„Hm.“ Ich schaute die groben Geräte in meinen Händen an, und es war mir vollkommen unbegreiflich, wie sie damit all die feinen Zeichen in die harten Wände ritzen konnten. Meine eigenen Hände waren bereits rot, in der Handinnenfläche spürte ich schon eine Blase. Plötzlich kam von rechts eine Hand, kräftig, etwas länger als meine und angenehm trocken, kühl im Vergleich zu meinen verschwitzten, aufgerauhten

Händen. Sie griff sachte nach der Faust mit der Schlagknolle, und ein Arm strich hinter meinem Rücken entlang und nahm meine linke Hand mit dem Meißel.

„Zusammen, sagt Maeve. Also gut!“ Anachytha lachte hinter mir und begann wie bei einer ABC-Schützin meine Hände zu führen. Sie bremste sichtlich, wenn ich zu heftig schlug und stützte die linke Hand so, daß der Meißel weder abglitt noch weitere Löcher in den Stein grub.

Maeve nickte zufrieden.

„Morgen fangt ihr an.“ Kategorisch erhob sie sich und ging davon.

„Dann wird Chada ja nicht mehr gebraucht!“ Ohne ein weiteres Wort drehte sie sich um und stapfte ebenfalls davon. Auch Challas Abschiedswort nahm ich kaum wahr. In dieser Haltung, die ich mir nie hätte träumen lassen, ging alles andere an mir spurlos vorbei.

Die gerade Linie entstand unter unseren Händen – wie von Zauber selbst gesetzt. Und als Anachytha begann, mit mir das Zeichen der beiden Dreiecke zu ritzen, das wir dann zu der Doppelaxt verlängerten, war mir, als hätte ich schon mein ganzes Leben lang so gesessen und Zeichen in Megalithen gehämmert, ganz einfach mit der Frau meiner Liebe hinter mir!

Ich weiß nicht, wie lange wir so gemeinsam arbeiteten und übten. Die Zeit verschwamm, löste sich auf. Irgendwann spürte ich, daß unsere Hände ruhten und wir wohl schon eine ganze Weile nur so dagesessen hatten.

Dann stand sie auf und sagte: „Anachytha hat noch etwas zu tun. Beenden wir das Schreiben! Da-Vid wird kommen und dich holen.“ Über ihr Gesicht huschte etwas, was ich nur als Verlegenheit deuten konnte, dann ging sie über den Platz davon.

Tatsächlich kam David herangestolpert. Sie hatten ihm neue Kleidung angefertigt, und er kam von Männerdorf stolz herübergewandert wie ein kleiner Pfau mit dem roten Haarschopf, um sich mir zu präsentieren. Er drehte und wendete sich und klatschte in die Hände. „Hallo, Miß Langbein mit den lahmen Füßen! Die Kleider habe ich und bald auch eine Frau! Wie du!"

Ich konnte ihm nur mit Mühe und Not bedeuten, daß man hier in diesem Land nicht so einfach Frauen wie Kleider „haben" konnte.

„Schon gut, aber ist das nicht eine wunderbare Welt? Fast die Hälfte aller Jungs dort drüben ist erst so groß wie ich oder nur knapp darüber! Außerdem gilt es bei den Wanderern als unhöflich, mit kleineren Leuten wie mir oder den Söhnen im Stehen zu reden! Kaum sagst du Guten Morgen! oder so etwas – wupps! – schon hocken sie neben dir und palavern auf den Knien."

„Auch mit ihren Kindern?"

„Ja! Nett, was? Das hast du natürlich mit deinem steifen Kinderhals im Angesicht aller Giraffentanten und Elefantenopas längst vergessen!"

„Wie redest du denn mit ihnen?" Ich richtete mich auf einem Ellenbogen aus der liegenden Haltung wieder auf, in die ich nach Anachythas Weggang geglitten war. David hatte sich auf einem Fellberg daneben niedergelassen.

„Ein Wort, ich – eines, die! Hände, Füße und viele Grimassen! Ich bin Ire, Helen, vergiß das nicht!" Er richtete sich stolz auf. „Und Iren verstehen einander immer!"

„Auch quer durch alle Zeiten?" Ich lachte. „Dann geht es dir besser als mir. Ich kann mich nur mit Maeves Sippe unterhalten."

„Puh, Miß Ganzgescheit! Übrigens habe ich eine Einladung für dich, eine Ausnahme-Einladung! Normalerweise trennen die hier schön zwischen den Festen für die Frauen und denen für die Männer. Aber ich habe meinen jungen Freunden drüben erzählt, was du sonst so tust, und nun ist ethnologisches Studientreiben vor Ort angesagt! Sie lassen dich ausnahmsweise bei ihren Beerdigungsriten dabei sein, gleich bringen sie dich zum Westhügel."

„Was soll es denn geben?"

„Das Begräbnisritual für die gefallenen Wanderer."

„Ein Begräbnis hatten wir doch schon, weißt du noch, ehe wir in die Schlacht loszogen?" Ich winkte ein bißchen müde ab. Der Gedanke, irgendwie auf einer Bahre durch das ganze Areal des Lough Crew geschaukelt zu werden, behagte mir überhaupt nicht. Ich war müde, die Nacht der Namensgebung für die kleine Karuuna-Kumari steckte mir noch ebenso in den zerschlagenen Knochen wie die Anstrengungen des Unterrichts.

Tod und Leben lagen so nahe beinander – Liebe und Angst beutelten mich abwechselnd in viel zu kurzen Abständen.

„Das war ein Frauenbegräbnis. Nun wirst du das Gegenteil sehen! Komm schon, Helen, sei nicht faul! Das ist eine große Ehre für dich; du darfst sie nicht enttäuschen. Außerdem, wie stehe ich da? Was glaubst du, wieviel Überzeugungskraft ich aufbringen mußte? Viel schlimmer, als Mag ein Gläschen abzuluchsen!" Er blinzelte mir zu. „Außer der jüngsten Maevetochter darf keine Frau dabei sein!" Er machte eine wirkungsvolle Pause. Ich lachte und gab mich geschlagen.

„Okay, mein Freund, ich komme mit!"

Erleichtert klatschte David in die Hände, und schon rückten seine Freunde an, die bereits hinter einer Hausecke gewartet hatten. Sie hatten die Tragbahre, mit der sie vor einigen Stunden den Megalithen hergeschleift hatten, nun mit Fellen und gestopften Tierbälgern ausgepolstert, was ich mit Erleichterung wahrnahm, denn mir gefiel der enge Tragestuhl, mit dessen Hilfe ich in den Häusern herumgetragen wurde, nicht besonders. So konnte ich aber, gestützt von fest zusammengerollten Decken, bequem liegen. Der Einfachheit halber hoben sie auch David gleich auf die Trage. Er hockte sich an meine Seite, und wie auf einem fliegenden Teppich wurden wir über die Hügel nach Westen geschaukelt.

„Soweit ich die Brüder verstanden habe", referierte David gestikulierend, „ist es einzig die Aufgabe der stammesältesten Frau, die Wanderer bei ihren Festen zu unterstützen."

„Oder, so wie heute, die der jüngsten Tochter als potentieller Nachfolgerin?" ergänzte ich fragend.

„Ja, die Alte organisiert wohl den Aufbruch: das Anlegen der Vorräte, was gepackt wird und was dableibt. So ein Männerbegräbnis ist nämlich eine echt traurige Sache im Vergleich zu der Art, wie es mit den toten Frauen geschieht. Ich habe gestern schon einmal zugesehen, denn sie können nicht alle Gefallenen auf einmal in die ... äh ..., das ist ja eine Überraschung! Jedenfalls kommt ein Mann nur ganz selten in eine Cairn. Die Leute hier glauben, je mehr einer in seine Sippe eingebunden ist, also je mehr Schwestern er hat, ergo auch Nichten, so würden wir sagen, desto größer wird seine Chance veranschlagt, daß er doch wiedergeboren werden kann."

„Ist das nicht selbstverständlich?"

„Nein. Sie sagen, nur eine Frau weiß genau, wohin sie gehört. Ist doch auch klar: Ihre Kette reißt nie ab, über Generationen hinweg weiß man immer, wer Mutter von welcher Tochter ist."

„Welche Frau Mutter von welcher Tochter ist!" Ich grinste ihn an.

„Na, na, ist doch schon gut. Bei uns reißt der Faden ja viel schneller ab. Wir wissen nie, wer unsere Kinder sind."

„Wir?"

„Nun", David wand sich verlegen. „Ich bin doch auch ein Mann und identifiziere mich natürlich mehr mit den Männern hier drüben. Aber weiter: Außerdem sagen sie – jedenfalls meine ich das so verstanden zu haben –, daß nur die Frauen wissen, wann sie gebären, oder – halt dich fest! – wann sie sterben werden. Dann reinigen sie sich selbst durch die vier Elemente, ausgenommen, sie sterben eines gewaltsamen Todes oder durch einen Unfall."

Ich konnte das kaum glauben.

„Übrigens haben alle Kämpferinnen, ehe ihr losgezogen seid, auch eine Art Sterberitual gemacht. Allerdings heimlich, damit die anderen und die Wanderer nicht durch Angst geschwächt wurden. Das hat mir ein kleiner Junge erzählt, der sie belauscht hat. Als du und ich an das Drehkreuz humpelten, kamen deine hochverehrte Königstochter und ihre gestrenge Frau Mama gerade von diesem Ritual."

„Wie hast du das alles herausgefunden?" Ich blickte David erstaunt an, und der schaute nur geschmeichelt zu Boden.

„Du glaubst wohl, du hast die Kommunikation alleine in deinem verliebten Herzen gepachtet?" Er stupste mich freundschaftlich an. „Aber alles verstehe ich auch nicht, das gebe ich zu. Warum zum Beispiel die alten Wanderer nicht merken, wann sie sterben, oder zumindest die, die Heiler sind, das begreif ich nicht." Er zuckte mit den Schultern. „Aber sie sagen so: Ihre Reinigung durch die Elemente geschieht durch die Lebenden. Was wir heute sehen, wird ein Teil davon sein, denn es dauert eigentlich Wochen, bis alles fertig ist. Am Ende ist der Körper des Toten zerstreut! Er geht ein in die Knochen der Welt, sagen sie, und somit hat er eben wesentlich größere Schwierigkeiten, wiedergeboren zu werden, als eine Frau, die in der Cairn zur Ruhe gebettet wird."

„Aber manche Männer kommen doch hinein?"

„Ja. Der Tod eines Wanderers ist in den meisten Fällen wirklich ein Wegsein, ein Aufgelöstsein. Der Tod einer Frau bedeutet nur eine Art Fahrt durch die Erde bis zu ihrer erneuten Rückkehr. Die Wanderer sind sterblich, die Weiber nicht! Nur manchmal legen sie auch einen von uns in eine Cairn. Sie sagen, nur die Männer aus dem Clan der Schildkröte, also hier Maeves Clan, kommen dort hinein, oder solche, die etwas Besonderes geleistet haben. Da haben sie dann eine Menge Geschichten, die solche Unterweltsfahrten eines Toten beschreiben oder seine Heldentaten. Es ist das Außergewöhnliche, wie immer, was in den Geschichten vorkommt: die Wiedergeburt eines Wanderers!"

„Und dieses Ritual, zu dem wir jetzt gehen? Was bedeutet es?"

„Das soll wohl die Chancen fördern, doch mal wiederzukehren!"

Davids neue Freunde hatten uns nun in das Gebiet unterhalb des Westhügels geschaukelt. Die Bäume auf diesem kleinen Vorhügel standen etwas weiter auseinander, das Unterholz und kleine Schößlinge waren herausgeschlagen worden: ein heiliger Hain. In der Mitte war ein größerer Platz frei. Hier sah ich nun die Wanderer, die alten Heiler und die Jungen in einem Halbkreis stehen, während die andere Hälfte des Kreises von den Körpern der toten Wanderer gebildet wurde.

Sie begrüßten David freudig, als er von der Bahre heruntersprang. Zu meinem Erstaunen strichen ihm viele der Männer über den roten Haarschopf, danach führten sie diese Hand an den Magen und legten sie sich kurz auf den Scheitel.

„Sie glauben, daß diese Geste Glück bringt! Sie essen quasi von meinem Feuer und segnen sich selbst damit!" Nicht ganz uneitel schaute er mich an.

„Vielleicht sollte ich das auch tun?" lachte ich. Rasch strich ich ihm über den Kopf, dann führte ich meine Hand an den Magen, die Beine und den Scheitel.

„Na ja, ich weiß nicht, ob so ein Männersegen auch euch Frauen nützt? Ihr müßt euch selbst segnen! Streich doch lieber der da drüben über den Kopf!" Er wies über die Lichtung. Am Rande des aus Lebenden und Toten gebildeten Kreises entdeckte ich eine Holzhütte, aus der Anachytha trat, gefolgt von einem seltsamen zotteligen Wesen, das in Felle gekleidet war, bunte Steine und rasselnde Knochenketten umgehängt hatte und auf dem Kopf einen merkwürdigen Putz aus Hörnern, Kaninchenohren, Holz und Lehm trug, der das ganze Gesicht wie eine Maske bedeckte.

„Der taucht nur zu den Totenritualen der Männer auf! Keiner weiß, wer sich darunter verbirgt, vielleicht sogar eine Frau.

Sie nennen die Gestalt Bär, damit auch der Tod eines Wanderers nur wie der Winterschlaf der Bären ist."

Anachytha trug das gleiche Stirnband wie während des Wiedergeburtsrituals für ihre Tochter, dazu einen schwarzen Umhang und anstelle der Beinkleider einen durch Fellbesatz siebenstufigen Rock.

Mit ernstem Gesicht hängte sie der Zottelgestalt noch eine weitere Kette um, die aus vielen Totenschädelchen einer kleineren Nagetierart gebildet war. Dann rief sie ein paar Worte, gab das Zeichen zum Beginn des Rituals und kam quer durch den Kreis zu David und mir herüber.

„Bär Knochensammler!" flüsterte sie und wies auf die Gestalt, die nun leise murmelnd den Halbkreis der Toten abschnitt. Dann erkannte ich, daß die Leichen in sackleinenähnliches Gewebe eingebunden waren, wie man im vorigen Jahrhundert die Wickelkinder einband, so daß nur die Köpfe mit den geschlossenen Augen hervorsahen.

Der Bär hatte alle Toten sachte mit seinem Schamanenwedel berührt. Nun begab er sich langsam in die Mitte des Kreises. Unter seinen weiten, faltigen Fellen und Gewändern war eine kleine Handtrommel verborgen, wie sie die Heilerinnen und Heiler trugen. Der Bär riß sie hervor, hob sie hoch über den Kopf und begann sie unter lauten Schreien und Rufen zu schlagen. Dabei rasselten die Knochenskelette um seinen Körper, und sein monströser Kopf zuckte vor und zurück.

„Er beschwört die Knochen der Erde, die Felsen, sie mögen jeden einzelnen Wanderer wieder sammeln und als Ganzes zurückgeben", murmelte David, während sich Anachytha auf die Bahre neben mich setzte.

Der tanzende Bär Knochensammler fing nun einen Wechselgesang mit den Wanderern an. Hoch trillernd schrie er Fragen heraus, die jeweils mit zustimmenden Rufen beantwortet wurden. Anachytha übersetzte leise für uns:

„Ehrte er den Boden, der uns nährt? Ja, ja! Liebte er das Tageslicht, das uns streichelt? Ja, ja! Hatte er viele Schwestern und Mütter? Ja, ja!“

Der Bär tanzte immer wilder und wilder, das Stampfen seiner Füße vibrierte bis zu uns herüber an den Rand des Kreises. Plötzlich stieß die Gestalt einen Schrei aus und fiel wie vom Blitz getroffen nieder, zuckte noch einige Male und lag dann still. Im gleichen Augenblick ruckten die eingewickelten Toten in die Höhe! Erschrocken faßte ich unwillkürlich nach Anachythas Hand. David lachte leise.

„So ein Schreck, Miß Lahmfuß! Nachdem ich gestern mindestens hundertmal über die am Boden gespannten Seile gestolpert war, habe ich geahnt, was passieren würde! Wird also Zeit, Helen, daß du wieder auf eigenen Füßen stehst! Du verpaßt zuviel!“

An den Füßen festgehalten, baumelten die Toten in ihren Hüllen kopfüber von den Bäumen des heiligen Hains herab, hochgezogen von den jungen Männern aus der anderen Hälfte des Kreises.

„Die Wanderer glauben, daß sie so am raschesten in die Erde fahren!“ Anachythas Hand war warm in meiner schreckenskalten. Was mir wie ein unheimliches atavistisches Ritual vorkam, schien sowohl für sie wie für David eher ein interessantes Schauspiel zu sein, das sie entsprechend kommentierten.

„Durch ein extra gebohrtes Loch im Scheitel!“ ergänzte David und schaute vergnügt zu mir auf. Über die Wanderer und den Bären war eine merkwürdige Stille gefallen. Die meisten Männer standen an den Seilen, oft zu zweit oder gar zu dritt, um das Gewicht der Toten zu halten. Einige lagen auch, wie jetzt der Bär, scheinbar schlafend auf der Erde.

„Bär begleitet ihre Seelen“, erklärte Anachytha, „sie glauben, daß ein Schamane, der die Unterweltsfahrt schon einmal gemacht hat, den Weg am besten kennt, oder zumindest meint, ihn zu kennen.“

Ich schaute David erstaunt an.

„Das ist haargenau wie in der Fachliteratur! Seltsam."

„Die Betonung liegt tatsächlich auf dem Verb ‚meinen'!" kicherte David. „Ich glaube, Helen, was du so aus der Fachliteratur kennst, sind die Überbleibsel dieses speziell für Männer ausgedachten Rituals! Es ist nämlich kein großes Ritual, verstehst du? Das hier ist Mumpitz, um die Jungs bei der Stange zu halten. Aber die heiligen Frauenrituale sind natürlich nie überliefert worden. Die ließen sich sicherlich nicht hinter die Kulissen gucken!"

Ich schaute verdutzt auf Anachytha, und sie nickte bestätigend.

„Da-Vid ist sehr klug und hat viel gesehen in den Tagen, da er bei uns lebt. Chada spielt den Bären."

Nach einer langen Zeit regte der Bär sich wieder und stand langsam auf. Die Wanderer verknoteten die Seile an Ästen und Baumstämmen. Leise schaukelten die Toten wie große Schmetterlingspuppen oder reife Früchte im Wind. Eine Symbolik, die vielleicht auch so gemeint war.

„Und was geschieht später mit ihnen?"

„Nur Maeves Söhne, wie gesagt, finden ihren Platz in der Westcairn. Die anderen gehen in die Erde ein wie das Holz, wie die Blätter, die von den Bäumen fallen."

„Wie die Früchte", ergänzte Anachytha leise und sah mit gerunzelter Stirn dem Bären zu, der anscheinend irgend etwas Ungewohntes machte. „Dann reißt ihr Faden ab, wie so viele Fäden reißen werden auf dem Weg von meiner Zeit in deine, Hel-En." Sie schaute mich an. Der Bär war aufgestanden, aber anstatt wieder auf die Hütte zuzutapsen, stand er da und wackelte mit dem Kopf hin und her. Anachytha erhob sich unruhig, denn nun setzte sich der Bär langsam in unsere Richtung in Bewegung.

„Ich muß ihn drüben bei der Hütte entlassen." Sie ließ meine Hand los und legte mir beide Hände in jenem rituellen Gruß der Megalithikerinnen um das Gesicht. David machte einen leisen Zischlaut und entfernte sich in Richtung seiner Freunde.

„Geh wieder hinüber, Schlafschwester. Die Tafeln warten auf uns!“ Sie zog mein Gesicht zu sich herab. „Maeve sagte, manchmal machen sie einen Gruß oder einen Dank in deiner Welt so.“ Sie küßte mich auf die Stirn, dann wandte sie sich ab, holte David ein, strich ihm durch die roten Haare und fuhr sich mit der Hand über Bauch und Scheitel. Dann stand der Bär vor ihr, und an Davids erstaunter Miene erkannte ich, daß irgend etwas Außergewöhnliches zwischen ihnen ablief. Es mußte eine Art Wortwechsel sein, denn ich hörte die Stimmen laut herüberschallen.

Dann schüttelte Anachytha energisch den Kopf, nahm den Bären am Arm und zog ihn, als dulde sie keine Widerrede, in Richtung der Hütte davon.

David kam zurück und kletterte neben mich auf die Bahre.

„Schwesternstreit! Die ist ganz schön sauer auf ihre schöne Schwester! Fühlt sich verraten, soweit ich das verstehen konnte. Irgendwie begreift diese Bärenschwester nicht, daß die Zeiten sich ändern – auch hier im Paradies. Die goldene Harfenprinzessin will halt nicht mit ihrer Bärenschwester in die Kiste – überhaupt mit keiner Verwandten! Das scheint ja hier wohl so üblich zu sein. Habe ich das recht verstanden?“

„Ja, David. Die Leute hier können gar nicht anders: Sie schlafen nur mit Sippenmitgliedern.“

„Ach du meine Güte! Dann hätte ich ja mit Mag …!“ David schüttelte ungläubig den Kopf. „Da haben wir aber schon ein bißchen mehr Freiheit zu Hause! Chada neidet es der designierten Stammesführerin, der zukünftigen Maeve, daß sie fühlen kann, wie sie will. Und deren Gefühle gehen nun mal eindeutig in deine Richtung.“

„Schön, wie du das siehst, du alter Chauvi!“

„Ach, Mädel. Die Liebe ist doch überall gleich, finde ich. Das sieht doch jeder!“

Er stupste mich liebevoll in die Seite, und die Wanderer hoben unsere Trage wieder an. Als wir schon ein gutes Stück auf dem Weg zum Osthügel waren, murmelte er, wie zu sich selbst:

„Ist dir übrigens aufgefallen, daß es in diesem Wald nicht nach Leichen stinkt?"

„Vielleicht sind die Leichen einbalsamiert?"

„Sie verbrennen Eingeweide und Hirn in speziellen Tontöpfen! Das ist gestern nacht schon geschehen."

„He!" Ich stieß ihn unsanft an. „Bist du wohl still?"

„Okay, okay! Die schöne Königstochter hat nichts davon gegessen! Vielleicht frißt der Bär den Löwenanteil davon? Beruhige dich: Der Kuß war rein!" Er lachte laut und vergnügt, als ich ihn schüttelte und zum Staunen der aufblickenden Wanderer beinahe von der Tragbahre gestoßen hätte.

In den nächsten Tagen begann es mir sichtlich besser zu gehen. Unter Challas fürsorglicher Anleitung humpelte ich die ersten Schritte, an die Hauswand gestützt, zu einer anderen Gruppe verletzter Kämpferinnen hinüber, die ich bisher, stillgelegt und mit meinen eigenen Gefühlen beschäftigt, kaum wahrgenommen hatte.

„Wieso heißen sie eigentlich Langbeiner?" Ich stellte mich zu dieser kleinen Gruppe, zu der auch Anachytha gestoßen war.

„Jene auf der Lichtung nennen wir auch Abtrünnige. Es sind ehemalige Wanderer, deren Dörfer zerstört wurden und die sich den Langbeinern anschlossen. Aber die, die aus dem Osten über das Meer kommen, sind höher gewachsen, sie haben längere Beine, und man erzählt sich, daß sie in den Ländern, aus denen sie kommen, auf Tieren sitzen, die harte Hufe haben, einen langen Kopf und die Langbeiner schnell über das Land tragen."

„Und sie verbünden sich mit den abtrünnigen Wanderern?"

„Ja. Die Langbeiner scheuen sich nicht, die Wanderer mit allen Mitteln zu überreden. Sie versprechen ihnen Land, Frauen und Schätze. Es gelingt ihnen manches Mal. Oder sie rauben die Frauen und Kinder, zwingen ihnen ihre Art auf, und die Kinder dieser Menschen schlagen sich meistens ebenfalls auf die Seite der Langbeiner."

„Was ist mit ihren Waffen?"

„Sie tragen oft schwere Beile mit langen Griffen, die scheußliche Wunden reißen. Nicht alle Abtrünnigen können töten, aber alle Langbeiner!" erzählte Challa.

„Und der große Bogen, von dem sie erzählt haben?"

Anachytha runzelte die Stirn.

„Es kann nur einer auf der Lichtung gewesen sein, sonst hätte keine von uns überlebt. Wir wissen nicht, was das für Menschen sind. Die Abtrünnigen tragen noch die gleichen Waffen wie wir, die Langbeiner kommen mit ihren großen Äxten und ihrem schieren Willen, jene mit den Bogen aber ... Bisher hat niemand mit dem Bogen auf Frauen geschossen, nicht einmal die Langbeiner in ihrer Gier."

„Es bedeutet, daß die schießende Person nicht in die Kämpfe verwickelt ist?"

„Feige, ja. Wir gebrauchen sehr viel kleinere Bogen, um auf die Enten zu schießen oder die Hasen. Wir haben auch noch nie einen Bogenschützen gesehen. Sie sitzen unbehelligt im Gesträuch – glücklicherweise sind es nur wenige. Sie gehören nicht dazu. Sie haben keine Sippe, keinen Stamm, keine Häuser und vielleicht nicht einmal Boote. Sie begleiten die Langbeiner." Challa schüttelte besorgt den Kopf.

Sie war nicht nur eine Heilerin, sondern auch eine ausgezeichnete Sprachlehrerin. Und jetzt, hier im Halbkreis vor dem Langhaus, gab sie auch eine Art Krankengymnastikstunde. Sie zeigte uns, wie wir vorsichtig die Beine anheben sollten, ohne das vernarbte Hautgewebe zu sehr zu strapazieren, und wie wir die ermüdeten Muskeln langsam wieder kräftigten und lockerten. Sie massierte vorsichtig die Schulter der Kämpferin und übte uns darin, wieder kleinere Gewichte zu tragen und tiefer zu atmen, was wir, da uns die Verletzungen schmerzten, vermieden hatten.

Langsam konnte ich wieder zwischen den Häusern und auf dem Platz umherwandern.

Im Freien, über großen Feuern, hingen schwere Tonkessel, wie ich sie noch nie gesehen hatte. Ein merkwürdiges Fleisch-Körner-Fettgemisch brodelte über Stunden darin und breitete seinen Duft durch das ganze Dorf aus. Nach einiger Zeit ließen die Frauen das Feuer langsam herunterbrennen, und am nächsten Tag wurde die abgekühlte Masse herausgenommen, auf sauber geschrubbten großen Holzbrettern geknetet und mit Salz, Kräutern und kleinen dunklen Beeren vermischt. Diese Fleischmasse preßten sie in armlange Säcke aus Darmhaut und hängten sie dann zum Trocknen unter die vorstehenden Dächer des Windschutzes.

An den kleineren Feuerstellen buken sie auf den glühenden Steinen harte Fladen aus Mehl, Wasser und Salz, die sie dann wie Teller ebenfalls draußen unter den Vordächern auf hängende Bretter stapelten, damit keine Mäuse oder andere Tiere darankämen.

Am Rande der Siedlung, hangabwärts, wo die Wälder begannen, war eine Gruppe jüngerer Frauen seit Tagen damit beschäftigt, große Zugschlitten zu bauen, deren Kufen mit einem Talggemisch eingerieben wurden.

Jene Tiere, die man nicht schlachtete, bekamen zusätzliche Kornrationen, um für den langen Marsch an die Westküste gestärkt zu sein. Die Frauen flochten große Binsenkörbe, um das fliegende Hausgetier während der Wanderzeit gefangen zu halten.

An der offenen Seite des Platzes standen bereits fertig beladene Schlitten in einer Reihe. Im Dämmerlicht sahen sie aus wie gestürzte Megalithen. Auf ihnen lagen Felldecken und große Gefäße, die zu kostbar waren, um sie wie Abfall in die Gruben zu werfen.

Chadas laute Stimme klang in jenen Tagen von überallher zugleich. Ich wußte nicht, ob es vor allem ihre große Verantwortung als Organisatorin dieser Flucht war, daß ich sie nun nur noch sehr wenig zu Gesicht bekam, oder ob es ein mir nicht erklärlicher Sinneswandel in bezug auf meine Person war, der sich irgendwann in jenen Tagen nach meiner Aufnahme in die Sippe vollzogen haben mußte.

Meine Versuche, Anachytha danach zu fragen, schlugen fehl.

Vielleicht war dieser Eindruck auch unwichtig angesichts der heftigen Emotionen, die sich in jenen Tagen wohl im Gemüt jeder Frau abspielten. Schließlich wußten sie nicht, wohin sie eigentlich gehen sollten. Ihre ganzen Fluchtvorbereitungen waren immer von der Angst getragen, die Botschafterinnen auftauchen zu sehen, die das Herannahen weiterer Langbeiner meldeten.

„Miß Wissenschaft“, David lachte wissend, als ich ihn eines Tages auf halbem Wege zwischen den Dörfern traf und ihm meine Beobachtung über Chada erzählte. „Eifersucht! Schlichtweg Eifersucht!“

„Aber doch nicht bei diesen Frauen! Die kennen doch keinen … äh … Privatbesitz an Personen.“

„Hel-En, Maevestochter“, er schaute mir ernst in die Augen, „glücklicherweise sind meine lieben Wandererbrüder wunderbare Tratschtanten … na ja … Tratschonkel! Ein Punkt ist: Chada wurde nie gefragt, ob sie dich als Sippenschwester anerkennen will.“

„Ich verstehe nicht. Ist das schlimm?“

„Oh ja. Üblicherweise haben bei einer solchen Zeremonie, also der Aufnahme eines fremden Stammesmitgliedes in die Sippe, alle beteiligten Sippenmitgliederinnen ein Wörtchen mitzureden! In deinem Fall ging es aber etwas holterdipolter.“

„Wieso? Ich verstehe das nicht!“

„Hast du dich nie gewundert, daß sie, kurz nach Kampf und Blut und Angst und Geschrei, noch am Schlachtfeld, nichts Besseres zu tun hatten, als dieses alte Indianerspiel der Blutsbrüder-… äh …-schwesternschaft mit dir zu spielen?“

Ich schüttelte erstaunt den Kopf, und David klopfte mir auf die Schulter. „Sehr verschwiegen, diese Ladies. Damals dachten sie nämlich, daß du stirbst! Ich dachte das übrigens auch und überlegte fieberhaft, wie ich das wohl deinen Professoren beibringen sollte.“

„David!“ Ich zog ihn an seinem roten Haarschopf.

„Okay, Lady. In unseren Kreisen nennt man so etwas eine Nottaufe. Oh, du bist wohl nicht katholisch und hast keine Ahnung davon.“

Ich starrte den Kleinen entsetzt an.

„Du meinst, ich hätte sterben können?“

„Könntest du auch jetzt noch.“

„Und so fand sich keine Zeit, Chada, die im Dorf zurückgeblieben war, zu fragen?“

„Tatsache. Sie hätte auch nie zugestimmt. Wenn sie schon ihr süßes Schwesterlein nicht bekommt …“

„Halt den Schnabel, du, du …“

„… Macho!“ David warf sich vor Lachen auf den Rücken und schlug entzückt mit den Ärmchen in der Luft herum. „Außerdem ist's doch so: Du bist jetzt, was die Sitten des Clans anbelangt, heiratsfähig! Hihi! Vielleicht sollte ich um deine Hand anhalten und mit dir in die Westcairn schlüpfen?“

„Ach du! Du gehörst nicht zur Sippe; ein Graben, mein Lieber, trennt uns!“ Ich funkelte ihn an, und er lachte abermals.

„Na siehst du, du hast kapiert. Du aber bist über den Graben gesprungen – na ja, eher gepurzelt –, und das wird Chada dir ewig übelnehmen!“

Harras begleitete mich manchmal auf meinen vorsichtigen Genesungsgängen, aber mit meinen fußlahmen Studien war ich ihm zu langsam, und er gab sich aufgeregt und beglückt der Aufbruchsstimmung im Dorf hin.

Die Hunde waren vermutlich die einzigen glücklich aufgeregten Wesen in jenen Tagen. Die Frauen selbst gingen bedrückt ihren Arbeiten nach, wenige laute Rufe tönten durch die Morgenstunden, kein Gelächter klang über den geschäftigen Platz.

Maeve empfing Gesandte aus den anderen Dörfern und Siedlungen in der Ebene. Hin und wieder kamen auch die ältesten Wanderer und baten um Ratschläge für ihren eigenen Aufbruch.

„Das ganze Land bricht auf!" Anachytha blickte nachdenklich über die Wälder mit den schnurgeraden Schneisen. „Die Schlangen verlassen die heilige Insel."

Unsere Fertigkeiten waren so weit gediehen, daß wir unter der Anleitung eines älteren Wanderers die Arbeit an der letzten Tafel der Schildkrötensippe beginnen konnten.

„Diese Tafel wird der Verschlußstein von Maeves Grab am Meer", flüsterte Anachytha eines Tages, während wir die Rillen und Kreise in den Felsen schlugen. „Das sind die Zeichen für Maeves Suche nach einer Frau, die das Band trägt. Da ist die Begegnung zwischen den Welten." Sie meißelte eine Bildkombination ein, die jener ähnelte, die ich zusammen mit Challa in die Schale gezeichnet hatte. „Gestern kamen Botinnen von der Ostküste Erins. Schiffe mit Abtrünnigen sind bereits gelandet! Sie tragen lange Messer und schwere Streitäxte. Einige der Kerle mit den großen Bogen begleiten sie. Sie brennen nieder, was ihnen im Weg ist, besetzen unsere Äcker, rauben die Ernte, verführen und morden die Frauen, die ihnen nicht zu Willen sind, und töten unsere Wanderer. Es ist Zeit, daß wir gehen. Das Band verläßt unsere Welt." Sie schlug fester zu, und ein großer Splitter sprang von dem Stein.

Der alte Mann sagte in beruhigendem Ton ein paar Worte zu ihr. Wir arbeiteten eine Weile schweigend weiter, dann ließ

Anachytha abermals den Arm mit der Schlagknolle sinken und betrachtete lächelnd meine wieder zusammengestückelten Hosen.

„Hel-En, Maevestochter! Diese Langbeinerhosen haben ausgedient! Es ist Zeit, dir die Kleider unserer Sippe zu geben!"

„Ja, ich habe Challa bereits nach neuen Hosen gefragt, soweit das möglich ist. Ich habe eine Gestalt in die Fettschale gezeichnet, mal mit, mal ohne Hosen. Aber entweder hat sie mich nicht verstanden oder wollte nichts mitteilen. Sie machte nur ein geheimnisvolles Gesicht und ritzte eine Schlangenlinie, die ich nicht verstanden habe."

„Eine neue Haut wächst nicht an jedem Baum. Du hast einen weiten Weg dahin." Sie starrte zum Dorfplatz hinüber, an dessen Ende ich eine Unruhe wahrnahm. Allerdings achtete ich in diesen geschäftigen Tagen nicht weiter darauf und wollte mich wieder unter Anleitung des geduldigen Wanderers meinen Linien zuwenden. Eine gestikulierende Menge kam auf uns zu. Anachytha legte gespannt den Steinmeißel auf die Schleifschale, und der alte Wanderer nahm mir behutsam meine Knolle aus der Hand.

Die Leute waren – ja, tatsächlich! – verkleidet! Als sie näherkamen, mußte ich laut lachen, denn was die Gruppe darstellte, war eine grobe Parodie auf Davids und mein Auftauchen in ihrer Gemeinschaft. Voran hüpfte eine ältere Frau, deren Gesäß und Beine streng in enge, schwarz gefärbte Lederbänder gewickelt waren, die wohl meine Jeans darstellen sollten. Hin und wieder zupfte sie in einer übertriebenen Geste an ihrem Hosenboden herum, eine Bewegung, in der ich staunend und grinsend eine meiner eigenen Angewohnheiten erkannte. Die Frau trug meinen Rucksack, und aus ihm schaute ein vergnügt kreischendes Kind heraus, dem man eine Art wolliger, tonrot gefärbter Perücke über den Kopf gestülpt hatte. Ein Wanderer war in graue Felle gehüllt und trug einen klappernden Kranz aus abgenagten Knochen um den Hals. Heftig hechelte und geiferte er, bellte hin und wieder auf sehr menschliche Art und Weise, und das Kind rief ihm einige Male „Har-Ras, Har-Ras!" zu.

Die ganze Bande umkreiste uns, alle lachten, hüpften, klapperten mit kleinen Rasseln, schrien und quiekten vergnügt. Schließlich legte die Helen-Karikatur ihren Rucksack ab, und aus dem Kreis löste sich eine weitere Imitation: Anachythas kleine Tochter, die man in einen blauen Fetzen gehüllt hatte, mit einem Holzrahmen in der Hand, auf den drei Riemen gespannt waren. Mit Hingabe miemte Kumari ihre eigene Mutter! Sie hockte sich in den Sand, schürzte wehmütig den Mund zu einer Schnute, was sie wohl besonders heilig aussehen lassen sollte, und zupfte ab und zu würdig an den Saiten der Spielzeugharfe. Die Helen-Darstellerin verdrehte entzückt die Augen und schritt wie eine Schlafwandlerin steifbeinig auf das Mädchen zu. Ich bezweifelte, ob ich tatsächlich immer einen solch somnambulen Ausdruck im Gesicht gehabt hatte, wenn ich Anachytha gesehen hatte! Ich mußte lachen, obwohl ich spürte, wie mir die Röte in die Wangen schoß. Anachytha legte mir den Arm um die Schultern.

„Auch die Gesichter der Töchter der Langbeiner werden rot und heiß?" flüsterte sie mir ins Ohr, und alle zeigten lachend auf mein verlegenes Gesicht. Anachytha schaute ihr Mädchen stolz an.

Bevor aber die schmachtende Helen-Imitation die kleine Anachytha erreichte, schritt eine neue Darstellerin würdevoll in den Kreis hinein. Ein junger Wanderer mit weißer, strähniger Schafwolle auf dem Kopf, die ihn eindeutig als eine Persiflage auf die würdige Stammesmutter Maeve auswies! Kritisch umkreiste er die Helen, die immer heftiger und verlegener an ihren Hosenwickelbeinen zupfte. Er faßte das Material an und rümpfte die Nase. Auch der Harrasdarsteller hatte sich genähert und schnüffelte sehr kritisch an den eng gewickelten Beinen. Es war klar: So absurd eingekleidet würde die Fremde niemals zu der schönen Harfnerin gelangen! Die zog eine noch gewaltigere Schnute, wobei sie immer wieder in Richtung ihrer Mutter blinzelte, um zu schauen, ob diese sie auch ja sähe – und nun war es an Anachytha selbst, allmählich rot zu werden!

Plötzlich schnappte der Hundejunge zu! Unter dem Gejohle aller Beteiligten begann sich die Hose abzurollen. Die Helendarstellerin drehte sich schneller und schneller im Kreise, während Hund und Maevedarsteller die langen Bänder abwickelten. Die falsche Helen schimpfte gewaltig und rannte wütend hinter die Rücken der anderen, wo sie sich nun, kichernd und prustend, vor unseren Blicken verbarg.

Hund und Maeve boten uns dann ein perfektes pantomimisches Intermezzo mit den langen geschwärzten Bändern: Sie verwickelten sich vollkommen darin, und immer, wenn einer scheinbar befreit war und dem anderen zu Hilfe eilen wollte, stürzte er über die losen Enden und bereitete ein stärkeres Chaos als zuvor. Endlich wurden sie mit Hilfe der Frauen und Wanderer befreit. Sie schauten sich fragend um, dann kam die Helendarstellerin wieder hervor und schien etwas zu suchen – und da war es auch schon: Klein-Anachytha-Kumari hockte nämlich auf einem braunen Lederbündel. Als die Schauspielerinnen und Schauspieler sie hochgehoben und ihrer Mutter in den Arm gedrückt hatten, schlugen sie die Ledertücher auseinander und breiteten vor mir Wams, Beinlinge und Tücher auf dem Boden aus.

„Die neue Haut, Frau aus der Anderwelt“, übersetzte Anachytha. „Du sollst sie anziehen.“

Mit Interesse beobachtete der Kreis, wie ich mich aus meiner mitteleuropäischen Schale des zwangigsten Jahrhunderts schälte. Die Dehnbarkeit meines Pullovers rief ein allgemeines „Aaaahhh!“ hervor, als ich ihn mit einem Ruck über den Kopf zog, und sofort wanderte das Gewebe von Hand zu Hand. Zu meinem Erstaunen bemerkte ich, wie sich die Frauen und Wanderer ebenfalls auszuziehen begannen, desgleichen Anachytha.

„Was tut ihr da?" fragte ich.

„Nackt bist du verletzlicher als ein Tier. Wir mögen es nicht, wenn eine verletzlich ist und andere zuschauen." Anachythas helle Schultern neben mir blendeten mich auf seltsame Weise. Irgendwie wurden meine Ohren wieder heiß, und ich kam mir klein, zusammengefallen und aufgedunsen zugleich vor. Maeves Bemerkungen über die verschiedenen Lebensalter fielen mir wieder ein, wie jung Anachytha eigentlich noch war – die wenigen Sommer ihres Lebens. Im Gegensatz dazu sah ich nun ihr wettergegerbtes Gesicht, das immer Wind und Sonne ausgesetzt war.

„Sie sagen gerade", flüsterte sie mir zu, „daß dieser weiche Stoff auf der Haut so angenehm sei. Kannst du ihnen zeigen, wie so fein gesponnen und gewebt werden kann und woher der Faden stammt?"

Ich schüttelte verlegen den Kopf, und ein erstauntes Murmeln lief durch den Kreis, denn sie konnten nicht verstehen, daß es Frauen gab, die ihre Kleidung nicht selbst herstellten, nicht einmal wußten, von welchem Tier oder welcher Pflanze die Wolle stammte.

Der Reißverschluß der Hose hatte schon früher Aufsehen erregt, nun wollte jede einmal daran ziehen!

Ehe ich ganz nackt war, verschwanden die Wanderer und ließen uns Frauen allein. Verlegen wandte ich Anachytha den Rücken zu. Die Frauen des Neolithikums kannten keine Unterkleidung, sondern standen nach dem Ablegen der Beinröhren und der Hüfttücher nackt im Vormittagslicht da.

Bevor die Wanderer verschwunden waren, hatten sie noch einen großen Zuber mit duftendem Kräuterwasser gefüllt, und nachdem alle noch einmal die inzwischen gut vernarbten Kampfspuren an meinen Beinen und am Unterbauch bewundert hatten, bedeuteten mir die Frauen, in das warme Reinigungsbad zu steigen, wo ich unter viel Lachen und Lärm regelrecht abgewaschen wurde. Diese Holzwanne war sehr groß, und es dauerte tatsächlich nicht lange, bis die erste junge Frau mit hineinstieg und ungeniert neugierig meinen fremden Körper betastete. Dann gesellten sich die anderen dazu und spritzten Wasser auf die anderen Frauen, verteidigten ihre Vorzugsstellung im Zuber oder hüpften freiwillig wieder hinaus, um der nächsten Platz zu machen.

„Oh, wie weich, wie weich!“ übersetzte Anachytha die Ausrufe, hinter mir am Zuber stehend, während ich zu sämtlichen Göttern, Göttinnen und Heiligen aller Zeiten flehte, daß sie nicht auch noch auf die Idee käme, in die Wanne zu steigen! Aber meine Gebete halfen nichts. Ich spürte, wie sie hinter mir in die Wanne glitt.

„Der Rücken muß auch gereinigt sein“, murmelte sie, als ich ihn automatisch vor Schreck anspannte. Die Frauen und Mädchen hüpften um den Zuber herum, lachten und klatschten, während ich Anachythas Hände auf meinem Rücken spürte. Trotz des warmen Wassers lief mir eine Gänsehaut über den ganzen Körper.

„Weich? Das stimmt nicht, du bist steif!“ flüsterte sie und streckte ihre Beine um mich herum aus, legte sich zurück und zog mich sachte hintenüber. „Das ist deine Wiedergeburt!“ murmelte sie mir ins Ohr, als ich den Kopf an ihre Schulter legte.

Sie lachte leise.

„Noch sitzen wir im gleichen Bad, ehe das Meer der Zeit uns trennt. Warum zittert Hel-En, Maeves Tochter?“

„Nun ja“, ich überwand mich und wandte meinen Oberkörper leicht zu ihr um, wobei mein Hüftknochen die Haare zwischen ihren Schenkeln streifte, und strich ihr eine nasse Haarsträhne aus dem Gesicht. „Es ist der Narrenkreis um uns herum. In meiner Welt sind wir es nicht gewohnt, unter den Augen der anderen Liebe auszutauschen!“

„Ach“, Anachytha zog die Stirn nachdenklich zusammen. „Aber wie teilt ihr dann allen die Freuden einer Liebe mit?“

„Mit dem Strahlen unserer Augen, dem lachenden Mund, dem fröhlichen, leichten Gang, der liebevollen Zuwendung an andere, dem geduldigen Zuhören. Aber wenn wir … uns lieben, sind wir meistens alleine."

„So. Das Wasser wird kalt."

Nachdem wir von einigen Frauen liebevoll abgetrocknet worden waren, erfolgte die Einkleidezeremonie: Zuerst zog ich ein kurzes, sehr hell gegerbtes Lederhemd über, weich gewalkt wie Hasen- oder Kaninchenfell. Um die Hüften schlangen mir die Frauen ein Tuch, das zweimal zwischen den Beinen hindurchgeführt wurde. Das Lederhemd hatte am unteren Rand Löcher, durch die die Riemen der Beinlinge gezogen wurden, nachdem die Röhrlinge an den Außenseiten der Schenkel verschürt worden waren. Über das Ganze kam ein weiter Lederüberwurf, der bis zu den Oberschenkeln reichte und mit einem geschmückten Gurt um den Bauch festgehalten wurde. In den Gurt steckten sue meine kleine Doppelaxt, und nachdem sie mir auch ein Band um die Haare gewunden hatten, erhielt ich von den Frauen noch eine feine weiße Decke, auf die farbige Stickereien sowie die Zeichen für Hel-En, Har-Ras und Da-Vid angebracht waren.

Die gesamte jungsteinzeitliche Kleidung war wesentlich schwerer als meine modernen gewebten Stoffe. Die Beweglichkeit von Armen und Beinen sowie ein guter Schutz des Rumpfes waren wohl die wichtigsten Kriterien der Kleideranfertigung. Aus Beobachtungen wußte ich, daß es für die Arme ähnliche Röhrlinge gab, die die Frauen bei kühler oder feuchter Witterung anlegten. Von dem weichen Leder stieg ein sanfter Geruch auf, und die Frauen im Kreis bedeuteten mir, auszuprobieren, ob die Kleidung auch gut säße und bequem sei.

Sie führten mich im Triumph um den Dorfplatz herum, wo alle, die nicht an der kleinen Feier beteiligt gewesen waren, mich kopfnickend begutachteten und alte Frauen hier ein Fellchen zurechtrückten oder dort an einem Lederbändel zupften.

„Jetzt gefällst du ihnen! Maevestochter – Schlafschwester – Hel-En!“ Wir lehnten an einem der bereits gepackten Schlitten, und Anachytha betrachtete zufrieden meine endgültige Verwandlung. „Die Kleider sind neu, aber Hel-En ist die gleiche, die Fremde, die fremde Dinge in meinem Herzen aufweckt. Kein Kleid kann dich verhüllen“, fuhr sie fort und legte besänftigend ihre kühle Hand in meine unruhige, aufgeregte.

Ich lag im halbdämmrigen Licht des Langhauses. Es war spät, und von überallher hörte ich die ruhigen, tiefen Atemzüge der Schläferinnen auf den Lehmbänken längs der Hauswand. Mein Platz war ziemlich in der Mitte – dort, wo ich auch bei meiner ersten Begegnung mit den Frauen aus Maeves Sippe gesessen hatte. Ich war in warme, fest gewebte Decken gehüllt und hatte ein weiches Schneehasenpolster unter dem Kopf.

Wie jede Nacht lag Harras vor der Lehmbank zu meinen Füßen und schlief seinen unruhigen, von lebhaften Hundeträumen durchsetzten Schlaf. Unterhalb meiner Füße lag Chada, deren leichtes Schnarchen sich mit den allgemeinen Schlafgeräuschen im Langhaus vermischte.

Das Feuer war heruntergebrannt, und ich lag – halb träumend, halb wach – mit dem Arm zwischen Kopf und Polster. Mit der anderen Hand wickelte ich die Decke fester um mich und schaute in die Glut, die mich an eine nächtliche Großstadt mit all ihren vielen Lichtern erinnerte.

Plötzlich stand Anachytha vor mir. Sie hatte die blaue Decke ganz um sich herum gewickelt, ihr Haar leuchtete vor der Glut in einem dunkelmatten Rot. Das Gesicht war kaum zu erkennen.

Sie ließ sich langsam auf ein Knie herunter, bis ihre Hände auf meiner Höhe waren.

Sie ließ mit einer Hand ihre Decke los; und ich erkannte ihre helle, unbekleidete Schulter in der Dunkelheit. Langsam fuhren ihre Fingerspitzen meine Schläfe entlang und den Hals hinab. Ein Schauer, als bliese der Wind plötzlich durch die Tür, überfuhr mich.

Anachytha wiederholte ihr Streicheln immer wieder – ich konnte mich loslassen und schloß für einen Moment die Augen, das Herzklopfen verklang.

Ich faßte ihre Hand und zog sie langsam an meine Lippen. Ich küßte sachte die einzelnen Fingerspitzen, den Handrücken, die Handfläche. Anachytha zog überrascht die Luft ein, ihre Hand fuhr mir über die Stirn, das Gesicht, die Wangen. Sie ließ die andere Hand fallen, und ihre blaue Decke rutschte ein ganzes Stück herab. Ihre hellen Schultern tauchten nun aus der Dunkelheit auf wie zärtliche Mondsicheln, und ich spürte, daß sie keine weitere Bekleidung unter ihrer Decke trug. Ich konnte ihre Haut riechen – trocken, ein wenig holzig wie Rauch und süß wie Sandelholz oder Honig.

Mit ihrer frei gewordenen Hand drückte sie sachte gegen meine Schultern. Ich drehte mich vorsichtig auf den Rücken und schaute ihr nun voll ins Gesicht.

Sie nahm meinen Kopf zwischen ihre Hände – sie waren schmal und lagen über meinen Ohren wie ein nach oben geöffneter Helm, Schutz oder himmlische Verheißung einer anderen Welt.

Ich streichelte langsam ihre nackten Arme. Ich ließ meine Daumen über ihre Ellenbogenbeugen fahren, die sich feucht anfühlten; meine Fingerkuppen strichen über Anachythas Arme wie über feines altes Seidenpapier. Dann erreichte ich ihre Schultern, und meine Handflächen ruhten wie müde gewordene Vogelschwingen auf ihren Schultern. Kühl fühlten sich diese beiden Rastplätze an, glatt und wie innerlich tanzend unter ihrer dünnen Haut.

Sie ließ sich vorsichtig nieder und beugte sich meinem Gesicht entgegen, wobei sie nicht aufhörte, immer und immer wieder mein Gesicht zu umfahren und mit ihren Fingerspitzen meinen Nacken zu massieren.

Meine Finger schlossen sich nun hinter ihrem Nacken, unter dem hellen, sehr weichen Haar. Ich zog sie sachte an mich.

Ihre Augen kamen mir entgegen wie dunkle Tümpel, wie der Himmel, der sich hinter schwarzen Löchern öffnete, wie eine umgekehrte Erdkugel, die mit zwei nachtblauen Teichen auf mich herunterstarrte.

Ihre Nasenspitze berührte meine, und im ersten Moment zuckten wir zurück, als hätten wir beide einen Schlag erhalten, doch ich spürte gleichzeitig, wie sie lächeln mußte. Ich lachte auch leise vor mich hin, und unsere geöffneten Lippen streiften sich, fuhren leicht und trocken aneinander vorbei, als probierten sie erst einmal die neuen Begegnungsmöglichkeiten aus.

Einige Male streiften sich so unsere Lippen, dann küßte ich sie forsch auf den Mundwinkel; sie tat es mir – wohl in einer Art zeitenübergreifendem Lernprozeß – nach.

Wir ließen voneinander und betrachteten uns prüfend in der Dunkelheit.

„Gibt es keinen Platz, wo wir alleine sein können?" fragte ich, denn eben klang Chadas Schnarchen wieder kräftig herauf.

Anachytha schüttelte den Kopf: „Draußen ist es bereits zu kalt. Fürchtest du dich vor meinen Schwestern?"

„Nein, nicht direkt. Aber ich bin es nicht gewohnt, so mit anderen zusammen, in einem Raum …"

Anachytha zuckte die Achseln. Anscheinend war ihr diese Art sozialer Zurückhaltung unbekannt und unverständlich. Sie schob die Decke beiseite und streckte sich neben mir aus, während ihr blauer Umhang auf den Boden, besser halb über Harras, hinsank, der nur kurz und einvernehmlich den Kopf hob, uns tiefsinnig beäugte, mit einem zufriedenen Seufzer den Kopf wieder auf seine Vorderpfoten bettete und die Augen schloß.

Ihr Kopf ruhte nun auf dem Polster. Langsam fuhren meine Hände ihre Schultern hinunter, den Rücken entlang. Ich ertastete die Schulterblätter – schmal, hart und ein wenig nach oben stehend wie Engelsflügelchen. Ihre Wirbelsäule fühlte sich wie eine Perlenkette an, ein zweites Schlangenband, das sich unter meinen forschenden Fingern hob und senkte und mit jedem Millimeter unter der gespannten Haut auf mein Verlangen antwortete.

Sie beantwortete meine Zärtlichkeiten mit wiederholten Versuchen, mich weiter zu küssen, denn das war eine neuartige Tätigkeit für sie. Und so dauerte es auch nicht allzulange, bis ich mich in ihren Küssen ganz vergaß.

Ich hatte Anachythas Körper, ihre festen Pobacken und die schlanken Beine erfaßt. Ihre Hand wanderte zwischen unseren Körpern durch das Gebüsch am Rande der Lippen, und meine Hand schlich die Innenschenkel entlang – und dann kehrte ich heim, wie wir Frauen heimkehren im Liebesakt mit einer anderen Frau: zwischen ihre Lippen, aus denen es mir feucht entgegenlief.

Wie eine gelbe Pantherin bewegte sich Anachytha auf mir – bis zu jenem Ausbruch, mit dem die Körper ins Paradies rasen und ineinander zerschmelzen wie Honig und Milch.

Ich schmolz nicht hin, flog nicht auseinander, da ich die anderen schlafenden Frauen im Langhaus spürte.

Aber Anachytha genoß, kostete es aus – eine lange Zeit. Und als sie sich tief atmend etwas gesammelt hatte, stützte sie sich auf den Ellenbogen auf und schaute mich an:

„Später, wenn die Liebenden in der Cairn schlafen, rufen sie sich die Seelen aus der Anderwelt. Sie rufen die Zukunft, denn Kinder sind unsere Zukunft. Auch Helen wird mit mir die Zukunft und das Seelenkind rufen, und dieses eine Mal wird der Zukunftsschlaf nur für uns sein – nur für uns allein, damit Helen und Anachytha eins werden im Namen einer Zeit, die wiedergeboren werden soll."

NEUNTE TAFEL

Ich, MAEVE, ritze unsere Erinnerungen in Steine auf die großen Tafeln, niedergelegt in meinem Grab, das keinen Zugang mehr hat, so daß niemand die Geheimnisse finden wird um den Tod der Frauen am Rand unserer Welt.

Denn diese Welt ist zu Ende; jeder Schwellenstein an diesem Hügel ist ein Schlußstein, verriegelt gen Osten. Denn sie kommen – die Streitaxtleute, die Langbeiner, die Pferdereiter und Bogenschützen – blind gen Westen, der uns keine Heimat mehr ist.

Ich, Maeve, gehe dahin, ruhe in diesem einsamen Hügel, fern aller Länder, hoch über dem Meer.

Keine wird mehr aufbrechen von hier, da alle verloren sind, keine mehr suchen, keine sich mehr erinnern.

Von nun an ist das Schweigen unser Dienst, hohl wehen Stürme um diesen kahlen Stein, und die Erde selber zieht sich zurück, die Göttin stirbt mit uns, stirbt in der Frau!

Der Sänger von Sligo

Die Menschen

Siehe, so beklage ich mein Geschlecht,
Das weiße, aufrechtgehende,
Das Geschmeiß dieser Welt,
Krebsgeschwür an der Mutter Brust.

Nur die Harfe lebt – auch ich bin tot!
Da waren die Menschen der Hitze
In dunkler Haut und jene aus der Ferne,
Fremd mit bunten Dämonen und überall sonst
Die anderen, die Frauen, Kinder, ein Lachen in der Welt.

Dahin, was war wie ich – Freunde oder Geschwister.
Die Haut der Liebenden zerrissen, und die Gespräche der Streitenden
Abgeschnitten, gemeinsame Purzelbäume, Wettläufe und Gesänge.
Musik braucht Menschen, Menschen brauchen Musik.
Einer allein ist tot – doch ward der Mensch des Menschen Tod!

Siehe, so beklage ich mein Geschlecht,
Das weiße, aufrechtgehende,
Das Geschmeiß dieser Welt,
Krebsgeschwür an der Mutter Brust.

Die Frauen aus allen Sippenhäusern hatten sich auf dem Platz versammelt. Es spielte jedoch kein Kind mehr in den Pfützen; der kleine rote Hahn hockte schimpfend mit seinem Harem in einem Korb hoch oben auf dem bepackten Kufenschlitten.

Wir, Maeves Töchter, Enkelinnen und Nichten, drängten uns um die sieben Schlitten und ein etwas kleineres Gefährt, unter dessen dunkelroter Lederplane die heiligen Gefäße, Schalen, Gegenstände und Kräuter lagen, die bisher in einem mir unbekannten Raum des Haupthauses aufbewahrt worden waren.

Vielleicht ließ uns die Morgenkühle schützend zusammendrängen, vielleicht auch das Gefühl des unfreiwilligen Aufbruchs, ich wußte es nicht, aber alle Frauen zogen warme Felldecken über ihren Schultern fest zusammen, und ich selbst hatte beim Einpacken meinen dunklen warmen Rollkragenpullover entdeckt, den ich, Anpassung hin oder her, gleich über den Kopf gezogen hatte.

Maeve trat als letzte aus dem dunklen Schatten des verlassenen Hauses. Die Linien in ihrem Gesicht waren kaum zu deuten, waren wie eine versteinerte Felswand, als würde nie wieder irgendeine Bewegung – sei es Lachen oder Strenge – die Falten in ihrem Gesicht beleben. In der linken Hand hielt sie eine lodernde Fackel, die heftig in der feuchten Morgenluft qualmte, rechts den Feuerkorb, mit frischer Glut bis oben hin gefüllt.

Vom Ostrand der Hügel tönte ein langgezogener Ton: das Zeichen zum Sonnenaufgang.

„Lange vor den Zeiten kamen die Mütter hier auf diese Insel – getrieben, verjagt. Heute, wenn die Sonne aufgegangen ist, werden überall die Feuer in den Dörfern und Siedlungen der Schwestern lodern – vertrieben, verjagt! Wir verlassen die gütige Insel der grünen Schlangen und vertrauen das Leben dem Meer an, dem Sonnenuntergang, der Anderwelt." Maeve trat gänzlich aus dem Schatten der Hütten heraus, und mit einem Schrei warf sie die brennende Fackel hinter sich in das Dunkel des verlassenen, generationenalten Holzhauses.

„Wehe denen, die Heimweh schüren!" murmelte Chada und ballte düster die Fäuste. Dabei warf sie mir einen Blick zu, als sei ich, die doch nur Botin war, schuld an diesem vorgeschichtlichen Drama ihrer Vertreibung.

Die Flammen prasselten aus dem Vorbau blitzschnell zur Decke empor. Während die meisten Frauen seufzend die breiten Zugriemen der schweren Schlitten über ihre Schultern legten, gingen einige mit Fackeln, die sie an dem brennenden Großhaus angezündet hatten, durch das Dorf und steckten ein Haus nach dem anderen in Brand.

Die letzten Hunde rannten erschrocken aus den Ecken hervor, das Vieh lärmte, muhte, stampfte unruhig im Morgendunst, die kleinsten Mädchen, die auf den Schlittenbündeln hockten, fingen an zu schreien, und während ich die ersten Rauchwolken aufsteigen sah, setzte sich unser Zug langsam in Bewegung, geduckt unter den schwarzen Rauchwolken, die sich schwer über das ganze Plateau legten und alles in die Endgültigkeit ihrer verlassenen Zeit hüllten.

Das Gebiet zwischen dem späteren County Meath und der irischen Westküste in der Höhe von Sligo ist durch unendliche, weich dahingebettete Seenplatten gekennzeichnet: Spuren der Eiszeit.

Sehr schmale Fußpfade durchzogen diese Sumpf- und Waldlandschaften: Es waren die Wege der Fischerinnen und Jägerinnen, der Fallenstellerinnen und Holzsammlerinnen. Es war eine feuchte, sumpfige, aber dennoch sehr fruchtbare Landschaft, durch die sich der Zug mit den hochbepackten Kufenschlitten langsam mühte.

Insgesamt zweihundertvierundzwanzig Einwohnerinnen verließen Maeves Dorf am Hang des Feenhügels: achtzehn Kämpferinnen um Anachytha, deren Tötungshemmung mehr oder minder verschwunden war, vierundfünfzig Mädchen und hundertzweiundfünfzig Frauen und Greisinnen. Zweihundertsechs fast wehrlose Personen – wehrlos gegenüber den Bronzebeilen und Reiterlanzen, wehrlos gegenüber trampelnden Pferdehufen und vor allen Dingen wehrlos gegenüber diesem unbedingten Willen zu töten, zu vertreiben, zu vernichten und zu zerschlagen!

Sechsundsechzig Wanderer, mit David zusammen, hatten sich dem Zug angeschlossen und folgten den Frauen in einiger Entfernung. Ein Gerücht drang aus ihrer Gruppe zu uns, und David bestätigte es mir traurig: Sieben Wanderer waren zurückgeblieben oder gar übergelaufen. Sie glaubten nicht daran, daß uns die Flucht gelingen könnte, und hofften, bei Wohlverhalten in den Reihen der mit den Langbeinern verbündeten Abtrünnigen eine neue Heimat finden zu können. Von diesen sieben konnten fünf sehr gut kämpfen und sogar töten.

Drei Wanderer aus der größeren Gruppe, die Maeve und den alten Gesetzen gefolgt war, verfügten auch über diese Fähigkeit und schlossen sich den Kämpferinnen an.

Nur einundzwanzig Menschen behüteten über zweihundert wehrlose, friedliche Leute, die sich in einem lang auseinandergezogenen Treck mühselig durch die Sumpf- und Moorlandschaft nach Westen bewegten.

Doch nicht nur Maeves Sippe war aufgebrochen: Der ganze Landstrich war in Bewegung geraten. Hin und wieder trafen wir abends, wenn die Gruppe Rast machte, andere Dorfgemeinschaften, die berichteten, was hinter uns im Osten oder Süden bereits passiert war. Die Verteilung der Geschlechter und der möglichen Kämpferinnen und Kämpfer war in allen anderen Gruppen so ähnlich wie bei uns: Niemand hatte eine Chance. Die Langbeiner konnten sich Zeit lassen bei der Eroberung der heiligen Insel, denn nennenswerter Widerstand konnte sich ihnen kaum entgegenstellen.

Das Land, die Sümpfe und Waldschneisen waren übersät mit toten Frauen und Wanderern, die Flüsse waren rot von Blut und die Lüfte schwer.

Als Hüterinnen der Hügel und Trägerinnen des heiligen Bandes wurde Maeves Gruppe überall bevorzugt behandelt. Man rückte zusammen an einer günstigen Lagerstelle, wenn wir ankamen, wir durften überall zuerst die Flüsse überqueren und vorangehen. Man überließ uns bereits fertig ausgehauene Einbäume zum Übersetzen und lenkte sogar in einigen Fällen die uns verfolgenden Langbeinerhorden ab. Die anderen Gruppen lockten die Abtrünnigen in die Sümpfe und verwirrten ihre noch unsicheren frauenlosen Anführer.

Der heilige Schildkrötenclan, das Band, die Botschaft wurden geschützt.

Dieses Verhalten erinnerte mich an das Schicksal eines späteren Indianerstammes. Man nimmt an, daß die Huronen beim Einfall der Europäer in Amerika eine ähnliche Stellung innerhalb der anderen Stämme innehatten. Auch die Huronen hüteten ein heiliges Zeichen, ein Wampun. Doch Irokesenstämme selbst vernichteten in einer Art selbstmörderischen Akt ihre Schwestern und Brüder aus dem Huronenstamm, als sie von den einfallenden Weißen bedrängt wurden. Das Heilige Wampun jedoch ist seither – und wohl für immer! – verschwunden.

Eines Abends lagerten wir zusammen mit den Bewohnerinnen eines Dorfes, das ungefähr einen Fußmarsch weiter von Maeves Dorf gelegen war.

Dieser Platz hatte schon einigen Gruppen vor uns als gut geschützter Rastplatz gedient: Die gestürzten Bäume am Rande lagen kreuz und quer aufgeschichtet und ineinander verkeilt. Dazwischen wuchsen Büsche und Dornenranken; auch ein paar Felsen verstärkten diese Barrikaden. Nur ein kleiner Durchgang wurde freigehalten, der aber jede Nacht ebenfalls mit Gestrüpp verschlossen wurde. Etwas unterhalb der Kuppe entsprang eine Quelle und floß in einen kleinen Teich, so daß die Rastsuchenden hier für sich und ihre Tiere Wasser schöpfen konnten.

Maeves Gruppe und die unserer Nachbarinnen beschlossen, die Gunst des Platzes und des Zusammenkommens einer größeren Gruppe zu nutzen und ein paar Tage auszuruhen.

Es war dringend nötig, denn die Säuglinge begannen Mangel zu leiden, ihren Müttern versiegte die Milch, die Alten husteten, und zwei Greisinnen aus dem Nachbardorf waren bereits unterwegs gestorben.

Geschäftig richteten alle Frauen und auch die Wanderer sich hinter dem großen, weitläufigen Verhau ein. Längst war die Sitte aufgegeben worden, den Wanderern eigene Plätze zuzuweisen. Es wäre für beide Geschlechter viel zu gefährlich gewesen, ohne die Verstärkung des anderen im Freien zu kampieren.

So wohnten alle Wanderer der beiden Dörfer in einem Drittel des Geländes, die Frauen nahmen zwei Drittel des Rundes ein, die Tiere und Schlitten bildeten einen inneren Kreis, und an vier Stellen loderten große Feuer, um Fleisch zu braten, Kleidungsstücke zu trocknen und Brei zuzubereiten.

Es breitete sich eine beinahe gelöste Stimmung aus. Es schien mir sogar, als lächelten einige der Frauen aus Maeves Clan das erste Mal wieder, seitdem wir aufgebrochen waren. Kumari und die anderen Kinder hatte sich schon in wilde Spiele und Neckereien mit den Kindern des anderen Dorfes eingelassen, und manche junge Frau, manch junger Wanderer benutzte gar die Gelegenheit, jemanden auf das eigene Fellager zu locken.

Ich stand in der Nähe des Durchlasses, denn ich wollte zusammen mit Challa zwei Schläuche mit Wasser füllen gehen, um sie den Müttern unserer beiden Gruppen für ihre Kleinkinder zu bringen. Anachytha schob das Gestrüpp beiseite und lächelte mich verschwörerisch an: „Sieh mal, Hel-En! Sie lernen von dir!" Tatsächlich, mitten zwischen blökenden Rindern, umgekippten Schlitten und kreischenden Kindern standen, eng umschlungen, zwei Menschen und küßten sich inniglich, ohne auf den Trubel um sich herum zu achten. Eine Person trug die Tracht unseres Dorfes und die andere die des Nachbardorfes.

„Das geht aber schnell!" wunderte ich mich, und Anachytha nickte: „Ja, das macht die Not. Und sie sind nicht Kinder einer Sippe", ergänzte sie nachdenklich.

„Meinst du nicht, daß es etwas laut ist?"

„Das Küssen?"

„Unsinn! Alles: die Rinder, die Kinder …"

Anachytha zuckte die Achseln: „Die Langbeiner finden uns sowieso", und sie hielt das Gestrüpp beiseite, so daß Challa und ich hindurch konnten.

Vorsichtig glitschten und rutschten wir den Pfad zur Quelle hinunter. Plötzlich riß das Band an meinem Schlauch, weil ich an einem Ast hängengeblieben war. Da Challa mich nicht verstehen konnte, blieb ich rasch stehen, um es alleine wieder zu verknoten, was ein bißchen schwierig war, denn hier unter den Bäumen war es mittlerweile ganz dunkel geworden. Doch dann hatte ich es geschafft und folgte der jungen Heilerin zum Wasser hinab. Da gellte ihr Schrei vom Teich lang und durchdringend herauf. Ich warf den Schlauch fort und rutschte weiter, an der Quelle vorbei, unter den Bäumen entlang. Ein Langbeiner – blond, riesig im Vergleich zu den Wanderern und mit Haaren im Gesicht – hielt Challa fest und hatte ihr die Arme auf den Rücken gezogen. Mehrere Abtrünnige umgaben ihn wie ein gehässiges Zwergenvolk, und direkt unten am

Teich sah ich mehrere Langbeiner, deren Bronzebeile im Sternenlicht blitzten. Einige Pferde wieherten leise, und weitere abtrünnige Wanderer liefen hin und her.

Es war klar: Man hatte uns hier an diesem Rastplatz erwartet!

Der blonde Bärtige lachte. Offensichtlich nahmen sie an, daß Challa alleine zum Wasser gegangen war, denn keiner lief mir entgegen, keine Abtrünnigen schwärmten aus, mich zu suchen. Sie ließen sich Zeit. Ein Abtrünniger riß der sich windenden Frau den Lederüberwurf auf und zerrte ihr die Beinkleider herunter. Er fummelte unter seinem eigenen Überwurf herum und nestelte sein Gemächte heraus. Doch der bärtige Langbeiner stieß den Abtrünnigen weg, so daß dieser hintenüber taumelte, und verjagte die anderen mit ungeduldigen Handbewegungen. Der Langbeiner wandte sich Challa zu, die versucht hatte, während dieser Auseinandersetzung davonzukriechen. Er zerrte sie an den Beinen zurück und warf sich auf sie.

Challa blickte über die Schulter des Bärtigen, der nun begann, mit heftigen Stößen in sie einzudringen. Die junge Frau schrie, dann sah sie mich und winkte über seinem Rücken: Flieh! Warne die anderen!

Ich wollte weiter vor, doch sie schüttelte den Kopf, und ich begriff: Ich war nicht in der Lage, einen Felsbrocken zu nehmen und den Vergewaltiger zu erschlagen, obwohl ich kaum zwanzig Meter von den anderen Männern entfernt war. Ich *konnte* es nicht, genauso wie es die meisten Menschen ihrer Zeit nicht konnten. Auch Chada in ihrem Zorn hätte ihn nicht töten können. Ich konnte ihn nicht töten, und wenn ich vorgesprungen wäre, hätte es auch mich das Leben gekostet. Dann wäre keine gewesen, um das Lager, das im Eifer der Ankunft noch keine Wachen aufgestellt hatte, zu warnen.

Der Bärtige schlug Challas Kopf auf den Boden, als sie weiter versuchte, sich zu wehren. Ich hörte einen seltsamen, knirschenden Laut, Blut floß unter ihren Haaren hervor, und ihre Augen schlossen sich. Befriedigt grunzte der Langbeiner, weil sie nun stillhielt. Auch die kleinen Abtrünnigen schlichen wieder näher heran, durch das Gebüsch brach mit lauter Stimme ein Langbeiner – der Langbeiner aus der Anstalt! – und schaute nun prüfend in meine Richtung.

Sie würden ein bißchen Zeit brauchen – Challa war die Belohnung für die Abtrünnigen, und auch einige Langbeiner würden wohl ihren Spaß brauchen.

Ich kroch heulend den Hang wieder hinauf. Als ich weit genug entfernt war, fing ich an zu schreien. Der schlüpfrige Boden gab unter mir nach, einige Male rutschte ich zurück.

Challa, die mir das neolithische Schreiben beigebracht hatte und die ich Worte meiner Sprache gelehrt hatte, Challa, die mir Salbe auf die Beine gerieben und heilende Säfte gebraut hatte – vergewaltigt und ermordet. Zerschlagen, um uns zu zeigen: Schaut her! Das können wir! Alles können wir, und alles dürfen wir. Euresgleichen hat keine Chance mehr – nie mehr, solange es uns gibt!

Ich erreichte den Durchschlupf am Lager. Die anderen kamen herbei, doch meinen gestammelten Worten konnten sie kaum etwas entnehmen, nur, daß Gefahr drohte für uns alle hier im Lager, unendliche Gefahr.

Anachytha beruhigte mich. Energisch nahm sie mich in den Arm, schüttelte mich, und als ich weinend weiter nur „Challa! Challa!" schluchzte, schlug sie mir links und rechts kräftig ins Gesicht: „Rede, Schlafschwester, sprich!"

Sofort begannen alle Gruppen mit den Verteidigungsvorbereitungen. Die Frauen und Wanderer knieten sich hinter die Barriere aus Baumstämmen und Gestrüpp. Die einundzwanzig Kämpferinnen und Kämpfer waren in regelmäßigen Abständen um das Rund verteilt, andere hinter ihnen reichten ihnen Pfeile, Steine oder andere Wurfgeschosse an.

Die anderen stellten noch einmal zwölf Kämpferinnen und acht Wanderer, und selbst David versuchte sich zu beteiligen: Er hockte auf einem Kufenschlitten, den man an die Barriere herangezogen hatte, und bediente eine Zwille, die er sich aus einer kräftigen Astgabel und dem Gummiband seiner einstigen spätpatriarchalen Hosen gebastelt hatte, die auch er längst gegen neolithische Lederkleidung eingetauscht hatte.

Es war wohl die hohe, sperrige Barriere, die uns rettete. Die Hügellage unseres Verhaus war für die Angreifer schwer zu erstürmen, und auch die Pferde konnten sie im Wald schlecht einsetzen.

Ebenso nützten die riesigen, weit schießenden Langbogen und Bronzebeile der Streitaxtleute nichts in diesem waldigen Gelände.

Immer wieder versuchten sie das Lager zu stürmen, und ich betete zu allen Göttinnen, daß keiner auf die Idee käme, die Holzbarriere in Brand zu stecken. Unsere Kämpferinnen und Kämpfer trafen viele der Abtrünnigen, denn hinter jeder und jedem standen mindestens zehn Frauen und Wanderer, die neue Pfeile aufzogen, Steine und zugespitzte Äste bereitlegten.

Als der Kampf eine Weile gedauert hatte, zogen sich die übriggebliebenen Abtrünnigen und die Langbeiner – unter ihnen der zeitenwandernde Anstaltsarzt – zum Teich hinunter zurück. Es schien uns, als muckten die Abtrünnigen auf: Sie wollten über Frauen verfügen, diese neue, seltsame Macht genießen, die ihnen durch die Langbeiner ermöglicht wurde. Aber ihre Hälse wollten sie dafür wohl nicht hinhalten?

Kaum konnten wir aufatmen, sammelte Anachytha zwei Drittel der Kriegerinnen um sich. Wir anderen zerrten das Gestrüpp beiseite, und rasch und leise schlich sich die Gruppe hinaus.

Doch die Langbeiner und Abtrünnigen rechneten nicht mit dem Mut von Anachythas kleiner Truppe. Laut hallte Kampfgeschrei zu uns herauf, und zitternd warteten wir das Ergebnis ab.

Wir konnten deutlich die tieferen Stimmen der Langbeiner, das hohe Gezeter der Abtrünnigen und die Rufe unserer Frauen auseinanderhalten. Hin und wieder stand eine von ihnen oder auch einer unserer Wanderer verletzt vor dem Durchgang. Dann rissen wir rasch das Gestrüpp auseinander und zogen die Person hinter den Schutz.

Ich zitterte um Anachytha.

Als der Morgen bereits dämmerte, kehrten sie zurück – einzeln oder in kleinen Gruppen, einen Toten oder Verletzten zwischen sich tragend.

Anachytha berichtete Maeve ihren Erfolg:

„Ein Haufen abtrünniger Wanderer unter der Führung von reitenden Langbeinern! Sie konnten ihre Pferde nicht brauchen, und wir standen gut gedeckt hinter den Bäumen. Die Abtrünnigen sind als erste geflohen, dann ihre Anführer. Vier Langbeiner sprangen auf ihre Pferde und ritten durch den Teich auf und davon. Der große mit dem Strohbart liegt tot dort, wo er Challa angriff. Er wird nie wieder eine Frau vergewaltigen und umbringen!"

Als wir später am Tag Challas Leiche holten, um sie in Ehren und nach den Riten des Clans zu bestatten, sah ich ihren Schänder: Er war verblutet. Unsere Wanderer hatten ihn entmannt und ihm die Hände abgehackt. Zwei von ihnen waren bei diesem Racheakt auf der Strecke geblieben, und ich spürte, daß diese Geschichte sich nun fortschreiben würde durch alle Zeiten: Vergewaltigung, Mord, Rache und alles immer wieder von vorne. Und ich ahnte, daß auch das kleine Volk nicht mehr davor zu schützen war: Das Böse hatte sich eingefunden und in ihre Seelen gesetzt. Der Schmerz machte sie allmählich – egal, ob treuer oder abtrünniger Wanderer – den Langbeinern gleich.

Es würde lange dauern, bis wir Frauen wieder in diese Geschichte aus Haß und Vergeltung eingreifen könnten.

Auf der Seite des Nachbardorfes waren zwei Wanderer und drei Kämpferinnen gefallen, wir hatten ebenfalls drei Kriegerinnen und zwei Wanderer verloren. Außerdem Challa, zwei Mädchen, einen Jungen und drei Frauen.

Nach diesem Kampf blieben wir zumindest einige Tage unbehelligt und konnten neue Kräfte sammeln. Unsere früheren Nachbarinnen und Maeves Gruppe blieben weiterhin zusammen.

Dann zogen wir weiter, denn von einzelnen versprengten Leuten, die hin und wieder unser Lager erreichten, erfuhren wir, daß die Langbeiner weiter vorrückten.

Wir verließen also das Gebiet der Seenplatte. Als wir nach einigen Tagen an den Oberlauf jenes Flusses stießen, der später Shannon genannt wurde und dessen Lieblichkeit wohl von vielen Generationen immer wieder besungen werden wird, setzten wir Hab und Gut, Kinder und Greisinnen auf große Flöße, die wir am Flußufer gezimmert hatten.

Wenn man eine Kultur nach jenem Material benennt, das ihr wichtigstes Arbeitsmaterial darstellt, ist dies oft irreführend. Von Steinzeit zu sprechen in bezug auf die Ackerbau treibenden neolithischen Kulturen Mittel- und Nordeuropas ist falsch. Man müßte eher von „Arboritikum" sprechen, „Holzzeit", denn dies war das Hauptarbeitsmaterial der Neolithikerinnen: die Stämme zum Häuserbauen, die Fasern für Stoffe, die Wurzelknollen für Geräte. Und in dieser Fähigkeit waren sie unschlagbar. Eine Gruppe von zwanzig Leuten schaffte es innerhalb eines Tages, genug Bäume zu fällen und abzurinden, um sie zu Flößen zusammenzustellen, denn das Wasser des Shannon sollte uns die zweite Hälfte der Wanderung zum Meer tragen.

Abgesehen von kleineren Scharmützeln ereignete sich nicht mehr viel auf dem letzten Teil des Weges.

Während sämtliche Kinder, David, die heiligen Geräte und der meiste Besitz auf den Flößen den Shannon hinuntertrieben, geschützt durch Kämpferinnen und Kämpfer an beiden Ufern, begleiteten einige Frauen, Kämpferinnen, Anachytha und ich die Herden durch trockeneres Gelände oberhalb der sumpfigen Flußauen.

Chada lief vorneweg, leicht gebeugt einen Schlitten ziehend, während zwei Frauen von hinten schoben. Plötzlich sauste ein Pfeil herab, blieb zitternd in Chadas Nacken stecken, und sie brach ohne einen Laut zusammen. Wie auf ein Kommando warfen wir anderen Frauen uns unter den Schutz der Bäume, das Vieh überließen wir sich selbst. Eine Gruppe Abtrünniger, die uns aufgelauert hatte, stürmte einen Hang herab. Mehrere versuchten das Vieh beiseite zu treiben, doch da war Harras vor, der blitzschnell wie ein Schäferhund die Rinder gesammelt und unter die Bäume getrieben hatte.

Die Abtrünnigen fürchteten dieses mythische Tier, von dem sie vermutlich schon aus anderen Quellen gehört hatten, und gaben schließlich ihren Versuch auf, unser Vieh zu stehlen.

Ich war unter den umgestürzten Schlitten gerollt, und während nun um mich das Kampfgeschrei tobte, robbte ich vorsichtig zur Spitze des Schlittens, um zu schauen, ob ich Chada helfen konnte. Sie atmete noch, und ich reckte mich vorsichtig zu ihr hinaus.

„Lauf! Lauf!" röchelte sie und hielt mit Mühe ihren brechenden Blick auf mich gerichtet.

„Kleine Schwester Langbein, lauf! Und vergiß uns nicht. Vergiß sie nie, alle Schwestern der Zeit." Sie versuchte sich aufzurichten, und ihre Hand krallte sich in meine Schulter. „Vergiß Chada nicht …"

Anachytha trat zu uns und bedeutete mir, ganz hervorzukriechen. Schweigend setzte sie sich neben ihre tote Schwester und nahm sie in den Arm. „Es ist gut, daß sie sterben durfte, ohne daß die neue Zeit auch durch ihre Adern kriecht."

„Sie war auch bereits Teil dieser Veränderung, Anachytha! Habt ihr euch nicht gehaßt? Wart ihr nicht aufeinander eifersüchtig?"

„Ja, Hel-En, das stimmt. Gebe die Göttin, daß alle noch das Meer erreichen. Keine soll mehr sterben. Laß uns weiterziehen, schnell!"

Chada war die erste der Frauen aus dem Clan, die kein rituelles Begräbnis erhielt. Wir legten nur den Schlitten über sie und schwere Felssteine von der Anhöhe, von der die Feinde heruntergestürmt waren.

Auch andere ließen wir später liegen, und ihre Gebeine ruhen irgendwo, schnell verscharrt, der Möglichkeit zur Wiedergeburt beraubt, wie es einst nur den Wanderern geschah.

Doch wir mußten uns beeilen, denn von Tag zu Tag häuften sich die Überfälle, und die Langbeiner ergriffen mehr und mehr vom Land Besitz. Immer weniger Leute aus anderen Sippen begegneten uns, immer weniger Dorfgemeinschaften stießen noch zu uns. Sie gingen weiter südlich oder weiter nördlich ins Meer, wenn sie die rettende See überhaupt erreichten, während wir dem Hauptpfad durch das Land folgten – dem Shannonfluß, der uns immer näher zum Atlantik führte.

Und eines Morgens standen wir endlich am Meer: die Überlebenden der beiden Dorfgemeinschaften, David, Harras und auch die letzte Tafel, die ich mit Anachytha während zweier Rasttage am Fluß geschrieben hatte, als weitere Flöße gebaut wurden. Inzwischen war es kaum die Hälfte derer, die in Maeves Dorf aufgebrochen war! Alle anderen lagen hinter uns, deckten unbegraben die grüne Insel oder wurden vom Shannon hinab zum Meer getrieben.

Wir legten zum letzten Mal ein festes Lager an, schütteten sogar einen Erdwall auf und hämmerten Palisaden hinein.

Frauen und Wanderer aus aufgeriebenen Dorfgemeinschaften stießen im Laufe der nächsten Wochen zu uns, und das Lager ähnelte beinahe einer kleinen Stadt. Wenigstens für eine Weile hatten wir die Chance, ungestört zu bleiben, bis alle Boote gebaut wären, um zu jenen fernen, unbekannten Küsten überzusetzen.

Unter Maeves Anleitung begannen alle Wanderer eine letzte Cairn auf dem Berg hinter unserem Lager zu bauen. Hoch über dem Meer ließ Maeve ihr eigenes Grab errichten: mit dem Blick nach Westen, als sei es ein umgekehrter Chorracle – eines der seetüchtigen irischen Rundboote, ins Abendrot segelnd, das Grab der Maeve, der letzten Königin der grünen Insel.

Riten, wie ich sie bis zum Aufbruch erleben durfte, wurden ausgesetzt – nicht nur die Beerdigungsrituale wurden vernachlässigt, sondern auch die Zeit nicht mehr genau berechnet, denn die Frauen bauten nichts mehr an. Sie waren für die Dauer ihrer Flucht wieder zu Sammlerinnen und Jägerinnen geworden und fischten hier am Meer aus dem Reichtum der See.

Und selbst wenn alle Langbeiner und Abtrünnigen mit einem Male wieder die Insel verlassen hätten, wäre nichts mehr so gewesen wie zuvor, denn die Frauen und Wanderer hatten sich verändert, und die neue Zeit lebte in ihnen. Erfahrungen, Wissen und vielleicht auch der Wunsch nach Rache würden sie auf ihrer Fahrt begleiten, würden die kommenden Generationen über dem Meer für alle Zeit prägen.

Das hatte Maeve gemeint, als sie mir einst sagte: „Sie fressen unsere Seelen und morden unsere Art."

Meistens war ich zu jener Zeit unten am Strand bei den Bootsbauerinnen. Ohne Rücksicht auf Kulturvermischung aus der Zukunft gab ich das Wissen meiner Zeit über Statik und kentersichere Kielkonstruktionen weiter. Ich malte Segelformen in den Sand, Ruder und Bootskörper. Aus dem Gedächtnis zeichnete ich Seekarten, auf denen die Orkneys, Island, Grönland und die nordamerikanische Küste zu sehen waren. Hin und wieder ließen Anachytha und ich unsere Blicke sich kreuzen. Gingen wir in den Abendstunden gemeinsam in das Lager zurück, berührten sich unsere Hände auf einer Bordwand oder beim Festzurren der viereckigen Segeltücher, die die älteren Frauen und Wanderer webten.

Die Zeit der Gespräche war vorbei, die Zeit der Berührung, der romantischen Begegnung quer über den Abgrund der Zeit jetzt Vergangenheit. Anachythas Mund war zusammengepreßt wie der zahnlose Strich einer alten Frau. Außer Kumari, der alten Maeve und mir selbst hatte keine Frau ihrer Sippe die Flucht überlebt.

Eine lange Reihe fertiggestellter Boote lag am Strand und wurde Tag und Nacht bewacht. Maeves Cairn ragte trotzig in den Nachthimmel hinauf, und unten im Lager standen wir alle im Innenhof zwischen den Palisaden um ein zentrales Feuer versammelt. Maeve legte Stück für Stück ihre Kleidung ab, aber im Gegensatz zum ursprünglichen Ritual der Übergabe an die jüngste Tochter warf sie alles ins Feuer.

„Das ist die Feuerreinigung!“ rief sie und schwieg, denn wo die Zeit zerstört ist, die Zukunft ausgelöscht, wäre jedes weitere Wort nur von Hoffnunglosigkeit zerrissen worden.

„Die Reinigung im Meer geschieht allein. Kommt, Töchter.“ Sie nahm mich und Anachytha bei den Händen. „Ich möchte euch etwas zeigen. Ihr anderen sucht Maeve morgen schlafend im Wind auf der Spitze ihrer Cairn. Die Töchter sollen mich dann in die Erde senken und den Zug weiterführen in die Zeit.“

Maeve führte uns aus dem Lager hinaus, den steilen Hang hoch, bis wir tief atmend neben dem Verschlußstein vor der Öffnung des Grabes standen.

„Es ist der Brauch, wie ihr wißt, daß nicht nur die Toten in der Erde schlafen sollen. Geht diese Nacht voraus.“ Sie schob uns in den dunklen Eingang, und dann hörten wir, wie ihre raschen Schritte hinunter zum Meer gingen, bis das ewige Rauschen sie verschluckte. Wir tasteten uns vorsichtig den Gang hinunter bis zur Hauptkammer, in der jemand Felle ausgebreitet hatte. Wir stießen an die Aufschüttung eines Lagers aus Holzstämmen und herb riechenden Blättern.

„Maeves Totenbahre!“ flüsterte ich. Aber da spürte ich, wie Anachytha neben mir den Kopf schüttelte. Sie nahm mich bei den Schultern.

„Falsch, Schwester. Maeves Liebesbett.“

Wir hörten uns atmen und fühlten die warmen Umrisse unserer Körper, dann hob ich meine Arme und legte sie auf Anachythas Schultern.

„Und Helens Liebesbett, junge Maeve?“

„Ja.“

Als die Sonne am Ostrand der Ebene hochstieg und den Eingang traf, wurden wir von den Stimmen der anderen geweckt, die den Berg heraufkamen. Wir verließen die Cairn. Hoch oben auf der Hügelspitze saß die alte Maeve, die aufgehende Sonne schien ihr ins Gesicht. Die junge Maeve, ich und zwei andere Frauen stiegen zu ihr hinauf – sie war tot, nur ein seltsames, zeitloses Lächeln lag auf ihrem Gesicht.

Erst jetzt sahen wir, daß ihr Rücken an Harras lehnte, die Hand im Fell vergraben und um das Band geschlungen. Harras pochte sachte mit dem Schwanz auf den Boden, als wir nähertraten. Vorsichtig hoben wir die Tote hoch, legten sie auf die mitgebrachte Bahre und ließen sie zum Eingang der Höhle hinab. Anachytha und ich trugen die Alte die letzten Meter durch den Gang und betteten sie auf das Lager, das nun ihr Totenbett war. Schweigend erwarteten uns die anderen am Eingang – im inneren Kreis standen die Frauen, außen die wenigen Wanderer, die überlebt hatten.

„Schließt das Grab!“ Anachytha-Maeve deutete auf den Verschlußstein, unter dem bereits die vorbereiteten Rollen und Hebel hervorschauten. „Unser Fest wird das Setzen der Segel sein; unser Gesang die Rufe, wenn wir die Vorräte auf die Boote nehmen; unser Opfer, wenn sich die Tränen mit jenen des Meeres vermischen.“

Wir traten auseinander, und die Wanderer schoben den Verschlußstein heran. Direkt hinter dem Tor lehnte die letzte Tafel – von mir und Anachytha.

In den folgenden Stunden waren die Wanderer damit beschäftigt, den Eingang unkenntlich zu machen. Während sie Geröll herbeischleppten und anhäuften, wurden unten die Schiffe vorbereitet.

„Wir werden in die Nacht hineinsegeln." David hockte im Sand neben einigen großen Tontöpfen voller Getreide.

„Wir?" Ich schaute ihn erstaunt an.

„Ja, Helen Langbein, ich gehe mit. Ich habe mich entschieden."

„Aber deine Schwester Margaret? Und die Leute vom Dorf?"

„Du wirst es ihnen erklären können. Sie sind lieb, ja, sie haben mich geschützt, doch eben nur geschützt! Es ist nicht meine Welt, diese langbeinige, rasche, fleißige Art, sich die Erde untertan zu machen! Hier brauche ich nicht geschützt zu werden, denn ich gehöre dazu. Es gibt keine Langbeiner – jenseits in Avalon!" Er lächelte versonnen, ganz und gar nicht mehr der bissige irische Feuerkopf.

„Aber wenn ihr nie ankommt?"

David warf mir einen Blick zu.

„Das sagst ausgerechnet du? Mußt du nicht mit allen Fasern deines Herzens hoffen, daß wir das Meer überqueren können und eine neue Insel finden? Hast du ihnen nicht selbst den Nordatlantik in den Sand gemalt?"

„Aber David, ich habe Angst." Ich hockte mich neben ihn, und er legte mir die Hand auf den Arm.

„Oh ja, kleine Helen, du hast wohl in diesem Geschäft den schwersten Job. Du mußt mit ihrem Abschied leben – Ertrinken ist nichts dagegen." Er machte versonnen eine kleine Sandburg und zog dann heftig einen Strich mittendurch, so daß der Sand an beiden Seiten herunterrieselte.

„Außerdem wäre das Zurücksegeln in die Zeit für mich lebensgefährlicher als eine Schiffchenfahrt, das weißt du doch.

Die Chance, lebend in diesen neolithischen Nußschalen den Atlantik zu durchkreuzen, ist tatsächlich größer als in deinem Rucksack das Meer der Zeit. Nichts gegen deinen Rucksack!" Er blinzelte mich an, und die Tränen stiegen mir direkt hinter die Augen. David rappelte sich hoch, und sein Gesicht war auf meiner Höhe. „Okay, Helen. Ist ja sonst nicht so deine oder meine Art: Ich biete dir meine Heldenbrust zum Ausweinen, aber nachher sind wir schön tapfer, was? Bei wem soll denn die neue schöne Maeve weinen?" Mit seinen Ärmchen umfaßte er meinen Kopf und zog mich vorsichtig zu sich heran.

Drüben ging das Verladen der Boote weiter, und nach einiger Zeit näherten sich zwei Wanderer, um die letzten Gefäße einzuladen. Mitleidig legten sie uns die Hände auf die Schultern.

„Okay", ich schniefte mich aus Davids Umarmung frei. „Hast du noch eine Nachricht für Margaret? Soll ich ihr irgend etwas ausrichten?"

Auch David wischte sich die Augen.

„Ich könnte mir eine Strähne meines Feuerhaares abschneiden. Nein, sie hat ja den Schlüssel zur Cairn. Den soll sie gut hüten! Na, und hin und wieder mal an die Westküste in die Ferien fahren."

Ich stand auf und hob David hoch. Langsam stolperte ich mit ihm zu den Booten hinab, wo sich bereits alle versammelt hatten. Nach und nach bestiegen die Gruppen aus Frauen, Mädchen und Wanderern die Schiffe, andere schoben sie ins tiefe Wasser hinein. Ich hob David in sein Boot.

„Auf Wiedersehen! Laß die Fahne der Wissenschaft nicht untergehen!" Er lachte schon wieder. „Wenn ich das richtig sehe, ist deine Karriere gemacht – mit allem, was du hier gelernt hast! Mußt es nur richtig anbringen."

Maeves Boot war kleiner; es gab keine Proviantvorräte darin, keine Kinder und keine Wanderer. Nur zwei Kämpferinnen saßen da und hielten mit den Rudern das Gleichgewicht. Anachytha-Maeve trug den gelbledernen Anzug und den blauen

Umhang, die Harfe auf dem Rücken. Harras hechelte neben ihren Füßen. Sie beugte sich herab und löste das Band von seinem Hals. Der große Hund sprang aus dem Boot auf den Strand, rannte zu mir und leckte aufgeregt meine Hände. Dann klopfte er mit den Vorderpfoten auf den Strand und machte einen Satz Richtung Maeves Boot und wieder zurück.

„Du weißt, daß ich nicht mit euch gehe." Ich kraulte sein Fell. „Ich danke dir für deine Führung, Anderwelthund!" Leise zog ich sein Ohr an meinen Mund. „Führe sie hin, großes Tier, führe sie ins Land ihrer Träume, ihrer Zukunft, des Friedens. Schütze meine Liebe!" Harras bellte kurz, als ich sein Ohr freigab, und sprang mit einem Satz ins Boot zurück, das heftig hin- und herschaukelte.

Die junge Maeve kam mit dem Band auf mich zu. So ausgezogen war es mehr als armlang. Sie legte das grünschillernde Schlangenband wie einen Gürtel um meine Taille. Es gab keine Worte mehr, nur die Geste, jeweils den Kopf der anderen kurz zwischen den Händen zu halten. Sie schaute mich an.

„Blau wie der Himmel – unendlich!" flüsterte sie, und über dem Bernsteinschimmer ihrer Augen sammelten sich die Tränen.

„Wie die Erde", antwortete ich. Dann ließen wir uns los.

„Schau, die Sonnenstraße über dem Meer!" Die junge Maeve wies in den Sonnenuntergang hinein. „Immer, Hel-En, wenn du diese Straße siehst, denk an uns!" Sie ging zu ihrem Boot und sprang hinein. Mit einem Ruf wurden die Segeltücher hochgezogen, und die Schiffe glitten auf den Atlantik hinaus, rot die Buglaterne von Davids Schopf vorneweg, blau der Umhang der Maeve im Heck des Bootes.

Dann sah ich die Schlangen! Tausende, Millionen! Schwarz, grün, braun, gestreift, mit Punkten oder leopardartigen Flecken gemustert, armdicke, meterlange und kleine, die wie Regenwürmer hastig durch den Strand zum Wasser strebten.

Mit den Frauen verließen die Schlangen das Land, glitten hundertfach in das Wasser der Westküste Irlands, während an den Küsten der Insel im Osten die ersten Pferdehufe klirrend über die Kiesel galoppierten.

Die untergehende Sonne legte eine Straße über das Meer. Dort hinein sind sie gefahren – für immer.

Ich starrte lange den Booten hinterher, längst waren Davids roter Haarschopf und Maeves blauer Umhang zu Silhouetten über der glühenden Sonnenuntergangsstraße geworden. Trotzdem schaute ich immer noch, als könnte ich sie festhalten und die kleinen, verschwundenen Gestalten bannen. Ich schaute, bis der rote, abgezirkelte Kreis der Sonne endgültig versank und sich in unendlicher blauer Tiefe der Himmel nach oben auflöste – gefolgt von den schwarzen Schleiern der Nacht, dem allerspätesten Abendrot.

Ich hockte im Sand; das Meer hatte sich weit hinaus zurückgezogen und einen breiten, nassen Streifen voller Muscheln, Meerwürmer, langsam austrocknender Quallen und schwarzen Seetang zurückgelassen – der reine Boden der Jungsteinzeit, ohne Ölreste, Plastikflaschen, Kabelknoten und Benzinkanister.

Ich begann zu überlegen, wie ich in meine Zeit zurück kommen sollte. Der rauschenden Meereskante folgen, der Ebbe hinterherlaufen?

Der Schlangengürtel fühlte sich merkwürdig schwer und eng um meine Hüften an. Ich stand langsam auf und schwang den leeren Rucksack auf.

Die kanadischen Indianer erzählen sich Mythen von weißgesichtigen, goldhaarigen Göttinnen und Helden, die einst gelandet waren, und von den Urahnen, von denen sie ihre eigenen Generationen herleiten. Es war für viele Fachleute auch noch längst nicht ausgemacht, ob die Wikinger tatsächlich die ersten Siedler in Neufundland und Island waren oder ob nicht eher die ersten Vertreiber der anderen Kulturen vor ihnen – die ersten Langbeiner.

„Laß sie leben!“ flüsterte ich in die Nacht und in das Rauschen der See. „Göttin, wenn es dich gibt, laß sie leben – und uns!“

Der Himmel lag ausgebreitet über mir, das Meer eine kühle Zeugin, der Schlickboden ein ewig tratschender Beweis: Hier konnte ich noch nicht weinen, denn ich fühlte mich nicht allein.

Und tatsächlich! Allein war ich nicht: Von der Landkante her näherten sich in einem großen Halbkreis dunkle Schatten – Langbeiner, Abtrünnige! Sie hatten die Westküste erreicht. Die Frauen waren fort, aber ich stand noch immer da, allein auf dem Strand, eine gut sichtbare Silhouette vor dem Horizont mit dem begehrten Schlangenband um die Hüften!

Ich begann über das nasse Watt zu laufen, warf einen Blick hinter mir und lief immer weiter – getrieben von den unerbittlichen Rufen meiner Jäger. Dann zischte der erste Speer knapp an mir vorbei und blieb zitternd wie ein bösartiger dünner Phallus im Sand stecken.

Es gab keine Chance gegen diese Übermacht. Mir blieb nur ein Ausweg. Ich mußte über den gleichen Weg fliehen wie meine neolithischen Freundinnen – ins Wasser. Tauchen, wegtauchen, mich von der Ebbe hinausziehen lassen. Vielleicht hätte ich dadurch eine kleine Chance, irgendwo anders aufzutauchen und zurück zu meiner Zeit zu finden. Ohne Harras wußte ich allerdings nicht wie, denn ich war Tausende von Jahren vom Lough Crew und von County Meath entfernt!

Nun platschte das Wasser mir um die Füße. Ich warf den Rucksack hinter mich, ließ den weißen Umhang fallen, schwamm, kraulte und hörte die erstaunten Rufe hinter mir. Speere, geschleuderte Steine und Pfeile platschten um mich herum ins Wasser. Ich drehte mich ängstlich um und sah, wie eine große Gestalt gestikulierend zwischen den zögernden Männlein hin und her rannte, sie anstieß und ins Wasser drängte. Doch die wichen zurück, und ich begriff – beinahe mußte ich lachen –, diese spätneolithischen Kerle hatten zwar das Morden inzwischen gelernt, aber schwimmen konnten sie immer noch nicht. Wie jedem erwachsenen Homo sapiens war ihnen der Schwimminstinkt abhanden gekommen: die automatisch paddelnden Bewegungen, mit denen sich selbst die wasserscheueste Katze über Wasser halten konnte.

Ich hielt an und trat Wasser, vorsichtig streifte ich die Beinkleider ab und das lange Tuch, das ich mir zwischen den Beinen durchgeschlungen hatte. Es würde etwas kalt werden, aber im Schutz der Dunkelheit könnte ich – von der Flut zurückgespült – vielleicht irgendwo wieder an Land gehen. Und dann? Ja, dann? Laufen, laufen, laufen!

Ein lautes Platschen schreckte mich auf. Einer war doch hineingesprungen! Mit sehr modernen zügigen Kraulbewegungen kam er auf mich zu. Ich tauchte ab und wechselte die Richtung. Doch ich mußte schließlich wieder auftauchen, und darauf hatte Doktor Langbein gewartet. Er war gut genährt und durchtrainiert; er hatte keine wochenlange Flucht hinter sich, keine schweren Verletzungen und keine Trauer. Ungebrochen an Leib und Seele schwamm er mit jedem Zug näher heran, voller Selbstsicherheit, daß er doch noch ans Ziel seiner Wünsche gelangen würde – das Schlangenband, das meine Mitte schützte!

„Ich bring ihn um!“ flüsterte ich und wußte doch, wie nutzlos das war: All die toten Frauen hinter mir und jene in den Jahrtausenden vor mir – alle Verluste und Ängste würden meine Hände nicht dazu bewegen können, wenigstens einen von ihnen abzuwürgen.

Er war nun sehr nahe herangekommen und grinste mich über die blitzenden Wellen hinweg an.

„Ich sehe, Sie sind müde, junges Fräulein! Sie haben sich an diesem Abend zuviel zugemutet! Lassen Sie mich Ihnen helfen.“ Boshaft griffen seine Hände nach mir, und plötzlich tauchte eine Szene aus meiner Jugend auf – mein Schwimmlehrer, der uns Rettungsgriffe beibrachte: „Ertrinkende klammern sich oft an euch fest, Kinder, und ziehen euch vor Angst in die Tiefe!“ Wir übten unter seiner Anleitung zu Lande und später im Wasser die Griffe: den Schlag von unten hoch unter die Nase, dann das Verdrehen der Arme. Wir übten vorsichtig aneinander, denn es konnte Nasenbluten geben und gebrochene Arme. „Das ist im Ernstfall weniger wichtig als ein Menschenleben!“ erläuterte der Trainer.

Die Göttin mußte die Erinnerung an diesen Mann in mein Leben geschickt haben! Langbein hatte mich eingeholt und griff nach mir.

„Warten Sie, ich helfe Ihnen!“ Er packte merkwürdigerweise nach meinem Hals und gleichzeitig nach dem Gürtel – ein kurzer Quirl, Wassertreten, ein kräftiger Schlag, sein erstauntes „Oh!“, und aufgerissene Augen starrten mich für Momente an. Dann schloß sich das Wasser rot gurgelnd über ihm, unbeholfen schlug ein Arm durch den Schaum.

Mein Handballen schmerzte etwas, denn ich hatte fest zugeschlagen, so fest ich konnte, und nicht nur, wie früher vom Trainer empfohlen, vorsichtig mit dem Daumen unter die Nase gedrückt. Vielleicht würde er nur die Orientierung verlieren, vielleicht aber auch ertrinken? Ich hatte ihn nicht direkt getötet, ich hätte es nicht gekonnt. Aber der Gedanke an Befreiung hatte mir geholfen, reflexartig Befreiungsgriffe anzuwenden. Daran hatte mich nichts gehindert: keine Moral und kein angeborener Instinkt.

Ich weiß nicht, wie lange ich in die Nacht hineinschwamm, immer parallel zu der kaum im Dunkeln zu erahnenden Landlinie. Der Sog wechselte, langsam drückte mich das Meer wieder zurück, und gerade, als ich meinte aufgeben zu müssen, als ein Krampf das Bein hinauffuhr, die Kälte mir die Luft nahm und ich bereit war, hinabzusinken und mit dem Band auf immer zu verschwinden, stieß ich mit dem Arm an einen festen Gegenstand, ertastete ein seltsam glattes Material, roch etwas Seltsames, roch Öl! Öl in einem Plastikkanister, der halb abgesunken vor mir in der Dünung schaukelte!

Es war der erste und sicherlich der letzte Plastikkanister in meinem Leben, der mir einen lauten glücklichen Ruf entlockte! Ich wandte mich um, und mehr von der aufkommenden Flut getrieben, als von meinen eigenen Kräften getragen, schwamm ich wieder auf das Land zu, fühlte den Boden unter meinen Füßen, tastete mich durch das flache Wasser, torkelte den Strand hinauf, bis ich unter meinen Händen trockenes Erdreich fühlte.

Dann fiel ich ohnmächtig hin.

Als ich aufwachte, schien mir die späte Morgensonne ins Gesicht, aber ich zitterte trotzdem am ganzen Körper, denn außer einem weichen Lederhemd ohne Ärmel, dem Gürtel und einem kleinen Halstuch trug ich nichts am Körper. Schon etwas zu wenig für die rauhe Jungsteinzeit, aber sicher sehr ungenügend für das spätchristliche zwangigsten Jahrhundert! Ich zerrte den nassen Lappen vom Hals und schlang ihn mir als Tanga-Ersatz zwischen den Beinen hindurch. Ich zitterte heftig. Golfstrom hin oder her, die Nachtstunden in der See hatten mich bis ins innerste Mark ausgekühlt. Und nicht nur das! Die unüberwindbare Schlucht der Zeit zog sich von nun an durch mein eigenes Herz. Sie würde mich schmerzen, das ahnte ich, so lange ich lebte.

„Wäre ich doch ertrunken." Ich stützte den schmerzenden Kopf in die Hände.

„Geht es Ihnen nicht gut?"

Ich fuhr hoch. Eine junge Frau – heftig atmend, rosaroter Jogginganzug, Schweißband unter braunen Locken, feuchtes Gesicht – berührte meine Schulter. „Fehlt Ihnen was?" Sie hockte sich neben mich und nahm mich bei den Schultern. „Was ist Ihnen passiert?"

„Ich …" Eine Lüge mußte ich mir ausdenken! Etwas Glaubwürdigeres als „Guten Morgen, vor viertausend Jahren bin ich drei Kilometer von hier entfernt ins Meer gelaufen und nun wieder aufgetaucht."

„Ich bin über Bord gefallen", brachte ich mühsam hervor.

„Was?"

„Ja, eine Jacht, wir haben gefeiert. Na ja, getrunken, und ich ging nachts hoch, mir wurde schlecht …"

„Das heißt …? Ich versteh nicht."

„Ich habe wohl Glück gehabt; die Flut war steigend. Jedenfalls bin ich irgendwie an Land gekommen, und dann doch umgekippt. Ich wollte zu einem Haus."

„Und Ihre Kleidung?"

„Nun, das ist das erste, wenn frau über Bord fällt und noch denken kann: Hosen aus, Jacke weg! Schuhe weg!" Ich deutete auf das Tangatuch. „Gut, daß eine Frau mich gefunden hat!"

„Wollen Sie ins Krankenhaus?"

Ich zuckte alarmiert zusammen. „Danke, das muß nicht sein. Wenn ich zu Ihnen könnte, telefonieren und mir etwas Trockenes ausleihen?"

„Oh, Entschuldigung!" Sie zog den Jogginganzug aus, darunter trug sie ein naßgeschwitztes Hemd und eine kurze Turnhose.

„Aber Sie werden sich erkälten!" rief ich aus.

Die Frau lachte.

„Das müssen Sie gerade sagen! Raus aus den Klamotten, dann laufen wir heim, wenn Sie können, so schnell es geht. Dort gibt es dann ein heißes Bad, einen Whiskey, Frühstück, Telefon – in der Reihenfolge. Ach ja, ich heiße Conny, ich bin die Sportlehrerin in Aughris, drüben hinter den Dünen."

„Ich heiße Helen."

Conny starrte plötzlich meinen Bauch und meine Oberschenkel an.

„Oh, Entschuldigung. Du mußt einen entsetzlichen Unfall gehabt haben!"

„Ja." Sachte nahm ich ihr den Gürtel aus der Hand, schlüpfte schnell in ihre langen Hosen und legte ihn wieder um.

„Helen, das nasse Zeug kann ich schon nehmen."

„Den Gürtel nicht! Ein altes Erbstück, weißt du. Ich bin froh, daß ich den heute nacht in der Panik nicht abgestreift habe."

Erst als ich im heißen Wasser lag, weißen Schaum um mich herum und ein zweites großes Glas Whiskey in der Hand, fing ich an zu weinen. Es schüttelte mich, das Glas klirrte gegen die Wanne. Conny hockte sich besorgt auf den Rand.

„Und wenn du doch mehr abgekriegt hast – Lungenentzündung, Schock? Vielleicht hast du dir den Kopf gestoßen. Mit all dem ist nicht zu spaßen."

Ich verneinte heftig. Weit, weit hinter mir lag das Baden in jenem großen Zuber wie ein bayrischer Bauernbrunnen – ein Einbaum aus einem Stück Holz geschnitzt. Da waren die Frauen gewesen, die Wanderer, das letzte Lachen, das letzte Spiel einer untergegangenen Kultur – und Anachytha, die junge Maeve. Gleichgültig, ob sie eine rettende Küste im Westen erreicht hatten oder nicht, inzwischen waren sie auf jeden Fall zu Staub zerfallen.

Conny fuhr mir über den Kopf.

„Soll ich für dich telefonieren? Die suchen doch schon nach dir."

„Ja, ich weiß." Ich überlegte. „Ich habe die Telefonnummern nicht mehr im Kopf, aber sie heißen Emily und Bronte Heights." Ich nannte die Adresse.

„Aber das ist doch in Meath, weit landeinwärts!" Sie sah mich erstaunt an.

„Ich weiß, aber es ist dringend! Sag ihnen, Helen ist wieder da."

„Okay, aber die Leute auf deinem Schiff? Was machen wir mit denen? Wir müssen die Küstenwache verständigen."

„Nein!"

Conny sah mich erstaunt an.

„Was ist los mit dir, Helen? Brauchst du die Polizei? Irgend etwas stimmt hier nicht."

Sie ging trotzdem aus dem Bad und kam nach einigen Minuten zurück.

„Die Heights holen dich ab. Also, was ist los? Die waren nämlich auch der Meinung, du bräuchtest keine Polizei."

„Ich bin Ausländerin. Das hörst du ja."

„Deutsche, Holländerin oder so, vom Kontinent, klar." Sie half mir aus der Wanne, wickelte mich in drei Badetücher und eine Wolldecke und führte mich zu einem Sofa in ihrem kleinen Wohn-, Eß- und Schlafzimmer. „Und nun noch ein heißer Hustentee!" Conny hantierte eifrig in der Teeküche gegenüber dem Bad herum. „Ich glaube, ich weiß, was los war!" Sie hockte sich neben mich und drückte mir einen Becher in die Hand. „Du bist auf 'nen reichen Schnösel 'reingefallen, und nun hat er dich über Bord geworfen! Du hast als Ausländerin ein bißchen Angst und willst ihn nicht verpfeifen!" Sie lachte fragend.

Ich schüttelte den Kopf und schaute an ihr vorbei zum Fenster hinaus. Emily und Bronte würden alles verstehen, vielleicht. Und Margaret, deren Bruder nun Tausende von Jahren weit fort war?

„Dann die IRA!" Kategorisch nahm sie den leeren Becher und füllte ihn nach. „Tatsache ist, du wirst wirklich nicht vermißt. Ich habe natürlich noch ein bißchen herumtelefoniert, als du in der Badewanne warst."

„Na bitte! Laß es doch dabei!"

„Diese Emily Heights, die sagte allerdings: ‚Gott sei Dank, sie ist wieder da!' Sie war sichtlich erleichtert. David? Wer ist denn das? Sie fragte auch, ob David dabei sei. War das dein Freund?"

„Ja, aber nicht so, wie du denkst."

„Ja, und? Was ist mit ihm?"

Ich zuckte die Achseln. Vielleicht liefen mir wieder Tränen über das Gesicht, denn sie lächelte und tupfte mit einem Tuch meine Wangen ab.

„Ich weiß nicht, in was für eine Story du geraten bist. Du scheinst ganz schön fertig zu sein! Vielleicht doch Liebeskummer?“

„Ja.“

„Aber, hm“, sie runzelte die Stirn, „als ich über dich gestolpert bin, hast du so was Komisches gesagt. Du bist doch nicht, ich meine, absichtlich von Bord gesprungen?“

„Nein, niemals! Ich kann nämlich nicht töten – nicht mal mich selbst!“

Conny stutzte, als ich diesen Satz sagte, und schüttelte den Kopf.

„Ist auch ’ne dumme Art, mit Problemen fertig zu werden. Nichts kann so beschissen sein, als daß du es nicht wieder hinkriegst. Voraussetzung dafür aber ist, daß du lebst!“

Ich mußte unwillkürlich lachen. Conny stand befriedigt auf.

„Gut. Ich kann dich alleine lassen, ja? Ich habe jetzt Unterricht. Ich schätze, so in zwei Stunden sind deine Leute da. Bin gespannt auf euer Wiedersehen. Schlaf dich aus.“

Vielleicht ist es diese Fähigkeit, zu schlafen, zu träumen, verlorenen Gestalten dort zu begegnen, die mich trug. Ich wachte auf, als Bronte mich leise an der Schulter rüttelte. Emily fiel mir um den Hals, als ich mich verschlafen aufsetzte.

„Und David?“ Bronte sah sich suchend um, als stünde irgendwo der Rucksack herum, als würde David gleich von irgendwo unter dem Tisch her seine frechen Bemerkungen herauskrähen. Roby war auf den Deckenberg geklettert, unter dem ich lag, und klopfte darauf herum.

„Da-Vid – weg! Mae-Ve – weg!“

Conny lehnte in der Badezimmertür und beobachtete uns.

„Er ist dageblieben. Und Harras auch.“ Als ich die Decken beiseite warf, sah Emily zuerst das Band, das ich selbst auf dem Sofa unter den Decken umklammert gehalten hatte.

„Du hast es mitgebracht. Was wirst du damit tun?“

„Es ist ja ein Symbol. Ich werde es immer bei mir tragen! Und ich will damit arbeiten. Ich muß mein Versprechen einlösen, die Botschaften aus der Frauenwelt zu transformieren!“

„Und wenn sie wieder …“

Ich stieß Bronte an.

„Im Auto erzähle ich euch alles und zu Hause, wenn Margaret dabei ist.“

Conny begleitete uns mit einem Gesicht zur Tür, in dem tausend Fragen standen. Sie umarmte mich zum Abschied: „Mach's gut, du geheimnisvolle Frau aus dem Meer.“

„Vielleicht werde ich dir einmal alles aufschreiben – wenn Gras darüber gewachsen ist, okay?“

„Ja, tu das! Bis dahin werde ich schweigen, denn irgend etwas ist an euch vieren, was mir das Gefühl gibt, guten Gewissens solidarisch schweigsam zu bleiben. Bis dahin tue ich so, als sei ich am Strand entlang gejoggt wie jeden Morgen, und nichts und niemanden habe ich gesehen!“

Sie lehnte unter ihrer Haustür, als wir in das Auto stiegen, und winkte uns nach, als der Wagen der Heights endgültig um die Kurve fuhr.

Knapp anderthalb Stunden dauerte die Fahrt, für die ich kurz zuvor – Jahre zuvor – Wochen gebraucht hatte: Wochen auf der Flucht, bedroht.

„Wie lange war ich denn fort?“

„Ungefähr zwei Wochen. Hat es drüben länger gedauert?“ Emily beugte sich neugierig vor.

„Ein Vierteljahr, schätze ich, so nach dem Wetter, nach der Vegetationsveränderung zu beurteilen.“

„Es gibt anscheinend überhaupt kein Verhältnis zwischen den verschiedenen Zeiten.“

Emily spielte mit ihren Fingern, als müsse sie wie eine Schülerin die Wochen und Tage zählen.

„Keine Korrelation zwischen der Jungsteinzeit und der Gegenwart“, ergänzte ich. „Das hat die Zeitreisen für mich und David wahrscheinlich auch so anstrengend gemacht: Die verschiedenen Zeiten haben uns buchstäblich zerrissen!"

„Nun, Helen, du wirst sie nun mit Hilfe des Halsbandes der Maeve herausfinden – den Schlüssel zum Weg vom Matriarchat ins Patriarchat oder auch vom Mythos zur Realität." Bronte lächelte mir im Rückspiegel freundlich zu, und ich faßte nach dem Band, das nun um meine Hüfte lag. Ja, das wollte ich ernstlich versuchen: diese Wurzeln einer allen Frauen gemeinsamen Sprache wiederzufinden und somit auch die Wurzeln eines allen Menschen gemeinsamen Traumes von Frieden und Glück.

Wir schwiegen.

Zu Hause auf ihrem Hof richteten sie mir ein Zimmer her. Dort schlief ich erst einmal – schlief und träumte mehr als zwanzig Stunden lang.

Am folgenden Nachmittag erzählte ich ihnen langsam alles. Später gingen wir hinüber zu Margaret, die schon einmal nach mir gefragt hatte, als ich noch im Bett lag.

Sie saß in jenem überfüllten Salon am großen Tisch in der Erkerecke. Irgend etwas war anders, doch die Polster lagen noch wie zuvor herum, da standen die hohen, strengen Stühle, da stand das Sofa, der große Ohrensessel. Alles war da – bis auf das seltsame Stühlchen mit den hohen Beinen. Margaret fing meinen Blick auf, als ich die Tür hinter mir schloß; kurz blieben ihre Augen auf dem Schlangengürtel haften. Sie nickte, und ihre Löckchen zitterten vor den hellen Erkerfenstern ganz grau, fast weiß – wie weiße Meeresgischt.

„Er kommt nicht wieder, nicht wahr, Helen? Er ist bei ihnen geblieben."

Ich ging hinüber und legte meine Arme um ihre Schultern. Emily und Bronte setzten sich still abseits auf das Sofa, worauf wir David damals gebettet hatten.

„Ja, Mag. Ich soll dich grüßen."

„Ich wußte es, als ihr losgezogen seid. Sein alter Traum! Aber war er glücklich, als du ihn das letzte Mal gesehen hast? Sag mir die Wahrheit! War er glücklich?“ Sie drehte sich zur Seite und sah mich forschend an.

„Ja, das war er. Er läßt ausrichten: Du sollst den Schlüssel hüten und hin und wieder an die Westküste in die Ferien fahren!“

„Der alte Querkopf! Er ist doch tot! Seit mehr als viertausend Jahren tot! Richtig, Miß Wissenschaft?“

Ich nickte stumm. Sie waren tot, alle. Selbst die kleine Karuna-Kumari. Zu Staub zerfallen durch die Jahrtausende.

„Was wirst du mit dem Band machen?“

„Es weiterhin hüten. Bei meiner Seele – und der unserer Mütter.“ Ich zuckte hilflos die Hände.

„Das Band vom ewigen Leben – die unendliche Schlange!“ Margaret fuhr nachdenklich mit den Fingern die grüngolden schimmernden Linien nach. „Und alles dafür!“

„Ich habe das für uns gemacht, Mag. Für uns Frauen! Und ich schwöre dir bei den Namen Anachytha, Maeve und David: Ich werde die Tafeln übersetzen, so wahr, wie das alles geschehen ist und so wahr, wie ich heil und gesund wieder bei euch bin!“

Bronte räusperte sich.

„Helen ist dir wohl wieder mal egal, Margaret?“

„Wie? Nein, ich bin froh, daß sie wenigstens wieder da ist. Aber David, mein kleiner Dave.“

„Sie hieß Maeve, richtig, Helen? Wir haben dich in der Nähe von ihrem Grab eingesammelt. Das Grab der Königin an der Westküste.“

„Beide hießen so, Bronte! Die Alte und die Junge. Es ist eine Art Titel, und immer die jüngste Tochter trägt ihn weiter.“

„Ja“, Emily nickte. „Viele Iren taufen ihre Kinder bis heute auf die alten Namen.“

Margaret schaute mich weiter an, dann legte sie mir die Hand auf den Arm: „Ich kenne den Namen schon, Miß Wissenschaft. David hat ihn ja erwähnt.“

Ich spürte, wie Emily an den Erkertisch trat, Bronte murmelte verlegen etwas und verließ leise den Raum. Mags graue

Locken berührten mein Gesicht, als wir uns umarmten. Emilys warmer, süßlicher Geruch, eine Mischung aus Stall und Heu, Mist und Milch, hüllte uns ein. Lange lehnten wir drei Frauen im Erker.

„Gut." Emily löste sich als erste. „Wenn es ein Mädchen wird, nenne ich sie Maeve."

„Oh!" Margaret schluckte. „Du meinst ...? Es hat doch bei euch geklappt?"

„Sicher, Mag, und ich weiß auch schon zwei Patinnen für das Kind. Was sagt ihr dazu?"

„Natürlich, Emily. Wir Weiber müssen zusammenhalten. Und, Helen, was ist mit dir?"

„Wenn Emily das will, gerne. Aber was ist, wenn es ein Junge wird?"

„Dann heißt er David, Helen. Laß uns zusammenhalten, noch sind wir nicht ganz untergegangen: Unsere Insel lebt, und die Gräber stehen als Erinnerung – und du lebst, Helen. Du trägst das Band der Maeve."

ZEHNTE TAFEL

Ich, HEL-EN, MAEVES TOCHTER, ritze diese Erinnerungen in den Stein einer anderen Zeit, auf daß jene, die nach mir kommen, ihre Hoffnungen nicht verlieren und ihren Träumen weiter glauben.

Denn es gibt Brücken, und diese Brücken sind wir: Frauen aus aller Zeit und Frauen aus aller Welt.

Die Brücken sind die Bänder über alle Abgründe der Zeit und die Liebe zwischen Frauen, die eine allen gemeinsame Sprache schafft.

Meine Zeit spricht von lesbischer Liebe – doch diese Liebe ist mehr als das Streicheln der Haut und das Teilen der Schlafstätten im Moos oder am Waldesrand.

Es waren die Freundschaften erwachsener Frauen, die die Welt veränderten und vielen Menschen neue Wege wiesen. Es war das solidarische Kichern verbündeter Mädchen und das wissende Altfrauenlächeln der Kaffeekränzchen meiner Zeit.

Es war der Nährboden unserer Erotik, die Macht der gemeinsamen Sexualität, die Liebe der Gleichstarken, diese freie Möglichkeit für alle Frauen, die uns wieder aufwachen ließ.

Wir Frauen weckten die Göttin nach all den toten Jahrhunderten wieder auf – und sie lebt neu in unseren Augen, unseren Händen, unseren Körpern, unserer Kunst und unserer Politik!

Die Achtung vor der Frau schuf auch die andere Achtung neu: die Achtung vor der Erde, der Welt, der Natur – denn die, die die Mutter mit Füßen treten, werden sterben; aber jene, die sie ehren, leben weiter – Frauen, Männer, Kinder, Sterne, Pflanzen, Tiere, Steine – und wir selbst!

Die alte Frau blickte über die Köpfe der Kinder und jungen Leute hinweg; die Hände hatte sie wie eine schlafende Höhle im Schoß zusammengelegt. Die junge Zuhörerschar schaute sie schweigend an. Für einen Moment zog sie ihre Mundwinkel verbittert und resigniert zusammen. Großtante Helens faltenreiches Gesicht verriet ein kurzes Aufflackern einer traurigen Erinnerung an die generationenlange Vernichtung und Vertreibung ihrer Kultur – der Frauenkultur.

Als die alte Frau ihre Geschichte beendet hatte, senkten die jungen Leute verlegen die Köpfe.

„Du mußt nicht weitererzählen, Tante Helen", sagte eine junge Frau, die nahe bei ihrem Sessel auf dem Boden hockte.

„Es geht auch nicht", murmelte Helen. „Noch immer ist es in unserer Sprache leichter, den Haß, die Schlacht und den Kampf zu beschreiben als die Liebe und die Freuden der Frauen – selbst in der Nacht, tief drinnen im gütigen Bauch der Erde und am Rande der Welt. Auch in meinem Tagebuch bricht es hier ab."

Die junge Frau nickte zustimmend.

Großtante Helen atmete tief durch und schaute sie an: „Vielleicht habe ich dort in der Cairn tatsächlich das erste Mal ein ähnliches Gefühl gehabt, wie ich es von Freundinnen und Schwestern erzählt bekam, die mit Männern schliefen und für die meist jene Liebesnacht, in der sie miteinander ein Kind zeugten, etwas Besonderes war. Sie fühlten es häufig in jenem Moment, da es geschah. So war es auch für mich, als hätten wir ein Kind gezeugt, ein Kind jenseits der Zeit, jenseits aller Möglichkeiten. Diese Liebesnacht hat mich durch und durch ergriffen, wie nie eine zuvor … und wie auch lange danach keine mehr."

„Es war eure einzige Nacht allein, nicht wahr?" Die junge Frau schaute ihre Großtante forschend an und nahm ihre Hand.

„Ja, in jener Kultur waren Menschen selten ganz alleine. Es war das erste und das einzige Mal, daß wir eine ganze Nacht und einen Raum für uns alleine hatten!" Helen schaute aus dem Fenster, und nur die junge Frau sah das verräterische Glitzern in den hellen alten Augen ihrer Großtante. Helens Blick kehrte zu den Kindern zurück. Sie zog die Stirnfalten hoch und die Mundwinkel herab in einer Geste, die wohl bedeutete: „Nun ja, Kinder, geschehen ist geschehen. Macht euch keine Sorgen."

„Aber die Liebe!" rief das größere Mädchen. Die älteren Jugendlichen lachten leise. Tante Helen beugte sich aufmerksam vor.

„Ihr fragt euch bestimmt, ob ich mich doch noch einmal verliebt habe – nach all den Ereignissen? Schließlich hatte mich eine Königin in den Armen gehalten, nicht wahr! Vielleicht die Göttin selbst, was immer wir darunter verstehen mögen."

Die Mädchen nickten eifrig.

„Aber natürlich!" Helen lachte, und tausend verschmitzte Fältchen überzogen das schmale, ausdruckstarke Gesicht. „Lieben – das habe ich wohl da erst wirklich gelernt – und lieben lassen. Oh, oft durfte ich noch lieben. Wir alle. Alle Frauen lernten damals zu lieben. Wie sonst hätten wir die Welt wieder zu dem machen können, was sie heute ist? Nur durch unsere Liebe – die Zuneigung der Frauen untereinander – ging das Leben in jenen Jahren weiter."

In Helens Stube war es dunkel geworden. Eines der größeren Mädchen schluchzte leise.

„Weint nicht", flüsterte Helen. „Ihr seid ja am anderen Ende angekommen. Es gibt keinen Grund mehr zu weinen, denn eure Zeit hat wieder eine Zukunft."

Ein Junge hockte vor Helen auf dem Teppich.

„Darf ich dich noch etwas fragen, Tante?"

Helen hob den Kopf und lächelte.

„Natürlich darfst du das."

Der Kleine sprang plötzlich aufgeregt hoch und stürzte zum Sessel seiner Großtante.

„Aber ich, Tante Helen, bin ich auch noch ein Langbeiner – einer von denen?" Er umklammerte Helens Hände.

„So wie ich auch." Sie schaute ihn ernst an. „Deswegen mußte ich ja zurückkommen. Aber du weißt es selbst, mein Junge. Es gibt nur noch wenige Männer."

„Ich will aber nicht! Ich will wie David sein, wie die treuen Wanderer, und kein Langbeiner!"

„Das läßt sich nun mal nicht ändern. Doch hast du nicht bemerkt? Diese Wanderer, die waren einfach viel kleiner als die Frauen. Heute aber, nun …"

Der Junge dachte zögernd nach.

„Ja, wir sind nicht kleiner, aber wir sind viel weniger Jungen als Mädchen."

„Richtig."

„So schnell ging das von deiner Kindheit bis heute? Wo sind die Männer hingekommen?"

Helen strich dem Kind über den Kopf.

„Sie sind gestorben, und später lernten wir Frauen, das Geschlecht unserer Kinder auf natürliche Weise zu bestimmen. So kam es, daß mehr Mädchen geboren wurden. Inzwischen freuen wir uns über jeden Knaben, den es gibt, schließlich wollen wir ja weiterleben."

„Gestorben?" Der Junge schaute Helen erstaunt an.

„Hm, aber das ist nun wirklich keine Gutenachtgeschichte für kleine Jungen! Vergiß nicht: Du bist in der Lage zu wählen, so wie ich gewählt habe: Wir können das Morden wählen oder das Lieben. Möchtest du nicht stolz sein auf deine freiwilligen guten Taten?"

„Schon." Der Junge lachte leise. „Sonst wäre das ja, wie wenn man Husten hat, für den man nichts kann – direkt langweilig, ein guter Mensch zu sein!"

„Richtig!" Helen lächelte. Sie schaute wieder auf die alte Kladde und begann die letzten Seiten umzublättern.

„Und die Männer?" Der Junge hob den Kopf. „Haben wir das Lieben auch gelernt? Sind wir erwachsen geworden?"

„Ein bißchen." Helen grinste verschmitzt. „Aber erst, als ihr fast ausgestorben wart und wir – begreiflicherweise – doch ein paar erhalten mußten! Erst, als ihr begriffen habt, wie sehr ihr und alle anderen in den Händen der Göttin ruht. Erst dann ging es weiter."

Helen klappte energisch das Tagebuch zusammen. Nachdenklich schwieg sie, als sähe sie noch einmal die Wanderer mit Maeves leerer Bahre vom Berggipfel herabsteigen und Anachytha bei den runden Booten stehen. Längst fuhren die Boote auf dem Meer, die junge Maeve stand aufrecht im Heck, mit wehendem blauem Umhang, die Harfe im Arm. Ihre Finger krampften sich um die alte Kladde, als spüre sie noch einmal den festen Feuersteinmeißel in den Händen, wie sie mit Anachytha das letzte Zeichen der Schildkrötenfrauen, die unendliche Schlange, in den Stein einmeißelte.

Aber das größere Mädchen, die während der letzten Sätze wie im Traum mit den blonden Haarlocken ihrer Freundin gespielt hatte, hob nun den Kopf und fragte laut in die Stille hinein:

„Aber, Tante Helen! Was ist eigentlich aus deiner eigenen Tante geworden – der, mit der alles anfing – dieser Tante Maeve? Hast du sie noch einmal wiedergesehen?"

Helens Blick kehrte aus der Vergangenheit zurück, und sie schaute das Mädchen lächelnd und gütig an, als ahne sie die alte Frage darunter, die jedes menschliche Wesen umtreibt: Laß uns nicht alleine im All, Göttin. Schenk uns Hoffnung – Hoffnung auf Wiederkehr!

„Nun, das ist schnell erzählt, wenn ihr es noch hören wollt."

„Ja! Ja!" riefen alle und rückten erwartungsvoll näher, während sich die Dämmerung über den Raum senkte.

„Nun, ich hatte Tante Maeve tatsächlich im Laufe des Erwachsenwerdens und während des Studiums irgendwie aus den Augen verloren. Sie lebte ja auch sehr weit weg, und zu jener Zeit, da wir dann auf den britischen und irischen Inseln forschten, war sie noch weiter fortgezogen. Ich wußte nicht einmal mehr, wohin. Es hieß, sie sei ausgewandert, aber ob in die USA oder nach Australien oder sonstwohin – niemand aus der Familie wußte es genau."

„Konntest du das Halsband der Maeve wirklich als Schlüssel gebrauchen?"

Einer der Jungen sah Großtante Helen fasziniert vom Boden her an und zupfte sich vor neugieriger Aufregung am Ohrläppchen.

„Ja, mein Lieber. Das ist mir tatsächlich gelungen! Und es hat in der Fachwelt einiges an Aufsehen erregt! So ähnlich wie vor fast zweihundert Jahren die Entschlüsselung der ägyptischen Hieroglyphen."

„Und ihr habt die Welt damit verändert?"

„Nun, nicht gleich und nicht direkt. So schnell geht das nicht mit dem Weltverändern. Aber wir konnten einen Beitrag dazu leisten. Einen Beitrag, zusammen mit vielen anderen Frauen – und auch einigen Männern. Zusammen haben wir angefangen, die Bilder in den Köpfen und Herzen der Menschen, aber insbesondere in den öffentlichen Medien zu verändern. Und als die Bilder sich änderten, folgten die Werte, und als die Werte fielen, fiel auch die patriarchale Politik. Doch das hat noch lange gedauert … und ist auch ein bis heute nicht abgeschlossener Prozeß."

Sie schaute über die Runde der jungen Köpfe und fuhr fort: „Es war einige Jahre nach den Ereignissen, die ich euch vorgelesen habe. Eure alte Tante – inzwischen mit vielen wissenschaftlichen Titeln belastet und auf unzähligen Fachtagungen und in Gremien der Frauen- und der Frühgeschichtsforschung zu Hause wie ein neugieriger Fisch im Wasser – war auf dem besten Weg, eine internationale Kapazität auf ihrem Fachgebiet zu werden. Eine Art graue Eminenz der Großsteingräber, obwohl ich ja so alt noch gar nicht war. Aber …", die alte Dame schmunzelte vergnügt, „… keine konnte so anschaulich aus dem neolithischen Leben erzählen wie ich – begreiflicherweise! Als Entschlüsslerin der Steinzeichen Nordeuropas war ich natürlich sowieso das gehätschelte Lieblingskind aller interdisziplinären Ansätze überhaupt.

Ich hatte mich seit einigen Monaten in ein mir etwas fremderes Gebiet, nämlich die Sagen- und Mythenforschung gestürzt, da eine blöde Rückengeschichte mir für einige Zeit die offenen Feldstudien mit all den Kraxeleien auf nassen Steinen und in nebeligen Gebieten verbot. Ausgehend von meinen Zeichendeutungen der neolithischen Symbole hatte ich die matriarchalen Grundstrukturen der nordländischen Sagen, besonders der Edda, noch einmal grundsätzlich studiert und übersetzt. Ich konnte sie neu deuten, und das aus dieser Arbeit entstandene Standardwerk war dann auch gleichzeitig in mehreren nordeuropäischen Sprachen veröffentlicht worden. Norwegen, Dänemark, Schweden, Island und Kanada brachten eigene Ausgaben heraus, und so kam es denn, daß ich im Rahmen einer internationalen Fachtagung nach Reykjavik auf Island eingeladen wurde.

An einem der ersten Abende wurden wir sehr feierlich empfangen; es sollte ein Konzert geben, einen Stehempfang mit den politischen Größen und bedeutenden Künstlerinnen und Künstler des neutralen Staates.

Nun, am Abend saßen wir dann alle im Konzertsaal: Der Vorhang hob sich, und da saß sie dann: Maeve mit der Harfe!

Nein, nicht meine Tante Maeve: Die Frau dort vorne auf der Bühne im langen, dunkelblauen Kleid war ungefähr so alt wie ich. Meine Gefühle könnt ihr euch bestimmt vorstellen! Auf dem Empfang danach wurden uns auch die Solisten vorgestellt:

„Frau Karuuna ..." Den isländischen Familienamen mit den kehligen Lauten, den vielen Ths dazwischen und den abgerundeten As konnte ich allerdings nicht genau verstehen. Ein kleines Mädchen drängte sich hinzu, die Harfenistin beugte sich lächelnd herab und hob das Kind auf den Arm.

Sie wissen ja, bei uns in Island geht es immer etwas lockerer zu. Ich hatte niemanden, der heute auf meine Tochter aufpaßt. Ihr Englisch hatten einen leichten irischen Akzent. Ich stutzte. In isländisch sagte sie etwas zu ihrem Kind, dann zu uns gewandt wieder auf englisch: „Ihr Name ist Anna Gyda." Das G klang beinahe wie jenes harte, kehlig gezogene Ch im Schweizerdeutschen. Ich konnte mich nicht mehr zurückhalten.

„Entschuldigen Sie bitte. Ihre Mutter heißt nicht zufällig Maeve?"

Da lachte die Harfenistin.

„Natürlich. Woher kennen Sie uns denn?"

Als ich ihr sagte, wer ich sei – gewissermaßen ihre Großcousine –, ließ sie ihre Tochter herab, deutete zum anderen Ende des Raumes und schickte sie durch die Menge.

„Anna Gyda holt meine Mutter her. Ah, da kommt sie ja!"

Tante Maeve war älter geworden. Sie war immer noch ein Stück größer als ich, die Haare hellgrau wie Meeresgischt. Die Linien, die schon damals ihr Gesicht ein wenig älter gemacht hatten, waren nun noch viel mehr geworden. Als sie mich sah, stutzte sie, dann schlug die alte Dame die Hände zusammen:

„Ja, das darf doch nicht wahr sein! Was für eine Überraschung! Die kleine Helen! Ach, Entschuldigung." Sie faßte mich bei den Händen. „Meine Tochter wäre wohl auch ziemlich böse, wenn ich sie als klein bezeichnen würde. Und du bist doch erwachsen geworden, was?" Sie lachte zufrieden. „Nun, schön, daß du da bist. Es wurde ja auch mal Zeit, daß wir uns wiedersehen! Es bleiben immer wieder Iren in Island hängen, eigentlich wollte ich damals noch weiter! Aber die da haben mich aufgehalten!" Sie faßte ihre Tochter um die Schultern. Dann zog sie mich dazu, und während das Mädchen vor uns herhüpfte, führte sie uns in eine stille Ecke des großen Saales. „Kommt, ihr beiden. Ich denke, wir haben uns viel zu erzählen!"

Helen schwieg wieder, aber diesmal ging ein Stimmengewirr durch das Zimmer.

„Aber, he, Tante Helen! Jetzt kannst du doch nicht aufhören! Was ist weiter passiert? Komm!" Doch Helen hob beschwichtigend die Hände.

„Ein andermal, Kinder." Sie grinste ein verschmitztes Altweiberlächeln. „Hat das Ganze nicht damit angefangen, daß ihr meinen Speicher entrümpeln wolltet? Also, los! An die Arbeit! Vielleicht findet ihr ja wieder einen Stapel alte Tagebücher. Und dann erzähle ich weiter – aus dem Leben von Tante Helen und Tante Maeve."

Magliane Samasow

Dr. phil., Dipl.-Pädagogin, Wen-Do-Lehrerin, Mitfrau im Frauenbildungsprojekt „nebenan" (Matriarchatsforschung). Freischaffende Kurs-, Seminar- und Reiseleiterin. Autorin von *Silberauge – Ein romantischer Science-fiction,* 1989, und *99 Frauenlieder,* 1991. Preisträgerin eines Grazer Literaturwettbewerbes zum Thema Science-fiction für die Geschichte „Gespräche mit Zora oder der Tag der Schildkröte", veröffentlicht in der Kulturzeitschrift *Eva und Co.*, Januar 1990. Lebt und arbeitet in Bad Münstereifel.

Glossar

Breman, Martin:	Autor von *The Stars and the Stones*, London 1983, s. Paraphrasierung seiner Theorien auf S. 58–59
Bronzezeit:	Zeit der ersten Metallverarbeitung
Cairn:	rundes Großsteingrab der irischen Jungsteinzeit
Champollion:	Entschlüsseler der ägyptischen Hieroglyphen
Chatal Hüyük:	neolithische Siedlung in Anatolien, um 8000 v.u.Z
Chorracle:	rundes, seetüchtiges Boot der gälischen Fischer, vermutlich bereits seit dem Neolithikum in ähnlicher Form in Gebrauch
Cuchulain:	irischer Held, ähnlich wie Siegfried in der germanischen Mythologie
Dolmen:	tischförmiger Rest einer Cairn.
Hacilar:	frühneolithische Siedlung in Anatolien, in der ausschließlich Frauenstatuetten gefunden wurden; um 6800 v.u.Z
Indoeuropäer:	frühbonzezeitliche EinwanderInnen in das neolithische Alteuropa
Irische Megalithanlagen:	Lough Crew, Knowth, Carrowmore, Fort Knox, Carrowkeel
Megalith:	großer Stein, Großsteinanlage
Mellart, Sir James:	Ausgräber von Chatal Hüyük und Hacilar
New Grange:	bedeutendste Cairn in Irland, am Fluß Boyne gelegen, „Kammer des Lichts“
Prähistorie:	Ur- und Frühgeschichte

Slieve na Challiagh:	Lough Crew, Hügelzug im County Meath, eine der bedeutendsten Megalithanlagen Irlands
Streitaxtleute:	mögliche frühe Indoeuropäer, Schnurkeramik- und Einzelgrabkultur, erstes Patriarchat
Steiner, Rudolf:	Begründer der anthroposophischen Weltanschauung, s.S. 162–163 „Von Kopf bis Fuß …“
Trockenmauerwerk:	Geröllgestein zwischen den Großsteinen einer Cairn

Zeittafel der irischen Ur- und Frühgeschichte

ab 7000 v.u.Z.	erste Siedlungsspuren, Mount Sandel, Co. Derry
zwischen 5000 und 3800 v.u.Z.	Bau vieler Megalithanlagen
ab 4000 v.u.Z.	erste Spuren von Ackerbau
zwischen 3800 und 2800 v.u.Z.	Indoeuropäisierung Europas, soziale Veränderungen in Irland
zwischen 2900 und 2450 v.u.Z.	Zeit der Schnurkeramik in Europa
ab 2500 v.u.Z.	Beginn der Bronzezeit
ab 1200 v.u.Z.	die Eisenverarbeitung breitet sich in Europa aus
ab 800 v.u.Z.	frühe Kelten, Beginn der Hallstattzeit
ab 400 v.u.Z.	Kelten in Westeuropa, La Tene-Kultur

- Aufhebung der instinktiven Tötungshemmung von Artgenossen (alle Tierarten ?)
(-> Unterwerfungsgesten wie Hals zeigen beenden Kampf)
→ beim Menschen gegeben

- Sexuelle Handlungen Erwachsener an noch nicht geschlechtsreifen Nachkommen nur beim Menschen (?)